# 陳簡齋詩集合校彙注

鄭騫 因百 校箋

# 陳簡齋詩集合校彙注

2023年7月二版 定價：新臺幣1200元


校箋者 鄭騫

| | | | |
|---|---|---|---|
| 出版者 | 聯經出版事業股份有限公司 | 副總編輯 | 陳逸華 |
| 地址 | 新北市汐止區大同路一段369號1樓 | 總編輯 | 涂豐恩 |
| 叢書主編電話 | (02)86925588轉5305 | 總經理 | 陳芝宇 |
| 台北聯經書房 | 台北市新生南路三段94號 | 社長 | 羅國俊 |
| 電話 | (02)23620308 | 發行人 | 林載爵 |
| 郵政劃撥帳戶 | 第0100559-3號 | | |
| 郵撥電話 | (02)23620308 | | |
| 印刷者 | 世和印製企業有限公司 | | |
| 總經銷 | 聯合發行股份有限公司 | | |
| 發行所 | 新北市新店區寶橋路235巷6弄6號2F | | |
| 電話 | (02)29178022 | | |

行政院新聞局出版事業登記證局版臺業字第0130號

本書如有缺頁，破損，倒裝請寄回台北聯經書房更換。 ISBN 978-957-08-6996-5 (精裝)
聯經網址 http://www.linkingbooks.com.tw
電子信箱 e-mail:linking@udngroup.com

國家圖書館出版品預行編目資料

陳簡齋詩集合校彙注 / 鄭騫校箋．二版．新北市．聯經．2023.07．502面．14.8×21公分．
ISBN 978-957-08-6996-5（精裝）
[2023年7月二版]

851.4521 112010105

# 陳簡齋詩集合校彙注總目

陳簡齋詩集合校彙注序
陳去非詩集序
簡齋詩集三十卷……一
無住詞一卷……三一九
簡齋詩外集一卷……三三三
簡齋文輯存一卷……三五九
附錄一　簡齋詩集考附逸作考……三六九
附錄二　簡齋詩集考補遺……三八七
附錄三　簡齋詩輯評……三九二
陳簡齋年譜……四一一

# 陳簡齋詩集合校彙注序

陳簡齋詩集箋注之行於世者凡二種。一、增廣箋注簡齋詩集三十卷，宋胡穉撰。二、須溪先生評點簡齋詩集十五卷，評者元劉辰翁，注人未詳。後者刪節胡箋，存其大要，而又別有增益，凡所增者，悉加「增注」二字以爲識別，故稱劉評本或增注本，似即須溪門人所爲。胡箋流行甚廣，商務四部叢刊影印宋本、中華四部備要重排本之外，又有民國十年蔣國榜覆刻宋本。增注本則僅有日本靜嘉堂文庫藏元刻及明刻本、及日本覆刻明嘉靖時朝鮮刻本，元明刻本久成珍祕，覆刻亦不多見，蓋此本雖甚爲重要，而至今在國內尚未見流行。今錄此本較胡箋添出之注文，題爲「增注」；又取予平日涉獵宋人文集筆記詩話及官書雜史所獲資料，撰爲「補箋」，以有關南渡前後時事掌故者居多，是皆舊注所未盡也；前人有和簡齋詩者，亦均附錄於原作之後；近人夏敬觀有選注本，商務印書館出版，極簡略，今採其注數條，題爲「夏注」。合此三者，卽所謂「彙注」。胡箋通行已久，讀簡齋詩者皆有其書，故從省略。全書卷數次第，悉依胡箋本，以便利學者參照閱讀。惟據增注本添出「次周漕韻」等七首，見第二十六卷。外集無舊注，今爲補作，亦稱「補箋」，僅及大略，未能詳盡。

簡齋詩集之版本，合存佚計之，共有八種，其全名及簡稱如下：

**胡穉箋注三十卷本（胡箋）。**

劉辰翁評增注十五卷本（劉評，亦稱增注本）。

舊鈔無評注十五卷本（舊鈔。此本有沈曾植（子培）手批，今藏國立中央圖書館）。

聚珍版叢書分體十六卷本（聚珍）

四庫全書本（四庫）

此兩種內容相同，僅有極少數異文，故予所撰「簡齋詩集考」作一種計而總稱之爲分體本。

吳興本

武岡本

閩本

以上全集八種。前五種現存；後三種久佚，僅見劉評增注引錄武岡本及閩本少數異文。此外又有現存選本三種，選錄詩篇甚多，可資校勘，其全名及簡稱如下：

元方回瀛奎律髓（律髓）

明潘是仁簡齋集選（潘選。此爲潘選宋人詩集之一，國立中央圖書館藏。）

清吳之振宋詩鈔（宋詩鈔）

以上各種版本之詳細情形及其異同得失，見本書附錄「簡齋詩集考」及其補遺。今彙合諸本互爲校勘，卽所謂「合校」。胡箋最通行，故用爲底本。胡箋誤者正之，衍脫者刪補之；他本異文確勝於胡箋者從之，可以兩存者仍從胡箋。凡此諸端，撰爲校勘記，列於各首注文之前，庶使讀簡齋詩者有一精善之讀本。蔣國榜覆刻宋本附錄馮煦所撰校勘記，僅以聚珍四庫及莫友芝鈔校等三本校訂胡箋本，其餘諸本均未據校。而莫氏所據以校訂者，則又僅有聚珍及四庫，或以己意改定，非所見有別本。予所校勘，蓋較莫馮為詳審。然予校僅及簡齋詩本文，馮則兼校胡氏箋注，多所是正，馮校亦未可廢也。以上所論，為胡箋之三十卷，其外集一卷，則僅有四部叢刊影印之元人寫本及沈曾植手批之舊鈔十五卷本附收，此兩本同出一源，異文極少，予亦有校記，附於外集各篇之後。

合校彙注之外，本書之另一附帶項目為輯評。所輯錄者：元人劉辰翁（須溪）、方回（虛谷）、清人查愼行（初白）、馮舒（已蒼）、馮班（定遠）、紀昀（曉嵐）、近人沈曾植（子培）等七家評，及歷代各家詩話筆記文集中所載評語也。劉評錄自增注本；沈評錄自沈氏手批十五卷本；方紀兩家評錄自瀛奎律髓刊誤；初白二馮評語則自中央圖書館藏馮氏手批律髓及寒齋所藏嘉慶時盛灝元過錄查馮批本律髓合並錄出，蓋二馮批閱此書不止一次也。綜論全集者與予所撰「簡齋詩集考」彙為附錄，分論諸篇者各附於其篇之後，前人評論陳詩之語大致已備。劉方紀三家評及各家詩話筆記皆有刊本，予今所為，不過輯錄之勞；初白二馮及沈評，則只有僅存孤帙之手跡或過錄本，若不及時整理流傳，世易時移，必致湮沒，是誠當務之急矣。

簡齋一生專力為詩，他文不多作，今據諸書輯為「陳簡齋文輯存」一卷，附於集末，吉光片羽，略存鱗爪。簡齋詞集名「無住詞」，僅十八首，胡箋及增注均附收，胡箋在三十卷之外自為一卷，增注為第十五卷，今亦用詩集例校箋之，所據校者則為毛刻宋六十家詞、吳訥唐宋名賢百家詞、及花菴詞選等書。簡齋之詩文詞悉盡於此，而不以「全集」名者，其作品以詩為主故也。

民國六十三年秋，鄭騫序於臺北。

# 陳去非詩集序

葛勝仲 丹陽集 卷八

世言詩能窮人。唐李太白號謫仙，然以樂府忤妃子，卒阨窮不振。劉夢得坐種桃句，黜刺連州。白樂天坐新井篇，黜佐溢浦。孟浩然、賈浪仙輩，俱有能詩聲，然以詩忤明皇、宣宗，終坎壈州縣。故言詩能窮人者，取是為左驗。予謂詩非惟不能窮人，且能達人。今夫窮閻挾策之士，生右文世，病碌碌無以自表見爾。使其能以詞藝達細氈之視，而被華袞之褒，則塗轍之升，一歲九遷不為銳。孰謂詩人例當窮哉！

參知政事西洛陳公，諱與義，少踔厲不羣，篇籍之在世者無不讀，既讀輒記不忘。政和三年，以上舍解褐，分教輔郡，益沈酣書傳，大肆於詩文。天分既高，用心亦苦，務一洗舊常畦逕，意不拔俗，語不驚人，不輕出也。宣和中，徽宗皇帝見其所賦墨梅詩善，亟命召對，有見晚之嗟。遂登冊府，擢掌符璽，向進用矣。會兵興搶攘，避地湘廣，泛洞庭，上九疑、羅浮，雖流離困厄，而能以山川秀傑之氣益昌其詩，故晚年賦咏尤工。搢紳士庶爭傳誦，而旗亭傳舍，摘句題寫殆徧，號稱新體。今天子夢想名士，以臺郎召還，以詩文被簡注，徧掌內外翰，無幾何，遂以器業預政。所謂詩能達人，公殆其一也。彼有旌「殿閣微涼」之句而親題禁苑，賞「春城飛花」之句而擢守宣城者，誠么麼不足道。

紹興壬戌，毗陵周公葵自柱史牧吳興郡，剸裁豐暇，取公詩離爲若干卷，委僚屬讐校，而命工刻版，且見屬爲序。蓋將指南後學，而益永功名於不腐。在詩有之：「載色載笑，匪怒伊教。」又曰：「有斐君子，終不可諼兮。」賢侯處心，一舉而二美具，可無述哉。

右序諸本簡齋集不載，今據丹陽集逸錄。此外又有樓鑰序、胡穉序、劉辰翁序，及署名晦齋者所撰外集引，俱見通行胡箋本。

# 陳簡齋詩集合校彙注卷一目錄

覺心畫山水賦……三
玉延賦……五
放魚賦……六
次韻謝文驥主簿見寄兼示劉宣叔……七
題劉路宣義風月堂……八
送呂欽問監酒授代歸……九
次韻周教授秋懷……九

# 陳簡齋詩集合校彙注卷一

鄭騫　因百　校箋

## 覺心畫山水賦

天寧堂中，黃面老禪，四海無人，碧眼視天。有一居士，山澤之仙，結三生之習氣，口不停乎說山。聊寄答於一笑，夜乃夢乎其間。重巖複嶺，蔽虧吐吞，紛應接其未了，萬雲忽其歸屯，亂晦明於俄頃，存十二之峯巒。有木偃蹇，樵斤所難，飽千霜與百霆兮，根不動而意安，澹山椒之落日，送萬古以無言；彼飛鳥其何知，方相急而破煙。須臾變沒，所見惟壁。有木上座，夢中侍側；問上座以何見，口不能於嘖嘖。豈彼口之眞無，悟前境之非實。管城子在傍，代對以臆，忽風雨之驟過，恍向來之所歷。此其畫耶？則草木禽鳥皆似相識。抑猶夢耶？則已見囿於筆墨之跡矣。居士再至，問以此故；復寄答於一笑，持畫疾去。

**〔校勘〕**（忽其）劉評舊鈔俱作忽兮。（霆兮）劉評舊鈔俱無兮字。（澹山椒之落日）胡作澹山椒□之日，脫去一字。馮校云：據注應是寒日。騫按：馮校所謂注，即胡箋所引李嘉祐詩霜林澹寒日也。寒字與澹字相應，意境較勝，且有注爲證，似應從；但劉評舊鈔俱作落日，未便擅改。（飛鳥）劉評作棲鳥。按：下句云相急破煙，自應是飛鳥。（破煙）舊鈔作投煙。按：破字生動，投字呆板，恐是淺人所改，或形近致誤。參閱後補箋。

〔增注〕　覺心，汝州天寧老。　中齋云：傳燈錄：寶公謂思大和尚，胡不下山敎化衆生，在山上自視霄漢作麼。　謝靈運傳：重巖複嶺，無不登躡。　夔門巫山有十二峯，其名：望霞、翠屏、朝雲、松巒、集仙、聚鶴、淨壇、上昇、起雲、飛鳳、登龍、聖泉。神女廟居其下。　說文：山頂曰顚，亦曰椒。

〔補箋〕　鄧椿畫繼卷五：覺心、字虛靜，嘉州夾江農。家甚富，少好游獵；一日，縱鷹犬，棄妻子，出家游中原。作從犢圖詩，孔南明、崔德符見而愛之，招來臨汝。連住葉縣東禪，及州之天寧、香山三大刹。兵亂還蜀，邵澤民、劉中遠兩侍郎復喜之，請住毗盧，凡十八年。初作草蟲，南僧稱爲心草蟲。後因宣和待詔一人因事匿香山，心得其山水訣，一日千里。陳澗上稱之曰：虛靜師所造者道也，放乎詩，游戲乎畫，如煙雲水月出沒太虛，所謂風行水上自成文理者也。陳去非亦稱其詩無一點僧氣。騫按：崔德符卽簡齋之師崔鶠，陳澗上卽簡齋詩集中之陳恬、字叔易。簡齋於宣和二年秋至四年春，丁母憂居汝州，常與覺心往來，屢有贈答，俱見本集。外集有心老久許爲作畫未果以詩督之五律一首，可與此賦參讀。　鄧剡、字光薦，號中齋，宋末人，入元不仕，以授徒爲業。增注所云中齋，不知是否卽此人。　辛稼軒鷓鴣天詞云：卻嫌鳥雀投林去，觸破當樓雲母屏。又云：亂鴉畢竟無才思，時把瓊瑤蹴下來。皆謂雪也，與此賦飛鳥破煙二句意境相同。悟此可知投字之非；且破字去聲，用於此處聲調極響，改爲平聲之投字則啞矣。

〔評論〕　劉云：語精妙，意融繹，小賦若此，殆勝建安、逼鸚鵡矣。可愛！可愛！（在破煙句下）又云：賦自清麗。變態收拾儘可。第從說山答笑，從笑入夢，夢入畫，畫復入笑，笑者是禪，則夢者非矣。只此首尾已似衡決。持畫疾去，客主兩失之。　沈云：超妙不下東坡赤壁。

# 玉延賦

吾聞陽公之田，不墾不耕，爰播盈斗，可獲連城。資陰陽之淑氣，孕天地之至精，蜿蜒赤埴之腴，煌扈白虹之英。驚山木之潤發，冒朝采之餘榮，逮百嘉之澤盡，候此玉之豐成。王公大人方以不貪爲寶，辭秦玉而陋楚珩，雖三獻其誰售，乃舉贄於老生。老生囊中之法未試，腹內之雷久鳴；搴石鼎以自濯，揞豕腹之彭亨。春江浩其波濤，遠壑颯以松聲，俄白雲之漲谷，亂雙眼於晦明。擅人間之三絕，色味勝而香清，捧盃盂而笑領，映戶牖之新晴。斥去懶殘之芋，盡棄接輿之菁。收奇勳於景刻，匕未落而體輕。凌厲八儒，掃除三彭，見蓬萊之夷路，接閶闔於初程。彼徇華之大夫，含三生之宿酲，汙之以蜂蜜，辱之以羊羹，合堂逸少之炙，同傳孝儀之鯖。嘆超然之至味，乃陸沉於聾盲，豈皆能於我遇，亦或卿而或烹。起援筆而三叫，驅蚍蜉以縱橫；吾何與（去聲：自注。）大夫之迷疾，蓋以慰此玉之不平也。

【校勘】（以自濯）劉評舊鈔聚珍俱作而自濯。（波濤）劉評聚珍俱作濤起。（白雲）胡脫此二字，今據劉評舊鈔聚珍補。（於晦明）劉評作之晦明。（戶牖）劉評舊鈔俱作牖戶。（以縱橫）劉評作而縱橫。（自注去聲）胡僅有去字，今從劉評。

【增注】集中有同楊運幹黃秀才村西買山藥、同二子觀取魚於賓家池二詩，蓋詩賦同時作也。鬻按：二詩見本集卷十四，篇次相連，賦謂此賦與下篇放魚賦。　玉延，鄭越名土藷。

【評論】劉云：句得賦體，有嫩有痴，蓋以典刑勝滑稽。

# 放魚賦

仲冬良日，二客過予，請觀魚於竇氏之陂。攝衣而興，從客往嬉，日澹寒郊，木影陸離。顧道傍之洫，異於他日，浩如潮之方滋。客曰：是殆水師不仁，將平地以盡魚，空其池而寓之斯也。至則水不膚寸矣！而百萬之鱗，瀺灂聲沸，金橫玉偃，失據狼狽。赤手下捕，易若拾塊，翻倒窟穴，不遺細碎。問其所以得取，則輸金錢以買諸竇氏。噫噓！是魚之愛其生，與我無異也，奈何使充牣之性命，帶噞喁而就臠割，纔以易一朝之費。彼任公子雖永負於一魚，而淛河以東，蒼梧以北，皆歌舞其賜；則乘除而逆計之，其得失有以相濟也。聊解我衣，救爾戢戢，爰得數斗，護以微濕，豈不指動，義生相急。將逸爾於隋溝，資淮海以共給。已趣湯而幸見赦，同伏質而偶不及，其亦知遇我之不可常，而教魴鱮以愼出入也。僮奴笑曰：美則美矣，抑此賜不終。夫巢梁之禽，智困深叢，草秀巖下，出山不豐。是魚安樂於止水之淵久矣；一旦投之衝沙走石之流，亦鱗敗鰭折，未十里而取窮耳。不虞生異，使我辭索，遂用其言，脫魚再厄。步驛門而左轉，得渺然之平澤，其深黛黑，其淺鑑白，窮源委而四顧，知吾輩之責塞。罄一瀉而莫留，亂藻荇之寒碧，乍圉圉以洋洋，忽四散而無迹，異乾魚之還鄉，類羣鱷之徙宅。念宇宙之偉事，或偶成於戲劇，豈特爲今日之一快，吾將候風雷於它夕也。衆客忻然，三遶而退。歸泚我筆，以記斯會。庶幾竇氏子聞之，爲來歲之戒。

〔校勘〕　（是殆）劉評殆字誤在下文盡魚魚字之上。（噫噓）劉評舊鈔俱作噫嚱。（一旦）劉評舊鈔作而一旦。（而四顧）劉評作以四顧。（徙宅）胡誤作從宅，據劉評舊鈔改。（豈特）胡誤作豈得，據劉評舊鈔聚珍改。以上二字俱形近之誤。

〔增註〕 廣雅：充㣲，滿也。 昌黎與于襄陽書：愈今者惟朝夕芻米僕賃之資是急，不過費閣下一朝之享而足也。 中齋云：盧仝詩：萬國赤子、𢧐𢧐生魚頭。 又云：漢書：相急以義。 又云：生異字見漢書。 韓昌黎云：泚筆以俟。

〔評論〕 劉云：轉換婉折，不多不少，懇款濃厚；蓋無一語不實，故貴。 沈云：窮形盡相，更饒會悟之妙、層折之奇。

## 次韻謝文驥主簿見寄兼示劉宣叔

斷蓬隨天風，飄蕩去何許；寒草不自振，生死依牆堵。兩途俱寂寞，衆手劇雲雨，坐令習主簿，下與鷄鶩伍。遙知竹林交，未肯一時數。翩翩三語掾，智與謾相補；髯劉吾所畏，道屈空去魯；子才亦落落，傾蓋極許予。四夔照河濱，一笑寬逆旅。堂堂吾景方（自注：張儀掾字。），去作泉下土；未知我露電，能復幾寒暑。思尊久未決，食薺轉覺苦，我不逮諸子，要先諸子去。不種楊惲田，但灌呂安圃，未知誰善釀，可作孔文舉。十年亦晚矣，請便事斯語。（自註：來詩有十年之約。）

〔校勘〕 （宣叔）宋詩鈔作宣敎，非是；說見胡箋。 （依牆）舊鈔潘選宋詩鈔俱作衣牆。沈云：衣疑依，然作衣亦佳。騫按：衣牆堵，謂衣被牆堵，草生牆上如與牆着衣也。如此解釋，雖似可通，實太牽強，其爲形近之誤無疑。沈氏偶未檢胡箋本，故曲爲之解耳。 （智與謾）劉評舊鈔宋詩鈔謾俱作慢。增註云：慢一作謾，非。騫按：慢謾二字古書每通用，皆作輕慢怠忽解。漢書龔勝傳：媠謾亡狀。師古註云：謾讀與慢同。廣雅釋詁亦訓謾爲緩，與慢同義。增註云其非是，不解何謂。 （寒暑）胡誤塞暑，據劉評舊鈔宋詩鈔改。 （轉覺）劉評作覺轉。 （呂安）胡誤柳安，據劉評舊鈔聚珍潘選宋詩鈔改。（詩尾自註來詩云云）胡無之，據劉評潘選宋詩鈔補。

〔增注〕　中齋云：屈原卜居：將與雞鶩爭食乎。

〔評論〕劉云：閒語得精意，可以處世。（在智與謾句下）　又云：名言。（在要先諸子去句下）　又云：三脚鐺語，終未爲然。（在孔文舉句下）　沈云：起處直到建安，以下款款源源，長篇正式。

## 題劉路宣義風月堂

長風將佳月，萬里到此堂，天遊本無待，邂逅今夕涼。北窗舊竹短，南窗新竹長，此君本無心，風月不相忘。道人方燕坐，萬物凝清光，不獨揖霜雪，似聞笙鶴翔。乃知一念靜，可洗千劫忙；明當[illegible]麯生，往問安心方。

〔校勘〕（揖霜雪）舊鈔聚珍俱作挹霜雪。增註云：揖當作挹，諸本皆作揖，似兩字通耳。騫按：據此知舊鈔所自出者與劉評非一本。

〔增注〕　韓昌黎詩：晚色將秋至，長風送月來。又竹逕詩：若要添風月，應除數百竿。

〔補箋〕　劉摯，字莘老，東光人（今河北東光縣），後家於東平（今山東東平縣）。哲宗元祐六年爲相；新黨用事，謫死嶺南。高宗紹興初追謚忠肅。宋史三四零有傳。　摯子可考者四人：跂，見宋史本傳。蹟，見前篇次韻謝文驥詩胡箋。跂，字斯立，見呂本中紫薇詩話。路，字斯川，一作師川，見本篇及紫薇詩話。次韻謝詩之劉宣叔，則摯之孫、路之姪也。　紫薇詩話：劉師川，莘老丞相幼子，力學有文。嘗贈舍弟詩云：大阮平生余所愛，小阮相逢亦傾蓋，濟陰未識情更親，信手新詩落珠貝。楊氏作公誰料理，臧孫有後誠可喜。長亭水落（疑當作木落）風雨多，無酒飲君如別何。

余時爲濟陰縣主簿，大阮謂知止也。（知止卽呂欽問，見下篇。） 宋時文武官各分爲若干階，每階均有名稱。文官階較高者稱某大夫，如中散大夫、朝議大夫等，較低者稱某郎，如宣義郎、迪功郎等。此項名稱只表示其階級，並非實際職位。宣義、迪功、皆屬低階。

〔評論〕劉云：脫用韓語，造以己意，便非衆人風月。（在首二句下） 又云：忽忽兩語，至此甚超。（在北窗南窗二句下） 又云：又是韓意，用之愈別。（在風月不相忘句下）

## 送呂欽問監酒授代歸

以我千金帚，逢君萬斛船。要知窮有自，未覺懶相先。盆盎三年夢，篇章四海傳。怱怱秣歸馬，離恨滿霜天。

〔校勘〕 （授代）舊鈔作受代，似應從。

〔補箋〕 宋史三七六呂本中傳云：本中，字居仁，元祐宰相公著之曾孫，好問之子。同書三六二呂好問傳云：好問，侍講希哲子也。可知欽問乃好問之從弟，本中之再從叔。本集卷二十七有次韻謝呂居仁詩，簡齋蓋與呂氏兩代皆有往來。（參閱前篇風月堂詩箋） 監酒，卽監酒稅，地方性微官。宋時文人每謫官此職，如晏幾道曾謫監許田鎭酒稅，蘇轍曾謫監筠州酒稅，秦觀曾謫監處州酒稅，晁補之曾謫監信州酒稅，簡齋後此亦曾謫監陳留酒稅。

〔評論〕 劉云：精嫩。（在要知未覺一聯下）

## 次韻周教授秋懷律髓卷十二秋日類

一官不辦作生涯，幾見秋風捲岸沙。宋玉有文悲落木，陶潛無酒對黃花。天機袞袞山新瘦，世事悠悠日自斜。誤矣載書三十乘，東門何地不宜瓜。

〔**校勘**〕（世事）律髓潘選俱作人世。

〔**評論**〕劉云：語有壯意，不刻故也。（在世事句下）方云：格高。紀云：惟天機袞袞四字惡，餘誠如虛谷之評。

陳簡齋詩集合校彙注卷一終

# 陳簡齋詩集合校彙注卷二目錄

次韻張矩臣迪功見示建除體……一三
八音歌 二首……一四
題牧牛圖……一五
題易元吉畫麞……一六
題唐希雅畫寒江圖……一六
江南春……一七
蠟梅……一七
次韻張元方春雪……一八
舍弟踰日不知雪勢密因再賦……一八
雜書示陳國佐胡元茂 四首……一九

# 陳簡齋詩集合校彙注卷二

鄭騫因百　校箋

## 次韻張矩臣迪功見示建除體

建德我故國，歸哉遄我驅。除道得歡伯，荆棘無復餘。滿懷秋月色，未覺飢腸虛。平林過西風，爲我起笙竽。定知張公子，能共寂寞娛。執此以贈君，意重貂襜褕。破帽與青鞋，耐久心亦舒。危處要進步，安處勿停車。成虧在道德，不在功利區。收視以爲期，問君此何如。開尊且復飲，辭費道已迂。閉口味更長，香斷窗櫺疎。

【校勘】（我驅）胡作我軀，今從劉評舊鈔。（襜褕）胡誤襜榆，據劉評舊鈔聚珍改。（爲期）增註云：期疑當作明。騫按：此說似應從。

【補箋】胡箋云：矩臣字元方，退傅鄧公之孫。騫按：退傅鄧公，張士遜也。詳見卷九跋外祖存誠子帖詩補箋。士遜爲簡齋外曾祖，見拙編簡齋年譜。本集卷六有次韻謝表兄張元東見寄詩，胡箋云，元東名規臣。元方矩臣，元東規臣，明是兄弟。二人既爲簡齋表兄弟行，應是士遜之曾孫，胡箋誤差一輩。　術數家以建除等十二辰定日之吉凶。淮南子天文訓：寅爲建，卯爲除，辰爲滿，巳爲平，主生。午爲定，未爲執，主陷。申爲破，主衡。酉爲危，主杓。戌爲成，主少德。亥爲收，主大德。子爲開，主太歲。丑爲閉，主太陰。史記日者列傳，褚先生舉述武帝時占卜諸家，有建除家。蓋始於戰國以後。建除體詩，卽以建除滿平定執破危成收開閉十二字，依次冠於每兩句之首，故全詩必爲二十四句。此體鮑照始爲之，今錄其詩於下：建旗出燉煌，西討屬國羌。除去徒與騎，戰車羅萬箱。滿山又塡谷，投鞍合營牆。平原亘千里，旗鼓轉相望。定舍後未休，候騎敕前裝。執戈無暫頓，彎弧不解張。破滅西零國，生虜郅壺漿。收功在一時，歷世荷餘光。開壤襲朱紱，左右佩金章。閉帷草太玄，茲事殆愚狂。

【評論】 沈云：卓朗明通，得未曾有。

## 八音歌

金張與許史，不知寒士名。石交少瑕疵，但有一麴生。絲色隨染異，擇交士所貴。竹林固皆賢，山王以官累。匏酌可延客，藜羹無是非。土思非不深，無屋未能歸。革華雖可侯，不敢踐危地。木奴會足飽，寬作十年計。

【增注】 昌黎集有下邳侯革華傳，蓋僞作也。鶱按：宋祝充注韓集云：舊本無革華傳，歐陽公始錄之。

二

金章笑鶉衣，玉堂陋茅茨。石火不須臾，白駒隙中馳。絲鬢那可避，會當來如期。竹固不如肉，飛觴莫辭速。匏竹且勿喧，聽我歌此曲。土花玩四時，未覺有榮辱。革木要一聲，好異乖人情。木公不可待，且復舉吾觥。

【校勘】 胡注於連章之詩皆只標一又字，今悉以數目字標其次第，以便尋檢。後仿此。

【增注】　孔稚珪北山移文：組金章，綰墨綬。　莊子：人生天地之間，若白駒之過隙，忽然而已。此語亦見張良、魏豹傳云。

【補箋】　八音歌者，以金石絲竹匏土革木八字依次冠於每兩句之首也。故全詩必爲十六句。胡箋云：此體始於沈迥。騫按：沈炯，字禮明、一作初明，陳時人，沈約之後。其字曰明，名應是炯；胡箋作迥，不知有據否？蓋音形並近之誤也。炯所作八音詩云：金屋貯阿嬌，樓閣起迢迢。石頭足年少，大道跨河橋。絲桐無緩節，羅綺自飄飄。竹煙生薄晚，花色亂春朝。匏瓜詎無匹，神女嫁蘇韶。土地多妍冶，鄉里足塵囂。革年未相識，聲論動風飆。木桃堪底用，寄以答瓊瑤。

【評論】　沈云：吐屬殊妙。

## 題牧牛圖

千里煙草綠，連山雨新足；老牛抱朝飢，向山影觳觫。犢兒狂走先過浦，卻立長鳴待其母。母子爲人實倉廩，汝飽不慙人愧汝。牧童生來日日娛，只憂身大當把鉏，日斜睡足牛背上，不信人間有廣輿。

【增注】　中齋云：唐人詩：數粒盤中餐，幾滴牛頷血。

【補箋】　夏註解釋末兩句云：言牧童只知牛背爲安，不知富貴者更有廣大之輿。蓋歎貧富之不齊也。騫按：不知與不信有別。不知者既知之後，可能卽信；不信者固未必知，但卽使知有其事，亦不信其果然。此兩句謂牧童牛背睡足，不相信人間有較此更爲安適之處，所以狀其悠然自得也。夏注既非原作意義，亦失原作韻味。

【評論】　劉云：信筆落此。　沈云：詩亦有畫意。

## 題易元吉畫麞

紛紛騎馬塵及腹，名利之窟爭馳逐；眼明見此山中吏，恠底吾廬有林谷。雌雄相對目烱烱，意閑不受榮與辱。掇皮皆眞豈自知，坐令猫犬羞奴僕。我不是李衞公，欺爾無魂規爾肉。又不是曹將軍，數肋射爾不遺鏃。明牕無塵簾有香，與爾共此春日長，戲弄竹枝聊卒歲，不羨晋宮車下羊。

〔校勘〕（雌雄）劉評舊鈔俱作雄雌。（豈自知）潘選作不自知。

〔補箋〕郭若虛圖畫見聞誌：易元吉，字慶之，長沙人。靈機深敏，畫製優長。始以花果專門。後志欲以古人所未到者馳其名，遂寫獐猿。嘗游荆湖間，入萬守山百餘里，以覘猿狖獐鹿之屬；逮諸林石景物，一一心傳足記，得天性野逸之姿。按：元吉，宋仁宗時人。獐卽麞字。

〔評論〕劉云：亦欲遠出畫外，未見自然。（在首兩句下）　又云：謂或利其皮。（在掇皮句下）又云：謂見似不捕；然語意皆未爲到。（在坐令句下）　又云：尤似不切。（在末句下）

〔附錄〕葛勝仲丹陽集卷十八有和詩，題云和陳簡齋韻，詩如下：

馬鞭雖長不及腹，山林朝市兩角逐。華堂誰掛元吉麞，坐使朱門變林谷。龍章鳳姿自有種，山野頭顱未爲辱。長沙寫眞得天趣，下視馮尹皆奴僕。君不見，青州劉幡得意草，能使死麕骨再肉。又不見，廣平射麕變浮屠，因罷校獵投金鏃。兩幅陵陂槲葉香，萬傳共樂春草長，昂頭妥尾無所畏，窘拘知勝觸藩羊。

## 題唐希雅畫寒江圖

江類雲黃天醞雪，樹枝慘慘凍欲折。耐寒野鴨不知歸，猶向沙邊弄羽衣；黃茅終日不自力，影亂弱藻相因依。惟有蒼石如臥虎，不受陰晴與寒暑，舟中過客莫敢侮，閑伴長江了今古。

〔校勘〕（蒼石）胡誤作蒼苔，據劉評舊鈔聚珍潘選改。

〔夏注〕名畫評：南唐唐希雅，嘉興人。李煜好金索書，希雅常學之，乘興縱奇，因其戰擊之勢以寫竹樹。其爲荊檟、柘棘、翎毛、草蟲之類，多得郊野眞趣。江南絕筆，徐熙、唐希雅二人而已。

〔補箋〕郭若虛圖畫見聞誌：唐希雅，嘉興人。妙於畫竹，兼工翎毛。始學李後主金錯刀書，遂緣與入於畫。故爲竹木多顫掣之筆，蕭疏氣韻，無謝東海矣。按：東海卽謂徐熙。

〔評論〕劉云：雖卷中物色，首尾正自有識，生枝作節。　沈云：結妙。

## 江南春

雨後江上綠，客愁隨眼新，桃花十里影，搖蕩一江春。朝風迎船波浪惡，暮風送船無處泊。江南雖好不如歸，老薺遶牆人得肥。

〔校勘〕（客愁）舊鈔宋詩鈔俱作客悲。不如愁字現成，聲調亦啞。　（一江春）舊鈔作江南春。不如一江春生動，恐是鈔者因題臆改。　（迎船）劉評舊鈔宋詩鈔俱作逆船。

〔評論〕劉云：四句情味具足。（謂後四句）

## 蠟梅

智瓊額黃且勿誇，回眼視此風前葩。家家融蠟作杏蔕，歲歲逢梅是蠟花。世間眞僞非兩法，映月細看眞是蠟。我今嚼蠟已甘腴，況此有味蠟不如；只愁繁香欺定力，薰我欲醉須人扶。不辭花前醉倒臥經月，是酒是香君試別。

〔校勘〕　（有味）劉評舊鈔聚珍潘選宋詩鈔俱作有韻。據注應是有味，味字較韻字切實。（是酒是香）舊鈔作是香是酒。

〔增注〕　北齊宮人以鉛黃塗額，時號佛粧。

〔補箋〕　宋周紫芝竹坡詩話：東南之有蠟梅，蓋自近時始，余爲兒童時猶未之見。元祐間，魯直諸公方有詩，前此未嘗有賦此詩者。

〔評論〕　沈云：橫逸可喜。

## 次韻張元方春雪

雲黃天爲低，窗白雪初作，幽人睡方覺，簾外舞萬鶴。斜斜既可人，整整亦不惡。不知來何暮，遂失梅花約。東風桃杏䁑，不受珠璣絡；聊回萬斛潤，點點付藜藿。幽人無酒飲，一笑供酬酢，歲晚會復來，相期在丘壑。

## 舍弟踰日不知雪勢密因再賦

密雪來催詩，似怪子不作。蔽天白漫漫，誰辨鷺與鶴。坐令天回笑，未受風作惡。急飛既繁麗，緩舞尤綽約。稍積草木上，斷縞莽聯絡。終然要白日，印彼葵與藿。滿眼豐歲意，空詩信難酢。愼勿辭典衣，已不慮塡壑。

【校勘】（斷縞）胡作斷槁，今從劉評舊鈔。增注云：縞一作稿，非。騫按：縞色白，詩意謂雪積草木上，或有或無，或多或少，有如斷縞。此二字寫出上句稍積二字神理。

【評論】劉云：皆老意之過。（在葵與藿句下）騫按：此評費解，疑有誤字。

## 雜書示陳國佐胡元茂四首

一官專爲口，俯仰汗我顏，顧將千日飢，換此三歲閑。冥冥雲表鴈，時節自往還，不憂稻粱絕，憂在羅網間。絕勝杜拾遺，一飽常間關，晚知儒冠誤，猶戀終南山。

【校勘】（稻粱）劉評作稻梁。增注云：梁字據閩本從木。按本草，粱米出梁州；又按戰國策，梁肉字皆從木。騫按：此說似嫌迂僻，今仍從衆作粱。

【增注】昌黎集鳴雁詩注云：鴻雁，前輩多使稻粱事，出戰國策。廣絕交論云：分雁鶩之稻粱。

【補箋】陳公輔，胡松年，宋史三七九有傳。

【評論】劉云：快語。（在一官句下）　又云：因物寄興，拈出可人。　又云：反覆慨恨，極所難言，自遣類俳。

### 二

杜門十日疾，因得觀妄身；勿云千金軀，今視如埃塵。平生老赤脚，每見生怒嗔，揮汗煑我藥，見此愧其勤。

【評論】劉云：無聊悟笑，情境畢具，又在清晨聞叩門上。

### 三

巨源邦之棟，急士如拾珍。定知柳下𣪘，遠勝崔史陳。絕交雖已隘，益見叔夜眞。士要雖衣食，求仁今得仁。釋之與王生，盛美俱絕倫。吾評竹林詠，朱可少若人。

〔校勘〕（雖衣食）劉評作難衣食。

## 四

昔吾同年友，壯志各南溟；十年風雨過，見此落落星。秀者吾元茂，衆器見鼎鉶，許身稷契間，不但醉六經。時逢下車揖，慰我兩眼青。勿憂事不理，伯始在朝廷。

〔校勘〕（昔吾）舊鈔宋詩鈔俱作吾昔。文義不順，蓋誤倒也。（稷契）舊鈔作稷禹。許身稷契是杜詩成語，禹字誤。宋詩鈔作稷卨。卨乃契之別體。

〔補箋〕宋吳幵優古堂詩話：王直方詩話謂：東坡送李公擇云，有如長庚月，到曉不收明；贈參寥云，故人各在一天角，相望落落如晨星；任師中挽詞云，相看半作星辰沒，可憐太白與殘月。而蘇黃門送恨翁守淮安亦云，我懷同門客，勢若曉天星。其後學者尤多用此。以上皆王說。予按：古樂府徐朝云，兩頭纖纖月初生，半白半黑眼中睛，腷腷膊膊鷄初鳴，磊磊落落向曙星。故劉夢得作韋處厚集序亦云：古今相望，落落然如騎星辰。乃知二蘇所用本古樂府，豈直方忘之耶。　宋史三七九胡松年傳：政和二年，上舍釋褐，補濰州教授。八年，賜對便殿，徽宗偉其狀貌，改校書郎，兼資善堂贊讀。騫按：本詩胡箋云，陳胡與簡齋俱登政和三年上舍第。宋史卷三七九陳公輔傳亦云，政和三年上舍及第。胡傳獨云二年，蓋偶誤也。本詩作於政和八年宣和元年間，正在松年賜對授官之後不久；觀偉其狀貌之語，知秀者吾元茂衆器見鼎鉶二語乃是寫實，並非泛說。胡傳云，松年字茂老，與本詩不合，當是後來改字。傳又云，松年海州懷仁人，與胡箋所云毗陵人互異。古人籍貫每有本籍寄籍之分，毗陵與海州，孰爲本籍，孰爲寄籍，無從考查。

陳簡齋詩集合校彙注卷二終。

# 陳簡齋詩集合校彙注卷三目錄

書懷示友 十首……………………………………二三
風雨……………………………………………二七
曼陀羅花………………………………………二七
螢火……………………………………………二七
北風……………………………………………二八

# 陳簡齋詩集合校彙注卷三

鄭騫 因百 校箋

## 書懷示友十首

### 一

俗子令我病，紛然來座隅；賢士費懷思，不受折簡呼。城東陳孟公，久闊今何如？明月照天下，此夕與君俱。不難十里勤，畏借東家驢。似聞有老眼，能作薦鶚書；功名勿念我，此心已掃除。

〔校勘〕　（十里）潘選作一旦。

〔評論〕　荊溪吳氏林下偶談卷一：後山詩：俗子推不去，可人費招呼。氣象淺露，絕少含蓄。陳簡齋又模而衍之曰：俗子令我病，紛然來座隅；賢士費懷思，不受折簡呼。可謂短於識而拙於才者也。（參閱卷十一送王周士詩補箋）荊溪吳氏林下偶談刊本或作吳氏詩話

### 二

張子霜後鷹，眉骨非凡曹，不肯兄事錢，但欲僕命騷。胡爲隨我輩，碌碌著青袍。相逢車馬邊，技癢不得搔。

〔增注〕　中齋云：嵇康絕交書：裹以章服，癢不得搔。

三

平生詩作祟，腸肚困藿食；使我忘隱憂，亦自得詩力。絕知是餘蔽，且復永今日；不如付杯酒，一笑萬事畢。毛穎僅升堂，麴生眞入室。

〔評論〕　劉云：皆以反覆自笑自言，情至理盡。

四

我夢鍾鼎食，或作山林遊，當其適意時，略與人間侔。覺來迹便掃，我已不悲憂。人間安可比，夢中無悔尤。

〔增注〕　史記貨殖傳：洒削薄伎，郅氏鼎食；馬醫淺方，張里擊鍾。騫按：胡箋已引漢書食貨志，增注刪去之，而改引史記；蓋因史記在前故也。班馬異同，自可並存。

〔評論〕　劉云：此兩人間轉換出沒，警悟可特。騫按：特字費解，恐有誤。

五

我策三十六，第一當歸田，柴門種雜樹，婆娑樂餘年。是中三益友，不減二仲賢，栢樹解說法，桑葉能通禪。

〔增注〕　嵇康高士傳：求仲、羊仲，皆治車爲業，挫廉逃名。蔣元卿之去兗州，還杜陵，荊棘塞門，舍中有三徑，不出。惟二人從之游，時人謂之二仲。　傳燈錄：僧問趙州師，如何是祖師西來意？師云，庭前栢樹子。騫按：此條與胡箋所引趙州師語錄合觀，其意乃見。

〔評論〕　劉云：劉劉乎其盡興。（在首兩句下）又云：借用，高處有陳元龍餘子碌碌之氣。（在末句下）

六

有錢可使鬼，無錢鬼揶揄。百年堂前燕，萬事屋上烏。微官不救飢，出處違壯圖。相牛豈無經，種樹亦有書，如何求二頃，歸臥淵明廬。曝背對青山，鳥鳴人意舒；試數門前客，終歲幾覆車。

〔評論〕 劉云：首四句可入謠言。 又云：落落有氣。（在種樹句下）

七

仲舒老一經，策世非所長，瓦鼎薦蔬食，但取充飢腸。偉哉賈生書，開闔有耿光，既珍亦可飽，舉俗不見嘗。

〔增注〕 漢董仲舒治春秋，武帝時應賢良三策，言古今治道。賈誼文帝時上政事疏，有痛哭流涕之語。騫按：詩意謂賈董全部著作，不僅賢良三策與陳政事疏。 中齋云：山谷詩：以遠初見嘗。

〔評論〕 劉云：十字全傳贊盡。（在首兩句下） 又云：何其能言，與人意合。正是具眼。 沈云：揚賈抑董，豈亦有謂？然宋之眞理學，經濟亦長，非考據之比也。 騫按：此首可見簡齋器局懷抱，及其學術見解。詩意似指當時理學家之空談性命不切實際者，沈評得其微旨。胡箋前數語甚合，後半北虜背盟云云，殊嫌附會，等於管中窺豹；蓋緣胸中先有袒護仲舒之成見故也。

八

揚雄平生學，肝腎困雕鐫；晚於玄有得，始悔賦甘泉。使雄早大悟，亦何事於玄？賴有一言善，酒箴眞可傳。

〔校勘〕（平生學）竹坡詩話作平生書。書字殊勉强。 （困雕鐫）竹坡詩話誤作間雕鐫。

〔增注〕 眉、井邊地，若人目上之有眉。纆徽、井索也。㡇、懸也，音上絹反。甓、井以磚爲甃者也，音丁浪反。轠、擊也，音雷。提、擲也，音徒計反。鴟夷、韋囊，以盛酒。滑稽，圜傳縱捨無窮之狀。天子屬車，常載酒食，故有鴟夷也。騫按：此注酒箴也。所引皆漢書陳遵傳顏師古註。

〔評論〕　劉云：每用短語，七擒七縱，讀之犁然。　宋周紫芝竹坡詩話云：揚子雲好著書，固已見誚於當世。後之議者紛紛，往往詞費而意殊不盡。惟陳去非一詩，有譏有評，而不出四十字。後之議雄者雖累千萬言必未能出諸此。　騫按：評子雲語最簡切有味者，莫過於辛稼軒賀新郎詞之投閣先生惟寂寞，笑是非不了身前後。

九

蕭蕭十月菊，耿耿照白草，開牕逢一笑，未覺徐娘老。風霜要飽更，獨立晚更好，韓公真躁人，顧用擾懷抱。

〔評論〕　劉云：節制高古，理不在多。

十

青青堂西竹，歲寒不緇磷，蓬蒿衆小中，拭眼見長身。瀟然冬日影，此處極可人；子猷幸見過，一洗聲色塵。

〔夏注〕　論語：不曰白乎，涅而不緇；不曰堅乎，磨而不磷。緇、黑色也。磷、薄也。　蓬蒿以比小人，長身謂竹，以比君子。騫按：蓬蒿以比俗人，竹以比雅士。夏說以爲比君子小人，太嚴重而迂腐，與此詩意境不合。

## 風雨

風雨破秋夕，梧葉牕前驚。不愁黃落近，滿意作秋聲。客子無定力，夢中波撼城。覺來俱不見，微月照殘更。

〔增注〕 史記：穰侯謂王稽曰，得無與諸侯客子俱來乎？

〔評論〕 劉云：造奇。（在夢中句下） 沈云：超妙絕倫。

## 曼陀羅花

我圃殊不俗，翠蕤敷玉房。秋風不敢吹，謂是天上香。煙迷金錢夢，露醉木蕖妝。同時不同調，曉月照低昂。

〔校勘〕 （玉房）劉評誤作五房。

## 螢火

翩翩飛蛾掩明燭，見烹膏油罪莫贖；嘉爾螢火不自欺，草間相照光煜煜。卻馬已錄仙人方，映書曾登君子堂。不畏月明見陋質，但畏風雨難爲光。

## 北風

北風掠野悲歲暮，黃塵漲街人不度。孤鴻抱飢客千里，性命幺微不當怒。梅花欲動天作難，蓬飛上天得盤桓。千年臥木枝葉盡，獨自人間不受寒。

〔校勘〕　（千年）胡作千里，舊鈔宋詩鈔亦作千里。今從劉評聚珍。臥木而云有千里之長，理不可通，又與上文重複，顯係誤字。

〔評論〕　劉云：本是新意，亦犯古語。騫按：古語謂胡箋所引昌黎詩。　沈云：吐屬之妙，欲過蘇黃。

陳簡齋詩集合校彙注卷三終

# 陳簡齋詩集合校彙注卷四目錄


送張仲宗押戟歸閩中……三一
襄邑道中……三二
寄新息家叔……三二
年華……三二
茅屋……三三
酴醿……三三
雨……三三
西風……三四
題許道寧畫……三四
和張規臣水墨梅五絕……三五
夜雨……三八
連雨不能出有懷同年陳國佐……三八
目疾……三九
以事走郊外示友……四〇

# 陳簡齋詩集合校彙注卷四

鄭騫 因百 校箋

## 送張仲宗押戟歸閩中

翩然鴻鵠本不羣，亦復爲口長紛紛，去年弄影河北月，今年迎面江南雲。還家不比陶令冷，持節正效相如勤，青天白日映徒御，玄髮絳旄明江濆。舟前落花慰野老，浦口杜若愁湘君，遙知詩成寄驛使，萬里春色當見分。贈人以言予豈敢，不忍負子聊云云。舊山雖好愼勿過，恐有德璋能勒文。

〔校勘〕（寄驛使）劉評舊鈔宋詩鈔俱作値驛使。

〔增注〕史記：老子云，富貴者送人以財，仁人者送人以言。

〔補箋〕四庫全書蘆川歸來集提要云：宋張元幹撰，元幹字仲宗，自號眞隱山人，又曰蘆川老隱。周必大跋其送胡銓詞，稱長樂張元幹；睢陽王浚明跋其幽岩尊祖錄則稱永福張仲宗。皆宋人之辭，未詳孰是也。騫按：長樂屬福建，永福屬江西。據右詩歸閩中之語及胡箋，知仲宗是福建人，永福或是祖籍。仲宗生於哲宗元祐六年辛未，少簡齋一歲；舊說誤爲生於英宗治平四年丁未，辨詳拙著宋人生卒考示例續編。右詩作於徽宗政和七年，見拙著陳簡齋年譜，時仲宗年甫二十七歲，故詩中有玄髮絳旄之語。

## 襄邑道中

飛花兩岸照船紅，百里榆堤半日風。臥看滿天雲不動，不知雲與我俱東。

〔夏注〕　襄邑，今河南睢縣。宋時本開封府屬縣，後建拱州，治襄邑。

## 寄新息家叔

風雨淮西夢，危魂費九升。一官遮日手，兩地讀書燈。見客深藏舌，吟詩不負丞。竹林雖有約，門戶要人興。

〔夏注〕　新息縣，宋屬蔡州，故城在今河南息縣東。

〔評論〕　沈云：醞藉有味。（在兩地讀書燈句下）

## 年華律髓卷二十一雪類

去國頻更歲，爲官不救飢。春生殘雪外，酒盡落梅時。白日山川映，青天草木宜。年華不負客，一一入吾詩。

〔評論〕　方云：陳簡齋無專題雪詩，此二首一云春生殘雪外，一云後嶺雪槎牙，皆於雪如畫，佳句也。且格律絕高，特取諸此，以備玩味。騫按：方所選另一首爲金潭道中，見本集卷二十四。紀云：三句精詣，對亦可。

## 茅屋

茅屋年年破，春風歲歲來，寒從草根退，花値客愁開。時序添詩卷，乾坤進酒盃。片雲無思極，日暮卻空廻。

〖評論〗 劉云：與進奕棋似。（在乾坤句下，其下有按語云，杜詩：耕巖進奕棋。）

## 酴醾

雨過無桃李，唯餘雪覆墻，青天映妙質，白日照繁香。影動春微透，花寒韻更長。風流到尊酒，猶足助詩狂。

〖校勘〗 （雪覆）劉評誤作雲覆。

〖評論〗 劉云：不妨有朴意。（在青天句下） 沈云：起妙。

## 雨　卷十七晴雨類

蕭蕭十日雨，穩送祝融歸。燕子經年夢，梧桐昨暮非。一凉恩到骨，四壁事多違。袞袞繁華地，西風吹客衣。

〖校勘〗 （題）舊鈔潘選宋詩鈔作秋雨。按：詩意確是秋雨，但題目非必有秋字。（經年夢）律髓潘選作今年別。（昨暮非）律髓潘選作昨夢非，閩本作昨暮悲。按：悲字意雖可通，而嫌牽强，不應從。

〔評論〕　劉云：反語。（在一凉恩到骨句下）騫按：此句是正說，而須溪謂爲反語，想是此翁性畏秋雨淒凉，或有風濕病，故以己度人。　沈云：幽微可思，味之無極。李東陽麓堂詩話：陳無已詩，綽有古意，如風帆目力短，江空歲年晚，興致藹然。然不能皆然也，無乃亦骨勝肉乎。陳與義一凉恩到骨，四壁事多違，世所傳誦，然其支離亦過矣。騫按：支離似卽骨勝肉之意。　方云：簡齋五言律爲雨而作者，選十九首。詩律精妙，上迫老杜，仰高鑽堅，世之斯文自命者，皆當在下風。后山之後，有此一人耳。騫按：簡齋於氣候轉變甚爲敏感，故集中寫晴雨之作，多而且佳。馮舒云：吾寧簡齋。（在方批下）　又云：亦宋氣。（評一凉句）　紀云：穩字不佳，三四妙在卽離之間，恩字似新而俚。　查云：言淺而意深，學杜中又自出手眼，集中登選者殊多，無出此上者矣。騫按：紀評穩字恩字甚確。此首在簡齋雨詩中並非甚佳之作，查氏盛稱之，何也？

## 西風

木末西風起，中含萬里凉；浮雲不愁思，盡日只飛揚。夢斷頭將白，詩成葉自黃。不關明主棄，本出涸陰鄉。

〔評論〕　沈云：氣韻超勝，五律之傑。　又云：結語溫厚。

## 題許道寧畫

滿眼長江水，蒼然何郡山？向來萬里意，今在一牕間。衆木俱含晚，孤雲遂不還。此中有佳句，吟斷不相關。

〔夏注〕　許道寧，河間人，學李成畫山水。初市藥於端門前，有贖者，必畫樹石兼與之，無不稱其精妙。由此有聲，遂遊公卿之間，多見禮待。道寧所長者三：一林木，二平遠，三野水，皆造其妙，自成一家。見聖朝名畫錄。騫按：道寧畫今猶有存者。

## 和張規臣水墨梅五絕

巧畫無鹽醜不除，此花風韻更清姝。從教變白能爲黑，桃李依然是僕奴。

〔校勘〕　（規臣）胡箋聚珍作規臣，劉評潘選作矩臣。按：張矩臣規臣二人與簡齋爲中表兄弟，集中與矩臣唱和酬贈之詩較多，規臣較少。胡箋注矩臣事見於卷二次韻建除體詩，注規臣事則見於卷六次韻謝表兄張元東見寄詩。此墨梅若是和規臣者，其名在集中爲首見，不應至卷六始注，疑當作矩臣爲是。

〔校勘〕　（從教）艇齋詩話作雖然。（見下）

〔補箋〕　葛立方韻語陽秋卷十八：先文康公知汝州日，陳去非以太學錄持服來寓。先公以去非墨梅詩繳進，於是去非除太學博士。（原文甚長，節錄與本題有關者；餘見拙編簡齋年譜宣和四年壬寅。）　胡編簡齋年譜：宣和五年，任太學博士。既而徽廟宣見先生所賦墨梅詩，善之，亟命召對，有見晚之歎。騫按：果如胡譜云云，徽宗見墨梅詩乃在任太學博士之後，與韻語陽秋所記不同。證以富直柔贈葛詩，洛陳花骨巧裁詩，曾把梅篇薦玉墀之語，自以陽秋爲是。富詩全首見陽秋同條。

〔評論〕　沈云：前四首此題絕作。又云：前二首是史公名論。曾季貍艇齋詩話：墨梅詩甚多。

如陳去非雖然變白能爲黑，桃李依然是僕奴，其詞蓋幾乎駡矣。惟聞人武子一詩云：瑤姬佇立緣何事，直到烟昏月墮時，形容得宛轉甚佳。騫按：雖然二字字面旣俗，又與下依然犯複，遠不如原作之從教二字。各家詩話引詩與原作不同處，每係記憶或傳誦錯誤，未必所見之本如此。以下四首之異文，俱同此例。

## 二

病見昏花已數年，只應梅蘂固依然。誰教也作陳玄面，眼亂初逢未敢憐。

【校勘】（病見）此二字不甚通順，據胡箋應是病眼；但諸本皆如此，眼字又與下眼亂犯複，只可存疑。細觀詩意，蓋以昏花二字作名詞用。

【增注】昌黎毛穎傳：絳人陳玄注：絳州貢墨。

【評論】劉云：來得別。（在首句下）又云：此世道人物變態之感也；末七字宛轉三折，收拾曲盡。

## 三

粲粲江南萬玉妃，別來幾度見春歸。相逢京洛渾依舊，惟恨緇塵染素衣。

【校勘】（粲粲）捫虱新話作潔白。按：粲粲兼言花之光彩神理；潔白則僅狀花之顏色，便覺呆相。（渾依舊）梅磵詩話作還依舊。按：還字不如渾字有力。（惟恨）容齋續筆作只恨，捫虱新話作只是，滹南遺老詩話作祇有。按：後二者俱不如惟恨有力。（染素衣）梅磵詩話作滿素衣。（以上所引詩話原文俱見下。）

【評論】劉云：俗之所善。沈云：寓客中之感，亦妙。洪邁容齋續筆卷八：陳簡齋墨梅絕句一篇云，粲粲江南萬玉妃，……。語意皆妙絕。晉陸機爲顧榮贈婦詩云：京洛多風塵，素衣化爲緇。齊謝玄暉酬王晉安詩云：誰能久京洛，緇塵染素衣。正用此也。　捫虱新話卷二：客有誦陳去非墨梅詩於予者，且云，信古人未曾道此。予誦其一曰：潔白江南萬玉妃云云，世以簡齋詩爲新體，豈此類乎？客曰：然。予曰：此東坡句法也。坡梅花絕句云：月地雲階漫一尊，玉奴終不負東昏，臨春結綺荒荆棘，誰信幽香是返魂。簡齋亦善奪胎耳。簡齋蠟梅詩曰：奕奕金仙面，排行立晚晴，殷勤夜來雪，少住作珠瓔。亦此法也。　王若虛滹南遺老詩話：予嘗病近世墨梅二詩，以爲過文。觀宋詩選陳去非云：粲粲江南萬玉妃云云，曹元象云：憶昔神遊姑射山，夢中栩栩片時還，冰膚不許尋常見，故隱輕雲薄霧間。乃知此弊有自來矣。（原注：曹元象一作曾元象。）　韋居安梅磵詩話：予觀陳簡齋和張規臣墨梅詩，粲粲江南萬玉妃云云，結用陸謝語，道得著。

四

含章簷下春風面，造化功成秋兔毫。意足不求顏色似，前身相馬九方臯。

〔校勘〕　（含章）舊鈔誤作金章。　（簷下）漁隱叢話誤作簾下。

〔補箋〕　胡仔苕溪漁隱叢話卷五十三：陳去非墨梅絕句，含章簾下春風面云云，後徽廟召對，稱賞此句，自此知名，仕宦亦寖顯。陳无已作王平甫文集後序云：則詩能達人矣，未見其窮也。故葛魯卿於去非簡齋集序，遂用此語，蓋爲是也。（增注節引此段，今錄全文。）　曾敏行獨醒雜志卷四：花光仁老作墨花梅應作，陳去非與義題五絕句，其一云，含章簷下春風面……。徽廟見而善之，召對擢用。畫因詩重，人遂爲此畫。紹興初，花光寺僧來居清江慧力寺，士人楊補之、譚逢原與之往來，遂得其傳。

〔評論〕　劉云：猶涉比並。　沈云：詩文妙訣。　朱子語類卷一百四十：先生問坐間云：簡齋墨梅詩何者最勝？或以臯字韻一首對；先生曰，不如相逢京洛渾依舊，惟恨緇塵染素衣。（增注節引此段，今錄全文。）　翁方綱石洲詩話：簡齋以墨梅詩擢置館閣。然惟意足不求顏色似，前身相馬九方皐句有生韻，餘亦不盡佳也。京洛緇塵尚有神致，陳玄則傖氣矣。

五

自讀西湖處士詩，年年臨水看幽姿。晴牕畫出橫斜影，絕勝前村夜雪時。

## 夜雨 律髓卷十七晴雨類

經歲柴門百事乖，此身只合臥蒼苔。蟬聲未足秋風起，木葉俱鳴夜雨來。碁局可觀浮世理，燈花應爲好詩開。獨無宋玉悲歌念，但喜新涼入酒盃。

〔校勘〕　（只合）閩本律髓潘選作眞合。　（悲歌）律髓潘選作悲秋。　（但喜）舊鈔作但恐。按：用恐字，意謂雖無宋玉之感，但恐新涼樽酒，引動秋懷，悲從中來，不能自已耳。恐喜兩字意雖相反，卻可並存。

〔補箋〕　胡箋燈花句，引老杜獨酌詩，雖與燈花及好詩有關，卻與夜雨無關。應加引老杜贈鄭廣文醉時歌：清夜沈沈動春酌，燈前細雨簷花落，（一作簷前細雨燈花落），但覺高歌有鬼神，焉知餓死塡溝壑，更爲切實。

〔評論〕　劉云：下七字好；嘗欲寫此境，不能到。（在蟬聲木葉一聯下）　紀云：風格自好。又云：詩固不必句句抱題，然如此五六亦太脫。棋局外添一層，更爲迂遠。又云：第七句笨。

## 連雨不能出有懷同年陳國佐

雨師風伯不吾謀，漠漠窮陰斷送秋。欲過蘇端泥浩蕩，定知高鳳麥漂流。簷前甘菊已無益，階下決明還可憂。安得如鴻六尺馬，暫時相對說新愁。

〔校勘〕（相對）舊鈔作相就。按：就字意雖可通，但與愁字犯句中疊韻病。

〔增注〕老杜歎甘菊詩：簷前甘菊移時晚，青蕊重陽不堪摘，明日蕭條盡醉醒，殘花爛漫開何益。周禮庚人：馬八尺以上爲龍，七尺以上爲騋，六尺以上爲馬。（按：胡箋引老杜詩只兩句，周禮只一句。）

〔夏注〕雨師、風伯，司風雨之神也。周禮注以畢宿爲雨師，風俗通以元冥爲雨師，山海經以屏翳爲雨師。史記正義：風伯字飛廉。蔡邕獨斷：風伯神，箕星也。

## 目疾 律髓卷四十四疾病類

天公嗔我眼常白，故著昏花阿堵中。不怪參軍談瞎馬，但妨中散送飛鴻。著籬令惡誰能繼，損讀方奇定有功。九惱從來是佛種，會如那律證圓通。

〔校勘〕（目疾）律髓潘選作眼疾。（談瞎馬）律髓潘選作騎瞎馬。按：盲人騎瞎馬，乃參軍所作危語，參軍自己固未嘗騎瞎馬也，自以作談爲是。（誰能繼）劉評舊鈔律髓潘選作誰能對。（損讀）律髓方虛谷評語云：損讀，今刊本多誤作損續。夔按：現存諸本無作損續者。據虛谷之言，可知宋末元初時簡齋詩尚有刊本數種，今已失傳。（是佛種）舊鈔作自佛種。（會如）律髓潘選作會知。按：知字文義牽强，蓋形近之誤。

〔評論〕沈云：上二首用事亦好。夔按：謂此首及前首連雨不能出。又云：起四大雋。方云：此詩八句，而用七事，謂詩不在用事者，殆胸中無書耳。（中略）其要妙在用虛字以斡實事，不可不細味也。（按：方評中段歷述詩中所用七事，俱已見於胡箋，今略去。九惱句亦是用事而虛谷遺之，此詩蓋每句各用一事也。虛谷之意，或以末兩句俱用佛經，故併爲一事。）紀云：純是宋調，又自一種；然不甚傷雅，格韻較宋人高故也。　又云：此二句精當。（按此謂方評末二句）

〔附錄〕　葛勝仲丹陽集卷二十有和詩，題云和目疾韻，詩如下：

幻翳乘虛近漆瞳，輕雲蔽月有無中。廢書暫阻雝三豕，妨射何因落兩鴻。慧眼水清知吉夢，藥師經驗表奇功。疾平豈但開巖電，反照觀身覺内通。

## 以事走郊外示友

二十九年知己非，今年依舊壯心違。黃塵滿面人猶去，紅葉無言秋又歸。萬里天寒鴻雁瘦，千村歲暮鳥烏微。往來屑屑君應笑，要就南池照客衣。

〔評論〕　沈云：句中無限，句外無限。仙筆！仙筆！

陳簡齋詩集合校彙注卷四終

# 陳簡齋詩集合校彙注卷五目錄

十月……四三
題小室……四三
次韻張廸功春日……四四
又和歲除感懷用前韻……四四
張廸功（攜）詩見過次韻謝之二首……四四
即席重賦且約再遊二首……四五
次韻家叔……四五
次韻答張廸功坐上見貽張將赴南都任二首……四六
送張廸功赴南京掾二首……四七
梅花……四七

# 陳簡齋詩集合校彙注卷五

鄭騫因百校箋

## 十月

十月北風催歲闌，九衢黃土汚儒冠。歸鴉落日天機熟，老鴈長雲行路難。欲詣熱官憂冷語，且求濁酒寄清歡。孤吟坐到三更月，枯木無枝不受寒。

〔評論〕　沈云：是物是己，是景是情。

## 題小室

暫脫朝衣不當閒，灃州夢斷已多年。諸公自致青雲上，病客長齋繡佛前。隨意時爲師子臥，安心懶作野狐禪。爐煙忽散無蹤跡，屋上寒雲自黯然。

〔校勘〕　（寒雲）舊鈔作黃雲。按：黃雲與上文之爐煙、下文之黯然，皆不相稱，應作寒雲。

〔增注〕　按杜詩：蘇晉長齋繡佛前。注，蘇晉學浮屠術，嘗得胡僧慧澄繡彌勒佛一本，寶之。又坡詩：何似東坡鐵拄杖，一時驚散野狐禪。　胡箋引張籍詩兩句，增注只有次句，且云是簡齋自注。

〔附錄〕　葛勝仲丹陽集卷二十一有和詩，題云和小室韻，詩如下：

一味伽那已默傳，隨機任運且忘年。翻然不落摩騰後，成佛仍居謝客前。敎海就舟方見聖，宗門得髓始通禪。蕭齋一炷寒沉水，了盡因緣與自然。

## 次韻張廸功春日

年年春日寒欺客，今日春無一半寒。不覺轉頭逢歲換，便須揩目待花看。爭新遊女幡垂鬢，依舊先生日照盤。從此不憂風雪厄，扶藜時可過蘇端。

〖校勘〗（揩目）劉評舊鈔聚珍宋詩鈔作揩眼。

〖評論〗沈云：後半精妙無雙。

## 又和歲除感懷用前韻

宦情吾與歲俱闌，只有詩盟偶未寒。鬢色定從今夜改，梅花已判隔年看。高門召客車稠疊，下里燒香篆屈盤。我已三盃聊復爾，夢回鵷鷺出朝端。

## 張廸功携詩見過次韻謝之二首

黃紙紅旗意未闌，靑衫俱不救飢寒。久荒三徑未得返，偶有一錢何足看。世事豈能磨鐵硯，詩盟聊可歃銅盤。不嫌野外時迂蓋，政要相從叩兩端。

〖校勘〗（久荒）舊鈔潘選作久拋。按：拋字旣不如荒字現成，聲音亦太猛。（題）舊鈔無謝之二字。

二

黃鷄白日唱初闌，便覺杯觴耐薄寒。座上客多眞足樂，床頭易在不須看。更思深徑挼紅蘂，政待移廚洗玉盤。苦恨重城催興盡，歸時落日尙雲端。

【校勘】　（白日）劉評誤作向日。

【增注】　南唐馮延巳謁金門：風乍起，吹皺一池春水。閒引鴛鴦香徑裏，手挼紅杏蕊。鬬鴨欄干獨倚，碧玉搔頭斜墜。終日望君君不至，舉頭聞鵲喜。

## 卽席重賦且約再游二首

牆頭花定覺風闌，墻外池深酒亦寒。馬健莫愁歸路遠，詩成未許俗人看。釣魚不用尋溫水，濯髮眞如到洧盤。一笑得君天所借，尊前無地著憂端。

二

詩情不與歲情闌，春氣猶兼水氣寒。怪我問花終不語，須公走馬更來看。共知浮世悲駒隙，卽見平波散芡盤。得一老兵雖可飮，從今取友要須端。

【校勘】　（歲情）增注云：閩本作世情，非。（春氣）宋詩鈔誤作春風。

【評論】　沈云：疊韻此首尤佳，所謂如彈丸者。

## 次韻家叔律髓卷十二秋日類

衮衮諸公車馬塵，先生孤唱發陽春。黃花不負秋風意，白髮空隨世事新。閉戶讀書眞得計，載看從學豈無人。只應又被支郎笑，從者依前困在陳。

【校勘】（又被）劉評誤作及被。（依前）舊鈔律髓潘選宋詩鈔俱作依然。

【補箋】簡齋叔輩可考者二人：十七叔名振，見卷七謹次十七叔去鄭韻詩胡箋；二十叔名援，見卷六寄若拙弟兼呈二十叔詩胡箋。此詩所云家叔，不知爲誰。

【評論】沈云：圓轉雋妙。　方云：自是一種高格英風。

## 次韻答張迪功坐上見貽張將赴南都任二首

足錢便可不須侯，免對妻兒賦百憂。一笑相逢亦奇事，平生所得是淸流。談天安用如鄒子，掃地還應學趙州。南北東西底非夢，心閑隨處有眞游。

二

千首能輕萬戶侯，誦君佳句解人憂。夢闌塵裏功名晚，笑罷尊前歲月流。世事無窮悲客子，梅花欲動憶吾州。明朝又作河梁別，莫負平生馬少游。

【校勘】（解人憂）舊鈔宋詩鈔俱誤作解人愁。按：此是次韻詩，作愁字則失韻矣。（明朝）舊鈔潘選宋詩鈔俱誤作明年。按：此送別是眼前事，作明年太遠。

【補箋】張廸功卽張矩臣，簡齋表兄，嘗爲南都幕掾，見卷二次韻建除體詩胡箋。宋時南京應天府，卽今河南商邱縣。

## 送張迪功赴南京掾二首

士固難推挽，君其自寵珍。詩成建安子，名到斗南人。晩歲還爲客，微官只爲身。向來書盡熟，去不愧張巡。

【增注】　按魏志王粲傳：粲字仲宣，山陽高平人。始文帝爲五官中郎將，及平原侯植，皆好文學。粲與北海徐幹字偉長、廣陵陳琳字孔璋、陳留阮瑀字元瑜、汝南應瑒字德璉、東平劉楨字公幹，並見友善。陳壽評曰：文帝陳王以公子之尊，博好文采，同聲相應，才士並出。惟粲等六人，最見名目。又按魏文帝典論所載七子，不出曹子建，而孔文擧與焉。胡氏箋蓋本此。

【補箋】　張巡所守睢陽，卽宋之南京應天府，矩臣又適姓張，故詩尾兩句用巡事。中齋云：微官只爲身，言官小不足以行志，但爲貧而仕而已。

### 二

岸潤舟仍小，林空風更多。能堪幾寒暑，又作隔山河。看客休題鳳，將書莫換鵝。功名大槐國，終要白鷗波。

【評論】　劉云：總似歇後。（在末兩句下）

【附錄】　葛勝仲丹陽集卷十九有和詩，題云和送張元方南京掾，詩如下：

下位沉英俊，青編樂自多。官曹依綠水，詞筆注黃河。初日嗟貪鼠，今年未飮鵝。陪京資祿養，何計免奔波。

## 梅花

高花玉質照窮臘，破雪數枝春已多。一時傾倒東風意，桃李爭春奈晚何。

【校勘】　（東風）舊鈔作春風。按：與下句爭春字重複。

陳簡齋詩集合校彙注卷五終

# 陳簡齋詩集合校彙注卷六目錄

與周紹宗分茶……五一
題畫兎……五一
寄若拙弟兼呈二十家叔……五二
次韻謝表兄張元東見寄……五二
若拙弟說汝州可居已卜約一丘用韻寄元東……五三
元方用韻見寄次韻奉謝兼呈元東二首……五三
元方用韻寄若拙弟邀同賦元方將託若拙覓顏淵之五十畝故詩中見意……五四
西郊春事漸入老境元方欲出遊以無馬未果今日得詩又有舉鞭何日之歎因次韻招之……五五
答元方述懷作……五五
六言二首……五六

# 陳簡齋詩集合校彙注卷六

鄭騫 因百 校箋

## 與周紹祖分茶

竹影滿幽窗，欲出腰髀懶。何以同歲暮？共此晴雲椀。摩挲蟄雷腹，自笑計常短。異時分憂虞，小杓勿辭滿。

〔校勘〕（腰髀）胡作腰脾，形近之誤；從諸本改正。（憂虞）舊鈔作白雲，四庫作白雪，潘選作密雲。按：白雲密雲均與上晴雲犯複，白雪意亦淺近；觀異時兩字，所謂憂虞，或有深意。

〔評論〕沈云：畫家氣韻在生動，詩家亦然。觀先生著筆使韻，真生動也。（互見總評）

## 題畫兎

碎身鷹犬慙何忍；埋骨詩書事亦微。霜露深林可終歲，雌雄暖日莫忘機。

〔校勘〕（霜露）舊鈔四庫宋詩鈔俱作霜落。按：霜露與下句雌雄對文，落字乃形近之誤。（雌雄）舊鈔宋詩鈔俱作雄雌。不如雌雄響亮。

〔補箋〕 鷹犬乃獵人所放，慙者、代人類懷慙也。簡齋心地仁厚，愛惜物命，所謂民胞物與。觀此詩及卷一放魚賦、題畫鬱詩、卷十一夏至日與同舍會葆真詩第二首、卷十四同二子觀取魚詩諸作可見。

〔評論〕　劉云：勝前畫鑾全首。

## 寄若拙弟兼呈二十家叔

退之送窮窮不去，樂天待富富不來。政須青山映白髮，顧著皂蓋爭黃埃。何如父子共一壑，龐家活計良不惡；阿奴況自不碌碌，白鷗之盟可同諾。三間瓦屋亦易求，著子東頭我西頭，中間共作老萊戲，世上樂復有此不？問夢膏肓應已瘳，歸來歸來無久留；竹林步兵非俗流，爲道此意思同遊。

〔校勘〕　（白髮）劉評舊鈔聚珍宋詩鈔俱作黑髮。據胡譜，此卷之詩皆作於宣和二年庚子，時簡齋年甫三十一歲，其弟當然更少。青山映白髮與下文父子共一壑呼應，白髮謂其叔也。若就簡齋兄弟言，作黑髮亦自可通；然青黑相映殊不如青白相映之美，應從胡箋作白髮爲是。

〔增注〕　漢書：疏廣爲太傅，兄子受爲少傅，父子並爲師傅。廣謂受曰：宦成名立如此，不去懼有後悔；豈如父子相隨出關，歸老故鄉，不亦善乎。卽日父子上疏乞骸骨。

〔補箋〕　陳巖叟庚溪詩話卷下：陳簡齋去非，詩名夙著，而其弟詩亦可喜。見張林甫舉其夏日晚望一聯云：前山猶細雨，高樹已斜陽。恨不見其全篇。騫按：簡齋兄弟幾人，今不可考，此弟當卽若拙。　簡齋之母卒於宣和二年庚子，卽作此詩後不久，其父卒於靖康元年丙午，俱見胡譜。作此詩時二親俱在，故有老萊戲之語。

## 次韻謝表兄張元東見寄

平生張翰極風流，好事工文妙九州。燈裏偶然同一笑，書來已似隔三秋。林泉入夢吾當隱，花鳥催詩歲不留。安得清談一陶寫，令人絕憶許文休。

〔夏注〕　漢書：君房下筆言語妙天下。（楊興謂賈捐之語。）

## 若拙弟說汝州可居已約卜一丘用韻寄元東

四歲冷官桑濮地，三年羸馬帝王州。陶潛迷路已良遠，張翰思歸邪待秋。病鶴欲飛還躑躅，孤雲將去更遲留。盍簪共結鷄豚社，一笑相從萬事休。

〔校勘〕　（約卜）胡作卜約，從諸本改。　（桑濮）宋詩鈔作居濮。誤。　（孤雲）潘選作孤鴻。
（將去）胡作欲去。與上句欲飛犯複，從諸本改。

〔附錄〕　葛勝仲丹陽集卷二十有和詩，題云和若拙弟說汝州可居已約卜一丘韻，詩如下：
汝海膏腴人共說，封疆況是接同州。指囷待惠知無日，負米躬耕會有秋。林下要須三徑足，槖中更莫一錢留。飯鈔雲子當同飽，官職來遲且自休。

## 元方用韻見寄次韻奉謝兼呈元東二首

大難詞源三峽流，小難詩不數蘇州，了無徐生齊氣累，正值甯子商歌秋。鵠飛千里從此始，驥絕九衢誰得留。歲晚煩君起我病，兩篇三嘆不能休。

〔校勘〕　（徐生）胡作餘生。形近之誤，從諸本改。　（煩君）劉評舊鈔聚珍俱作煩公。

二

一歡玄髮水東流，兩腳黃塵閱幾州。王湛時須看周易，虞卿未敢著春秋；不辭彭澤腰常折，卻得邯鄲夢少留。有句驚人雖可喜，無錢使鬼故宜休。

〔附錄〕　葛勝仲丹陽集卷二十一有和詩，題云和元方用韻見寄次韻奉謝二首，詩如下：人與嚴徐是一流，英英儒雅冠吾州。白虹吐燭呈文夜，紅杏飄筵得意秋。祿薄未應腰爲折，語多共歎舌無留。令君舉善搜寒俊，不進清華諒不休。文律高峰與激流，五言佳處似蘇州。寧甘高縣中濡酒，不羨宣城賞弈秋。白首同歸相器重，青雲一感豈淹留。外家門閥期君大，作德雖休更勿休。

## 元方用韻寄若拙弟邀同賦元方將託若拙覓顏淵之五十畝故詩中見意

夢中與世極周流，錯認三刀是得州。擬學耕田給公上，要爲同社燕春秋。囊間已辦青芒屨，桑下想聞黃栗留。儻有幽人諮出處，爲言無況莫來休。

〔校勘〕　（燕春秋）閩本舊鈔四庫俱作醉春秋。按：上句給公上用楊惲報孫會宗書原文，此句燕春秋用韓愈南溪始泛詩。原文對偶精整，作醉春秋者非是。（桑下）胡作桑間。與上句囊間犯複，平仄亦不合，從劉評舊鈔改正。

〔評論〕　沈云：寫不見思情，絕妙。

〔附錄〕　葛勝仲丹陽集卷二十有和詩，題爲和元方寄若拙弟託覓顏淵之五十畝韻，詩如下：下田彌望般清流，謀食誰言必本州。且復種秔資口腹，早知藉稻載春秋。携家便可隨豐儉，仕國從今委去留。饘粥粗供吾事濟，寸心安靜得休休。

## 西郊春事漸入老境元方欲出游以無馬未果今日得詩又有舉鞭何日之歎因次韻招之

毛穎陳玄雖勝流，也須從事到青州。重吟玉樹懷崔子，欲唱金衣無杜秋。官柳正須工部出，園花猶爲退之留。籃輿自可煩兒輩，一笑來從檝下休。

〔校勘〕（漸入）舊鈔四庫潘選俱作寖；劉評作寖，是寖字形近之誤。（來從）劉評作從來。文義不合。

〔評論〕劉云：無謂牽帥。（在園花句下）

〔附錄〕葛勝仲丹陽集卷二十一有和詩，題云和西郊春事招元方同遊韻，詩如下：

仙橋水殿照清流，攘攘遊人聚九州。光景從來夸輦轂，風標況是富陽秋。天開卯色春方好，月上弓形夜更留。勉作新篇書盛麗，莫令少味似韓休。

## 答元方述懷作

不見圓機論九流，紛紛騎鶴上揚州。令之敢恨松桂冷，君叔但傷蒲柳秋。汝海蛇盃應已悟，襄陵駒隙竟難留。來牛去馬無窮債，未蓋棺前盍少休。

〔校勘〕（襄陵）胡作襄陽。從劉評舊鈔改。襄邑爲春秋時宋襄陵地，與襄陽非一處。陽字若非形近致誤，卽是淺人妄改。

〔評論〕　沈云：愈健。騫按：用流休字韻唱和，至此共七首，沈評意謂愈和愈健，其實亦未必然。此七首皆非簡齋佳作；葛勝仲和作尤劣。

## 六言二首

莫賦澗松鬱鬱，但吟陂麥青青。爲婦讀劉伶傳，教兒書甯戚經。

〔增注〕　莫賦澗松鬱鬱詩意謂不必羨彼之高位，而□沈下僚□□。但吟陂麥青青謂當辭官歸耕耳。斷章取義，於發塚無涉。下云教兒書甯戚經，猶陂麥意也。

二

種竹可侔千戶，擁書不假百城。何必思之爛熟，熱官無用分明。

陳簡齋詩集合校彙注卷六終

# 陳簡齋詩集合校彙注卷七目錄

聞葛工部寫華嚴經成隨喜賦詩……五九
次韻家弟碧線泉……六〇
同家弟賦蠟梅詩得四絕句……六〇
次韻光化宋唐年主簿見寄二首……六一
再用景純韻詠懷二首……六二
謝楊工曹……六二
謹次十七叔去鄭詩韻二章以寄家叔一章以自詠……六三
連雨賦書事四首……六四

# 陳簡齋詩集合校彙注卷七

鄭騫 因百 校箋

## 聞葛工部寫華嚴經成隨喜賦詩

如來性海深復深，留書與世瀹蓬心，畫沙累土皆佛事，況乃一字能千金。老郎居塵念不起，法中龍象人師子，前身智永心了然，結習未空猶寄此。怪公聚筆如須彌，經成筆盡手不知；凌雲題就韋誕老，願力所到公何疑。珠函繡帙芝蘭室，護持金剛竦神物，枯葵應感不足論，毛穎陶泓俱見佛。

〔校勘〕（留書）胡作著書，劉評舊鈔聚珍俱作留書。按：如來非有心著書者，留字較爲自然，故從諸本。（佛事）四庫作佛寺。誤。

〔增注〕按：工部名勝仲，字魯卿，丹陽人（原誤作川陽）。宣和間爲大司成，以文鳴於世。紹興初，以顯謨閣待制提舉明道宮，築室寶溪之上，奉祠累任十有四年，卒謚文康。又按：公旣沒之四年，毗陵周簡翼公葵牧吳興，取公詩釐爲十卷，刻之郡庠，文康公爲之序。騫按：葛序見丹陽集卷八，今已載於本彙註卷首。

〔補箋〕　葛勝仲，宋史卷四四五有傳。所著丹陽集二十四卷，今存。其人與簡齋關係，見拙著簡齋年譜宣和四年。勝仲長於簡齋十八歲，爲簡齋之前輩。然據丹陽集卷十五勝仲所撰其父書思行狀、及卷二十四附錄章倧所撰勝仲行狀，知勝仲未曾爲工部官，稱工部者乃勝仲之兄和仲，其人亦能詩。胡箋及增註實誤也。

## 次韻家弟碧線泉

七孔穿針可得過，冰蠶映日吐寒波。練飛空詠徐凝水，帶斷疑分漢帝河。川后不愁微步襪，鮫人暗動卷綃梭。才高下視玄虛賦，對此區區轉患多。

〖校勘〗（七孔）宋詩鈔作九孔。形近之誤。（疑分）胡作凝分。形近之誤，從劉評舊鈔宋詩鈔改。（漢帝）胡作潢帝。形近之誤，從劉評舊鈔潘選宋詩鈔改。

〖附錄〗葛勝仲丹陽集卷十九有同作，題云次韻若拙碧線泉，詩如下：掉繚穿橋一線過，濟南金色漫浮波。共疑園客春投繭，直怨針神夜過河。貫脫已遺交甫佩，縷飛如擲幼輿梭。晚風披拂俄中斷，拆襪雖長苦不多。

## 同家弟賦蠟梅詩得四絕句

朱朱與白白，著意待春開。那知洞房裏，已傍額黃來。

二

韻勝誰能捨，色莊那得親。朝陽一映樹，到骨不留塵。

〖補箋〗莫友芝云：色莊用昌黎詩：靈君色莊伎搖手。

三

黃羅作廣袂，絳紗作中單。人間誰敢著，留得護春寒。

【校勘】（絳紗）胡作絳帳，注云，帳一本作紗；增注亦云一本作紗。紗字是，說見下補箋。（得護）劉評誤倒作護得。（作廣）野客叢書作爲廣。

【補箋】王楙野客叢書卷九：簡齋蠟梅詩曰：黃羅爲廣袂，絳帳作中單。既言帳，又言中單，似覺意重。僕觀東坡詩曰：海山仙人絳羅襦，紅紗中單白玉膚。恐簡齋用東坡意，絳紗作中單，而傳寫誤以爲絳帳耳。

四

一花香十里，更值滿枝開。承恩不在貌，誰敢鬬香來。

## 次韻光化宋唐年主簿見寄二首

茂林當日映羣賢，也喚畸人到席間。棄我便驚車轍遠，懷君端合鬢毛斑。夢中猶得攀珠樹，別後能忘倒玉山。遙想詩成記來日，筆端風雨發天慳。

【校勘】（記來）舊鈔潘選俱作寄來。

二

高人主簿固非宜，天馬何妨略受鞿。會有梅花堪寄遠，可因蓴菜便懷歸。相如未免家徒壁，季子行看嫂下機。且復哦詩置此事，江山相助莫相違。

【校勘】（哦詩）胡作俄詩。形近之誤，從劉評舊鈔四庫改。（嫂下機）四庫作妻下機。

【補箋】嫂下機事，簡齋或是誤用，或是活用，諸本皆作嫂，可見原文確是如此。四庫改嫂爲妻，大可不必。

## 再用景純韻咏懷

路斷赤墀青瑣賢，士龍同此屋三間。愁邊潘令鬢先白，夢裏老萊衣更斑。欲學大招那有賦，試謀小隱可無山。一錢留得眞堪笑，未到囊空猶是慳。

〔增注〕　宋玉哀閔屈原無罪放逐，恐其魂魄離散而不復還，遂因國俗、託帝命，假巫陽以招之，作招魂。景差復作大招。南史：何胤字子季，隱居不仕。以會稽山多靈異，往遊焉，居若耶山雲門寺。初，胤二兄求、點並棲遁，至胤又隱焉。世號點爲大山，胤爲小山，亦曰東山兄弟，又云大隱小隱。

〔補箋〕　此詩作於宣和三年辛丑，見胡撰年譜。是年與弟若拙同居汝州，故有士龍句。簡齋時年三十二，與潘岳始見二毛之年正合，故有潘令句。時居母憂，故有老萊句。

二

木枕蒲團病更宜，從教惡少事鞍羈。元無王老又何怨，不有麯生誰與歸。六日取蟾乖世用，三年刻楮費天機。只應杖屨從公處，未覺平生與願違。

〔校勘〕　（只應）舊鈔潘選作只因。非是。

## 謝楊工曹

借屋三間稍離塵，書一束謾娛身。客居最負青春好，世事空隨白髮新。造化小兒眞薄相，市朝大隱亦長貧。獨無芋栗供賓客，虛辱先生賦北鄰。

〔校勘〕（空隨）劉評舊鈔潘選作還隨。（芋栗）胡作芊粟。形近之誤，從諸本改。四庫題下有用前韻三字。按：此首前後無塵隣字韻詩，此三字應是誤衍。

〔增注〕簡齋自注：工曹亦甚貧。（在市朝大隱句下）

## 謹次十七叔去鄭詩韻二章以寄家叔一章以自詠

鄉里小兒眞可憐，市朝大隱正陶然。固應聊頌屈原橘，底事便歌楊惲田。廣陌遙知駒款段，曲池猶記鷺聯拳。對床夜雨平生約，話舊應驚歲月遷。

二

蚍蜉堪笑亦堪憐，撼樹無功更怫然。賦就柳州聊解祟，詩成彭澤要歸田。身謀共悔蛇安足，理遣須看佛舉拳。懷祖定知當晚合，次君未可怨稀遷。

三

鏡中無復故人憐，卻愧謀生後計然。叔夜本非堪作吏，元龍今悔不求田。懷親更值薪如桂，作客重看栗過拳。萬事巧違高枕臥，憂來一夕費三遷。

〔校勘〕（費三遷）胡作廢三遷。同音致誤，從劉評四庫改。

〔增注〕史記：范蠡曰：計然之策七，越用其五而得志。注：計然，范蠡之師也，一號計研，故諺曰研桑心計。（騫按：此注與胡箋小異，今兩存之。）中齋云：荊公：無人說與劉玄德，問舍求田計最高，此用其意。

## 連雨賦書事四首

九月逢連雨，蕭蕭穩送秋。龍公無乃倦，客子不勝愁。雲氣昏城壁，鐘聲咽寺樓。年年授衣節，牢落向他州。

【校勘】（賦書事）律髓潘選俱無賦字。（蕭蕭）舊鈔宋詩鈔作瀟瀟。

【補箋】律髓卷十七晴雨類，四首全選。

【評論】沈云：四首一番拈出一番新，皆入神品，是學杜得意之作。紀云：穩送二字究不佳。六句從工部鐘鼓報新晴意對面化出。年年二字不接五六。

二

風伯方安臥，雲師亦少鬉。氣連河漢潤，聲到竹松高。老鴈猶貪去，寒蟬遂不號。相悲更相識，滿眼楚人騷。

【校勘】（河漢潤）舊鈔潘選作河漢闊。按：潤字聲音意境皆較闊字爲佳。（竹松）舊鈔宋詩鈔作竹窗。按：竹松與上句河漢對文，作窗非是。（老雁）舊鈔四庫宋詩鈔作老鶴。（猶貪）舊鈔宋詩鈔作尤貪。同音之誤。（相識）律髓潘選作相失。

【評論】紀云：起二句太猙獰。四句勝三句。後四句悲壯。五句貪字不穩，而此聯句法亦複起二句。

三

寒入薪芻價，連天兩眼愁。生涯赤藤杖，契分黑貂裘。烏鵲無言暮，蓬蒿滿意秋；同時不同味，世事劇悠悠。

〔校勘〕（薪芻）律髓誤作新芻。（同味）舊鈔誤作同咏。（劇悠悠）律髓作極悠悠。

〔評論〕馮舒云：下言秋，則亦太冷。（在黑貂裘句下）紀云：起句費解。五六句有寄託，惜末句說破較少味，渾之則更佳。又云：馮氏譏貂裘太早，然此不過借言客況耳，不必如此拘泥。

四

白菊生新紫，黃蕪失舊青，俱含歲晚恨，併入夜深聽。夢寐連蕭瑟，更籌亂晦冥。雲移過吳越，應爲洗餘腥。

〔校勘〕（歲晚恨）律髓潘選作歲晚悵。按：悵字生硬，乃形近之誤。（蕭瑟）宋詩鈔作蕭索。（晦冥）舊鈔作晦明。按：更籌乃深夜事，故云晦冥。明字文義不合，又出韻，若非音近致誤，即是妄改。

〔增注〕中齋云：時方臘破數州，始平。

〔補箋〕律髓方批云：當是宣和庚子時。騫按：方臘以徽宗宣和二年庚子十月起兵於浙江，三年辛丑四月臘被擒，六月餘黨悉平，七月獻俘。見宋史徽宗本紀及十朝綱要。此詩作於九月而有餘腥之句，應是三年辛丑。胡箋亦云庚子，乃臘起兵之年而非簡齋作此詩之年也。

〔評論〕紀云：起四句沉著。結亦切實，亦闊遠。

陳簡齋詩集合校彙注卷七終

# 陳簡齋詩集合校彙注卷八目錄

陳叔易賦王秀才所藏梁織佛圖詩邀同賦因次其韻……六九
趙虛中有石名小華山以詩借之……七一
次韻樂文卿北園……七一
汝州吳學士觀我齋分韻得眞字……七二
送祕典座勝侍者乞麥……七二
食虀……七二
古別離……七三
蠟梅四絕句……七三
次韻富季申主簿梅花……七四
錢東之敎授惠澤州呂道人硯爲賦長句……七四
以石龜子施覺心長老……七五
陪諸公登南樓啜新茶家弟出建除體詩諸公旣和余因次韻……七五
諸公和淵明止酒詩因同賦……七六
以紙託樂秀才搗治……七六

# 陳簡齋詩集合校彙注卷八

鄭騫 因百 校箋

## 陳叔易賦王秀才所藏梁織佛圖詩邀同賦因次其韻

維摩之室本自空，忽驚滿月臨丹宮，稽首世尊眞實相，不比圖畫塡青紅。天女之孫擅天巧，經緯星宿超庸庸，掄精入此三昧手，一念直到祇園中。意匠經營與佛會，七寶欲動聲瓏瓏，眉間毫光放未盡，指下已帶旃檀風。飛梭本是龍變化，挾大威德行神通，恍若祇洹遇佛影，豈彼臺像能比崇。共惟此事不思議，細看衆巧無遺蹤。日浮雞園赤爛爛，天入鷲嶺青叢叢。那知金臂是正倒，但覺已挫千魔鋒。龍天四衆儼然侍，喜滿尺宅俱成功。向來八風幾卷地，衆寶行樹無摧栙。老蕭區區佛所憫，豈與十二嶢䖛同。重雲之殿珠作帳，一朝入海奔雷公。幸留此像不爲少，福聚萬紀兼千緫。餘休八葉終灰燼，堅固卻賴三眠蟲。似聞法猛藕絲像，當時已不隨煙東，煌煌二寶照南北，各攝萬鬼專其雄。龍華已耀東坡墨，驚夢不假撞洪鐘；惟有茲圖晦幾歲，留待公句貽無窮。畫沙累土皆見佛，而況筆墨如此工。亦念衆生業障厚，要與機杼聊分攻，從今俱盡未來世，買絲不繡平原容。

〔校勘〕　（直到）四庫作眞到。似是而非。　（儼然）劉評作儼然。　（尺宅）舊鈔四庫作火宅。按：尺宅、面也，見黃庭經注。火宅則爲煩惱恐怖之處，見法華譬喻品。觀此句詩意，當然應作尺宅。（各攝）胡作客攝，劉評作容攝，四庫作各攝。客容二字俱費解，今從四庫。　（不假）舊鈔作不暇。

形近之誤。（分攻）劉評作分巧，胡箋本註文亦是分巧。按：國策西周策是攻用兵句注云：攻、巧也。分攻分巧意義相同，但攻字是韻，不可能作巧。

【增注】　淪，委也。　二寶謂法猛藕絲像，及武織圖耳。　唐書蕭遘等傳贊：梁蕭氏興江左，實有功在民，故餘祉及其後裔。自瑀逮遘，凡八葉宰相。按：八葉字借此，而詩意則謂武帝衍至琮也。

【補箋】　張表臣珊瑚鉤詩話卷一：陳叔易居陽翟澗上村，號澗上丈人，無仕宦意。崇觀間，朝廷召之，郡守勸駕，不得已而起。晁以道時致仕居嵩山，有詩云：處士誰人爲作牙，盡攜猨鶴到京華。從今林壑堪惆悵，六六峰前只一家。而叔愈過澗上丈人陳恬故居詩云：北山去已遠，南山去已近；驅車兩山間，舉策聊一問。昔有隱君子，出處頗矛盾，平生勇且剛，垂老畏而慎。皆譏之也。同書同卷：長松之名，前世未有。以道居嵩少，叔易作詩求之云：松上花兮松下根，食之年貌與松鄰；君今旣是松間客，采送衰翁亦可人。以道答云：長松不經黃帝手，小劚漫翻嵩室雲；縱有何堪寄夫子，鼎頭寶氣自氤氳。余亦和之云：暫隱嵩高六六峰，未乘雲氣御飛龍，自餐白石求黃石，更采長松寄赤松。　葛立方韻語陽秋卷十八：陳君名恬，字叔易，有高節，貧甚。先公命公庫以酒肉薪米日給之。嘗謝以詩云：不是故人供祿米，初非縣令給豬肝，養賢禮厚隆三篚，拜賜恩深饜一簞。建炎初，召赴行在，直秘閣。　晁公武郡齋讀書志卷十九，澗上丈人詩條云：皇朝陳恬，字叔易，堯叟裔孫也。博學有高志，不從選舉，躬耕於陽翟，與鮮于綽、崔鶠齊名，號陽城三士。又與晁以道同卜隱居於嵩山。大觀中，召赴闕，除校書郎。以道寄詩戲之曰：（按：詩見上文所引珊瑚鉤詩話。）未幾，致仕還山。建炎初再召，避地桂嶺卒，年七十四，秩朝奉郎、直秘閣。澗上丈人者，其自號也。詩句豪健，嘗作古別離，紀靖康之難，一時傳誦之。筆札清勁，與人尺牘，主皆藏弃以爲寶云。　建炎以來繫年要錄卷二十五：建炎三年七月辛丑，朝奉郎陳恬直秘閣、主管西京嵩山崇福宮。恬以老疾求去；未幾，卒於桂州。　騫按：陽翟卽今河南禹縣，去汝州甚近。此詩作於宣和三年辛丑居汝州時，見胡撰年譜。葛立方之父卽葛勝仲，已見八卷聞葛工部寫經詩。陳恬崔鷗俱生於仁宗嘉祐三年戊戌，見墨莊漫錄，長於簡齋三十二歲。鷗乃簡齋之師，見拙編簡齋年譜大觀三年。

## 趙虛中有石名小華山以詩借之

君家蒼石三峯樣，磅礴乾坤氣象橫。賤子與山曾半面，小聰如夢慰平生。爐煙巧作公超霧，書册尚避秦皇城。病眼朝來欲開懶，借君巖岫障新晴。

〔校勘〕　(秦皇)舊鈔宋詩鈔作秦王。

## 次韻樂文卿北園 律髓卷十三冬日類

故園歸計墮虛空，啼鳥驚心處處同。四壁一身長客夢，百憂雙鬢更春風。梅花不是人間白，日色爭如酒面紅。且復高吟置餘事，此生能費幾詩筒。

〔校勘〕　(北園)律髓作故園。

〔夏注〕　唐語林：白居易爲杭州刺史，與吳興守錢徽、吳郡守李穰酬唱，多以竹筒盛詩往來，謂之詩筒。

〔評論〕　方云：此詩似新春冬末之作。　紀云：純是新春之作，不宜入之冬日。又云：絶有筆力。三四江西調，然新而不野。　馮云：又宋氣。(在末句下)

## 汝州吳學士觀我齋分韻得眞字

狂夫縛軒冕，自許稷契身；靜者樂山林，謂是羲皇人。不如兩忘快，內保一色醇。偉哉道山傑，滯此汝水濱，大來會闊步，小憩得幽欣。一齋有琴酒，萬事無緇磷，不作子公書，肯受元規塵。人言君侯癡，我知丈人眞。月明泉聲細，雨過竹色新，是間有眞我，宴坐方申申。

【評論】　沈云：灌頂眞言。（謂首六句）　又云：集句妙。（謂人言我知兩句，上句世說，下句杜詩。）

## 送祕典座勝侍者乞麥

一春不雨但多風，家家買龜問豐凶。天寧疏頭與天通，泚筆未了雲埋空。一雨三日勤老龍，隴頭滿眼十分豐。法中福將兩英雄，自詭去立丘山功。堂頭老師言語工，一詩自直三千鍾。不憂乞米送廬仝，末章謹已藏胸中。

【補箋】　天寧，謂汝州天寧寺。

## 食虀

君不見、領軍家有鞋一屋，相國藏椒八百斛；士患饑寒求免患，癡兒已足憂不足。伯龍平生受鬼笑，無錢可使宜見濆；但當與作謫仙詩，聊復使渠終夜哭。詩中有味甜如蜜，佳處一哦三鼓腹，空腸時作不平鳴，卻恨忍饑猶未熟。冰壺先生當立傳，木奴魚婢何足錄，顏生狡獪還可憐，晚食由來未忘肉。

〔評論〕　沈云：杜韓之筆，蘇黃之趣。又云：與蘇無別。

## 古別離

東門柳，年年歲歲征人手。千人萬人於此別，柳亦能堪幾人折。願君遄歸與君期，要及此柳未衰時。

〔夏注〕　三輔黃圖：霸橋在長安東，跨水作橋，漢人送客於此，折柳贈別。

## 蠟梅四絕句

花房小如許，銅蘜黃金塗。中有萬斛香，與君細細輸。

〔校勘〕　（銅蒴）劉評舊鈔潘選宋詩鈔俱作銅切。

二

來從底處所？黃露滿衣溼。緣憨翻得憐，亭亭倚風立。

〔校勘〕　（黃露）舊鈔作黃霧。　（緣憨）舊鈔潘選宋詩鈔俱作緣懣。非是。

三

奕奕金仙面，排行立曉晴。慇懃夜來雪，少住作珠瓔。

〔校勘〕　（珠瓔）胡作珠纓。形近之誤，據諸本及注改。

〔評論〕　參閱卷四水墨梅五絕第三首評語。

四

亭亭金步搖，朝日明漢宮；當時好光景，一似此園中。

## 次韻富季申主簿梅花

東風知君將出遊，玉人迴立林之幽，欹牆數苞乃爾瘦，中有萬斛江南愁。君哦新詩我聽瑩，句裏無塵春色靜，人人索笑那得禁，獨爲君詩起君病。欲語未語令人嗟，桃李回看眼中沙，同心不見昭儀種，五出時驚公主花。典衣重作明朝約，聊復寬君念歸洛，笛催疎影日更疎，快飲莫教春寂寞。

【校勘】（富季申）胡箋作傅季申。同音致誤。據諸本改。

【補箋】鄭公即富弼。富直柔、宋史三七五有傳。簡齋與富初相識於居汝州時，事詳拙編簡齋年譜宣和四年。

## 錢東之教授惠澤州呂道人硯爲賦長句

君不見，銅雀臺邊多事土，走上觚稜蔭歌舞，餘香分盡垢不除，卻寄書林汙縑楮。豈如此瓦凝靑膏，冷面不識姦雄曹，呂翁已去泫餘泣，通譜未許弘農陶。暮年得君眞耐久，摩挲玉質雲生手，未知南越石虛中，亦有文章似君否？西家撲滿本弟昆，趣尚淸濁何年分？一朝墮地眞瓦礫，莫望韓公無疢文。

【校勘】（東之）增注云，東一作東，舊鈔聚珍潘選宋詩鈔俱作東。（汙縑楮）劉評閩本舊鈔潘選宋詩鈔俱作汗縑楮，增注云，汗或作汙，胡箋正文及聚珍俱作汙。騫按：作汙者是，說詳下夏注。（呂翁）胡作呂公。今從諸本改，呂爲平民，不應稱公。（趣尚淸濁）舊鈔潘選宋詩鈔作趣淸尚濁。

【夏注】澤州、今山西晉城縣。春渚紀聞：高平呂老造墨常山，遇異人傳燒金訣，煅出視之，瓦礫也。有教之爲硯者；硯成，堅潤宜墨，光溢如漆。每硯首必有一白書呂字爲誌。按：澤州即高平郡。汙去聲。言魏武之垢未除，復以爲書林之品，使汙縑楮也。與上下句均相應；作汗者，形訛也。胡注以汗簡之汗字解之，非是。既云縑楮，如何能以火炙令汗？騫按：胡箋正文作汙，而注文以汗簡解之。蓋胡氏所據本亦誤作汗，後來刻胡箋時始改正文爲汙而未改箋文也。

〔評論〕 沈云：雋極。 又云：忽想此，妙！妙！（謂結句）。

〔附錄〕 葛勝仲丹陽集卷十八有和詩，題云次韻去非謝錢敎授餉澤州瓦硯，詩如下：

錫花蒸成一抔土，聯坳即墨元光舞，飛鸞餘韻照文房，呂翁心機同刻楮。高平沃壤眞土膏，硯與龍尾爲朋曹，剛柔得中不坯瓺，共推妙手能甄陶。郎官小様知名久，何須對面供十手，講郎尚有千載人，要此編摩論臧否。請加什襲傳後昆，阿買不獨書八分，紗帷晝靜棐几滑，克肖鼻祖能綴文。

## 以石龜子施覺心長老

老龜千年作一息，天地併入支床力。何年生此石腸兒，非皮裹骨骨裹皮。君家元緒不愼口，遂與老桑同一朽；知君遊世磨不磷，往作道人之石友。道人莫欺此龜無六眸，試與話禪當點頭。

〔校勘〕 （千年）四庫誤作十年。

〔增注〕 江賦，郭景純（璞）所撰。

〔評論〕 沈云：亦雋妙。

## 陪諸公登南樓啜新茶家弟出建除體詩諸公既和余因次韻

建康九醞美，侑以八品珍。除瘴去熱惱，與茶不相親。滿月墮九天，紫面光磷磷。平生酪奴謗，脈脈氣未申。定論得公詩，雅號知凝神。執持甘露椀，未覺有等倫。破睡及四座，愧我非嘉賓。危棲與世隔，萬事不及脣。成公方坐嘯，賞此玉花勻。收盃未要忙，再試晴天雲。開口得一笑，茲遊念當頻。閉眼歸默存，助發梨棗春。

〔校勘〕（磷磷）劉評舊鈔潘選俱作璘璘。按：璘，玉色光彩也，見玉篇，但未見疊用者。磷磷則見於司馬相如子虛賦云：磷磷爛爛，采色澔汗。自以作磷磷爲是。

〔增注〕周禮：食醫掌和王八珍。又膳夫珍用八物，注謂淳熬淳母炮豚炮牂擣珍漬熬肝膋也。自注：本草云。（在除瘴句下）　列子周穆王篇：左右曰：王默存耳。

## 諸公和淵明止酒詩因同賦

愛河漂一世，既溺不能止；不如淡生活，吟詩北牕裏。肺肝亦何罪，困此毛錐子；不如友麴生，是子差可喜，三杯取徑醉，萬緒散莫起。奈何劉伶婦，苦語見料理；不如一覺睡，浩然忘彼己。三十六策中，此策信高矣，政使江變酒，誓不涉其涘。尚須學王通，藝黍供祭祀。

〔評論〕沈云：妙！（在末兩句下，此兩句沈加雙圈）　騫按：此詩通體佳妙，末二句則湊韻敗筆耳。沈乃以此爲妙，文字欣賞各有會心，未能強同也。

## 以紙託樂秀才搗治

古人爭名翰墨藪，柹葉桑根俱不朽。固知老褚下歐陽，控御管城須好手。嫁非好時聊自強，幅則甚短幱甚長；聞道蔡侯閑石臼，爲借餘力生銀光。

陳簡齋詩集合校彙注卷八終

# 陳簡齋詩集合校彙注卷九目錄

述懷呈十七家叔……七九
同叔易于觀我齋分韻得自字……七九
觀我齋再分韻得下字……八〇
寄題商洛宰令狐勵迎翠樓……八〇
次韻謝天寧老見貽……八一
陳叔易學士母阮氏挽詞二首……八二
歸洛道中……八三
道中寒食二首……八三
龍門……八四
次韻謝心老以緣事至魯山……八五
友人惠石兩峯巉然取子美玉山高並兩峯寒之句名曰小玉山……八五
秋夜……八五
跋外祖存誠子帖……八五
詠蟹……八六
留別心老……八七

# 陳簡齋詩集合校彙注卷九

鄭騫 因百 校箋

## 述懷呈十七家叔

兒時學道逃悲歡，只今未免憂飢寒；浮生萬事蟻旋磨，冷官十年魚上竿。竹林步兵亦忍辱，長安閉門出無僕；門前故人擁盧兒，政坐向來甘碌碌。公不見，古人有待良不多，利名溺人甚風波，垂露成幃仲長統，明月爲燭張志和。塵中別多會日少，世事欲談何可了，胸中萬卷已無用，勸公留眼送飛鳥。兩翁觀光今幾時，賦歸有約時已稽，未暇藏身北山北，且須覓地西枝西。願從我翁歸洗耳，不用妓女汙山水；肩輿亦莫要僕夫，自有門生與兒子。

〔校勘〕　（家叔）舊鈔無家字。　（碌碌）四庫作錄錄。按：碌碌見史記酷吏傳贊，錄錄見漢書蕭何曹參傳贊，二者可以通用，今多作碌碌。　（公不）舊鈔宋詩鈔作君不。　（妓女）胡作奴女。形近之誤，據諸本改。

〔夏注〕　日月東行而天牽之以西沒，譬蟻行磨上，磨左旋而蟻右去，磨疾而蟻遲。此古時天文家之說，見晉書。　蒼頭、盧兒、皆官府之給賤役者也。　易：觀國之光。後世用爲試於文場之稱。高士傳：堯聘許由爲九州長，由不赴，洗耳於河。

## 同叔易于觀我齋分韻得自字

小草浪出山，大隱乃居市，功名一畫餅，甚矣癡兒計。傾身犯火宅，顧自以爲戲；汗顏逢冰子，更復問奚自。三肅齋中人，本是青雲器，雖然山上山，政爾吏非吏。肅肅牕前竹，見引著勝地，世間劇寒暑，了不受榮悴。門前剝啄客，欲問觀我意；但持邯鄲枕，贈我一覺睡。

【校勘】（同叔易）舊鈔四庫俱誤作周叔易。（山上山）四庫誤作山止山。（肅肅）四庫誤作蕭蕭。（窗前竹）舊鈔作竹窗前。（贈我）劉評舊鈔俱作贈客。

【增注】山上山，出也。

【評論】沈云：名士亦不免此，惜哉！（在傾身犯火宅、顧自以爲戲二句下，此兩句沈皆加雙圈。）

## 觀我齋再分韻得下字

一慵縛兩腳，閉戶了晨夜，夢攀城西樹，起造君子舍。紫髯出堂堂，見客披衣謝。平生功名手，嗜靜如食蔗，小齋劇冰壺，中明外無罅，要知日用事，趺坐看鳥下。主人心了了，竹石亦閒暇；兒童慣看客，我車當日駕。平分齋中閒，風月不待借；還須酒屢費，不用牛心炙。

【校勘】（中閒）胡作中間。今從劉評舊鈔宋詩鈔。詩意謂平分齋中悠閒之致也。（還須）舊鈔潘選宋詩鈔作要須。

【評論】沈云：雋味無窮，如食荔枝、江瑤柱，亦五古之宗也。

## 寄題商洛宰令狐勵迎翠樓

西來金衣鶴，書落汝水湄，雲霞映道路，中有迎翠詩。遙知五斗粟，未辦買山資；政要百尺樓，了此浮天眉。森然詩中畫，想見憑欄時，朝曦與暮靄，百變皆令姿。君方領此意，簿書何急爲，衆手劇雲雨，惟山不瑕疵。當年四老翁，視世輕於芝，坐令山偃蹇，不受人招麾。誰歟樓中客，俯仰與山期；顧要君折腰，督郵眞小兒。因之感我意，故巖歸已遲，便携靈運屐，不待德璋移。

〔校勘〕（不待）劉評誤作不得。

〔增注〕世說：郗超每聞欲高尚隱者，輒爲辦百萬資。

〔夏注〕商洛縣、宋屬商州，今陝西商縣。令狐勵未詳。　世因陶淵明不爲五斗米折腰語，多以五斗米爲縣令俸。　韓愈南山詩：天宇浮修眉，濃綠畫新就，用以貼切迎翠，此樓所對，當爲商顏山。　陶淵明謂督郵爲鄉里小兒，不肯束帶見之。

〔補箋〕此詩作於居汝州時，商洛縣在汝州西，故云西來金衣鶴。

## 次韻謝天寧老見貽

庭柏不受寒，依然照人綠，霧收晨光發，可玩不可掬。道人方出定，不復辨羊鹿，微雲度遙天，一笑立於獨。嗟予晚聞道，學看傳燈錄；三生蠹書魚，萬卷今可束。轂雖已破碎，猶欲大其輻；是身堪底用，況乃五斗粟。自從識師面，日月幾轉轂，受師爐中煙，無處著榮辱。周妻與何肉，恨我未免俗，從今謝百事，請作龜頭縮。卻笑長沙傳，區區問淹速，聊將非舌言，往和無譜曲。

〔校勘〕（長沙傅）胡作長沙傳。形近之誤，據劉評改。

〔補箋〕胡箋題下有覺心二字。據劉評，知此二字是簡齋自注。

〔評論〕　沈云：可想其人，詩中吳道子也。（批首八句，此八句沈皆加雙圈。）又云無限感慨，得大解脫，至文！至文！

## 陳叔易學士母阮氏挽詞二首

典刑奕奕照來今，鶴髮魚軒汝水潯。避地梁鴻不偕老，弄烏萊子若爲心。送喪忽見三千乘，奉裞那聞五百金。婦德母儀俱不愧，碑銘知己託張林。

〔校勘〕　（送喪）胡作送葬。平仄不合，據諸本改。　（奉裞）舊鈔作奉祝。形近之誤，亦可能是臆改。

〔增注〕　漢書朱建傳注：贈死者衣曰裞。

二

去年披霧識儒先，欲拜萱堂未敢前。盧壼要傳紗縵業，王裒忽廢蓼莪篇。秀眉隔夢黃壚裏，落日驅風丹旐邊。佛子歸眞定何處，空令苦淚漲黃泉。

〔補箋〕　陳叔易名恬，曾與晁說之同隱嵩山，見卷八梁織佛圖詩補箋。說之字以道，號景迂生，鉅野人，補之之族弟。著有嵩山景迂生集二十卷，今傳本或稱嵩山集，或稱景迂生集，實一書也。說之所撰叔易父母墓誌，見嵩山集卷二十。據墓誌知陳父名造，與阮氏偕隱嵩山，夫妻同歲。陳造年僅四十六，阮氏八十四歲始卒，叔易時已六十三歲，故有避地弄烏兩句。叔易頗負時譽而家甚貧，故有送喪奉裞兩句。阮氏知書史，能文章，且諳釋典，故有紗縵業及佛子歸眞兩句。不讀墓誌，不知此二詩之工切。墓誌云：阮氏卒於宣和二年十二月二十二日，葬於三年正月二十五日，此二詩當是下葬時作。簡齋於宣和二年來居汝州，而叔易長於簡齋三十二歲，故云去年披霧識儒先。

〔評論〕　沈云：二首挽詩之合作，可以爲式。

## 歸洛道中

洛陽城邊風起沙，征衫歲歲負年華。歸途忽踐楊柳影，春事已到蕪菁花。道路無窮幾傾轂，牛羊旣飽各知家。人生擾擾成底事，馬上哦詩日又斜。

〔評論〕　沈云：中四如畫。

## 道中寒食律髓卷十六節序類

飛絮春猶冷，離家食更寒。能供幾歲月，不辦了悲歡。刺史蒲萄酒，先生苜蓿盤。一官違壯節，百慮集征鞍。

〔校勘〕　（壯節）舊鈔四庫俱作壯志。

二

斗粟淹吾駕，浮雲笑此生。有詩酬歲月，無夢到功名。客裏逢歸鴈，愁邊有亂鶯。楊花不解事，更作倚風輕。

〔校勘〕　（有詩）胡作有酒。平仄不合，據諸本改。　（有亂鶯）潘選作又亂鶯。按：有字與上文有詩重複，但諸本均作有，恐是潘選臆改。又亂兩字連用去聲，不如有亂兩字上去聲起調。杜甫律詩兩仄相連時，極少用去去、或上上，此是少陵詩律細處，簡齋五律是學杜者，於此等處當極留意也。

〔評論〕　沈云：二首亦是杜法。　又云：情景交融之法。(評第二首)　方云：簡齋詩卽老杜詩也。予平生詩所見以老杜爲祖。老杜同時諸人皆可伯仲；宋以後，山谷一也，后山二也，簡齋爲三，呂居仁爲四，曾茶山爲五，其他與茶山伯仲亦有之。此詩之正派也；餘皆傍支別流，得斯文之一體者也。　馮舒云：此詩之惡派也；在老杜亦堯舜之朱均耳。　馮班云：此書大例如此，若我家詩法則不然。歐梅一也，次則坡公兄弟，次則王半山，次則范陸，不得已則四靈，所謂硜硜小人哉。如山谷出於子美，而子美以前不窺尺寸，有父無祖，何得爲正派。陸務觀出於山谷，却於子美有會處，又善用山谷長處。　紀云：皆字有病。　又云：自以爲正派，是其偏駁到底之根。(以上馮紀諸批語，皆對方氏所謂詩之正派而發，非直接評簡齋詩，而簡齋亦在其中。總之，「皆」詩家門戶之見也。紀批較爲持平。)　紀云：此詩逼近後山。　又云：馮抹食更寒三字，七言中老杜佳辰强飯食猶寒句又不敢抹。此全以人之唐宋爲詩之工拙。(以上兩條評第一首。抹食更寒三字者爲馮班。)　又云：後四句意境筆路皆佳，綽有工部神味，而又非相襲。(此條評第二首)

## 龍門

不到龍門十載强，斷崖依舊掛斜陽。金銀佛寺浮佳氣，花木禪房接上方。羸馬暫來還徑去，流鶯多處最難忘。老僧不作留人意，看水看山白髮長。

〔校勘〕　(佛寺)胡作佛事。據諸本改。　(暫來)舊鈔四庫宋詩鈔俱作乍來。

〔補箋〕　宋西京河南府卽今洛陽。

〔評論〕　沈云：起二恰是舊遊之眞象。　又云：讀之神往。

## 次韻謝心老以緣事至魯山

禪師瓶貯幾多空？欲問以書無去鴻。魯縣人迎波若杖，天寧樹起吉祥風。荒山春色篇章裏，快士交情筆硯中。一日塵沙雙碧眼，歸時應與去時同。

〔校勘〕（波若）增注云：波若閩本作般若，非。

〔補箋〕魯山卽今河南魯山縣。

## 友人惠石兩峯巉然取杜子美玉山高並兩峯寒之句名曰小玉山

舊喜看書今不看，且留雙眼向孱顏。從來作夢大槐國，此去藏身小玉山。暮靄朝曦一生了，高天厚地兩峯閑。九華詩句喧寰宇，細比眞形伯仲間。

## 秋夜

中庭淡月照三更，白露洗空河漢明。莫遣西風吹葉盡，卻愁無處着秋聲。

〔評論〕朱勝非秀水閒居錄云：此陳與義秋夜詩也，置之唐音，不復可辨。霱按：閒居錄引此詩，葉盡作葉落，卻愁作只愁。樹葉微落，風吹有聲，葉盡始無聲矣；改盡爲落，大失原意，只字亦不如却字有力。

## 跋外祖存誠子帖

亂眼龍蛇起平陸，前身羲獻已黃墟。客來空認袁公額，淚盡慚無楊惲書。

【校勘】（前身）劉評舊鈔俱作後身。（黃墟）閩本作黃壚。據胡箋引白樂天詩，應是黃墟；但黃壚亦可通，參閱本卷陳叔易母挽詞第二首秀眉隔夢句胡箋。

【補箋】葉夢得石林避暑錄話卷三：張友正、鄧公之季子，少喜學書，不出仕。有別業，價三百萬，盡鬻以買紙，筆跡高簡，有晉宋人風味，尤工於草書。故廬在甜水巷；一日棄去，從水櫃街僦小屋，與染工爲鄰。或問其故。答曰：吾欲假其縑素學書耳。於是與約，凡有欲染皀者，先假之，一端酬二百金。如是日書數端。（中略）友正既未嘗仕，其性介，不多與人通，故其書知之者少。　徐度却掃編卷中：張友正、字義祖，退傅鄧公之子。自少學書，常居一小閣上，杜門不治他事，積三十年不輟，遂以善書名。神宗嘗評其草書爲本朝第一。余頃在館中，與其族孫巨山同舍，嘗出所藏義祖家書數卷，每幅不過數十字便了，詞語皆如晉宋間人，蓋閱古書之久，不自知其然也。　張嵲撰簡齋墓誌云：公之外王父，鄧公之季子也，自號存誠子，善行草書，高視一世，其書過清，世俗莫知。公初規模其外家法，晚益變體出新意，姿態橫出，片紙數字，得之者咸藏弃之。　鶱按：張士遜、字順之，仁宗時爲相，後致仕，拜太傅，封鄧國公，卒贈中書令，謚文懿，見宋史卷三百十一本傳。傳云：士遜幼子友正、字義祖，杜門不治家事，居小閣學書，積三十年不輟，遂以書名。神宗評其草書爲本朝第一。此傳文與胡箋蓋皆本於却掃編也。巨山卽張嵲字，事跡見卷十八與夏致宏孫信道張巨山同集澗邊詩注。巨山爲簡齋從表姪，於義祖爲從曾孫。

## 詠蟹

量才不數制魚額，四海神交顧建康。但見橫行疑是躁，不知公子實無腸。

〔校勘〕（顧建康）胡作顧長康。從劉評改，說見下增注。（是躁）胡作長躁。從諸本改。

〔增注〕胡氏以顧長康事未詳，今按，當作顧建康，謂酒也。前卷陪諸公登南樓詩云，建康九醞美，是已，事詳前卷注。　騫按：晉顧愷之字長康，其人善畫，但未聞畫蟹，亦未聞有任何事跡與蟹相關聯。持螯飲酒則爲詩文常用故實，其始出於世說任誕篇，畢茂世云，一手持蟹螯，一手持酒杯，拍浮酒池中，便足了一生。自應從增注之說，改長康爲建康。登南樓詩見卷八。

## 留別心老

老心霜下松，名與隆公齊，人物北斗南，佛事東院西。平生四海腳，不踏四海泥；晚說汝州禪，飽啖天寧虀。夢中與我遇，相扶兩枯藜，每見眼自明，不復煩金篦。卻從夢中別，未免意慘悽；它時訪生死，林深路應迷。

〔校勘〕（飽啖）劉評聚珍作飽啜，舊鈔作能啜。

陳簡齋詩集合校彙注卷九終

# 陳簡齋詩集合校彙注卷十目錄


中牟道中二首……九一
秋雨……九一
中秋不見月……九二
九日賞菊……九二
遊葆眞池上……九二
次韻王堯明郊祀顯相之作……九三
端門聽赦詠雪……九三
遊玉仙觀以春風吹倒人爲韻得吹字……九四
路歸馬上再賦……九四
來禽花……九五
放慵……九五
淸明二絕……九五
春日二首……九六
夏日集葆眞池上以綠陰生晝靜賦詩得靜字……九七

# 陳簡齋詩集合校彙注卷十

鄭騫 因百 校箋

## 中牟道中二首

雨意欲成還未成，歸雲卻作伴人行。依然壞郭中牟縣，千尺浮屠管送迎。

〔夏注〕　中牟縣，春秋鄭地，今屬河南，舊為開封府之屬縣，非趙之中牟也。趙中牟乃湯陰縣。

二

楊柳招人不待媒；蜻蜓近馬忽相猜。如何得與涼風約，不共塵沙一並來。

〔評論〕　沈云：是道中真景，吐屬絕妙。

## 秋雨

塵起一月憂無禾，瓦鳴三日憂雨多。書生重口輕肝腎，不如牆角蚯蚓方長哦。少昊行秋龍灑道，風作萬木皆商歌。病夫強起開戶立，萬箇銀竹驚森羅，人間偉觀如此少，倚杖不覺泥及靴。菊叢欹倒未足道，老境知奈梧桐何；是事且置當務本，菜圃已添三萬科。

〔校勘〕　（老境）舊鈔宋詩鈔俱作老景。

## 中秋不見月

去年中秋端正月，照我霑襟萬條血；姮娥留笑待今年，淨洗金餅對銀闕。高唐妬婦心不閑，招得封姨同作難，豈惟恨滿月宮裏，腸斷西山吳綵鸞。卻疑周生懷月去，待到三更黑如故，人間今乏趙知微，無復清遊繼天柱。南枝烏鵲不敢譁，倚杖三嘆風枝斜；明年強健更相約，會見林間金背蟇。

【校勘】（封姨）胡作風姨。從劉評舊鈔潘選改，此用封家十八姨事，自應作封。

【補箋】據胡譜，宣和四年壬寅夏服除，七月擢太學博士，入京，有過中牟、遊葆眞等詩。此詩編於中牟道中詩之後，遊葆眞詩之前，當是壬寅中秋作。去年中秋尚在服中，故有首兩句。

## 九日賞菊

黃花不負秋，與秋作光輝，夜霜猶作惡，朝日爲解圍。今晨豈重九？節意入幽菲，孤芳擅天地，衆卉亦已微，慇懃黃金靨，照耀白板扉。沽酒欲壽花，孔兄與我違；淸坐絕省事，未覺此計非。夕英豈不腴，騷人自難肥。

【校勘】（幽菲）胡作幽扉，與下白板扉重韻。據諸本改。

## 遊葆眞池上

牆厚不盈咫，人間隔蓬萊，高柳喚客遊，我輩御風來。坐久落日盡，澹澹池光開，白雲行水中，一笑三徘徊。鴨兒輕歲月，不受急景催；試作弄篙驚，徐去首不迴。無心與境接，偶遇信悠哉，再來知何似，有句端難裁。

〔評論〕　劉云：佳語。（在坐久落日盡、澹澹池光開兩句下。）　又云：世間常有此景，要人拾得。（在徐去首不迴句下。）　沈云：神似太白。

## 次韻王堯明郊祀顯相之作

奏書初不待衡譚，奠璧都南萬玉參。黃屋倚霄明半夜，紫壇承月眩諸龕。聲喧大呂初終六，影動元圭陟降三。可是天公須羯鼓，已回寒馭作春酣。

〔校勘〕　（都南）宋詩鈔作都來。按：祭天在南郊，故云都南，來字非是。　（寒馭）宋詩鈔作寒玉。音近致誤。

〔增注〕　按：公時與堯明同官。按國史，宣和四年十一月庚午郊。

〔補箋〕　宋史卷二十二徽宗紀：宣和四年十一月丙辰朔，庚午，祀昊天上帝於圜丘，赦天下。東南官吏旷緣寇盜貶責者，並次第移放。上書邪上等人，特與磨勘。按：增注所記郊祀日期與史相合，以丙辰朔推之，庚午爲十五日。

〔評論〕　沈云：如此題却用險韻，然不失大方，愈見作手。

## 端門聽赦詠雪

雲葉垂雞竿，雪花眩鸞旗，一天豐年意，飄入萬壽巵，茫茫玉妃班，影亂千官儀。也知樓頭喜，舞態方自持，敎坊可憐女，面赤婆娑時，天公一笑罷，未覺風來遲。小儒驚偉觀，到笏不敢吹，歸家得細說，平分遺妻兒。茅簷玉三尺，坐玩可樂飢；生活太冷淡，侑以一篇詩。

〔增注〕　東坡上元夜詩：端門萬枝燈。次公註：端門，宣德門也。

〔評論〕　劉云：下同想像。（在舞態句下）

## 遊玉仙觀以春風吹倒人爲韻得吹字

清遊天不借，破帽沙疾吹，下馬槓梢鳴，未恨十里陂。風餘簷鐸語，坐定爐煙遲，新春碧瓦麗，古意喬木奇。黃冠見客喜，此士定不羈；但愧城中塵，涴子青松枝。人間爭奪醜，我亦寄枯棋，輸贏共一笑，馬影催歸時。

〔補箋〕　復齋漫錄：玉仙觀在京城東南宣化門七八里間，仁宗時陳道士所修葺，花木亭臺，四時遊客不絕。東坡詩所謂：玉仙洪福花如海是也。東京夢華錄卷一：東都正南門曰南薰門。城南一邊，東南則陳州門，傍有蔡河水門，西南則戴樓門，傍亦有蔡河水門。蔡河正名惠民河，爲通蔡州故也。周城宋東京考卷一：南三門，中曰南薰，東曰宣化、卽陳州，西曰安上、卽戴樓。

## 路歸馬上再賦

偶然思玉仙，便到玉仙遊；興盡未及郭，玉仙失回頭。成毁俱一念，今昔浪百憂。未知橫笛子，亦解此意不？春風所經過，水色如潑油，垂鞭見落日，世事劇悠悠。

〔校勘〕　（路歸）諸本俱同。疑當作歸路。　（見落日）閩本舊鈔聚珍宋詩鈔俱作看落日。

〔評論〕　劉云：情境喟然，不多不少。　沈云：超悟如讀佛經。

## 來禽花

來禽花高不受折，滿意清明好時節；人間風日不貸春，昨暮臙脂今日雪。舍東蕪菁滿眼黃，胡蝶飛去專斜陽；妍媸都無十日事，付與梧桐一夏涼。

〔校勘〕（昨暮）舊鈔宋詩鈔作昨夜。非是，夜中看花不能辨色也。（煙脂）舊鈔四庫俱作胭脂。應從。（專斜陽）四庫作轉斜陽。

〔評論〕沈云：筆下超脫，公之本色。

## 放慵 律髓卷二十三閒適類

暖日薰楊柳，濃春醉海棠，放慵眞有味，應俗苦相妨。宦拙從人笑，交疎得自藏，雲移穩扶杖，燕坐獨焚香。

〔校勘〕（濃春）增注云：春一作陰。騫按：醉字承濃春來，如作濃陰，卽不得言醉矣。（宦拙）律髓作官拙。騫按：拙宦巧宦字有來歷，見胡箋，官字乃形近之誤。

〔評論〕沈云：六句有味。（謂交疎句）又云：雲移句，畫入神品。方云：此公氣魄尤大。起句十字，朱文公擊節，謂薰字醉字下得妙。又何必專事晚唐。紀云：二字誠佳，然以詆晚唐則不然，此正晚唐字法也。馮舒云：想方公意，畢竟疎梅瘦竹方爲淡雅有味，一說楊柳海棠，便謂穠麗，豈不可笑。

## 清明二絕

街頭女兒雙髻鴉，隨蜂趁蝶學夭邪。東風也作清明節，開遍來禽一樹花。

〔校勘〕（二絶）舊鈔宋詩鈔作二首。（夭邪）胡作妖邪。從舊鈔潘選宋詩鈔四庫改。

〔補箋〕夭邪亦作夭斜，顛狂不正之意，唐人語也。夭字音呀、又音歪。右詩用此二字以狀女兒隨蜂趁蝶之姿態，作妖邪則大失本意。胡箋亦據妖邪爲解，蓋胡氏所見本已誤。

二

卷地風拋市井聲，病夫危坐了清明。一簾晚日看收盡，楊柳微風百媚生。

〔校勘〕（病夫）舊鈔潘選宋詩鈔作病扶。

〔評論〕劉云：又好。　沈云：二首誦之覺春氣郁郁溢出紙上。

## 春日二首

朝來庭樹有鳴禽，紅綠扶春上遠林。忽有好詩生眼底，安排句法已難尋。

〔評論〕沈云：妙！（謂後兩句）　吳師道吳禮部詩話：唐子西春日郊外詩，水生春欲到垂楊，絶句，疑此江頭有佳句，爲君尋取却茫茫。簡齋有水光忽到樹，及忽有好詩生眼底，安排句法已難尋之句。非襲用其語，則亦暗合者歟。　騫按：水光忽到樹是靜中動，水生春欲到垂楊是動中靜，兩句神理完全不同，禮部所論，殊不了了。忽有好詩兩句，則是淵明之此中有眞意，欲辨已忘言也。

二

憶看梅雪縞中庭，轉眼桃梢無數青。萬事一身雙鬢髮，竹牀欹臥數窗櫺。

〔校勘〕（攲臥）四庫作攲枕。

〔評論〕沈云：妙！妙！（謂後兩句）

## 夏日集葆眞池上以綠陰生晝靜賦詩得靜字

清池不受暑，幽討起予病，長安車轍邊，有此荷萬柄。是身惟可懶，共寄無盡興。魚遊水底涼，鳥宿林間靜，談餘日亭午，樹影一時正，清風不負客，意重百金贈。聊將兩鬢蓬，起照千丈鏡，微波喜搖人，小立待其定。梁王今何許？柳色幾衰盛？人生行樂耳，詩律已其賸。邂逅一樽酒，他年五君詠。重期踏月來，夜半嘯煙艇。

〔校勘〕（得靜字）胡作得靜日。據諸本改。（惟可）胡作雖可。形近之誤，據諸本改。（鳥宿）劉評舊鈔聚珍宋詩鈔俱作鳥語。按：日午非鳥宿之時，似應作語。但鳥語林間靜太似六朝名句之鳥鳴山更幽，鳥類亦未必無睡午覺者，故未據改胡本。

〔增注〕詩說雋永云：京都葆眞宮，垂楊映沼，有山林趣。去非將罷尚符璽日，題其池亭，故有微波喜搖人、小立待其定之句。　容齋隨筆：自崇寧以來，時相不許士大夫讀史作詩，何清源至於修入令式。本意但欲崇尚經學，痛沮詩賦耳。於是庠序之間以詩爲諱。政和後稍復爲之；而陳去非遂以墨梅絕句擢置館閣。嘗以夏日偕五同舍集葆眞宮池上避暑，取綠陰生晝靜分韻賦詩，陳得靜字，詩成出示，坐上皆詑爲擅場。朱新仲時親見之，云，京師無人不傳寫也。（按：此條見容齋四筆卷十四。）

〔補箋〕胡仔苕溪漁隱叢話卷二十四引詩說雋永云：京師葆眞宮，垂楊映沼，有山林之趣。去非將罷尚符璽日，題其池亭云：聊將兩鬢蓬，起照千丈鏡，微波喜搖人，小立待其定。騫按：此條已見胡箋，又見增注，三者文字有異同，故備錄之，應以叢話爲正。然，此說實誤。此詩作於宣和五年，詳見詩集編年目錄，其時尚未官符寶郎，自無所謂將罷也。胡編年譜繫此詩於宣和五年，而又取雋永之說入注，是胡氏疏忽之處。　吳師道吳禮部詩話：柳柳州云：微風一披拂，林影久參差。陳簡齋云：微波喜搖人，小立待其定，語有所自而意不同。　翁方綱石洲詩話：簡齋葆眞宮避暑詩，一時推爲擅場，人皆傳寫。然清池不受暑、夜半嘯煙艇、起結亦本杜句也。中間固自脫然。

〔評論〕　沈云：眞詩中畫，誰能寫得如此暢快。

陳簡齋詩集合校彙注卷十終

# 陳簡齋詩集合校彙注卷十一目錄

遊慧林寺以三峽炎蒸定有無爲韻得定字是日欲逃暑閣下而守閣童子持不可……一〇一
道山宿直……一〇一
雨晴……一〇二
十月……一〇二
漫郎……一〇三
柳絮……一〇三
侯處士女挽詞……一〇三
登天清寺塔……一〇四
浴室觀雨以催詩走羣龍爲韻得走字……一〇四
夏至日與同舍會葆眞二首……一〇五
翁高郵挽詩……一〇六
秋試院將出書所寓窗……一〇六
秋日……一〇六
夏日……一〇六

送王周士赴發運司屬官……一〇七
試院春晴……一〇八
試院春懷……一〇八

# 陳簡齋詩集合校彙注卷十一

鄭騫　因百　校箋

## 遊慧林寺以三峽炎蒸定有無爲韻得定字是日欲逃暑閣下而守閣童子持不可

我如東郊馬，欹側甘瘦病；今晨舉足輕，起行得幽勝。撫窗喚懶融，槁面初出定，眼中無長物，坐久爐煙正。門前幾烏帽，來往送朝暝，豈知帽影邊，有地白日靜。寶閣陰肅肅，童子色不令；年來惜違人，一笑取歸徑。願言捐何肉，終歲奉清淨，簷鐸豈印吾，出門有餘聽。

〔校勘〕　（三峽）胡箋舊鈔聚珍俱作三峽，劉評作三伏。可兩存，詳見補箋。（欹側）胡作歌側。形近之誤，據諸本改。（眼中）劉評舊鈔聚珍俱作眼明。（長物）舊鈔四庫俱作常物。（來往）舊鈔作往來。

〔補箋〕　杜集有江陵節度使陽城郡王新樓成王請嚴侍御判官賦七字句同作一首，又有又作此奉衛王一首，二詩前後相連，皆詠新樓者。陽城郡王姓衛名伯玉，故稱衛王。二儀三伏兩句在後一首。杜集諸本皆作三伏，未見作三峽者；而胡箋正文注文均作三峽，當是宋時杜集有此異本，自可兩存。　童子色不令句明是用論語巧言令色，胡箋引詩箋不寧不令，與色字不切合。

## 道山宿直

離離樹子鵲驚飛，獨倚枯筇無限時。千丈虛廊貯明月，十分奇事更新詩。人間路絕窗扉語，天上雲空閣影移。遙想王戎燭下算，百年辛苦一生癡。

〔增注〕　世說：王戎既貴且富，契疏鞅掌，每與夫人燭下散籌算計。

〔補箋〕　此宣和五年官秘書省著作佐郎時作，見胡編年譜。　沈括夢溪筆談卷二十四：內諸司舍屋，惟秘閣最弘壯，閣下穹窿高敞，相傳謂之木天。　陸游老學庵筆記卷四：秘書新省成，徽廟臨幸。孫叔詣參政作賀表云：蓬萊道山，一新羣玉之構；勾陳羽衛，共仰六飛之臨。同時無能及者。　騫按：末兩句有兩層意思。第一層因覩秘閣之弘壯，而慨歎世人辛苦一生，亦難成此大業。第二層則謂自古無不敗之家，不亡之國，無論庶民籌算，帝王經營，萬歲千秋，終歸烏有。

〔評論〕　劉云：驕吝同俗。　沈云：妙寫難狀，得未曾有。

## 雨晴律髓十七晴雨類

天缺西南江面清，纖雲不動小灘橫。牆頭語鵲衣猶溼，樓外殘雷氣未平。盡取微涼供穩睡，急搜奇句報新晴。今宵勝絕無人共，臥看星河盡意明。

〔校勘〕　（江面清）胡作江面晴。與第六句重韻，蓋形近之誤，據諸本改。夏注仍襲胡誤。　（勝絕）胡作絕勝。勝字與句尾共字韻近，甚不美聽，諸本俱作勝絕，今從之。

〔評論〕　沈云：脫口而出，自然入神，所謂文章本天成，妙手偶得之也。　馮舒云：寧取簡齋。又云：眞寫得盡。　紀云：三四眼前景，而寫來新警。

## 十月律髓十三冬日類

十月天公作許悲，負霜鴻雁不停飛，蕣連萬里雲一去，紅盡千林秋徑歸。病夫搜句了節序，小齋焚香無是非，睡過三冬莫開戶，北風不貸芰荷衣。

〔校勘〕（雲一去）舊鈔四庫律髓潘選宋詩鈔俱作雲山去。乃不知此語出於杜詩者所改，見胡箋續添正誤。

〔評論〕方云：簡齋詩獨是格高，可及子美。　馮班云：子美高處豈在此。　馮舒云：只將幾個字拗了平仄，便道可及子美，寃哉！　紀云：五六便嫌習氣太重。

## 漫郎

漫郎功業大悠然，拄笏看山了十年。黑白半頭明鏡裏，丹青千樹惡風前。星霜屢費驚人句，天地元須使鬼錢。踏破九州無一事，只今分付結跏禪。

〔校勘〕（大悠）舊鈔四庫宋詩鈔作太悠。

## 柳絮

柳送腰支日幾回，更教飛絮舞樓臺。顛狂忽作高千丈，風力微時穩下來。

〔校勘〕（柳送）胡作柳絮，與下句飛絮重複，文義亦不通順，據劉評舊鈔潘選宋詩鈔改。

〔評論〕劉云：調笑近厚。

## 侯處士女挽詞

疇昔翁才比太師，固應生女作門楣。人間似夢風旌出，佛子何之宰樹悲。五百帨金空繐帳，三千車乘忽荒陂。他年不共江流去，突兀張林婦德碑。

【校勘】　（太師）胡作大師。據諸本改。

## 登天清寺塔

爲眼不計腳，攀梯受微辛，半天拍闌干，驚倒地上人。風從萬里來，老夫方岸巾，荒荒春浮木，浩浩空納塵。夕陽差萬瓦，赤鯉欲動鱗，須臾暮煙合，青魴映龕淪。萬化本日馳，高處覺眼新。借問龕中僊，坐穩今幾辰，俗子書滿壁，澹然不生嗔，惟有太行山，修供獨慇懃。

【校勘】　（天清）胡作大清。據諸本改。　（幾辰）諸本俱作幾晨。　（太行）胡作大行。據劉評舊鈔宋詩鈔改。按：太行山，古亦作大形山。

【夏注】　差，次也，言屋如鱗之相次也。映夕陽之色，故比以赤鯉。夕陽既下，則比爲青魴。淪，水波深廣也。　龕，塔下室也。言龕佛如太行山之不動，一任俗子題寫滿壁而不嗔怒。修供，修持供養也。　籥按：夏解赤鯉青魴之喻甚佳。惟詩意本謂屋瓦如魚鱗之相次，故云萬瓦而不云萬屋；夏注言屋而不言瓦，則是屋之全體，不惟與詩意不合，亦不合理。　修字作動詞用，供字作名詞用，末二句謂太行山以嵐光樹色爲佛之供養也。夏解以太行喻佛之不動，殊謬，竟不見惟有二字耶！

【評論】　劉云：觸目戲言，無倫無理，得之迭宕。　沈云：登塔妙境，此詩盡之矣！如畫如記，唐人所無。

## 浴室觀雨以催詩走羣龍爲韻得走字

微雲生屋脊，欹枕看培塿，崔嵬亂一瞬，泰華入搔首。須臾萬銀竹，壯觀驚戶牖，摧擊竟自碎，映空白煙走，餘飄送未了，日色在井口。去冬三寸雪，寒日澹相守，商量細細融，未覺經旬久，誰能料天工，辦此穎脫手。一涼滿天地，平分到庭柳，葉端嘯餘風，送我一盃酒。畫屏題細字，盡記同來友，俗眼之所遺，此事當不朽。

〔校勘〕（摧繫）胡作摧擊。形近之誤，據劉評改。（餘飄）胡作餘颷。形近之誤，據諸本改。此語謂大雨後之小雨；颷是大風，此處用不著。（穎脫）舊鈔宋詩鈔作脫穎。

〔補箋〕杜甫陪諸貴公子丈八溝納涼詩：片雲頭上黑，應是雨催詩。浴室院在開封興國寺。蘇軾東坡集卷二十興國寺浴室院六祖畫贊云：予嘉祐初舉進士，館於興國浴室老僧德香之院。中略予去三十一年，而中書舍人彭君器資亦館于是。

〔評論〕劉云：自然語。（在日色句下）又云：嚴整，故好；脫嚴整，又好。　沈云：走韻尤妙，直是鬼工。

## 夏至日與同舍會葆眞二首

微官有閥閱，三賦池上詩。林密知夏深，仰看天離離，官忙負遠興，觴至及良時。荷氣夜來雨，百鳥清晝遲，微風不動蘋，坐看水色移。門前爭奪場，取歡不償悲。欲歸未得去，日暮多黃鸝。

〔校勘〕（同舍）諸本此上俱有太學二字。（閥閱）舊鈔宋詩鈔俱作閱閥。非是，此名詞無倒用者。（水色）舊鈔作秋水。大誤。微風吹水，光轉色移，靜中體物，深透如此。作秋水則詩意全失；且題爲夏至，何來秋水。

〔評論〕劉云：少少許，不可極。　沈云：入畫入微，生趣宛然。

二

明波影千柳，紺屋朝萬荷，物新感節移，意定覺景多。遊魚聚亭影，鏡面散微渦；江湖豈在遠，所欠雨一蓑。忽看帶箭禽，三嘆無奈何。

〔評論〕　劉云：古今朝士自道，所不能及。　沈云：起如畫，結尤出人意表。

## 翁高郵挽詩

萬里功名路，三生翰墨身。暮年銅虎重，浮世石羊新。天地慳豪傑，山川泣吏民。空傳四十誄，竟不識斯人。

## 秋試院將出書所寓窗

門前柿葉已堪書，弄鏡燒香聊自娛。百世窗明窗暗裏，題詩不用著工夫。

〔評論〕　劉云：有省。　又云：此與安排句法已難尋，皆自得於文字語言之外。

## 秋日

琢句不成添鬢絲，且撍筇杖看雲移。槐花落盡全林綠，光景渾如初夏時。

〔校勘〕　（全林）舊鈔作全無。非是。

## 夏日

赤日可中庭，樹影斂不開，燭龍未肯忙，一步九徘徊。夢中驚耳鳴，欲覺聞遠雷，屋山奇峯起，欹枕看雲來。變化信難料，轉頭失崔嵬，雖然不成雨，風起亦快哉。槐葉萬背白，少振十日埃；白團豈辦此，擲去羞薄才。蜻蜓泊牆陰，近人故多猜，牆西豈更熱，已去卻飛迴。

【校勘】（中庭）舊鈔作中亭。非是。（欲覺）諸本俱作忽覺。（屋山）舊鈔宋詩鈔俱作屋上。屋山乃現成名詞，上字似是而非。（白團）胡作白圍。形近之誤，據諸本改。（卻飛迴）諸本俱作復飛迴。似不如卻字有力。

【夏注】楚辭注：天西北有幽冥無日之國，有龍銜燭而照之。借用，言赤日西下之遲也。

【評論】沈云：公詩無一笨筆，無一死句，言所難狀，畫所不到，莫不現於筆端。

## 送王周士赴發運司屬官

寧食三斗塵，有手不揖無詩人；寧飲三斗醋，有耳不聽無味句。牆東草深蘭發薰，君先夢我我夢君。小窗誦詩燈花喜，窗外北風怒未已。書生得句勝得官，風其少止盡人歡。五更月暈一千丈，明日君當泛淮浪。去去三十六策中，第一買酒壓北風。

【校勘】（運司）胡作運同。形近之誤，據劉評舊鈔潘選宋詩鈔改。（小窗）四庫此上有夢君二字。涉上文而衍。

【夏注】王以寧，字周士，湘潭人。由太學生辟鼎澧帥幕。靖康初，徵天下兵；以寧走鼎州乞師，解太原圍。建炎中，以宜撫司參謀制置襄鄧。此題云赴發運司屬官，詩中云明日君當赴淮浪，則在宣和間又曾入江淮發運司幕也。

〔補箋〕 舊唐書屈突通傳：通弟蓋爲長安令，亦以嚴整知名。時人爲之語曰：寧食三斗艾，不見屈突蓋；寧服三斗葱，不逢屈突通。 王以寧有詞三十一首，收入彊村叢書，名王周士詞。王國維觀堂別集卷三有王周士詞跋，所敘以寧籍貫事跡，全同夏注，而文字小異。觀其竄改之跡，夏注實出於王跋。惟王跋以寧作以凝。詩經云：濟濟多士，文王以寧。應是王先生偶然筆誤。建炎以來繫年要錄有以寧事跡若干條，與簡齋無關，不具錄。

〔評論〕 方回桐江集卷三讀劉章稊誌跋云：劉章稊誌疑陳簡齋集二詩爲非簡齋所作。其一：敲門俗子令我病，面有三寸康衢埃；風饕雪虐君馳去，蓬戶那無酒一杯。其一：寧食三斗塵，有手不揖無詩人。予謂此二詩怒詈誠太露，然詩人每惡俗人。山谷云：德人泉下夢，俗物眼中埃。下一句不已甚乎。劉評詩不當者甚多。 騫按：敲門俗子四句乃次韻謝周尹潛三絕句之一，見卷二十。 沈云：老筆紛披，雋味無窮。

## 試院春晴

今日天氣佳，忽思賦新詩。春光挾晴色，併上桃花枝。白雲浩浩去，天色青陸離，餘霏遇晚日，彩翠分新奇。天公出變化，驚倒癡絕兒。逶迤或耐久，美好固暫時。平生一枝筇，穩處念力衰；澹然意已足，卻赴青燈期。

〔評論〕 沈云：難狀之景，如在目前。（謂白雲天色兩句） 又云：後半深致，耐人百讀。

## 試院書懷 律髓十七晴雨類

細讀平安字，愁邊失歲華。疎疎一簾雨，淡淡滿枝花。投老詩成癖，經春夢到家。茫然十年事，倚杖數栖鴉。

〔評論〕　方云：漁隱叢話盛稱此聯。騫按：謂疎疎淡淡一聯也。叢話前集卷五十三稱引此聯，但云平淡有工，並無所謂盛稱。虛谷喜此聯，故誇大言之耳。　紀云：通體老，結亦有味。

陳簡齋詩集合校彙注卷十一終

# 陳簡齋詩集合校彙注卷十二目錄

次韻何文縝題顏持約畫水墨梅花二首……一一三
又六言……一一四
題持約畫軸……一一四
爲陳介然題持約畫……一一四
寄題兗州孫大夫絕塵亭二首……一一四
梅花兩絕句……一一五
送善相僧超然歸廬山……一一五
休日早起……一一六
夏夜……一一六
碁……一一六
與百順飯于文緯大光出宋漢傑畫秋山……一一七
九日宜春苑午憇幕中聽大光誦朱迪功詩……一一七
冬至二首……一一七
西省酴醾架上殘雪可愛戲同王元忠席大光賦詩……一一八

對酒……一一八
後三日再賦……一一九
將赴陳留寄心老……一一九

# 陳簡齋詩集合校彙注卷十二

鄭騫　因百　校箋

## 次韻何文縝題顏持約畫水墨梅花二首

窗間光景晚來新，半幅溪藤萬里春。從此不貪江路好，賸拚心力喚眞眞。

【校勘】（光景）胡作光影。從諸本改。

【夏注】顏博文，字持約，德州人。靖康初官著作佐郎。金人立僞楚時充事務官，草勸進表。南渡初竄澧州，移賀州死。清河書畫舫稱其作山水橫看，頗有清致，在五羊賣畫自活，竟死瘴鄉。（夏未選此首，此注在本卷題持約畫軸五絕之後。）

【補箋】㮚卽栗字，何栗宋史三五三有傳。其人於靖康元年拜相（右僕射），旋從徽欽北去，至金，不食而死。　鄧椿畫繼卷三：顏博文、字持約，德州人，政和八年嘉王榜登甲科。長於水墨。宇文季蒙龍圖家有橫披十六羅漢，其筆法位置如伯時，但意韻差短耳。陳其非次何文縝題所作墨梅三絕云云，（按：謂此兩首及下六言一首。），非此畫不稱此詩也。初，持約與王寀厚善，寀敗，持約方退朝，聞之，卽馳馬還家，閉關拒人，盡焚與寀平生往來牋記詩文之類；於是獨免。

二

奪得斜枝不放歸，倚窗承月看熹微。墨池雪嶺春俱好，付與詩人說是非。

【評論】　劉云：比舊作更化。（騫按：舊作謂著稱當時之墨梅五首。）　沈云：筆舌超妙，不着死句。

## 又六言

未央宮裏紅杏，羯鼓三聲打開；大庾嶺頭梅蕚，管城呼上屏來。

## 題持約畫軸

日落川更闊，煙生山欲浮。舟中有閑地，載我得同遊。

〔增注〕　中齋云：王朗謂管寧，舟中幸有空閒。

## 爲陳介然題持約畫

層層水落白灘生，萬里征鴻小作程。日暮微風過荷葉，陂南陂北聽秋聲。

〔校勘〕　（日暮）舊鈔作日落。落字重上句，以境界論亦不如暮字。

〔評論〕　沈云：風調絕佳。

## 寄題兗州孫大夫絕塵亭二首

不讀遠遊賦，放懷茲地宜，雲山繞窗戶，萬態爭紛披。世故日已遠，風水方逶迤，倚杖夜來雨，東山煙散遲。人間許長史，不與此心期。

〔補箋〕　孫琪，三朝北盟會編作孫振，其勤王殉難事跡見會編卷八十五。孫傅，海州人，靖康時知樞密院。從徽欽北去，至金不久卒。宋史卷三五三有傳。

〔評論〕　劉云：興趣自然。　沈云：似陶儲妙境。

## 二

境空納浩蕩，日暮生泬寥，竹聲池邊起，欲斷還蕭蕭。丈人方微吟，萬象各動搖，林間光景異，月出東山椒。門前誰剝啄，已逝不須邀。

〔校勘〕　（丈人）胡作文人。形近之誤，據諸本改。

〔評論〕　劉云：極是達意。

# 梅花兩絕句

客行滿山雪，香處是梅花，丁寧明月夜，認取影橫斜。

〔補箋〕　林逋梅詩：疎影橫斜水清淺，暗香浮動月黃昏。

## 二

曉天青脈脈，玉面立疎籬。山中爾許樹，獨自費人詩。

〔評論〕　沈云：起二咏梅傑句，妙入神品。

# 送善相僧超然歸廬山

九疊峯前遠法師，長安塵染坐禪衣。十年依舊雙瞳碧，萬里今持一笑歸。鼠目向來吾自了，龜腸從與世相違。酒酣更欲煩公說，黃葉漫山錫杖飛。

## 休日早起

曨曨窗影來，稍稍禽聲集，開門知有雨，老樹半身溼。劇讀了無味，遠遊非所急，蒲團著身寬，安取萬戶邑，開鏡白雲度，捲簾秋光入。飽受今日閑，明朝復覊縶。

【校勘】（曨曨）舊鈔宋詩鈔俱作朧朧。形近之誤。（劇讀）胡作劇談，諸本俱作劇讀。增注云：讀一作談，非。今從諸本。休日早起，並無客來，欲求劇談，必出門訪友，與下句遠遊只是一種意思。作劇讀則其意不止懶於出門，卽在家讀書亦嬾，更能寫出閒趣。（雲度）胡作雲渡。從諸本改。

【評論】　沈云：十字千古。（謂開門老樹兩句）

## 夏夜

幽窗報夕霽，微月在屋榱，手中白羽扇，共此夜寥寥。六月天正碧，三更樹微搖。緬懷山中景，茲夕感路遙，長嘯送行雲，可望不可招。夜闌林光發，白露濡青條。

【評論】　沈云：前半寫夏夜入神。

## 碁

長日無公事，閑圍李遠碁。傍觀眞一笑，互勝不移時。幸未逢重霸，何妨著獻之。晴天散飛雹，驚動隔牆兒。

## 與百順飯于文緯大光出宋漢傑畫秋山

焚香消午睡，開畫逢秋山，皇都馬聲中，有此四士閑。離離南國樹，閃閃湘水灣，悠悠孤鳥去，澹澹晨輝還。屐上十年蠟，未散腰脚頑，不如一詣君，坐此巖石間。遠峯如修眉，近峯如墮鬟，書生飽作祟，眼亂紛斕斑。一笑遺世人，聊破千載顏，詩成即畫記，可益不可删。

〔校勘〕（百順）劉評舊鈔作伯順。（皇都）閩本作長安。（晨輝）舊鈔作晨暉。

〔補箋〕四士謂百順、文緯、大光、簡齋。文緯未詳。席大光見卷十七得席大光書詩注。耿南仲宋史三五二有傳。傳云：康王使軍前，請南仲偕，帝以其老，命其子中書舍人延禧代行。又云：高宗旣即位，延禧以龍圖閣直學士知宣州。劉評延禧名與史傳合，故從之。耿字三見本集，此詩之外，兩見於卷二十七，一作百順，一作伯順，未詳孰是。禧熙同音，伯百同音，當時或是兩用；古今均有其例。會編卷一零八引林泉野記云延禧字伯順。

## 九日宜春苑午憇幕中聽大光誦朱迪功詩

酒酣耳熱不能歌，奈此一川黃菊何！臥聽西風吹好句，老夫無限幕生波。

〔校勘〕（朱迪功）舊鈔作宋迪功。（不能）舊鈔作不成。（無恨）胡作無限。從諸本改。

〔增注〕楊惲書：酒後耳熱，仰天拊缶而呼烏烏。

〔評論〕沈云：即此是好句。（謂末句）

## 冬至二首

少年多意氣，老去一分無，閉戶了冬至，日長添數珠。北風不貸節，鴻鴈天南驅；烏帽亦何幸，七日守屋廬。石爐深炷火，撩亂一榻書；只可自怡悅，不堪寄張扶。

〔校勘〕 （不貸）舊鈔宋詩鈔作不待。非是。 （亦何）舊鈔宋詩鈔作獨何。獨字意猛音硬，不如亦字。

〔評論〕 劉云：忽得二語，動興。（謂末兩句） 沈云：如此況味，亦自不惡。

二

人生本是客，杜叟顧未知；今年我聞道，悲樂兩脫遺。日色如昨日，未覺墉陰遲，不須行年記，異代尋吾詩。東家窈窕娘，融蠟幻梅枝，但恐負時節，那知有愁時。

〔評論〕 沈云：此則徒多事耳，何益于人，何益于己。然舉世大率如此矣。（沈於東家窈窕娘以下四句加雙圈，此評卽謂融蠟幻梅枝事。）

## 西省酴醾架上殘雪可愛戲同王元忠席大光賦詩

酴醾花底當年事，夜雪模糊照酒闌；北省今朝枝上雪，還指病眼作花看。

## 對酒律髓二十六變體類

新詩滿眼不能裁，鳥度雲移落酒盃。官裏簿書無日了，樓頭風雨見秋來。是非袞袞書生老，歲月忽忽燕子回。笑撫江南竹根枕，一樽呼起鼻中雷。

〔補箋〕 吳幵優古堂詩話：近時稱陳去非詩，案上簿書何日了，樓頭風雨（原作風月，非是，今據本詩改。）又秋來之句。或者曰：此東坡官事無窮何日了，菊花有信不吾欺耳。予以爲本唐人羅鄴僕射陂晚望詩，身事未知何日了，馬蹄惟覺到秋忙。

〔評論〕　沈云：圓轉自如；情味無限。　方云：此詩中兩聯俱用變體，各以一句說景，奇矣。坡詞有云：官事何時畢，風雨外、無多日，卽前聯意也。後聯卽與前詩世事紛紛、春陰漠漠一聯用意亦同。是爲變體。學許渾詩者能之乎？此非深透老杜、山谷、后山三關不能也。（按：世事紛紛一聯見卷十四寓居劉倉廨中詩，彼首亦有方氏評語，須參閱。）　查云：東坡官事無窮何日了，菊花有信不吾欺，獨非變體而簡齋所取裁者乎？　紀云：不必定說到此。（按：此謂方評學許渾以下數語。）　又云：結不雅。

## 後三日再賦

天生癭木不須裁，說與兒童是酒杯。落日留霞知我醉，長風吹月送詩來。一官擾擾身增病，萬事悠悠首獨回。不奈長安小車得，睡鄉深處作奔雷。

〔校勘〕　（不須裁）胡作不須栽。似是而非，從諸本改。

〔評論〕　沈云：此首更饒生趣。

## 將赴陳留寄心老

今日忽不樂，圖書從糾紛，不見汝州師，但見西來雲。長安豈無樹，憶師堂前柳，世路九折多，遊子百事醜。三年成一夢，夢破說夢中，來時西門雨，去日東門風。書到及師閑，爲我點枯筆，畫作謫官圖，羸驂帶寒日。他時取歸路，千里作一程，飽喫殘年飯，就師聽竹聲。

〔校勘〕（他時）舊鈔作他日。

〔增注〕宣和六年冬，公自符寶郎謫監陳留酒。異聞錄：陳季卿，江南人，舉進士長安，十年不歸。一日訪青龍寺，見壁間有寰瀛圖。季卿尋江南路，歎曰，得自此歸，不悔無成。有終南山翁在旁，曰，此易事耳。起折階前竹葉，置渭水中，令季卿熟視。須臾，見一舟甚大，恍然登舟，旬餘至家。

〔補箋〕陳留，今河南陳留縣。心老即覺心，見卷一畫山水賦。謫官事詳見拙編年譜宣和六年。簡齋於宣和四年夏服除，七月擢太學博士，自洛陽入京，有留別心老詩見卷九，至此首尾三年。此三年中，官途得意，有扶搖直上之勢，生活亦甚安適，觀此期中諸詩可知。忽遭貶謫，往事全非，故有三年一夢等四句。洛陽在汴京西，陳留在東，故云來時西門雨，去日東門風。宋時文人多曾謫監酒稅，見卷一送呂欽問詩補箋。

陳簡齋詩集合校彙注卷十二終

# 陳簡齋詩集合校彙注卷十三目錄

赴陳留二首……一二三
至陳留……一二三
客裏……一二四
初至陳留南鎮夙興赴縣……一二四
遊八關寺後池上……一二五
種竹……一二五
對酒……一二六
寒食……一二六
再遊八關……一二七
感懷……一二七
寶園醉中前後五絕句……一二八
雨……一二九
食筍……一三〇
初夏遊八關寺……一三〇
題酒務壁……一三一

# 陳簡齋詩集合校彙注卷十三

鄭騫 因百 校箋

## 赴陳留二首

草草一夢闌，行止本難期，歲晚陳留路，老馬三振鬐。自看鞭袖影，曠野日落遲，柳林行不盡，想見春風時，點點羊散村，陣陣鴻投陂。城中那有此，觸處皆新詩。舉手謝路人，醉語勿瑕疵，我行有官事，去作三年癡。遙聞辟穀僊，閱世河水湄，時從玩木影，政爾不憂饑。

【校勘】（自看）胡作自著。形近之誤，據諸本改。（陣陣）劉評作陳陳，增注云，據閩本，與陣同。

【評論】增注引中齋云：盡低徊顧懷、淒涼淡薄意。

二

馬上摩挲眼，出門光景新，鴉鳴半陂雪，路轉一林春。舊歲有三日，全家無十人；平生鸜鵒盞，今夕最關身。

【評論】沈云：集中名句極多，五律尤多，可摘爲句圖。

## 至陳留

煙際亭亭塔，招人可得回。等閑爲夢了，聞健出關來。日落河冰壯，天長鴻鴈哀。平生遠遊意，隨處一徘徊。

〔校勘〕（聞健）四庫作老健，妄改。詳後補箋。（平生）舊鈔宋詩鈔作平安，非是。

〔補箋〕聞訓及。聞健，及身尚健也。宋詞元曲中每云聞早，及早也。今河南北部河北南部一帶，尚有此語。

〔評論〕劉云：甚未忘情。（在首兩句下）

## 客裏

客裏東風起，逢人只四愁，悠悠雜唯唯，莫莫更休休。窗影鳥雙度，水聲船逆流。一官成一集，盡付古河頭。

〔校勘〕（河頭）苕溪漁隱叢話引作沙頭。形近之誤。

〔補箋〕苕溪漁隱叢話卷三十四：陳去非詩云，一官成一集，盡付古沙頭，蓋用王筠事。而楊大年亦如此。南史：王筠自撰其文章，以一官爲一集，自洗馬、中書、中庶、吏部、左佐、臨海、太府、各十卷，尚書三十卷，凡一百卷行于世。本朝名臣傳：楊億爲文，每官成一集，所著括蒼、武夷、潁陰、韓城、退居、汝陽、蓬山、辭榮、冠鼇等集。騫按：胡箋當卽取材於此。

## 初至陳留南鎭夙興赴縣

五更風搖白竹扉，整冠上馬不可遲，三家陂口雞喔喔，早於昨日朝天時。行雲弄月翳復吐，林間明滅光景奇，川原四望鬱高下，蕩搖蒼茫森陸離，客心忽動羣雁起，馬影漸薄村墟移。須臾東方雲錦發，向來所見今難追。兩眼聊隨萬象轉，一官已判三年癡，只將乘除了吾事，推去木枕收此詩。寫我新篇作畫障，不須更覓丹青師。

〔校勘〕　（羣雁）胡作羣鳥，諸本俱作羣雁。按：鳥字義雖可通，而鳥起之境界不如雁起，此二字連用上聲，亦不如雁起二字去上聲之響亮。今從諸本。赴陳留二首之一云，陣陣鴻投陂，可知當此早春之時，其地鴻雁甚多。

〔評論〕　劉云：初謫至官，況味次第，甚怨不傷。（在首句下）

## 遊八關寺後池上

落日生春色，微瀾動古池，柳林橫絕野，藜杖去尋詩。不有今年謫，爭成此段奇；殷勤雪巔老，隨客轉荒陂。

〔補箋〕　八關爲八關齋之略。關者閉也，謂禁閉八惡，使之不犯，亦卽八戒或八齋戒。此八者爲：一不殺生，二不偷盜，三不婬，四不妄語，五不飲酒，六不塗飾香鬘歌舞及觀聽，七不眠坐高廣大牀，八不食非時食。見俱舍論。

## 種竹

種竹不必高，搖綠當我楹，向來三家墅，無此笙篇聲。皇天有老眼，爲閟十日晴，護我蕭蕭碧，偉事鄰翁驚。同林偶落此，相向意甚平，何須俟迷日，可笑世俗情。明年萬夭矯，穿地聽雷鳴，但恨種竹人，南山合歸耕。他時夢中路，留眼記所更，蒼雲屯十里，不見陳留城。

〖校勘〗（三家墅）增注云：墅與野同，閩本作野。按：墅與野同，見集韻。（同林）舊鈔四庫俱作同休。（十里）舊鈔作千里。形近之誤。

## 對酒 律髓卷十九酒類

陳留春色撩詩思，一日搜腸一百迴。燕子初歸風不定，桃花欲動雨頻來。人間多待須微祿，夢裏相逢記此杯。白竹扉前容醉舞，煙村渺渺欠高臺。

〖校勘〗（煙村）律髓潘選俱作煙波。

〖評論〗方云：簡齋詩響得自是別。　紀云：簡齋風骨高秀，實勝宋代諸公，此評却非阿好。

（驀按：此評謂方評。）又云：三四有託寓。

〖附錄〗朱槔玉瀾集有和詩，題云夜坐池上用簡齋韻，詩如下：

落日解衣無一事，移牀臨水已三回。斗沈北嶺魚方樂，月過秋河鴈不來。踈翠庭前供答話，淺紅木末勸持杯。明明獨對蒼華影，莫上雎陽萬死臺。

按：朱字逢年，乃朱熹之叔。此詩似是追和。

## 寒食

草草隨時事，蕭蕭傍水門，濃陰花照野，寒食柳圍村。客袂空佳節，鶯聲忽故園。不知何處笛，吹恨滿清尊。

〖評論〗沈云：此等句法固勝黃陳，以不費力而饒遠致也。　又云：六句亦是神來之妙。

## 再遊八關

古鎮易爲客，了身一籃輿，貪遊八關寺，忘卻子公書。青青天氣肅，澹澹春意初，東風經古池，滿面生紆餘。卯申縛壯士，人世信少娛，時來照茲水，點檢鬢與鬚。日暮登古原，微白見遠墟，念我遂初賦，徘徊月生裾。悠悠不同抱，悄悄就歸途。

〔校勘〕　（了身）胡箋及諸本俱作了身，惟四部備要排印胡箋改作孑身。按：簡齋詩喜用了字，如閉戶了冬至，病夫危坐了清明，一簡了萬事皆是。孑身意雖可通，而意思轉淺，誠所謂淺人妄改。（點檢）舊鈔四庫俱作檢點。

〔增注〕　按：後篇題酒務壁又有卯申之句，蓋公時謫官監酒，故云。又馮異中贈李干詩：犯卯不須愁，且乞醉過申。

〔補箋〕　卯謂每日上班之時，申謂下班之時。敦煌古卷子有禪門十二時歌，即夜半子、雞鳴丑、平旦寅、日出卯、食時辰、隅中巳、正南午、日昃未、晡時申、日入酉、黃昏戌、人定亥，每時爲一段，每段四句，見敦煌零拾。今北方尚有日出卯時、人定亥時之語。又舊時俗語，凡職員上班、士兵上操時點名，謂之點卯，遲到謂之誤卯，此語在民國初年尚通行，今久不聞矣。

〔評論〕　增注引中齋云：此詩似儲光羲。　沈云：頗似左司。

## 感懷

少日爭名翰墨場，只今扶杖送斜陽。青青草木浮元氣，渺渺山河接故鄉。作吏不妨三折臂，搜詩空費九迴腸。子房與我同羈旅，世事千般酒一觴。

〔評論〕　劉云：意極悲惋、而不弱。（在第四句下）　沈云：高渾雄遠之句，讀之氣象萬千。

## 竇園醉中前後五絕句

東風吹雨小寒生，楊柳飛花亂晚晴。客子從今無可恨，竇家園裏有鶯聲。

〔評論〕　劉云：極是恨意。

二

海棠脈脈要詩催，日暮紫綿無數開。欲識此花奇絕處，明朝有雨試重來。

〔補箋〕　復齋漫錄：鄭谷蜀中海棠詩一首，前一云，穠麗最宜新著雨，妖嬈全在欲開時。然歐公以鄭詩爲格卑。近世陳去非嘗用鄭意賦海棠云，海棠默默要詩催云云，雖本鄭意，便覺才力相去不侔矣。山谷亦有紫綿揉色海棠開之句。　騫按：鄭作見全唐詩。乃七律，漫錄所引爲前半，其後半云，莫愁粉黛臨窗嬾，梁廣丹青點筆遲，朝醉暮吟看不足，羨他蝴蝶宿深枝。更不如前半。妖嬈全唐詩作嬌嬈，胡箋亦作嬌嬈，應從。默默亦不如脈脈。　方岳深雪偶談：鄭都官海棠詩：穠麗最宜新著雨，妖嬈全在欲開時。歐公謂其格卑。鄭詩如睡輕可忍風敲竹，飲散那逢月在花，格卑甚矣。復齋漫錄云：近世陳去非嘗用鄭意云（錄右詩全首）。予謂去非格力猶去鄭詩未遠。豈如吳融雪綻霞鋪錦水頭，占春顏色最風流，若教更近天街種，馬上應逢醉五侯。唐人雖從事苦吟，題賦此花要須放些風情，不近寒乞。坡公詩：東風嫋嫋泛崇光，香霧空濛月轉廊。只恐夜深花睡去，故燒銀燭照紅妝。不爲事使，居然可愛。　騫按：簡齋此詩未必遂用鄭意，後人强爲附會耳。

三

不見海棠相似人，空題詩句滿花身。酒闌卻度荒陂去，驅使風光又一春。

【校勘】（驅使）舊鈔宋詩鈔俱誤作馳使。

【增注】老杜江畔尋花詩：詩酒尚堪驅使在。中齋云：驅使風光見樂天詩。

【評論】劉云：無不恨恨。

四

三月碧桃驚動人，滿園光景一時新。牘傾老子樽中玉，折盡殘枝不要春。

【校勘】（殘枝）劉評舊鈔宋詩鈔俱作繁枝。

【增注】杜詩：傾銀注玉驚人眼。中齋云：不要春見杜詩。

【評論】劉云：每有狂意。

五

一樽相屬莫辭空，報答今朝吹面風。自唱新詩與明月，碧桃開盡曲聲中。

【校勘】（曲聲）舊鈔宋詩鈔俱作雨聲。按：曲聲承上句自唱新詩來，且既有明月，不得復云雨聲。雨字乃形近之誤，或不解詩意者所改。

【增注】杜詩：報答春光知有處，應須美酒送生涯。

【評論】劉云：寫得耿耿。

## 雨律髓卷十七晴雨類

沙岸殘春雨，茅簷古鎮官。一時花帶淚，萬里客憑欄。日晚薔薇重，樓高燕子寒。惜無陶謝手，盡力破憂端。

〔校勘〕　（盡力）舊鈔缺力字，律髓作盡日，潘選作盡可。疑是方潘所見之本俱缺此字，而以意補之也。

〔增注〕　徐州有燕子樓，張建封嘗納妾盼盼（原作眄眄，誤。）於其中。按：武寧郡即今徐州。

〔評論〕　劉云：此集五言之最。（謂次聯）　紀云：深穩而清切，簡齋完美之篇。

## 食筍

竹君家多才，楚楚皆席珍，成行著錦袍，玉色映市人。惠然集吾宇，老眼簷光新；麯生亦稅駕，共慰藜藿貧。不待月與影，三人宛相親。可憐管城子，頭禿事苦辛，按譜雖同宗，聞道隔幾塵。詩成聊使寫，一笑驚比鄰。

〔校勘〕　（多才）胡作多林。似通不通，據舊鈔及四庫改。劉評作多村，與多林俱爲材字形近之誤。才材可通用。（使寫）四庫作便寫。非是。

〔評論〕　沈云：妙趣橫生，如讀世說新語。

## 初夏遊八關寺

閉門睡過春，出門綠滿城，八關池上柳，絮能但藏鶯。世故劇千蝟，今朝此閑行，草木隨時好，客恨終難平，寺有石壁勝，詩無康樂聲。扶鞍不得上，新月水中生。

〔校勘〕　（閉門）胡作閑門。形近之誤，據諸本改。

〔評論〕　劉云：甚無緊要，甚未易得。　增注引中齋云：此有采菊東籬下，悠然見南山，諸生時列坐，共愛風滿林意。（以上俱謂末兩句）

## 題酒務壁

野馬本不羈，無奈卯與申；當時彭澤令，定是英雄人，客來兩繩床，客去一欠伸。市聲自雜沓，爐煙自輪囷，鶯聲時節改，杏葉雨氣新。佳句忽墮前，追摹已難眞，自題西軒壁，不雜徐庾塵。

〔增注〕　當時彭澤令，定是英雄人，與山谷懷陶令詩，沈冥一世豪，淒其望諸葛意同。

〔評論〕　劉云：一樣卯申，此語□白。（原本缺處不成字形。）　沈云：上二首皆寫生之筆。

陳簡齋詩集合校彙注卷十三終

# 陳簡齋詩集合校彙注卷十四目錄


秋夜詠月……一三五
入城……一三五
夜步隄上三首……一三五
早起……一三六
晚步……一三七
同楊運幹黃秀才村西買山藥……一三七
同二子觀取魚於竇家池以錢得數斗置驛西野塘中圉圉而逝我輩皆欣然也……一三八
早起……一三八
招張仲宗……一三八
宴坐之地籧篨覆之名曰篷齋……一三九
寓居劉倉廨中晚步過鄭倉臺上……一三九
八關僧房遇雨……一四〇
贈黃家阿莘……一四〇
發商水道中……一四〇

次舞陽……一四一
次南陽……一四一
西軒寓居……一四二

# 陳簡齋詩集合校彙注卷十四

鄭騫 因百 校箋

## 秋夜詠月

庭樹日日疎，稍覺夜月添，推愁了此段，卷我三間簾，黃花牆陰遠，白髮露氣嚴。平生六尺影，隨我送涼炎，踏破千憂地，投老乃自嫌。尚想采石江，宮錦映霜蟾，夜半賦詩成，起舞魚龍兼。辦此詎難事，取快端宜廉。

〔校勘〕　（推愁）劉評作堆愁，形近之誤。堆愁卽不能了此段矣。

## 入城

竹輿聲伊鴉，路轉登古原，孟冬郊澤曠，細水鳴蘆根，霧收浮屠立，天闊鴻雁奔。平生厭喧鬧，快意三家村，思生長林內，故園歸不存，欲爲唐衢哭，聲出且復吞。

〔增注〕　舊唐書：唐衢應進士，久而不第，能爲歌詩，意多感慨。見人文章有所傷激，讀訖必哭，每與人言論，旣別，發聲一號，聞者莫不涕下。故世稱唐衢善哭。

## 夜步隄上三首

世故生白髮，意行無與期，平生木上座，臨老始相知。月中沙岸永，歲暮河流遲，留侯廟前柳，葉盡空離離。百年信難料，牘賦奇絕詩。

二

人間睡聲起，幽子方獨步，倚杖看白雲，亭亭水中度，十月鴈背高，三更河流去。物生各擾擾，念此煎百慮，聊將憂世心，數遍橋西樹。

〔補箋〕　此詩作於宣和七年十月，時金人已滅遼國，勢將南侵，故有憂世之語。至十二月，金人遂入寇，徽宗倉皇禪位，國事不可爲矣。

三

旋買青芒鞋，去踏沙頭月，爭教冠蓋地，著此影突兀。樹寒栖鳥動，風轉孤管發。月色夜夜佳，人生事如髮；夢中續清遊，濃露溼銀闕。

〔評論〕　劉云：嫩。（在末兩句下）

## 早起

竟夜聞落木，雨歇窗如新，披衣有忙事，簷前看歸雲。初陽上林端，鴉背明紛紛；我亦迫經課，日計在一晨，再燒結願香，稍洗三生勤。羣公持世故，白髮到幽人，幸不識奇字，門絕車馬塵。誰能共此窗，竹影可與分。

〔增注〕　中齋云：羣公二句，卽曹劌鄉人所謂肉食者謀之，劌曰：肉食者鄙，未能遠謀之意。可謂怨而不易。

〔補箋〕　韓偓詩：鴉閃夕陽金背光。　羣公二句，簡齋詩中屢有此意。如願聞羣公張王室，臣也安眠送餘日；羣公天上分時棟，閒客江邊管物華；風流丘壑眞吾事，籌策廟堂非所知。其意未必是怨。此詩通篇皆閒適意，無怨懟語，中齋所解頗謬。

## 晚步

手把古人書，閑讀下廣庭，荒村無車馬，日落雙檜青。曠然神慮靜，濁俗非所寧，逍遙出荆扉，竚立瞻郊坰。須臾暮色至，野水皆晶熒，卻步面空林，遠意更杳冥，停雲甚可愛，重疊如沙汀。

【校勘】（閑讀）胡作閒讀。形近之誤，據諸本改。

【增注】陶淵明詩：停雲靄靄。

【評論】劉云：看似偶然。（謂末兩句）

## 同楊運幹黃秀才村西買山藥

潦縮田路寬，委蛇散腰腳，勝日三枝杖，村西買山藥。崗巒相吞去，遠木互前卻，天陰野水明，歲暮竹籬薄。田翁領客意，發筐堆磊落，玉質紺色裘，用世乃見縛。屠門幾許快，夜雨尋幽約，石鼎看雲翻，門前北風惡。

【校勘】（吞去）舊鈔宋詩鈔俱作吞吐。似是而非。

【增注】韓詩：玉山前却不復來。

【補箋】此詩與卷一玉延賦同時作，須參讀。

【評論】沈云：以上五古數首，皆如讀畫，復多雋語。

## 同二子觀取魚於竇家池以錢得數斗置驛西野塘中圉圉而逝我輩皆欣然也

閉戶讀書生白髮，閑向村東看魚穴；曾隨樹影數圓波，鐵面漁師肝肺別。向來癡腹負此翁，只可買放蓮塘中；萬事成虧等閑裏，他年此地費雷風。

【校勘】（驛西）胡誤作騎西。據諸本改。（閉戶）諸本俱作閉門。（肝肺）閩本作肺肝。

【補箋】二子卽前詩之禓運幹、黄秀才。此詩與卷一放魚賦同時作，須參讀。

## 早起

曉寒生木枕，窗白夢難續，自起開柴扉，空庭立喬木。濛濛井氣上，澹澹天容肅，塵心忽昭曠，何異居澗谷。學道審不遙，忍飢差已熟，皇天賜豐年，菜本如白玉。一簡了百事，狻猊嗤顏歜，幽鳥行屋山，悠然寄吾目。

【校勘】（一簡）閩本作一閑。非是，見後增注。（吾目）胡誤作吾日。據諸本改。

【增注】簡，閩本作閑。按上下文意，簡字是。惟簡故能了百事，若閑則無事矣。公自號簡齋，卽此意也。

【評論】沈云：淡永，百諷不厭之作。

## 招張仲宗

北風日日吹茅屋，幽子朝朝只地爐。客裏賴詩增意氣，老來惟嬾是工夫。空庭喬木無時事，殘雪疏籬當畫圖。亦有張侯能共此，焚香相待莫徐驅。

【校勘】（共此）舊鈔作供此。（徐驅）四庫作徐徐。按以上兩異文俱似是而非。

【評論】劉云：好。（在空庭句下）

## 宴坐之地籧篨覆之名曰篷齋

不須杯勺了三冬，旋作蓬齋待朔風。會有打窗風雪夜，地爐孤坐策奇功。

【校勘】（須杯勺）四庫缺此三字。（風雪）舊鈔四庫俱作飛雪。按：改風爲飛難免與上句重字，却不自然。（雪夜）四庫缺此二字。

## 寓居劉倉廨中晚步過鄭倉臺上律髓卷二十六變體類

紗巾竹杖過荒陂，滿面東風二月時。世事紛紛人老易，春陰漠漠絮飛遲。士衡去國三間屋，子美登臺七字詩。草遶天西青不盡，故園歸計入支頤。

【校勘】（紗巾竹杖）四庫作綸巾鶴氅。蓋所據底本缺紗竹杖三字，校者取懷天經智老詩末句綸巾鶴氅試春風以補之也。（東風）舊鈔聚珍律髓宋詩鈔俱作春風。與下句春陰重複。（二月時）二月舊鈔作三月，時胡箋誤作詩。據諸本改。（老易）舊鈔四庫宋詩鈔作易老。

【評論】方云：以世事對春陰，以人老對絮飛，一句情，一句景，與前客子杏花之句律令無異。但如此下兩句，後面難措手，簡齋胸次却會變化斡旋，全不覺難，此變體之極也。（騫按：客子杏花二句，見懷天經智老詩，在第三十卷，彼首亦有方評，須參閱。）馮舒云：七字二字村態，不好。紀云：三四二句意境深微，勝客子光陰二句。沈云：情盛聲叶，百諷不厭。

## 八關僧房遇雨

脫履坐明窗，偶至晴更適；池上風忽來，斜雨滿高壁。深松含歲暮，幽鳥立晝寂；世故方未闌，焚香破今夕。

【校勘】（深松）舊鈔宋詩鈔俱作探松，形近之誤。

【評論】劉云：太逼柳州。　沈云：如出左司之手。

## 贈黃家阿䓪

君家阿䓪如白玉，呼出燈前語錄續，可憐郎罷窮一生，只今有汝照茅屋。豬生十子豚復豚，阿䓪明年可當門，階庭一笑不外索，萬事紛紛何足論。

【校勘】（錄續）諸本俱作陸續。據胡箋引連昌宮辭，知錄字非誤。

【增注】東坡與子由詩：有子萬事足。

【評論】沈云：古趣可娛。

## 發商水道中

商水西門語，東風動柳枝。年華入危涕，世事本前期。草草檀公策，茫茫杜老詩。山川馬前闊，不敢計歸時。

【校勘】（前澗）四庫作前澗。形近之誤。

【補箋】商水，今河南商水縣。胡編年譜：靖康元年正月，北虜入寇；復丁外艱，自陳留尋避地出商水，由舞陽次南陽。騫按：宣和七年十二月，金人南侵，汴京危急，徽宗禪位於欽宗。次年即靖康元年，正月己巳(初三日)，徽宗詣亳州，遂幸鎮江府。見宋史二十二徽宗紀、及北盟會編卷二十七。證以下一首次舞陽詩云，客子寒亦行，正月固多陰，簡齋遭父喪及避亂南下，當在徽宗南下之後不久。

〔評論〕　劉云：亂離多矣，何是公之能語也！(在第四句下)　又云：經歷如斯，不可更讀。(騫按：辰翁親歷南宋之亡，故有是語。)

## 次舞陽

客子寒亦行，正月固多陰，馬頭東風起，綠色日夜深。大道不敢驅，山徑費推尋，丈夫不逢此，何以知嶇嶔。行投舞陽縣，薄暮森衆林，古城何年缺，跋馬望日沈。憂世力不逮，有淚盈衣襟，嵯峨西北雲，想像折寸心。

〔校勘〕　(望日)閩本舊鈔聚珍俱作看日。

〔補箋〕　舞陽，今河南舞陽縣。汴京在舞陽東北，此言西北雲，乃指簡齋故鄉洛陽。餘參前詩補箋。

〔評論〕　劉云：自然不可及。(在跋馬句下)　又云：好似夔後。(騫按：謂杜甫夔州以後詩。)

## 次南陽

今日東北雲，景氣何佳哉；我馬且勿驅，當有吉語來。春寒欺客子，滿意旗下杯，百年耳頻熱，萬事首不回。臥龍今何之，有冢今半摧，空餘喬木地，薄暮鴉徘徊。懷古視落日，愧我非長才，卻凭破鞍去，風林生七哀。

〔校勘〕　（旗下）四庫作旗亭。（破鞍）舊鈔作破鞋。此誤令人失笑。

〔補箋〕　宋時鄧州稱鄧州南陽郡，州治在今河南鄧縣；南陽卽今南陽縣，在其東北，爲州屬縣。簡齋自商水來，行程先至南陽後至鄧州，故鄧州西軒諸詩在此首之後。胡箋云南陽卽鄧州，易使人誤認爲一地，不可不辨。

## 西軒寓居

牢落西軒客，巡簷費獨吟。桃花明薄暮，燕子鬧微陰。辛苦元吾事，淹留更此心。小窗隨意寫，蛇蚓起相尋。

〔補箋〕　此卽鄧州西軒，見下卷。

陳簡齋詩集合校彙注卷十四終

# 陳簡齋詩集合校彙注卷十五目錄


鄧州西軒書事十首……一四五
晚步順陽門外……一五〇
縱步至董氏園亭三首……一五〇
海棠……一五一
雨中觀秉仲家月桂……一五一
香林四首……一五一
題簡齋……一五二
印老索鈍庵詩……一五三
春雨……一五三
難老堂周元翁家……一五四
登城樓……一五四
雨……一五五
遊董園……一五五
夏雨……一五五
夏夜……一五六

又兩絶……一五七
積雨喜霽……一五七
鄧州城樓……一五七

# 陳簡齋詩集合校彙注卷十五

鄭騫　因百　校箋

## 鄧州西軒書事十首

小儒避賊南征日，皇帝行天第一春。走到鄧州無腳力，桃花初動雨留人。

〔校勘〕（避賊）四庫作避地。避清代忌諱而改。

〔補箋〕鄧州見上卷次南陽詩。此十首作於靖康元年，故有次句。

二

千里空攜一影來，白頭更著亂蟬催。書生身世今如此，倚遍周家十二槐。

〔增注〕按：此詩在鄧州，必周元翁家也。騫按：周元翁家詩見本卷。

三

瓦屋三間寬有餘，可憐小陸不同居。易求蘇子六國印，難覓河橋一字書。

〔校勘〕（難覓）劉評舊鈔宋詩鈔俱作難得。

〔補箋〕此首謂若拙弟，自此次分散以後，詩中即不再見若拙之名及其踪跡，蓋留居北地。

四

莫嫌啖蔗佳境遠，橄欖甜苦亦相幷。都將壯節供辛苦，准擬殘年看太平。

【校勘】（佳境）舊鈔宋詩鈔作佳景。（供辛苦）四庫供作共。形近之誤。

【評論】劉云：可哀。

五

皇家卜年過周曆，變故未必非天仁。東南鬼火成何事，終待胡鋒作爭臣。

【校勘】（未必）胡箋誤作朱必。據諸本改。（胡鋒）增注：鋒或作烽，非。四庫改邊鋒，避清代忌諱改。

【增注】荀子：堯禹者非生而具者也，夫起於變故，成於修之。董仲舒策：國家將有失道之敗，天迺先出災害以譴告之。以此見天心之仁愛人者，而欲止其亂也。

陳勝吳廣起兵，行卜。卜者曰：是下卜之鬼乎。乃於叢祠中夜搆火狐鳴。後村詩話：東南鬼火成何事，終待胡鋒作爭臣，謂方臘不能為患，直待粘幹耳。中齋云：按此指宣和政失民怨，方臘起浙，未足以儆戒，直待敵國外患以為法家拂士耳。今按國史：宣和二年十一月，睦州方臘反，明年四月討平之，七年十二月金人入寇，乃行內禪。

【補箋】孝經：昔者天子有爭臣七人，雖無道不失其天下。爭同諍，讀去聲。

【評論】劉云：不忍言！不忍言！

六

楊劉相傾建中亂，不待白首今同歸。只今將相須廉藺，五月幷門未解圍。

【校勘】（幷門）胡作荊門。據諸本改。太原古幷州地，與荊門無關。

【增注】中齋云：此言小人相傾致亂者已誅，而靖康將相又不相能，不念國家之急也。

【補箋】建中，唐德宗年號。蔡京、王黼、徽宗時為相，此進彼退，互相傾擠，詳見宋史四七零王傳、四七二蔡傳，及三朝北盟會編卷三十一所記王黼諸事。靖康元年正月，王黼安置永州，知開封府聶山(後改名昌)遣人追殺之。三月，蔡京安置德安府，七月，死於潭州，年八十。見宋史二十三欽宗紀、及王蔡傳。蔡首早白，王則年僅四十八歲，見會編。不待白首乃指王而言。此詩作於五月(見下)，蔡猶未死，同歸謂同歸流竄也。且以高年轉徙道路，蓋亦知其不久於人世矣。　三朝北盟會編卷三十二：靖康元年正月二十八日，監察御史徐應求上書，乞將相勿爭私忿，早定和戰之計。書中有云：「道路藉藉，皆言宰相大臣與將帥異謀，朝夕喧爭，未有定論。」又云：「願詔執政大臣，以孝友張仲爲心，和以濟事，無爭私忿，先公而後私，庶幾大功可立。」自此以後，直至汴京失陷，文武內外始終未能和諧，卽文與文武與武之間，亦是意見分歧，甚至以私忿而誤公事。若求與太原有關之例，則爲許翰种師中事。會編卷四十七云：河北制置副使种師中軍於眞定，樞密許翰怒其不進，下書一日六七，至有逗遛玩敵之語，且責以必解圍太原贖罪。師中至平定軍，乘勝復榆次諸縣。師中欲取金銀賞軍，而輜重未到，故士心離散。金人婁宿悉兵來攻，姚古軍先潰，前軍亦奔，師中率麾下力戰，死之。又引靖康小雅云：公留屯眞定，未幾，趣公援太原。時許翰同知樞密院事，昧於兵機，以峻文繩公，不容頃刻。公方欲規所宜，並待餉饋稍給，方乃鼓行而西。翰督責益急，公乃由土門下井徑，至榆次。時軍中乏食三日矣，戰士日給豆一勺，皆有饑色。賊遣重兵迎戰，胡騎四集，官軍潰散，公遂力戰而死。據宋史欽宗紀，師中之敗與下第八首所云詔書憂民同爲五月十二日(丁丑)事，簡齋作此詩時，當已聞之也。　太原爲北方重鎭，金人入侵，兵分兩路，粘罕西圍太原，斡離不南攻汴京。太原堅壁，久攻不下。斡離不兵已至汴，又與宋講和而退，主因卽爲太原未下，恐孤軍深入，側背受敵。其後太原既失，金人隨卽會師南下，又三月而汴京不守。太原繫京師安危，乃當時盡人皆知者。故簡齋憂慮時事，專以太原爲言。　此十詩作於五月，見下第八首，但此句之五月，以作五個月解爲順。

〖評論〗　劉云：多見世事，存之彷彿。

七

不須夜夜看太白，天地景氣今如斯。始行夷狄相攻策，可惜中原見事遲。

〖校勘〗　（夷狄）四庫避清代忌諱，改作鷸蚌。

〖增注〗　中齋云：漢人謂夷狄相攻，中國之利。宣和夾和（應作夾攻）之策既失之，今又結契丹餘黨，何見事之遲也。曹公亦云，劉備有智而遲。

〖補箋〗　宋史卷四百七十一邢恕傳云：恕子倞，靖康初至少卿，奉詔館金國使。是時肅王使斡離不軍，爲所質，朝廷議亦留其使以相當，於是踰月不遣。都管趙倫，燕人也，性猾獪，懼不得歸。乃詐以情告倞曰：金國有余覩金吾者，尚領契丹精鋭甚衆，貳於金人，願歸大國，可結之以圖二酋。倞以聞，大臣信之，卽爲賜余覩詔書，授倫，納衣領中，厚與倫金帛。倫獻其書粘罕，粘罕大怒，以聞。金主報令深入攻討，遂復提兵南下。北盟會編卷五十八引宣和錄，同此而較詳。　會編同卷又云：先是，麟府折可求獻言，夏國之北有大遼天祚子梁王，與林牙蕭太師統兵十萬。出榜稱，金人不道，與南朝奸臣結約，毀我宗社，今聞南朝天子悔過遜位，嗣君聖明，如能合擊金人，立我宗社，則前日敗盟之事當不論也。吳敏以爲然，乃奏上，令致書梁王，由河東入麟府，遂爲粘罕遊兵所得。騫按：上述二事之外，當時或尚有類此舉動，簡齋所指爲何，自難確言。見事遲，謂最初卽不應約金滅遼也。中齋云云，甚得詩意。

八

詔書憂民十六事，父老祝君一萬年。白髮書生喜無寐，從今不仕可歸田。

〖補箋〗　宋史二十三欽宗紀：靖康元年五月丙寅朔，丁丑（十二日），詔以儉約先天下，澄冗汰貪，爲民除害。援監司郡縣奉行所未及者，凡十有六事。據此知此詩作於五月。詩云十六事，與宋史相合；胡箋云十五事，五字應是六字之誤。

九

范公深憂天下日，仁祖愛民全盛年。遺廟只今香火冷，時時風葉一騷然。

【增注】　中齋云：此謂范公當盛時憂西北，乞城京師，皆憂深思遠之謀也。

【補箋】　范仲淹謚文正。慶曆，宋仁宗年號。

十

諸葛經行有夕風，千秋天地幾英雄。弔古不須多感慨，人生半夢半醒中。

【補箋】　此十詩似頗受黃山谷病起荆江亭卽事十首影響，主題雖異，音節風格則同。此種峭折跌宕且用多首連章之拗體七絕，工部最擅勝場，山谷簡齋皆學杜者，杜之夔州歌十絕句及解悶十二首，卽黃陳之共源也。今錄黃詩於後，以供參讀。詩中事實俱見任淵註本山谷詩集卷十四。

翔墨場中老伏波，菩提坊裏病維摩。近人積水無鷗鷺，時有歸牛浮鼻過。

維摩老子五十七，大聖天子初元年。傳聞有意用幽仄，病着不能朝日邊。

禁中夜半定天下，仁風義氣徹脩門。十分整頓乾坤了，復辟歸來道更尊。

成王小心似文武，周召何妨略不同。不須要出我門下，實用人材卽至公。

司馬丞相昔登庸，詔用元老超羣公。楊綰當朝天下喜，斷碑零落臥秋風。

死者已死黃霧中，三事不數兩蘇公。豈謂高才難駕御，空歸萬里白頭翁。

文章韓杜無遺恨，草詔陸贄傾諸公。玉堂端要直學士，須得儋州禿鬢翁。

閉門覓句陳無己，對客揮毫秦少游。正字不知溫飽未？西風吹淚古藤州。

張子耽酒語蹇吃，聞道潁州又陳州。形模彌勒一布袋。文字江河萬古流。魯中狂士邢尚書，本意扶日上天衢。惇夫若在鐫此老；不令平地生崎嶇。

## 晚步順陽門外

六尺枯藜了此生，順陽門外看新晴。樹連翠篠圍春晝，水泛青天入古城。夢裏偶來那計日，人間多事更聞兵。只應千載溪橋路，欠我婆姍勃窣行。

〔校勘〕〔枯藜〕舊鈔誤作枯桑。枯藜、杖也。六尺枯桑而了此生，則似棺材矣。〔千載〕舊鈔宋詩鈔誤作十載。此詩末二句卽卷二十五再賦詩，一笑示鄰家，向來無此客之意，千載溪橋路與上句之古城相應，作十載卽無意義。

〔評論〕劉云：怨景入微。（在第二聯下）　又云：寫得徹頭徹尾。

## 縱步至董氏園亭三首

池光修竹裏，筇杖季春頭。客子愁無奈，桃花笑不休。百年今日勝，萬里此生浮。莽莽樽前事，題詩記獨遊。

〔增注〕崔護詩：桃花依舊笑春風。李義山詩：無賴夭桃面，平明露井東。春風爲開了，却擬笑春風。　杜詩：宇宙此生浮。

二

槐樹層層新綠生，客懷依舊不能平。自移一榻西廳下，要近叢篁聽雨聲。

## 三

客子今年駝褐寬，鄧州三月始春寒。簾鈎掛盡蒲團穩，十丈虛庭借雨看。

〔增注〕 始，詩家用此字讀作去聲。

〔評論〕 劉云：借字用得奇傑。

## 海棠

春雨夜有聲，連林杏花落；海棠已復動，寒食豈寂寞。人間有此麗，赴我隔年約，花葉兩分明，春陰耿簾幙，東風吹不斷，日暮臙脂薄。何可無我吟，三叫恨詩惡。

〔增注〕 中齋云：海棠旣開則色淡。近世劉後村詞云，東風日暮無聊賴，吹得臙脂成粉，蓋用公意盡發之耳。

## 雨中觀秉仲家月桂

月桂花上雨，春歸一憑欄。東西南北客，更得幾囘看。紅衿映肉色，薄暮無乃寒，園中如許樹，獨覺賦詩難。

〔校勘〕 （肉色）舊鈔作玉色。

## 香林四首

絕愛公家花氣新，一林淸露百般春。是中宴坐應容我，只恐微風喚起人。

〔評論〕　劉云：非向氏林耶？騫按：向子諲名所居曰薌林，在江西，乃南渡以後事，與此香林無關。

二

丈人延客非俗物，百和香中進一杯。乞取齊奴錦步障，與春遮斷曉風來。

〔校勘〕　(步障)胡作步帳。據諸本改。

三

誰見繁香度牖時，碧天殘月映花枝。固應撩我題新句，壓倒韋郎宴寢詩。

四

簡齋居士不飲酒，一入香林更不醒。驅使小詩酬曉露，絕勝辛苦廣騷經。

## 題簡齋

我牕三尺餘，可以閱晦明；北省雖巨麗，無此風竹聲。不著散花女，而況使鬼兄，世間多歧路，居士繩床平。未知阮遙集，幾屐了平生；領軍一屋鞋，千載笑絕纓。槐陰自入戶，知我喜新晴；覓句方未了，簡齋眞虛名。

〔增注〕　胡氏按：公己酉在岳陽，借郡圃君子亭居之，即所寓室榜曰簡齋，乃賦是詩，非丙午入鄧作也。今按此詩中云，北省雖巨麗，無此風竹聲，蓋去祕省纔三年耳，故及之。又云，槐陰自入戶，與董氏亭鄧州三月始春寒，槐樹層層新綠生之時正合。又以香林詩簡齋居士不飲酒、及登城樓詩歸嫌簡齋陋之句觀之，則公在鄧固有簡齋之號矣。考岳陽諸詩皆二月春寒之作，且無一語及簡齋者；謂岳陽郡圃榜簡齋，豈不或然；而因所聞遂疑詩之爲岳陽作，則非也。又按：公在岳陽借郡圃居時，自號園公。　騫按：胡氏按語，見續添正誤，增注駁之，甚是。前此詩中從未見簡齋字樣，以此自號蓋始於本年。

## 印老索鈍庵詩

人言融公懶，床上揖賓客；我來兩忘揖，團團一庵白。戲談鄧州禪，分食天寧麥，竹風亦喜我，蕭瑟至日夕。出家丈夫事，軒棠本兒劇，頋香驚餘煙，世故感陳迹。固應師未鈍，使我不安席，時求一滴水，爲洗三生石。

【校勘】　（揖賓客）胡箋及諸本並同，四部備要本作屈賓客。無據。　（蕭瑟）舊鈔作蕭索。　（軒棠）舊鈔四庫俱作軒冕。據胡箋應是軒冕。

【增注】　趙州和尚見眞定帥王公，不下禪牀。曰：第一等人來禪床上接，中等人來下禪牀接，末等人來三門外接。　冷齋夜話載贊寧所錄：李源與僧圓觀游，一日，相約自峽路入蜀，於道中見錦襠女子浣。觀泣曰：初意不欲自此來者，以此女也，然業影不可逃。後三日，君過我，以一笑爲信；又二十年，當相見於孤山下。吾已三生爲比丘，居湘西岳麓寺，有巨石林間，嘗禪其上。遂不復言。是夕，觀亡而婦乳。從三日，源至錦襠家，見所生兒，果一笑。却後二十年，源至錢塘，孤山月下聞有牧童叩牛角而歌曰：三生石上舊精魂，賞月吟風不要論，慚愧情人遠相訪，此身雖異性長存。（騫按：此段較胡箋爲詳，故並錄之。）

## 春雨律髓卷十七晴雨類

花盡春猶冷，羈心只自驚。孤鶯啼永晝，細雨溼高城。擾擾成何事，悠悠送此生。蛛絲閃夕霽，隨處有詩情。

〔補箋〕　杜甫上牛頭寺詩云：何處鶯啼切，移時獨未休。上句是鶯啼，下句是永晝，胡箋只取上句，非是。此等處，作者未必卽是用古人句意，但旣採用此種注法，卽須兩句全引。

〔評論〕　紀云：三四不減隨州柳色孤城裏，鶯聲細語中句。　又云：結有閒致；若再承感慨說下，便入窠臼。

## 難老堂周元翁家

城南烏聲和且都，我識丈人屋上烏，難老堂中一樽酒，不敎霜雪上髭鬚。樊侯種梓用莫竭，丈人向來亦種穗，挽回萬事入繩床，花竹相看有佳色。人生知足一飽多，當時恨我棄漁蓑，題詩素壁蛇蚓集，五百年後公摩挲。

〔校勘〕　(題)劉評舊鈔只難老堂三字是題，周元翁家四字是自注。　元翁、胡作元公。從劉評舊鈔改，詳下增注。　(烏聲)舊鈔作鳥聲。似應從。

〔增注〕　元翁，本作元公，非。濂溪二子，壽字元翁，仕至司封郎中，燾字次元，仕至徽猷閣待制。又按國史，嘉定十三年濂溪謚元公。　騫按：增注所云元翁官職，與胡箋異，未詳孰是。嘉定、宋寧宗年號，遠在簡齋之後，簡齋自無從預知元公之謚。胡箋注文亦作元翁，故據改。

## 登城樓

去年夢陳留，今年夢鄧州，幾夢卽了我，一笑城西樓。新晴草木麗，落日淡欲收，遠川如動搖，景氣明田疇。百年幾憑欄，亦有似我不？城陰坐來失，白水光不流。丈夫貴快意，少住寬千憂；歸嫌簡齋陋，局促生白頭。

〔評論〕　劉云：重。（謂百年幾憑欄句）　又云：末有無轉身處，人自未悟。

## 雨律髓卷十七晴雨類

忽忽忘年老，悠悠負日長。小詩妨學道，微雨好燒香。簷鵲移時立，庭梧滿意涼。此身南復北，髣髴是他鄉。

〔評論〕　紀云：詩亦閒淡有味，惟結處別化一意，與前六句不甚兜結。馮云：宋。（謂小詩微雨一聯）

## 遊董園

西園可散髮，何必賦遠遊，地曠多雄風，葉聲無時休。幸有濟勝具，枯藜支白頭，平生會心處，未覺身淹留。散坐青石牀，松意淡欲秋，薄雨青衆卉，深林耿微流。一涼天地德，物我俱夷猶。東北方用武，六月事戈矛，甲裳無乃重，腐儒故多憂。珍禽叫高樹，且復寄悠悠。

〔評論〕　沈云：絶似杜，一時情景，如畫如話。

〔補箋〕　甲裳無乃重句，謂靖康之時，四方勤王之師雲集，而將帥不相統馭，難收事功。此語切中時弊。

## 夏雨

三伏過幾日，坐數令人瘦，片雲忽西行，庭樹生光景，須臾萬銀竹，壯觀發異境。天公終老手，一笑破日永；龍公勿憚煩，事了亦俄頃，修竹恬變化，依然半窗影。

〔校勘〕（忽西行）舊鈔誤作勿西行。

〔評論〕劉云：疊了。（謂龍公句）　沈云：無一笨筆。

## 夏夜

閑弄玉如意，天河白練橫，時無李供奉，誰識謝宣城。兩鵲翻明月，孤松立快晴。南陽半年客，此夜滿懷清。

〔校勘〕（兩鵲）胡作兩鶴。從諸本改。兩鶴太近幻想，不切實景。（此夜）舊鈔宋詩鈔作復此。非是。

〔評論〕沈云：工于發端，後半亦清遠。

## 又兩絕

虛庭散策晚涼生，斟酌星河亦喜晴。不記牆西有修竹，夜風還作雨來聲。

二

待到天公放月時，東家喬柏兩虯枝。懸知滿地疎陰處，不及遙看突兀奇。

〔校勘〕（天公）舊鈔四庫俱作天官。（喬柏）舊鈔作喬木。

〔評論〕沈云：即事即好詩，只須寫得活現耳。觀二首，開人無限法門。

## 積雨喜霽

積雨得一晴，開窗送吾目，疊雲帶餘憤，遠樹增新綠。天公信難料，變化雜神速，夕霞盡意紅，詰朝固難卜。西軒一杯酒，未負將軍腹，竹林懷微風，餘韻久回復。熱官豈辦此，何必思爛熟，曳杖出門行，栖鴉息枯木。

〔校勘〕　（喜霽）四庫作喜晴。　（回復）胡誤作回腹。據劉評舊鈔改。　（辦此）四庫作辦此。

## 鄧州城樓

鄧州城樓高百尺，楚岫秦雲不相隔，傍城積水晚更明，照見綸巾倚樓客。李白上天不可呼，陰晴變化還須臾，獨撫欄干詠奇句，滿樓風月不枝梧。

〔校勘〕　（城樓）閩本作城頭。　（楚岫）胡箋云，一作楚樹。　（獨撫）四部備要本誤作獨無。
（欄干）舊鈔宋詩鈔俱作危欄。

陳簡齋詩集合校彙注卷十五終

# 陳簡齋詩集合校彙注卷十六目錄


北征……一六一
秋日客思……一六一
道中書事……一六二
將次葉城道中……一六二
至葉城……一六三
曉發葉城……一六三
方城陪諸兄坐心遠亭……一六三
美哉亭……一六四
山路曉行……一六四
題董宗禹園先志亭宗禹之父早失母萬方求得之此其晚節色養之地也……一六五
同繼祖民瞻遊賦詩亭二首……一六五
題崇山……一六六

# 陳簡齋詩集合校彙注卷十六

鄭騫 因百 校箋

## 北征

世故信有力，挽我復北馳，獨衝七月暑，行此無盡陂。百卉共山澤，各自有四時，華實相後先，盛過當同衰；亦復觀我生，白髮忽及期。夕雲已不征，客子今何之？願傳飛仙術，一洗局促悲，被襟閬風觀，濯髮扶桑池。

〔補箋〕　簡齋於靖康元年正月，自陳留避兵南下，至鄧州小住。至七月，金人約和退兵，故又自鄧州北還陳留。此詩卽途中所作，借用工部詩題，眞所謂「情懷小樣杜陵詩」也。　東坡詩：狂謀謬算百不遂，惟有霜鬢來如期。

〔評論〕　劉云：喟然而得所以言。（在首兩句下）　又云：優柔歎詠，中有無涯之思，賢於流涕。（謂百卉以下四句）　沈云：常盛不衰者，其惟道德乎，此聖人之所以教，賢人之所以學也。（謂末數語）

## 秋日客思律髓卷十二秋日類

南北東西俱我鄉，聊從地主借繩牀。諸公共得何侯力，遠客新抄陸氏方。老去事多藜杖在，夜來秋到葉聲長。蓬萊可託無因至，試覓人間千仞崗。

【校勘】（東西）胡誤作東北，據諸本改。（繩牀）諸本俱作胡牀，據胡箋知胡所據本確是繩牀，兩俱可通，故未改。（何侯）胡誤作河侯，據諸本改。

【評論】方云：共得何侯力以指新進，新抄陸氏方以憐遷客，漢何武、唐陸贄傳可考。此詩家用事之妙。五六尤佳。馮舒云：第二聯上下不著。紀云：五六深微。又云：此簡齋南渡時避亂襄漢時所作，借用陸氏集方以形容多病耳。虛谷坐實遷客，上下文遂不相接，宜爲馮氏之所譏。

## 道中書事

臨老傷行役，籃輿歲月奔，客愁無處避，世事不堪論。白道含秋色，青山帶雨痕，壞梁斜鬬水，喬木密藏村。易破還家夢，難招去國魂，一身從白首，隨意答乾坤。

【評論】劉云：結是杜句。

## 將次葉城道中

荒野少人去，竹輿伊軋聲。晴雲秋更白，野水暮還明。寂寞信吾道，淹留諳世情。王喬有餘舄，借我一東征。

【校勘】（世情）劉評舊鈔聚珍潘選俱作物情。

【補箋】葉城卽今河南葉縣。靖康元年七月，簡齋自鄧州還陳留，八九月間，又自陳留南下赴鄧，在鄧州時曾至光化（今湖北光化縣）。本卷自此首以下諸詩皆作於此一時期。

【評論】劉云：五六名理可味。

## 至葉城

蘇武初逢鴈，王喬欲借鳧，深知念行李，爲報了長途。難穩三更枕，遙憐五歲雛；卻思正月事，不敢恨榛蕪。

〔校勘〕（難穩）舊鈔誤作難移。

〔增注〕後山詩：深知報消息。

〔評論〕劉云：結溫厚之遺，亦是杜法。

## 曉發葉城

竹輿開兩牖，秋色爲橫分，左送廉纖月，右揖離披雲。詩情滿行色，何地著世紛。欲語王縣令，三叫不能聞。

〔校勘〕（曉發）四庫作晚發。據送月揖雲之語，應是曉發。

〔增注〕王縣令謂王喬。

〔評論〕劉云：寫竹輿之景如畫，集中頻見，此唐人所無也。

## 方城陪諸兄坐心遠亭

客中日食三斗塵，北去南來了今歲，暫時亭中一盃酒，與兄同宗復同味。博山雲氣終日留，竹君蕭蕭不負秋，世路明年儻無故，卻攜藜杖更來遊。

〔校勘〕（客中）胡誤作容中，據劉評本改。

〔補箋〕　方城山在今河南葉縣西南，跨方城縣境，縣即以山得名。湖北竹山縣、浙江溫嶺縣俱有方城山，與此無關。

## 美哉亭

西出城皐關，土谷僅容駝，天掛一疋練，雙崖鬬嵯峨。忽然五丈缺，亭構如危窠，青山麗中原，白日照大河。下視萬里川，草木何其多，臨高一吐氣，卻奈雄風何。辛苦生一快，造物巧揣摩，險易終不償，翻身下殘坡。

〔校勘〕　（造物）舊鈔宋詩鈔四庫俱作造化。　沈云：宋詩刪無後四句。

〔補箋〕　城皐關未詳所在；古有成皐關，即虎牢關，在今河南汜水縣界。其地在鄭洛間，自陳留赴鄧並不經由。觀「土谷僅容駝、青山麗中原、白日照大河」諸語，確是成皐景物而非豫南。疑是簡齋往來洛陽開封時所作，誤編於此，刋本又誤成爲城。

〔評論〕　劉云：寫得曲盡形勢。　又引中齋云：宏壯巨麗，似阮嗣宗語。（評青山以下四句）　劉云：菫昔成章（按：語不可解，似有誤字。）

## 山路曉行

兩崖夾曉月，萬壑分秋風，今朝定何朝，孤賞莫與同。石路抱壁轉，雲氣青濛濛，藍輿拂露枝，亂點驚僕童，微泉不知處，玉佩鳴深叢。平生慕李愿，得此行旅中，居人輕佳境，過客意無窮。山木好題詩，恨我行忽忽。

〔校勘〕（題）胡作山路晚行，劉評舊鈔聚珍俱作曉行。據詩意應是曉行，胡誤。（抱壁）劉評舊鈔聚珍俱作抱巖，似較勝。（拂露）舊鈔四庫俱作扶露。不如拂字。

## 題董宗禹園先志亭宗禹之父早失母萬方求得之此其晚節色養之地也

作客古南陽，問俗仁孝敦，坐讀杜羔傳，起訪城西園，偉哉是家事，作傳堪千言。當年懷橘處，華屋澹曉暾，大松蔭後楹，小松羅前軒，風露所沐浴，千載當連根。我已廢蓼莪，感茲淚河翻，葉聲含三嘆，送我出園門。

〔校勘〕（感玆）劉評作感此。

〔補箋〕此時簡齋父母俱已逝去，故云我已廢蓼莪。

〔評論〕劉云：只寫園景，而嚮往之情自溢行間。後四語亦如人人意所欲出。又引中齋云：此點用歐公許子春南園記。騫按：中齋意謂風露所沐浴，千載當連根兩句。歐文見歐陽文忠集卷四十，題爲海陵許氏南園記。其結語云：「使許氏之子孫世久而愈篤，則不獨化及其人，將見其園間之草木有駢枝而連理也。」卽中齋所指。沈云：只華屋一句便如畫。

## 同繼祖民瞻遊賦詩亭二首

邂逅今朝一段奇，從來華屋不關詩。諸君且作留連意，正是微風到竹時。

〔校勘〕（留連）舊鈔誤作留年。

二

浩浩白雲溪一色，冥冥青竹鳥三呼。只今那得王摩詰，畫我憑欄覓句圖。

## 題崇山

短篷如鳧鷖，載我萬斛愁，試登山上亭，卻望沙際舟。世故莽相急，長江去悠悠，西南浸山影，晦明分中流，蕩搖寶鑑面，翠髻千螺浮。去程雖云阻，茲地固堪留，客路惜勝日，臨風搔白頭。衆色忽已晚，川光抱巖幽，三老呼不置，我興方未收。下山事復多，題詩記曾遊。

〔校勘〕　胡箋題下注云：「在襄州江化縣」。古今無此縣名，應從劉評作光化。（蕩搖）舊鈔四庫俱作蕩漾。（呼不置）四庫作呼不至，據胡箋應作置。

陳簡齋詩集合校彙注卷十六終

# 陳簡齋詩集合校彙注卷十七目錄

與季申信道自光化復入鄧書事四首……一六九
寄季申……一七〇
題繼祖蟠室三首……一七〇
述懷……一七一
寄題趙景溫筠軒……一七一
重陽……一七二
有感再賦……一七二
感事……一七三
送客出城西……一七四
得席大光書因以詩迓之……一七四
送大光赴石城……一七五
夢中送僧覺而忘第三聯戲足之……一七五
無題……一七五
正月十二日自房州城遇虜至奔入南山十五日抵回谷張家……一七六
正月十六日夜二絕……一七七
坐澗邊石上……一七八

# 陳簡齋詩集合校彙注卷十七

鄭騫　因百　校箋

## 與季申信道自光化復入鄧書事四首

孫子白木杖，富子黑油笠，我獨白竹篮，差池復相及。夕陽橋邊畫，岸幘歸雲急。勿語城中人，從渠慎出入。

〔校勘〕（橋邊畫）宋詩鈔作橋邊盡。按：盡字似亦可通，卽周邦彥詞「斜陽映山落，斂餘紅、猶戀孤城欄角。」語意。

〔補箋〕張嵲紫微集卷八有哭孫信道詩並序。序云：「信道名確，沈晦榜擢甲科。建炎初作京西運司屬官。蔬食破衷，晏如也。山中抄書無慮數千卷。今不幸，改京秩死，年止四十。嗚呼！天之生才，而顧使之賫志泉壤哉。」詩從略。　欽宗靖康二年，卽高宗建炎元年，簡齋全年居鄧州，時開封已失。至明年正月初三日，金人攻陷鄧州，簡齋避往房州（今湖北房縣）；其月十二日，房州又陷，避入房州南山；春暮始出山赴均州（今湖北均縣）。本卷及第十八卷諸詩，皆此一年餘所作。

〔評論〕　劉云：善用古語，自出新意。　沈云：如畫。

二

賣舟作歸計，竹篮穩如舟，霧收青皐溼，行路當春遊。老馬不自知，意欲踏九州；依然還故櫪，寂寞壯心休。

〖校勘〗〔竹籃〕舊鈔作竹輿。

三

再來生白髮，重見鄧州春，依舊城西路，桃花不記人。卜居得窮巷，日色滿窗新，微吟驚市卒，獨鶴語城闉。

〖評論〗劉云：語語好。

四

城西望城南，十日九相隔；何如三枝杖，共踏江上石。門前流水過，春意滿渠碧；遙知千頃江，如今好顏色。

〖校勘〗（何如）劉評作如何。（滿渠）胡作滿江，與下句重複，劉評舊鈔聚珍宋詩鈔俱作滿渠，今據改。

## 寄季申

雨歇城南泥未乾，遙知獨立整衣冠。舊時鄴下劉公幹，今日遼東管幼安。綠陰展盡身猶遠，黃鳥飛來節已闌。安得一樽生耳熱，暫時相對說悲歡。

## 題繼祖蟠室三首

雲起爐山久未移，功名不恨十年遲。日斜疎竹可窗影，正是幽人睡足時。

## 二

萬卷吾今一字無，打包隨處野僧如。短檠未盡殘年債，欲問班生試借書。

〔校勘〕（殘年債）舊鈔作殘年與。

## 三

中興天子要人才，當使生擒頡利來。正待吾曹紅抹額，不須辛苦學顏回。

〔校勘〕（當使）胡作要使，與上句重，劉評舊鈔聚珍俱作當使，今據改。

〔評論〕劉云：此正是學顏回。又云：當時人心如此，故有岳韓一輩人出來，此道學之效也。

# 述懷

閉戶生白髮，逍遙步城隅，野外晴林滿，天末暮雲孤，水容澹春歸，草色帶雨濡。物態紛如昨，世事再嗚呼！京洛了在眼，山川一何迂。乘槎莽未辦，且復小踟躕。

〔評論〕劉云：此語可痛（在山川句下）。又云：俯仰且是（且是疑當作具足）。沈云：杜之短章。

# 寄題趙景溫筠軒

相逢漢江邊，盜起方如雲，當時蒼黃意，亦可無此君。俗士固鮮歡，王孫終逸羣，淸秋不可負，牖壁看修筠。碧幹立疎雨，叢梢冒斜曛，引君著勝地，世事從紛紛。何時微月夕，胡牀與予分，高吟呼天風，夜半笙簫聞。

〔校勘〕（筠軒）劉評舊鈔聚珍俱作筠居軒。（紛紛）劉評舊鈔聚珍俱作糾紛。（與予）劉評作與子。（夜半）增注引閩本作半夜。

## 重陽律髓卷二十六變體類

去歲重陽已百憂，今年依舊歎羈遊。籬底菊花惟解笑，鏡中頭髮不禁秋。涼風又落宮南木，老鴈孤鳴漢北州。如許行年那可記，謾排詩句寫新愁。

〔校勘〕（宮南）舊鈔作南宮。

〔評論〕劉云：可感（在涼風老雁聯下）。方云：菊花對頭髮，即老杜蓬鬢菊花一聯定例。紀云：頭髮二字不雅，此避黃花白髮耳。又云：定字固甚（謂方批）。沈云：南宮漢北，軸轤對也，唐人法。（騫按：沈批係舊鈔本；其他諸本俱作宮南，則是普通對法而非軸轤對。）

〔附錄〕仇遠金淵集卷五有和詩，題云追和陳去非宣和甲辰重九韻，詩如下：

世態炎涼不足憂，吾生贏得日優游。九日忽驚楓葉落，百年幾見菊花秋。忘形詩酒新豐客，滿目溪山古溧州。聞道市橋騎馬滑，山公歸醉得無愁。

按：簡齋此詩作於建炎丁未，時在鄧州，故有歎羈遊、漢北州諸語，非宣和甲辰作，仇詩誤題。

## 有感再賦

憶昔甲辰重九日，天恩曾與宴城東；龍沙此日西風冷，誰折黃花壽兩宮。

〔校勘〕（憶昔）劉評舊鈔聚珍俱作憶得。（曾與）劉評舊鈔聚珍宋詩鈔俱作曾預。（此日）增注云後村選本作北望。騫按：此日與上文重九日相呼應，北望恐是後人所改。

〔補箋〕　甲辰爲徽宗宣和六年，是年簡齋在開封，爲司勛員外郎、符寶郎。　仇遠金淵集卷五有「讀陳去非九日詩」七絕一首云：「憶得甲辰重九日，宣和遺恨幾番秋。蔣陵依舊西風在，一度黃花一度愁。」

〔評論〕　劉云：直須寫至此，不忍下筆。

## 感事律髓三十二忠憤類

喪亂那堪說，干戈竟未休，公卿危左衽，江漢故東流。風斷黃龍府，雲移白鷺洲，云何舒國步，持底副君憂。世事非難料，吾生本自浮，菊花紛四野，作意爲誰秋。

〔校勘〕　（云何）潘選作如何。當是淺人所改。

〔增注〕　五代漢高祖天福十二年，契丹以晉主重貴爲負義侯，置於黃龍府，卽慕容氏和龍城。丹陽記：白鷺洲在江中心，南邊新林浦，西邊白鷺洲，上多白鷺，故名。　按國史，建炎元年九月二日，自燕山如中京，在燕山北千里，謂之霍郡□□國也。是年十月，高宗自南京幸揚州，三年二月幸杭州，四月幸建康府。先是諫議大夫鄭瑴累章請移蹕建康，上不聽。　中齋云：危字本漢書。

〔補箋〕　黃龍、和龍、龍城爲一地，今熱河朝陽縣。「自燕山如中京」，金之中京也。燕山，今北平市；中京在今熱河平泉縣東北。此謂徽欽二帝之行程。　宋南京應天府，今河南商丘縣。宋建康府，今南京，三國吳丹陽郡，白鷺洲卽在城外。　漢書外戚孝成趙皇后傳：「今兒安在，危殺之矣。」師古注云：「危、險也，猶今人言險不殺耳。」騫按：危、幾也。危左衽猶言幾乎左衽。本集十九卷同通老用淵明獨酌韻詩云：「向來房州谷，採藥危得仙。」與此意同。參閱彼詩胡箋。

〔評論〕　劉克莊後村詩話前集卷二：徐師川聞捷云「時時傳破虜，日日問修門。」又云「諸公宜努力，荆棘已千村。」陳簡齋感事云「風斷黃龍府，雲移白鷺州。菊花紛四野，作意爲誰秋。」頗逼老杜。　方云：危故二字最佳。　黃龍府謂二帝北狩，白鷺洲謂高廟在金陵。　紀云：此詩眞有杜意，乃氣味似非面貌似也。　又云：第八句底字繆鄙。　沈云：公處杜之時世，有杜之心事，其詩安得不杜。此等非聲音笑貌之似也。

## 送客出城西 律髓二十四送別類

鄧州誰亦解丹青，畫我羸驂晚出城。殘年政爾供愁了，末路那堪送客行。寒日滿川分衆色，暮林無葉寄秋聲。垂鞭歸去重回首，意落西南計未成。

〔校勘〕　（晚出城）舊鈔宋詩鈔俱作曉出城。據寒日暮林二句，應是晚字。

〔評論〕　劉云：四句情景無餘（謂中間四句）。　方云：五六一聯絕妙，分字寄字奇。　紀云：簡齋風骨自不同。六句警絕，前人未道，以分字寄字取之，淺矣。

## 得席大光書因以詩迓之

十月高風客子悲，故人書到暫開眉。也知廊廟當推轂，無奈江山好賦詩。萬事莫論兵動後，一杯當及菊殘時。喜心翻倒相迎地，不怕荒林十里陂。

〔校勘〕　（因以詩迓之）舊鈔無因字，劉評無之字。　（翻倒）胡作翻到，注引杜詩亦作翻到，劉評舊鈔俱作翻倒。按：杜詩諸本俱作翻倒。

## 送大光赴石城

石城高嵽嵲，城下是江波，莫愁織綺地，年來戰馬過。秀眉使君醫國手，卻把江頭無事酒，山川勃鬱不平處，澆以三盃一搔首。半江樓影白逶迤，想見春流二月時，待予去掃仲宣賦，走馬還朝亦未遲。

〔校勘〕　（待予）劉評作待子。

〔補箋〕　石城，今湖北鍾祥縣。

## 夢中送僧覺而忘第三聯戲足之

兩鴻同一天，羽翼不相及；偶然一識面，別意已超忽。去程秋光好，萬里無斷絕，雖無仁人言，贈子以明月。

〔評論〕　劉云：渾成語。

## 無題

六經在天如日月，萬事隨時更故新。江南丞相浮雲壞，洛下先生宰木春。孟喜何妨改師法，京房底處有門人。舊喜讀書今懶讀，焚香閱世了閑身。

〔校勘〕　（更故新）舊鈔作變故新。　（孟喜）宋詩鈔作孟嘉，誤。　（師法）舊鈔作師節。

〔補箋〕　陸游老學菴筆記：唐人詩中有曰無題者，率杯酒狎邪之語，以其不可指言，故謂之無題，非眞無題也。近歲呂居仁、陳去非亦有曰無題者，乃與唐人不類。或眞亡其題，或有所避，其實失於不深考耳。　朱子語類卷一百四十：劉叔通屢舉簡齋「六經在天如日月，萬事隨時更故新。

江南丞相浮雲壞，洛下先生宰木春。」前謂荆公，後謂伊川。先生曰：此詩固好，然也須與他分一個是非始得。天下之理那有兩個都是？必有一個非。

〔評論〕　劉云：其時其人，可以意會。末二語盡難言之感，南渡之中興以此。

## 正月十二日自房州城遇虜至奔入南山十五日抵回谷張家

久謂事當爾，豈意身及之！避虜連三年，行半天四維。我非洛豪士，不畏窮谷饑，但恨平生意，輕了少陵詩。今年奔房州，鐵馬背後馳，造物亦惡劇，脫命眞毫釐。南山四程雲，布襪傲險巇。籬間老炙背，無意管安危，知我是朝士，亦復顰其眉。呼酒軟客腳，菜本濯玉肌，窮途士易德，歡喜不復辭。向來貪讀書，閉戶生白髭，豈知九州內，有山如此奇。自寬實不情，老人亦解頤。投宿恍世外，青燈耿茅茨，夜半不能眠，澗水鳴聲悲。

〔校勘〕　（題）舊鈔全題作「正月十二日自房州遇金虜至奔入南山谷十五日回抵張家」，似經後人竄改，不足據。劉評及宋詩鈔亦有金字，餘同胡箋。　（背後馳）劉評作背後遲，同音致誤，與本意相反矣。

〔補箋〕　高宗建炎二年正月初三日金人陷鄧州，十二日陷房州，俱見宋史高宗紀。參閱本卷與季申信道自光化復入鄧詩補箋。　王象之輿地紀勝卷八十六：「南山在房陵縣南三里，陳簡齋有房州遇虜奔入南山詩。」按：房陵，宋房州附郭縣，即今湖北房縣，其地多山。　張嵲紫微集卷二：「將至臨安，途中偶成，呈表叔陳給事去非。」詩云：「末契託外親，夙昔承顧盼，鄧鄙聽論詩，房陵共遭亂。蒼黃南山路，大雪將沒骭；事定訪田家，山花已如霰。燃薪代燈燭，新詩仰華絢。雨餘登近嶺，春晴集雨澗，彷彿紙坊山，泉石眼中見。形影一東西，音聲阻河縣。(下略)」此詩紀本年避難情形甚詳，錄備參考。紫微集卷二又有「自順陽至均房道五首，用陳符寶去非韻。」五詩，原作不見於簡齋集，蓋刪去未收。 宋佚名北山詩話：「呂居仁云：昔在中朝時，屢從賢俊游，酒酣握手歎，預懷今日憂。陳去非云：久謂事當爾，豈意身及之。」按：北山詩話作者疑是鄭剛中，見卷二十「陪粹翁舉酒」詩評語。

〔評論〕 劉云：恨恨無涯，又勝子厚白髮，每見潸然。(在首兩句下)。 又云：情語自別。(在不畏窮谷饑句下)。 又云：隔世誦此，如對當日，避世常有此，自不能言。(在亦復顰其眉句下)。又云：轉換餘情，殆不忍讀。欣非多態，尚覺北征爲煩。(欣非不可解，當是欣悲之誤。) 中齋云：此詩盡艱苦歷落之態，雜悲喜憂畏之懷，玩物適意語時見於奔走倉皇中。杜北征、柳南磵、蓋兼之。

## 正月十六日夜二絕

正月十六夜，竹籬田父家。明月照樹影，滿山如龍蛇。

〔校勘〕 (十六夜)舊鈔作十六日。

〔評論〕 沈云：據事直書，自妙。

二

二更風薄竹，悲吟連夜分。村西遞餘韻，應勝此間聞。

〔評論〕 劉云：又似笛詩。(在詩尾)

## 坐澗邊石上

三面青山圍竹籬，人間無路訪安危。扶筇共坐槎牙石，澗水悲鳴無歇時。

〔增注〕　中齋云：人間無路訪安危，謂竄伏山中不知外間消息。騫按：詩意甚明，可以不注。

〔評論〕　沈云：眞景眞情，如畫如話。

陳簡齋詩集合校彙注卷十七終

# 陳簡齋詩集合校彙注卷十八目錄


十七日夜詠月……一八一
獨立……一八一
採菖蒲……一八一
與信道遊澗邊……一八二
詠西嶺梅花……一八二
遊南嶂同孫信道……一八二
遊東巖……一八三
晚望信道立竹林邊……一八三
雨晴徐步……一八三
同信道晚登古原……一八四
岸幘……一八四
雨……一八四
醉中至西徑梅花下已盛開……一八五
出山二首……一八五
入山二首……一八五

寒食……一八六
清明……一八六
與夏致宏孫信道張巨山同集澗邊以散髮巖岫爲韻賦四小詩……一八六
出山宿向翁家……一八七
出山道中……一八八
詠青溪石壁……一八八

# 陳簡齋詩集合校彙注卷十八

鄭騫　因百　校箋

## 十七日夜詠月

月輪隱東峯，奇彩在南嶺，北崖草木多，蒼茫映光景。玉盤忽微露，銀浪瀉千頃，巖谷散陸離，萬象雜形影。不辭三更露，冒此白髮頂。老筇無前遊，危處有新警，澗光如翻鶴，變態發遙境。回首房州城，山中夜何永。

〔校勘〕　（十七日）舊鈔宋詩鈔無日字。　（奇彩）胡作可彩，形近之誤。據諸本改。

〔補箋〕　本卷諸詩仍爲避難房州南山時作，此「十七日」接上卷「正月十二日」來，建炎二年也。

〔評論〕　劉云：甚新（在澗光句下）。　沈云：難狀之景，一一畫出。

## 獨立

籬門一徙倚，今夜天星繁，獨立人世外，惟聞澗水喧，叢薄凝露氣，羣峯帶春昏。偷生亦聊爾，難與衆人言。

〔評論〕　劉云：最是情鍾此語。（在詩尾）

## 採菖蒲

閑行澗底採菖蒲，千歲龍蛇抱石臞。明朝卻覓房州路，飛下山顛不要扶。

## 與信道遊澗邊

斜陽照亂石，顛崖下雙筇；試從絕壑底，仰視最奇峯。迴碕發澗怒，高靄生樹容，半巖菖蒲根，翠葆森伏龍。豈無避世士，於此儻相逢；客心忽悄愴，歸路迷行蹤。

〖校勘〗（廻碕）舊鈔作廻磴。

〖評論〗劉云：正可如此（在詩尾）。

## 詠西嶺梅花

雨後衆崖碧，白處紛寒梅，遙遙迎客意，欲下山坡來。窮村受春晚，邂逅今日開，絳領承玉面，臨風一低回。折歸無可贈，孤賞心悠哉。

〖校勘〗（窮村）舊鈔作窮谷。（絳領）舊鈔作絳嶺，誤。

## 遊南嶂同孫信道

遙瞻南嶂深復深，雙崖與天藏太陰，青鞋濟勝不能嬾，踏破積雪窮崎嶔。空中朽樹抱孤篠，無竅蒼璧生橫林，孤禽三叫危石裂，欲返未返神蕭森。磴迴忽然何處所，當面煙如翠蛟舞，石門泄風無晝夜，古木截道藏雷雨。丹丘赤城去幾許，下視人間足塵土，放身天地不自知，導以龍蛇翼熊虎。山中異事記今晨，杖藜得道孫與陳。

〔校勘〕（赤城）舊鈔作青城，誤。（放身、導以二句）此二句胡箋在篇首，既失韻協，文義亦不聯貫，今據諸本移置。

〔增注〕老杜戲韋偃爲雙松圖歌：黑入太陰雷雨垂。丹丘赤城皆在天台。

〔評論〕劉云：此詩兩藏字，雷雨太陰全犯（在雷雨句下）。

## 遊東巖

散策東巖路，夢中曾記經。斜暉射殘雪，巖谷遍晶熒，鵶鳴山寂寂，意迥川冥冥。乘興欲窮討，會心還少停。新晴遠村白，薄暮羣峯青，危途通僊境，勝日行畫屏。豈獨淨一念，將期朝百靈，不同南澗詠，悲慨滿中扃。

〔校勘〕（少停）劉評舊鈔聚珍俱作小停。

〔評論〕劉云：學始至若有得（在會心句下）。又云：極目洗鍊（在詩尾）。

## 晚望信道立竹林邊

修竹林邊煙過遲，幅巾藜杖立疎籬。恨無顧陸同攜手，寫取孫郎覓句時。

〔校勘〕（覓句時）胡作覔句詩，形近之誤，據劉評聚珍改。

## 雨晴徐步

百年幾晴朝，徐步山徑溼，忽悟春已深，鳴禽飛相及。雪消衆綠淨，霧罷羣峯立，澗邊千巉巖，今日何復集。

〔校勘〕（相及）舊鈔作相集。（何復集）舊鈔作復何日。劉評作可復集。

〔評論〕劉云：似可漸近晋人。　又云：酷欲復勝南澗，亦不可得，然已逼。（俱在詩尾）

## 同信道晚登古原

幽懷忽牢落，起望登古原，微吹度修竹，半林白翻翻。日暮紛物態，山空銷客魂，惜無一樽酒，與子醉中言。

〔評論〕劉云：甚似，甚似。（在詩尾）

## 岸幘律髓十七晴雨類

岸幘立清曉，山頭生薄陰，亂雲交翠壁，細雨溼青林。時改客心動，鳥鳴春意深，窮鄉百不理，時得一閑吟。

〔校勘〕（鳥鳴）增注引閩本作鳥啼，律髓亦作啼。

〔評論〕劉云：此以上句勝（在細雨句下）。　紀云：此有杜意。　又云：五六有味。

## 雨律髓十七晴雨類

雲起谷全暗，雨時山復明，青春望中色，白澗晚來聲。遠樹鳥羣集，高原人獨耕；老夫逃世日，堅坐聽陰晴。

〔校勘〕（全晴）舊鈔潘選宋詩鈔俱作全曙，形近之誤。（雨時）舊鈔律髓潘選宋詩鈔俱作雨晴。

按：雨落則雲氣漸淡，又有雨光相映，故山復明，此見體物寫景之妙，雨晴山復明則是小兒語矣。

（逃世日）舊鈔潘選宋詩鈔俱作逃世久。

〔補箋〕　唐人崔塗詩：高樹鳥已息，古原人尚耕。然，簡齋點化自妙，並非鈔襲。

〔評論〕　紀云：語不必奇，而清迥無甜熟之味。

## 醉中至西徑梅花下已盛開

梅花亂發雨晴時，褪盡紅綃見玉肌。醉中忘卻頭邊雪，橫插繁枝歸竹籬。

## 出山二首

陰巖不知晴，路轉見朝日。獨行修竹盡，石崖千丈碧。

二

山空樵斧響，隔嶺有人家。日落潭照樹，川明風動花。

## 入山二首

出山復入山，路隨溪水轉。東風不惜花，一暮都開遍。

二

都迷去時景，策杖煙漫漫。微雨洗春色，諸峯生晚寒。

〔校勘〕　（去時景）舊鈔宋詩鈔俱作去時路，當是淺人所改。

〔評論〕　沈云：集中五絕亦不下右丞。

## 寒食

竹籬寒食節，微雨澹春意。喧譁少所便，寂寞今有味。空山花動搖，亂石水經緯。倚杖忽已晚，人生本何冀。

## 清明律髓二十六變體類

雨晴閑步澗邊沙，行入荒林聞亂鴉。寒食清明驚客意，暖風遲日醉梨花。書生投老王官谷，壯士偷生漂母家。不用鞦韆與蹴踘，只將詩句答年華。

〔校勘〕　（雨晴）律髓作清明，與下寒食清明句重複，當是涉題而誤。（遲日）胡作晴日，與首句雨晴重複，劉評舊鈔律髓潘選宋詩鈔俱作遲日，今從之。

〔評論〕　方云：三四變體，又頗新異。嗚呼！古今詩人當以老杜、山谷、后山、簡齋四家爲一祖三宗；餘可預配饗者有數焉。

## 與夏致宏孫信道張巨山同集澗邊以散髮巖岫爲韻賦四小詩

哦詩谷虛響，散髮下巖半。披叢澗影搖，集鳥紛然散。

〔校勘〕　（散髮）諸本俱作微步。

〔評論〕　劉云：南澗。（按：謂似柳宗元南澗詩。）

二

亂石披淺流，水紋如紺髮。馳暉忽西沒，林光相映發。

〔校勘〕（淺流）舊鈔作沙淺。

〔評論〕劉云：輞川。（按：謂似王維輞川詩。）

三

舉頭山圍天，濯足樹映潭。山中記今日，四士集空巖。

〔校勘〕（四士）胡作四上，形近之誤，據諸本改。

〔評論〕沈云：好畫。

四

張子臥石榻；夏子理泉竇；孫子獨不言，揞頤數煙岫。

〔評論〕劉云：幷畫。　沈云：絕妙游記。

〔附錄〕張嵲紫微集卷八有同賦四首，題云：「與陳去非夏致宏孫信道遊南澗同賦四首」，附錄於下。

策杖南澗邊，菖蒲如綠髮。石亂水流分，山空鳥聲歇。　山桃深復淺，亂發傍幽岩。無人慰寂寞，晴日自毿毿。　共坐石上苔，坐久溪陰轉。峯外晚林稠，山腹晴雲散。　三日山中游，溪山未全究。却羨畬田人，春晴斸烟岫。

## 出山宿向翁家

紙坊山絕頂，直下夕陽斜，卻看來處路，南北兩巖花。田翁邀客宿，笑指林下家，問我出山意，無乃貴喧譁。

〔校勘〕（來處路）胡作來路處，今從諸本。

## 出山道中

雨歇澹春曉，雲氣山腰流，高崖落絳葉，恍如人世秋。避地時忽忽，出山意悠悠，溪急竹陰動，谷虛禽響幽。同行得快士，勝處頻淹留，乘除了身世，未恨落房州。

〔校勘〕（竹陰）舊鈔宋詩鈔俱作竹影。

## 詠青溪石壁

青溪宜曉日，曲處千丈晦，天開蒼石屏，影落西村外，虛無元氣立，明滅河漢對。人行崢嶸下，鳥急浩蕩內，向來千萬峯，瑣細等蓬塊。老夫倚杖久，三嘆造物大，惜哉太史公，意短遺此快。更欲訪野人，窮探視其背。

〔校勘〕（造物）宋詩鈔作造化。

〔增注〕老杜石筍行：安得壯士擲天外，使人不疑見本根。中齋云：此詩擬杜萬丈潭。

# 陳簡齋詩集合校彙注卷十九目錄


聞王道濟陷虜……一九一
均陽官舍有安榴數株著花絕稀更增妍麗……一九二
和王東卿絕句四首……一九二
觀江漲……一九三
同左通老用陶潛還舊居韻……一九三
同通老用淵明獨酌韻……一九三
欲離均陽而雨不止書八句寄何子應……一九四
均陽舟中夜賦……一九四
舟次高舍書事……一九五
石城夜賦……一九五
登岳陽樓二首……一九五
巴丘書事……一九七
晚步湖邊……一九七
再登岳陽樓感慨賦詩……一九七
里翁行……一九八

# 陳簡齋詩集合校彙注卷十九

鄭騫　因百　校箋

## 聞王道濟陷虜律髓三十二忠憤類

海內堂堂友，如今在賊圍。虛傳袁盎脫，不見華元歸。浮世身難料，危途計易非。雲孤馬息嶺，老淚不勝揮。

〔校勘〕（陷虜）劉評舊鈔潘選俱作陷賊。　聚珍作陷敵，避清人忌諱所改。（賊圍）聚珍作敵圍，避清人忌諱改。　（馬息）舊鈔聚珍俱作馬西，音近致誤。　（老淚）律髓潘選作老涕，殊不自然。

〔補箋〕　輿地紀勝：馬息山在房陵縣北七十里。馬息驛在房陵縣北六十里。　高宗建炎二年暮春，簡齋出房州南山，往房州北之均州（今湖北均縣），此首途中所作，故有雲孤馬息之語。在均州數月，八九月間離均，經石城（今湖北鍾祥縣），十月至岳州（今湖南岳陽縣），留居其地度歲。本卷詩皆此一時期所作。

〔評論〕　劉克莊後村詩話前集卷二：士大夫當亂離時，有幸有不幸者。簡齋云：「浮世身難料，危途計易非。」東萊云：「後死翻爲累，偷生未有期。」誦之皆可悲慨　。劉云：愈讀愈恨，諸集所無。　方云：三四善用事，五六有無窮之痛焉。　紀云：此亦似杜。　又云：六句千古。　又云：五六乃良友相期以正之意，非痛詞也。騫按：「危途計易非」，慮道濟降虜也。方所謂無窮之痛，自痛其降元也。紀批似未解方氏本意。

## 均陽官舍有安榴數株著花絕稀更增妍麗

庭際安榴樹，花稀更可憐。青旌擁絳節，伴我作神仙。遲日耿不暮，微陰眩彌鮮。一樽兼百慮，心賞竟悠然。

〔校勘〕　（遲日）舊鈔作遲景。（竟悠然）舊鈔作更悠然。

〔評論〕　沈云：恰是榴花。

〔補箋〕　南朝梁置均陽縣，唐省，故治在均州東北，故均州亦稱均陽。

## 和王東卿絕句四首

少年走馬洛陽城，今作江邊瓶錫僧。說與虎頭須畫我，三更月裏影崚嶒。

〔校勘〕　（東卿）宋詩鈔作東鄉，形近之誤。（少年）舊鈔誤作少陽。

二

來日安榴花尚稀，壓牆丹實已垂垂。何時著我扁舟尾，滿袖西風信所之。

三

只今當代功名手，不數平生粥飯僧。獨立江風吹短髮，暮雲千里倚崚嶒。

〔評論〕　沈云：際遇氣骨，無不見矣。讀之意味深長。

四

平生不得吟詩力，空使秋霜入鬢垂。大岳峯前滿尊月，爲君聊復一中之。

## 觀江漲律髓十七晴雨類

登江臨眺足消憂，倚杖江邊地欲浮。疊浪併翻孤日去，兩津橫卷半天流。黿鼉雜怒爭新穴，鷗鷺驚飛失故洲。可爲一官妨快意，眼中惟覺欠扁舟。

〔校勘〕（新穴）舊鈔作新月，誤。（鷺飛）潘選作飛鷺，誤。（惟覺）增注引閩本作微覺。

〔補箋〕一官，謂時爲均州知州也，見下同通老用淵明獨酌韻。均州在漢水岸，江漲謂漢水也。

〔評論〕紀云：雄闊稱題。

## 同左通老用陶潛還舊居韻

故園非無路，今已不念歸。秋入漢水白，葉脫行人悲，東西與南北，欲往還覺非。勿云去年事，兵火偶脫遺，可憐跉竮影，殘歲聊相依。天涯一尊酒，細酌君勿推，持觴望江山，路永悲身衰。百感醉中起，清淚對君揮。

〔校勘〕（不念）增注引閩本作不願。（勿推）胡作勿催，文義費解，且與陶詩原韻不合，劉評作勿推，是也。

〔評論〕劉云：短短語自可憐（在殘歲句下）。又云：自然之然，不忍言好（在詩尾）。沈云：欵欵深深，淡而彌旨，擬陶可云神似。

## 同通老用淵明獨酌韻

紛紛吏民散，遺我以兀然，悄悄今夕意，鳥影馳隙間。向來房州谷，採藥危得仙，忽駕太守車，出處寧非天。何妨暫閱世，謀行要當先。西齋一壺酒，微雨新秋還，蛛網閃明晦，葉聲餞歲年。呼兒具紙筆，錄我醉中言。

〔評論〕　沈云：清微淡遠，眞得陶之妙。

〔補箋〕　簡齋於避難期間，忽爲均州知州，古太守職也，故詩中云云。其事張嵲所撰墓誌及宋史本傳俱失載，僅見於王象之輿地紀勝卷八十五均州官吏條。當時戎馬倥偬，秩序大亂，簡齋此項職務，經何人委任，或由地方人士推擧，今已不可考。據本卷諸詩，知到均州在春暮夏初，離均在八月，在任約五個月。

## 欲離均陽而雨不止書八句寄何子應

江城八月楓葉凋，城頭哦詩江動搖，秋雨留人意戀戀，水風泛樹聲蕭蕭。綸巾老子無遠策，長作東西南北客，不如何遜在揚州，坐待梅花映粧額。

〔校勘〕　（水風）舊鈔作水色，潘選宋詩鈔俱作水光。　（聲蕭蕭）舊鈔潘選宋詩鈔俱作風蕭蕭。（不如）舊鈔誤作不知。

〔評論〕　沈云：工部拗體，古峭可愛。此首若作律，更佳。

## 均陽舟中夜賦

遊子不能寐，船頭語輕波。開窗望兩津，煙樹何其多，淸江涵萬象，夜半光蕩摩。客愁彌世路，秋氣入天河，汝洛塵未銷，幾人不負戈。長吟宇宙內，激烈悲蹉跎。

〔校勘〕（清江）胡誤情江，據諸本改。
〔評論〕劉云：自然是個中（在煙樹句下）。　沈云：如出工部之手。

## 舟次高舍書事

漲水東流滿眼黃，泊舟高舍更情傷。一川木葉明秋序，兩岸人家共夕陽。亂後江山元歷歷，世間岐路極茫茫。遙指長沙非謫去，古今出處兩淒涼。

〔補箋〕高舍，未詳所在，此詩爲自均州赴石城途中所作，高舍當在兩地之間。漲水，謂漢水也。劉長卿詩：賈誼上書憂漢室，長沙謫去古今憐。謫去二字用史記賈誼傳中語。　此詩末兩句平仄失粘，而唐人頗有如此作者，故簡齋自注云云。（簡齋自注見胡箋）

〔評論〕劉云：每以平平傾盡磊塊，故自難及（在亂後一聯下）。　沈云：大曆十子名句（謂一川一聯）。

## 石城夜賦

初月光滿江，斷處知急流，沈沈石城夜，漠漠西漢秋。爲客寐常晚，臨風意難收，三更桅樓底，身世入搔頭。

〔校勘〕（西漢）劉評作兩岸，舊鈔作河漢。（樓底）舊鈔作樓倚。
〔評論〕沈云：如在目前。

## 登岳陽樓律髓卷一登覽類

洞庭之東江水西，簾旌不動夕陽遲。登臨吳蜀橫分地，徙倚湖山欲暮時。萬里來遊還望遠，三年多難更憑危。白頭弔古風霜裏，老木滄波無限悲。

〔校勘〕（風霜）諸本俱作霜風。（無限）胡作無恨，形近之誤，據諸本改。

〔評論〕劉云：情景融至，尚屬細嫩（謂三四兩句）。　又引中齋云：第五六句用老杜萬里悲秋百年多病兩句體。（騫按：杜詩云：萬里悲秋長作客，百年多病獨登臺。簡齋此兩句太襲工部。）方云：簡齋登岳陽樓凡三詩，又有巴邱書事一詩。皆悲壯激烈。如：晚木聲酣洞庭野，晴天影抱岳陽樓，四年風露侵游子，十月江湖吐亂洲。又如：乾坤萬事集雙鬢，臣子一謫今五年。近逼山谷，遠詣老杜。今全取此首，此建炎中避地時詩也。　舒云：無著落。　班云：不接。（皆謂簾旌不動句）。　紀云：簾旌不動乃樓上閒寂之景，馮氏以爲上下不接，非是。　又云：意境宏深，眞逼老杜。

二

天入平湖晴不風，夕帆和鴈正浮空。樓頭客子杪秋後，日落君山元氣中。北望可堪回白首，南遊聊得看丹楓。翰林物色分留少，詩到巴陵還未工。

〔校勘〕（北望）舊鈔宋詩鈔俱作北看。

〔補箋〕鄭剛中北山詩話：陳去非岳陽樓云，落日君山元氣中，人多稱之。乃用方干山盤元氣水涵空之句。騫按：此句氣象在日落二字。諸本均作日落，鄭誤引。

〔評論〕劉云：須要一語如此（在日落句下）。　翁方綱石州詩話云：樓頭客子二語亦不愧學杜。沈云：二首如畫，風格亦高騫可喜。

## 巴丘書事

三分書裏識巴丘，臨老避胡初一遊。晚木聲酣洞庭野，晴天影抱岳陽樓。四年風露侵遊子，十月江湖吐亂洲。未必上流須魯肅，腐儒空白九分頭。

〔評論〕　胡應麟詩藪外編五：周尹潛斗柄闌干洞庭野，角聲淒斷岳陽城；陳去非晚木聲酣洞庭野，晴天影抱岳陽樓。二君同時，二聯語甚相類，皆得杜聲響，未易優劣。騫按：尹潛詩全首見卷二十一「周尹潛以僕有郢州之命」詩補箋。　劉云：亦是極意壯麗，而語少情（在晚木二句下）。　沈云：對佳於出，宛然如畫。

## 晚步湖邊

客問無勝日，世故可暫逃，杖藜迎落照，寒彩偏平皐。夕湖光景麗，晴鶴聲音豪，天長蒹葭響，水落城堞高。萬象各搖動，慰此老不遭。楚纍經行地，處處餘離騷，幸無大夫責，得伴諸子遨，終然動懷抱，白髮風中搔。

〔校勘〕　（大夫責）舊鈔宋詩鈔俱作大夫貴，形近之誤，似是而非。

〔評論〕　劉云：又選語所不能也（在萬象句下）。　又云：收縱灑灑，類勝前人。

## 再登岳陽樓感慨賦詩

岳陽壯觀天下傳，樓陰背日堤綿綿。草木相連南服內，江湖異態欄干前。乾坤萬事集雙鬢，臣子一謫今五年。欲題文字弔古昔，風壯浪湧心茫然。

〔校勘〕（一謫）舊鈔作一論，形近之誤。（古昔）舊鈔作今古。

〔評論〕劉云：時事隱約（在江湖句下）。又云：寫得至此，氣盡語達，乃不復可加。沈云：不讓崔之黃鶴樓、李之鳳凰臺，眞不愧題中感慨二字矣。讀之覺萬象在旁，百端交集。（霱按：沈批似嫌過譽。）

## 里翁行

里翁無人支緩急，天雨牆壞百憂集，賣衣雇人築得牆，不慮偷兒披戶入。夜寒干陬不經過，偷兒若來知奈何。君不見、巴丘古城如培塿，魯肅當年萬人守。

〔校勘〕（緩急）胡作緩息，形近之誤，據諸本改。

〔評論〕沈云：結見經濟。

陳簡齋詩集合校彙注卷十九終

# 陳簡齋詩集合校彙注卷二十目錄

居夷行……二〇一
又登岳陽樓……二〇一
除夜二首……二〇二
火後問舍至城南有感……二〇二
曉登燕公樓……二〇三
火後借居君子亭書事四絕呈粹翁……二〇三
再賦四首……二〇四
二十一日風甚明日梅花無在者獨紅萼留枝間甚可愛也……二〇四
詠水仙花五韻……二〇四
望燕公樓下李花……二〇五
陪粹翁舉酒於君子亭亭下海棠方開……二〇五
春夜感懷寄席大光……二〇六
夜賦寄友……二〇七
陰雨……二〇七
雨……二〇七

春寒……二〇八
次韻傅子文絕句……二〇八
周尹潛過門不我顧遂登西樓作詩見寄次韻謝之三首……二〇八
城上晚思……二〇九
雨中對酒庭下海棠經雨不歇……二〇九

# 陳簡齋詩集合校彙注卷二十

鄭騫 因百 校箋

## 居夷行

遭亂始知承平樂，居夷更覺中原好。巴陵十月江不平，萬里北風吹客倒。洞庭葉稀秋聲歇，黃帝樂罷川杲杲，君山偃蹇橫歲暮，天映湖南白如掃。人世多違壯士悲，干戈未定書生老，揚州雲氣鬱不動，白首頻回費私禱。后勝誤齊已莫追，范蠡圖越當若爲，皇天豈無悔禍意，君子慎惜經綸時。願聞羣公張王室，臣也安眠送餘日。

〔校勘〕（湖南）劉評作湖面。（悔禍）舊鈔宋詩鈔作悔過，若非形近之誤，即是淺人所改。

〔增注〕按國史：建炎元年冬，高宗幸揚州；二年，在揚州；至三年二月，揚州陷，幸杭州。

〔補箋〕朱熹大全集張浚行狀：車駕久駐維揚，人物繁聚，而朝廷無一定規模，上下頗觖望。
此卷詩皆建炎二年冬至三年春，在岳州作。

〔評論〕沈云：驚心動魄之句（謂人世干戈二句）。又云：眞杜！眞杜！

## 又登岳陽樓

岳陽樓前丹葉飛，欄干留我不須歸。洞庭鏡面平千里，卻要君山相發揮。

〖校勘〗（不須）劉評舊鈔作不思。（却要）舊鈔作却更。

## 除夜律髓十六節序類

城中爆竹已殘更，朔吹翻江意未平。多事鬢毛隨節換，盡情燈火向人明。比量舊歲聊堪喜，流轉殊方又可驚。明日岳陽樓上去，島煙湖霧看春生。

〖校勘〗（題）舊鈔作除夜二首。

〖評論〗舒云：落句好。紀云：氣機生動，語亦清老，結有神致。又云：末二句閒淡有味。沈云：情景交融，純是神味。

## 二

萬里江湖憔悴身，鼕鼕街鼓不饒人。只愁一夜梅花老，看到天明付與春。

〖增注〗唐崔塗詩：天涯憔悴身。

## 火後問舍至城南有感

魂傷瓦礫舊曾遊，尚想奔煙萬馬遒。遂替胡兒作正月，絕知回祿相巴丘。書生性命驚頻試，客子茅茨費屢謀。惟有君山故窈窕，一眉晴綠向人浮。

〖校勘〗（祿相）舊鈔誤作路想。（屢謀）胡作屢諶，形近致誤，據諸本改。

〖評論〗沈云：絕妙吐屬，盡一時情事。

## 曉登燕公樓

闌干納清曉，拄杖追黃鵠。燕公不相待，使我立於獨。霧收天落川，日動春浮木。舉手謝時人，微風吹野服。

【校勘】（曉登）胡作晚登，諸本俱作曉登，據詩首句及霧收日動兩句，應作曉。

【評論】劉云：夐脫情語（在拄杖句下）。又云：勝下句（謂霧收句）。沈云：精峭絕倫。

## 火後借居君子亭書事四絕呈粹翁

天公惡劇逐番新，賴是今年有主人。君子亭中眠白晝，燕公樓上眺青春。

【評論】沈云：下八首雋味無窮，是絕句佳作。

二

祝融同祿意佳哉，挽我梅花樹下來。一夜東風不知惜，月明滿樹十分開。

三

斫竹和梢編作籬，微風如在竹林時。無人來訪龐居士，晚日疎陰光陸離。

【增注】龐居士，蓋公自謂也。

【評論】沈云：畫所不到。

四

入山從此不須深，君子亭中人不尋。青竹短籬圍晝靜，梅花兩樹照春陰。

## 再賦

西園芳氣雨餘新，喚起亭中入定人。爲報使君多釀酒，梅花落盡不關春。

【校勘】（題）舊鈔作用前題再賦四首。

二

揚州雲氣鬱佳哉，百慮方横吉語來。卻看詩書安隱在，竹籬陰裏得時開。

【校勘】（安隱）舊鈔作安穩。按：安穩字亦可作安隱。宋書夷蠻傳：「羣臣百官，悉自安隱。」胡箋引楞嚴經：「是大安隱。」皆是也。

三

危樓只隔一重籬，誰見扶笻獨上時。如許江山懶搜句，燕公應笑我支離。

四

欲識道人門徑深，水僊多處試來尋。青裳素面天應惜，乞與西園十日陰。

## 二十一日風甚明日梅花無在者獨紅蕚留枝間甚可愛也

昨日梅花猶可攀，今朝殘蕚便斕斑。羣仙已御東風去，總脱絳袂留林間。

【校勘】（甚可愛也）劉評作亦可愛也，舊鈔無甚也二字。

【評論】沈云：題妙、詩妙，可補梅譜之缺，亦韻事也。

## 詠水僊花五韻

僊人緗色裘，縞衣以裼之，青帨紛委地，獨立東風時。吹香洞庭暖，弄影清晝遲，寂寂籬落陰，亭亭與予期。誰知園中客，能賦會眞詩。

【校勘】 （青帨）胡作青帨，字書無此字，形近之誤。

【補箋】 簡齋手書此詩墨跡今存，藏故宮博物院。

【評論】 劉評：語好（在首二句下）。又云：亦好。（在末句下） 沈云：水仙名作。

## 望燕公樓下李花

燕公樓下繁華樹，一日遙看一百回。羽蓋夢餘當晝立，縞衣風急過牆來。洛陽路不容春到，南國花應爲客開。今日豈堪簪短髮，感時傷舊意難裁。

【評論】 沈云：李花名作。

## 陪粹翁擧酒於君子亭亭下海棠方開 律髓二十六變體類

世故驅人殊未央，聊從地主借繩床。春風浩浩吹遊子，暮雨霏霏溼海棠。去國衣冠無態度，隔簾花葉有輝光。使君禮數能寬否？酒味撩人我欲狂。

【校勘】 （題）胡箋不重亭字，文義不足，據劉評律髓潘選補。

【評論】 方云：此詩中四句皆變，兩句說己，兩句說花，而錯綜用之。意謂花自好人自愁耳。亦其才能驅駕，豈若瑣瑣鐫砌者之詩哉。 紀云：此從杜詩「風吹客衣日杲杲，樹攪離思花冥冥。」化出，却無痕跡。三四二句又勝「世事紛紛」一聯。（按：「世事紛紛人老易，春陰漠漠絮飛遲。」

見本集卷十四「寓居劉倉廨中」詩。　又云：無態度三字不雅，未熨貼。　沈云：下二首情景交融，意味無限。　鄭剛中北山詩話：陳去非云，「去國衣冠無態度」；希眞云，「衰年久客顏色短」。朱陳達者，未免蒂芥。（此條檢得在後，追附於此。希眞，謂朱敦儒。）

## 春夜感懷寄席大光

管寧白帽且蹁躚，孤鶴歸期難計年。倚仗東南觀百變，傷心雲霧隔三川。江湖氣動春還冷，鴻鴈聲迴人不眠。苦憶西州老太守，何時相伴一燈前。

〔校勘〕　（白帽）舊鈔作皁帽。　（蹁躚）胡作便蹮，增注引武岡本亦作便，從諸本改。　（東南）劉評作東風，有注云：「東風閩本作東南，此據武岡本。」　（百變）胡作北變，從諸本改。　（苦憶）舊鈔宋詩鈔作苦意。　（西州）舊鈔作西川，形近之誤。

〔補箋〕　三國志魏書卷十一管寧傳：「寧常著皁帽、布襦袴、布裙，隨時單複。」杜甫嚴中丞枉駕見過詩：「白帽應兼（一作兼應）似管寧。」按：杜詩諸本有作白帽者，有作皁帽者，而宋刋王洙本（杜詩最早之本）及宋刋分門集注本均作白帽。集注本且有注云：「魏管寧傳：青龍中，徵命不至，居海上，常著皁帽。杜佑通典所載亦然。今云著白帽，公必有據也。」可知白帽之說，由來已久，簡齋所據，蓋卽舊本杜詩，不必改爲皁帽。　便字平仄兩讀，如讀平聲，卽與蹁字同音，胡箋及武岡本均作便蹮，應可通用。　當時大局重心在淮揚一帶，簡齋作此詩時則在岳州，乃淮揚之西，似不應云「倚杖東南」；但東南與下句雲霧對仗甚工，如作東風卽失去平衡。予以爲此句應解釋爲「倚杖觀東南之百變」，正與當時情勢相合，仍作東南爲是。百變與下三川對偶，作北變乃音近之誤。意可通憶。

## 夜賦寄友

賣藥韓康伯，談經管幼安，向來甘寂寞，不是爲艱難。微月扶疎樹，空園浩蕩寒。細題今夕景，持與故人看。

〔校勘〕（微月）舊鈔宋詩鈔俱作明月。按：微月扶疎樹，意境深美，作明月則是尋常語矣，恐係淺人所改。（故人）胡誤作古人，據諸本改。

〔增注〕胡氏箋：「韓康伯名伯，晉人也，本傳及世說並無賣藥事，蓋誤用耳。」今按：此政用後漢韓伯休，非誤。蓋古有二名而獨舉一字以成文者。如春秋策書晉重、魯申，及子美、蘇州詩中、馬卿、丁令之類不一。此蓋合姓名字並舉，而減其一字以成文耳。須溪先生詩中用米嘉，亦此例。

〔評論〕沈云：字字眞景。

## 陰雨

陰風三日吹南極，二月巴陵寒裂石，長林巨木受軒輊，洞庭倒流瀟湘黑。君不見、古廬竹扉聲策策，中有跉竮落南客，曾經破膽向炎官，敢不修容待風伯。

〔評論〕劉云：謂前日火（在曾經句下）。

## 雨律髓十七晴雨類

霏霏三日雨，藹藹一園青。霧澤含元氣，風花過洞庭。地偏寒浩蕩，春半客跉竮。多少人間事，天涯醉又醒。

【校勘】（藹藹）舊鈔律髓宋詩鈔俱作靄靄。（一園青）舊鈔宋詩鈔誤作一園春。

【評論】紀云：三句笨而滯。又云：寒不可說浩蕩，結亦落套。沈云：此種純是神味。

## 春寒

二月巴陵日日風，春寒未了怯園公。海棠不惜臙脂色，獨立濛濛細雨中。

【評論】沈云：自然遠致。

## 次韻傅子文絕句

風雨門前十日泥，荒街相伴只笻枝。從今老子都無事，落盡園花不賦詩。

【校勘】（荒街）宋詩鈔作荒階。

【評論】沈云：恰是春盡情景，寫得如在目前。

## 周尹潛雪中過門不我顧遂登西樓作詩見寄次韻謝之三首

曉窗飛雪愜幽聽，起覓新詩自啓扃。不覺高軒牆外過，貪看萬鶴舞中庭。

【校勘】（題）胡無雪中二字，據諸本增補。作詩，舊鈔作賦詩。

【評論】沈云：一時情景如見。

二

堪笑臞仙也耐寒，飛花端合上樓看。深知壯觀增詩律，洗盡元和到建安。

## 三

敲門俗子令我病，面有三寸康衢埃。風鬟雪虐君馳去，蓬戶那無酒一杯。

〔補箋〕參閱卷十一送王周士赴發運司詩補箋。

〔評論〕沈云：拗峭而有餘韻，乃合絕句之體。

## 城上晚思

獨憑危堞望蒼梧，落日君山如畫圖。無數柳花飛滿岸，晚風吹過洞庭湖。

〔評論〕沈云：詩亦畫圖。

## 雨中對酒庭下海棠經雨不謝律髓十七晴雨類

巴陵二月客添衣，草草杯觴恨醉遲。燕子不禁連夜雨，海棠猶待老夫詩。天翻地覆傷春色，齒豁頭童祝聖時。白竹籬前湖海闊，茫茫身世兩堪悲。

〔校勘〕（題）舊鈔脫去海棠經雨不謝六字。 （湖海）律髓潘選俱作湖水。

〔評論〕紀云：意境深闊。 又云：題外燕子對題內海棠，不覺添出，用筆靈妙。 又云：此南渡後詩，故有天翻地覆四字。 沈云：朴氣亦從杜得來。

陳簡齋詩集合校彙注卷二十終

# 陳簡齋詩集合校彙注卷二十一目錄

尋詩兩絕句……二一三
寒食日遊百花亭……二一三
王應仲欲附張恭甫舟過湖南久不決今日忽聞遂登舟作詩送之並簡恭甫……二一四
周尹潛以僕有郢州之命作詩見贈有橫槊之句次韻謝之……二一四
次韻尹潛感懷……二一五
五月二日避貴寇入洞庭湖絕句……二一五
過君山不獲登覽……二一六
細雨……二一六
泊宋田遇厲風作……二一六
二十二日自北沙移舟作是日聞賊革面……二一七
贈傅子文……二一八
晚晴野望……二一八
雨中……二一八

# 陳簡齋詩集合校彙注卷二十一

鄭　騫　因百　校箋

## 尋詩兩絕句

楚酒困人三日醉，園花經雨百般紅。無人畫出陳居士，亭角尋詩滿袖風。

〔校勘〕　（尋詩）胡作尋酒，據諸本改。

〔補箋〕　此卷及下卷諸詩皆建炎三年春至當年九月在岳州作。

〔評論〕　沈云：公已自畫出矣。

二

愛把山瓢莫笑儂，愁時引睡有奇功。醒來推戶尋詩去，喬木崢嶸明月中。

## 寒食日游百花亭

晴氣已復濁，虛館可淹留。微花耿寒食，始覺在他州。自聞鼙鼓聒，不恨歲月流。亂代有今夕，茲園況堪遊。雲移樹陰失，風定川華收。曳杖新城下，日暮禽語幽。羣行意易分，獨賞興難周。永嘯以自暢，片月生城頭。

〔校勘〕　（今夕）胡箋劉評俱作今夕，舊鈔作今日，似可從。（樹陰）舊鈔作樹影。（易分）舊鈔作易公，形近之誤。

〔評論〕　劉云：勝選（在首兩句下）。又云：佳語（在雲移二句下）。又云：正有商量（在羣行二句下）。

## 王應仲欲附張恭甫舟過湖南久不決今日忽聞遂登舟作詩送之並簡恭甫

我身如孤雲，隨風墮湖邊，牆東木陰好，初識避世賢。從來有名士，不用無名錢，披君三徑草，分我一味禪。胡爲黃鵠舉，忽上湖南船，竟隨文若去，聊伴元禮仙。洞庭煙發渚，瀟湘雨鳴川，三老好看客，天高柂樓前。子魚獨留滯，坐送管邴遷，作詩相棹謳，寄恨餘酸然。

〔補箋〕　胡箋本題下注「恭甫名□□」，原缺兩字，劉評本云：「恭甫名叔獻」，應據補。

〔評論〕　沈云：一句畫出。（謂天高柂樓前句）。

## 周尹潛以僕有郢州之命作詩見贈有橫槊之句次韻謝之

一歲憂兵四閱時，偷生不恨隙駒馳。如何南紀持竿手，卻把西州破賊旗。儻有青油盛快士，何妨畫戟入新詩。因君調我還增氣，男子平生政要奇。

〔校勘〕　（政要）舊鈔宋詩鈔俱作竟要。

〔增注〕　盛快士本後山上蘇公詩：小却盛之白玉堂。

〔補箋〕　瀛奎律髓卷三十二選周尹潛「野泊對月有感」詩云：「可憐江月亂中明，應識逋逃病客情。斗柄闌干洞庭野，角聲淒斷岳陽城。酒添客淚愁仍濺，浪卷歸心暗自驚。欲問行朝近消息，眼中羣盜尚縱橫。」方回批注云：「尹潛名莘，爲岳陽決曹掾，陳簡齋集屢見詩題，乃錢塘人，東坡所與交周長官開祖之孫也。詩有老杜氣骨，簡齋亦欽畏之。只江月亂中明一句便高，三四悲壯，併結句自可混入老杜集。」　郢州卽北魏石城郡，今湖北鍾祥縣。簡齋知郢州之命，不見記載，未知其詳。本集卷十九有石城夜賦詩，乃自均州赴岳州時，經過其地所賦，並非作守；此外無郢州紀事之作，本年踪跡不出湖南，蓋被命而未赴任。

〔評論〕　沈云：結想見奮勇之氣。

## 次韻尹潛感懷律髓三十二忠憤類

胡兒又看繞淮春，嘆息猶爲國有人。可使翠華周寓縣，誰持白羽靜風塵。五年天地無窮事，萬里江湖見在身。共說金陵龍虎氣，放臣迷路感煙津。

〔校勘〕　（白羽）舊鈔律髓潘選俱作白扇。　（感煙）律髓潘選俱作惑煙。

〔評論〕　方云：周尹潛詩亦學老杜。此詩壯哉！乃思陵卽位之五年，紹興元年也。騫按：此詩作於建炎三年，非紹興元年，方未深考。　班云：白字作羽更勝。騫按：翠白二字，以顏色相對；馮說誤矣。　紀云：次句縮一乎字，宋人有此句法。五六警動。　沈云：入之杜集，竟可無別。有此忠悃，乃有此厚氣，山谷後山所不及也。

## 五月二日避貴寇入洞庭湖絕句

鼓發嘉魚千面雷，亂帆和雨向湖開。何妨南北東西客，一聽湘妃瑤瑟來。

〔校勘〕　（避貴寇）舊鈔無貴字，非是。

〔補箋〕　宋史二十五高宗紀云：「建炎三年正月庚辰朔，京西賊貴仲正陷岳州。」建炎以來繫年要錄十九：「建炎三年正月庚辰朔，賊貴仲正引兵犯岳州。」騫按：陷犯兩字，大有出入。簡齋本年正二月均在岳州城內，至五月始避入洞庭，如正月城已陷，不容尚在城內安居賦詩，可知正月間貴仲正僅引兵攻犯岳州而未嘗陷之也。

## 過君山不獲登覽

我夢君山好，萬里來南州，青眉横玉鏡，色照城中樓，勝日空倚眺，經年未成遊。今朝過山下，賊急不敢留，嵌空浪吞吐，薈蔚風飀飀，龍吟雜虎嘯，九夏含三秋。了與遙賞異，況乃行巖幽。蚍蜉何當掃，延佇同我舟。擲去九節筇，褰裳走林丘。會逢湘君降，翠氣衣上浮，山椒望蒼梧，寄恨舒冥搜。

〔校勘〕　（山下）舊鈔作城下，非是。　（飀飀）劉評作飀飀。

## 細雨律髓十七晴雨類

避寇煩三老，那知是勝遊。平湖受細雨，遠岸送輕舟。天地悲深阻，山川慰久留。參差發鄰舫，未覺壯心休。

〔校勘〕　（勝遊）舊鈔作舊游。據注應是勝游，且岳州並非簡齋舊游之地。

〔評論〕　紀云：亦近杜。　沈云：后山得意之句，愈淡愈眞。

## 泊宋田遇厲風作

逐隊避狂寇，湖中可盤嬉，泊舟宋田港，俯仰看雲移。造物猶不借，顚風忽橫吹，洞庭何其大，淚挾雷車馳，可憐岸上竹，翻倒不自持。老夫元耐事，淹速本無期，會有天風定，見汝亭亭時。五月念貂裘，竟生薄暮悲，蕭蕭不自暢，耿耿獨題詩。

〔校勘〕　（不借）舊鈔作可惜，宋詩鈔作不惜。　（雷車）舊鈔宋詩鈔俱作雲車。　（天風）舊鈔宋詩鈔俱作大風。以上諸字俱爲形近之誤。

〔評論〕　沈云：不知是景、是情、是人、是物，但覺意味無窮。

# 二十二日自北沙移舟作是日聞賊革面

宛宛轉湖灘，遙遙隔城邑，是時雨初霽，衆綠帶餘溼，曉澤澹不波，菰蒲覺風入。我生莽未定，世故紛相襲，靦然賀蘭面，安視一坐泣。豈知虎與狼，義感功反集，堯俗可盡封，嗚呼吾何及。氣蘇巨浸內，未恨乏供給，日曆會有窮，吾行豈須急。近樹背人去，遠樹久凝立，聊以憂世心，寄茲忘快悒。

〔校勘〕　（帶餘）劉評作遮餘。　（日曆）劉評作日歷。注云：歷，胡箋本作曆，此從閩本。

〔增注〕　隋郭儁字弘乂，家門雍睦，七葉共居。犬豕同乳，烏鵲通巢，時人以爲義感之應。

〔補箋〕　賊卽貴仲正，見前。本集二十二有詩題云：「自五月二日避寇，轉徙湖中，復從華容道烏沙還郡。七月十六日夜半出小江口宿焉。」宋史二十五高宗紀：「建炎三年六月乙亥，賊貴仲正降。」乙亥爲二十八日。本詩題中所云二十二日若屬五月，則不應遲至七月始返抵岳州，應據宋史定爲六月二十二日。雖二者相差六天，官書紀載偶有出入，亦常見之事，且簡齋近在岳州，其「聞賊革面」自可能較朝廷爲早。

〔評論〕　沈云：詩史（謂賀蘭面以下四句）。　又云：着筆如畫，不下右丞。下晚晴華容二首皆同妙。　又云：此首是杜。

## 贈傅子文

漁子牧兒談笑新，先生勝日步湖漘，沙邊忽見長身士，頭上仍欹折角巾。豺虎不能寬遠俗，山川終要識詩人。蘆叢如畫斜陽裏，拄杖相尋無雜賓。

〔評論〕　沈云：太史公寫生之筆。

## 晚晴野望律髓十七晴雨類

洞庭微雨後，涼氣入綸巾，水底歸雲亂，蘆叢返照新，遙汀橫薄暮，獨鳥度長津。兵甲無歸日，江湖送老身，悠悠只倚杖，悄悄自傷神，天意蒼茫裏，村醪亦醉人。

〔校勘〕　（蘆叢）胡作蘆聚，據諸本改。叢通作藂，形近誤聚。

〔評論〕　方云：所圈句法，詩家高處。騫按：方所圈點爲水底、蘆叢、兵甲、江湖、天意、村醪諸句。　紀云：此首入之杜集，殆不可辨。　又云：兵甲二句誠爲高唱。　又云：結意沉摯。　沈云：眞景眞情，與杜爲化，排律之傑也。

## 雨中

雨打船蓬聲百般，白頭當夏不禁寒。五湖七澤經行遍，終憶吾鄉八節灘。

陳簡齋詩集合校彙注卷二十一終

# 陳簡齋詩集合校彙注卷二十二目錄


舟抵華容縣……二三一
夜賦……二三一
月夜……二三二
晚晴……二三二
寥落……二三三
自五月二日避寇轉徙湖中復從華容道烏沙還郡
七月十六日夜半出小江口宿焉徙倚柂樓書事十二句……二二三
閏八月十二日過奇父共坐翠竇軒賞木犀花玲瓏滿枝光氣動人念風日不貸
此花無五日香矣而王使君未之知作小詩報之……二三三
再賦二首呈奇父奇父自號七澤先生……二三四
十三日再賦二首其一以贊使君是日對花賦此韻詩筆落縱横而郡中修水戰之具方大閱於
燕公樓下也其一自敍所感憶年十五在杭州始識此花皆三丈高木嘗賦詩焉……二三四
九月八日登高作重九奇父賦三十韻與義拾餘意亦賦十二韻……二三五

兩絕句……二二五
粹翁用奇父韻賦九日與義同賦兼呈奇父……二二六
送王因叔赴試……二二六

# 陳簡齋詩集合校彙注卷二十二

鄭騫 因百 校箋

## 舟抵華容縣

篙舟入華容，白水繞城堞。夾津列茂樹，倒影青相接。遠色分村塢，微涼動蘆葉。天地困腐儒，江湖託孤檝。

〔校勘〕（繞城）胡作滿城，從諸本改。

〔評論〕沈云：眞詩中畫（謂夾津倒影兩句）。

## 夜賦

泊舟華容縣，湖水終夜明，淒然不能寐，左右菰蒲聲。窮途事多違，勝處亦心驚，三更螢火鬧，萬里天河橫。阿瞞狼狽地，山澤空崢嶸，強弱與興衰，今古莽難平。腐儒憂平世，況復值甲兵，終然無寸策，白髮滿頭生。

〔校勘〕（莽難平）胡作莽難評，劉評舊鈔聚珍宋詩鈔均作莽難平。增注云：「莽難平，諸本作評，疑非，蓋以下有平世字重，誤改耳；此從先生手定本。」今從其說。然評字義亦可通也。增注所謂諸本，蓋指胡箋及武岡本、閩本。

〔評論〕劉云：古語平平如「清晨聞叩門」者，貴其眞也。不如此起，眼前俯拾便是。（在首兩句下）　又云：若無此十字，亦屬氣索。（在强弱今古兩句下）　又云：人人有此懷，獨寫得至黯然消魂而不失悲壯，故是家數。　沈云：雖無寸策，尚有良心，如此腐儒，已難得矣。

## 月夜

獨立夜轇轕，蘆聲泛遙津，月下風起波，莽莽白龍鱗，陰彩凝草木，暑氣森星辰。天地塵未消，江湖氣聊伸。人生幾今夕，亂代偶此身，胡爲不少樂，況乃迹易陳。三更大魚舞，悄愴驚心神；永懷騎鯨士，發興煙中新。

【校勘】　（氣聊伸）舊鈔作氣未伸。按：聊字引起下文四句，作未者恐是妄改。

【評論】　沈云：一一如畫（謂首數句）。

## 晚晴

幽臥不知晴，檣梢見斜日，披衣起四望，天際山爭出，光輝渚蒲淨，意氣沙鷗逸。避盜半九圍，兩腳不遺力，川陵各異態，艱險常一律。胡爲作弧矢？前聖意莫詰，豈知百代後，反使姦宄密；腐儒徒嘆嗟，救弊知無術。人生如歸雲，空行雜徐疾，薄暮俱到山，各不見蹤跡。念此百年內，可復受憂戚，林水方翳然，放懷陶茲夕。

【校勘】　（百代）胡作百伐，形近之誤，據諸本改。　（林水）舊鈔作林木。增注云：閩本作林木，非。

【補箋】　韓愈秋懷詩：人生雖多途，趨死惟一軌。

〔評論〕　沈云：以上六句寫景妙（謂首六句）。又云：以上論事妙（謂胡爲作弧矢等六句）。又云：以上比喻妙（謂人生如歸雲等六句）。又云：宛然工部得意之詩。

## 寥落

寥落洞庭野，微風泛客裾，袁宏詠史罷，孫登清嘯餘。月明流水去，夜靜芙蓉舒，城郭方多事，野興一蕭疏。

〔評論〕　沈云：齊梁名作，庾開府之流也。

## 自五月二日避寇轉徙湖中復從華容道烏沙還郡七月十六日夜半出小江口宿焉徙倚柂樓書事十二句

回環三百里，行盡力都窮，巴丘左移右，章華西轉東。江聲搖斗柄，秋色彌葭叢，羣木立波上，芙蕖披月中。鏡湖應足比，剡溪那可同。世將非識事，孤嘯聊延風。

〔校勘〕　（烏沙）胡作烏紗，據諸本改。（章華）胡作章葉，形近之誤，據諸本改。（搖斗柄）胡缺搖字，據諸本補。（秋色彌葭叢）增注云：秋色句一作秋令行葭叢。中齋以一作爲是。

〔增注〕　柳子厚松詩：幽貞夙有慕，持以延清風。

## 閏八月十二日過奇父共坐翠竇軒賞木犀花玲瓏滿枝光氣動人念風日不貸此花無五日香矣而王使君未之知作小詩報之

清露香浮黃玉枝，使君未到意低迷。極知有日交銅虎，可使無情向木犀。

## 再賦二首呈奇父奇父自號七澤先生

國香薰坐先生醉，秋藏葉花客子迷。驅使晚風同勝地，東軒不用鎮帷犀。

【校勘】（奇父自號七澤先生）舊鈔無此八字。

二

香遍東園花一枝，尋花覓路忽成迷。先生莫道心如鐵，喜氣朝來橫角犀。

【校勘】（莫道）舊鈔作莫謂。

## 十三日再賦二首其一以贊使君是日對花賦此韻詩筆落縱橫而郡中修水戰之具方大閱於燕公樓下也其一自敘所感憶年十五在杭州始識此花皆三丈高木嘗賦詩焉

我丈風流元祐枝，晴軒雨雹筆端迷。從容文武一時了，賦罷木犀觀水犀。

【校勘】（筆落）舊鈔作落筆。（大閱）胡作太閱，形近之誤，據諸本改。（其一自敘）舊鈔作其二自敘。（皆三丈高木嘗賦詩焉）舊鈔高木誤作高未、無焉字。

二

武林曾識最高枝，百感重逢歲月迷。向日擘牋須彩鳳，如今執楯要文犀。

【校勘】（武林）舊鈔作武陵，音近之誤。（曾識）劉評作曾知，平仄不合。（擘牋）胡作璧牋，形近之誤，據諸本改。（胡箋注文：吳語奉文犀之渠。韋註楯也）劉評此十一字作簡齋自注。騫按：不似自注，劉評恐誤。

〔增注〕　武林山在錢塘舊治北，今爲錢塘門內太一宮道院土阜，故杭州稱武林。

## 九月八日登高作重九奇父賦三十韻與義拾餘意亦賦十二韻

九月風景好，節意滿天涯，書生舊所聞，登高亂城鴉，雖無後乘麗，前驅載黃花。兩樓壓波壯，衆澤分天斜。居夷驚有苗，訪古悲章華，蕭條湖海事，勝日一笑譁。興移三里亭，木影雜蛟蛇。二士醉藜杖，兩禪風袈裟，奇哉古無有，未覺欠孟嘉。天公亦喜我，催詩出微霞，賦罷迹已陳，憂樂如轉車，卻後五百歲，遠俗增雄誇。

〔評論〕　沈云：老氣奇骨，結尤妙。

〔增注〕　中齋云：風袈裟，疑用楞嚴經風吹伽梨角語。

〔校勘〕　（九月）舊鈔宋詩鈔俱作九日，似應從。

## 兩絕句

### 一

西風吹日弄晴陰，酒罷三巡湖海深。岳陽樓上登高節，不負南來萬里心。

〔校勘〕　（三巡）劉評作一巡，平仄太拗。舊鈔作三更，更謬，上句云西風吹日，豈能是三更。

〔評論〕　沈云：神妙之句（謂次句）。

二士相隨風滿巾，兩禪同隊景彌新。但得黃花不牢落，莫嫌驚倒岳州人。

## 粹翁用奇父韻賦九日與義同賦兼呈奇父

安隱輕節序，艱難惜歡娛，先生守苜蓿，朝士誇茱萸。前年鄧州城，風雨傾客居，何常疎麴生，麴生自我疎。豈無登高地，送目與雲俱，門生及兒子，勸我升籃輿，出門復入門，戈旆塡街衢。去年郢州岸，孤檝對壞郛，莫招大夫魂，誰攬使君鬚，獨題懷古句，枯硯生明珠。亦復躋荒戍，日暮野踟躕，白衣終不至，眇眇空愁予。今年洞庭上，九折餘崎嶇，時憑岳陽樓，山川看縈紆。孫兄語嬋連，王丈色敷腴，不用踏筵舞，秋風搖菊株，樂哉未曾有，是夢其非歟。丈夫各堂堂，坐受世故驅，會須明年節，醉倒還相扶，此花期復對，勿令墮空虛。明日風景佳，南翔先一鳧，可言知機早，政爾因鱸魚。分襟肺肝熱，撫事歲月迂，歸家問瓶錫，生理何必餘，相期衡山南，追步凌忽區。回首望堯雲，中原莽榛蕪，臣豈專愛死，有懷竟不舒，老謀與壯事，二者慚俱無。

〔校勘〕（安隱）舊鈔宋詩鈔俱作安穩。按：隱通穩，並非誤字，見卷二十再賦君子亭詩第二首。（何常）舊鈔作何嘗。（送目）劉評作送月，形近之誤。（樂哉）胡誤作幾哉，據諸本改。（可言）舊鈔宋詩鈔俱作何言。（壯事）舊鈔作壯士，同音之誤。

〔評論〕劉云：常以短語述無限，跌宕可思。沈云：一結眞杜。（回首望堯雲以下六句，沈加雙圈。）

## 送王因叔赴試

楓落南紀明，秋高洞庭白，自是天涯人，更送湖上客。人生險易乘除裏，富貴功名從此始，不須惜別作酸然，滿路新詩付吾子。

〔校勘〕（從此始）舊鈔宋詩鈔俱作從此起。

〔評論〕　沈云：發端女遒。（句不可解，當有筆誤。）

陳簡齋詩集合校彙注卷二十二終

# 陳簡齋詩集合校彙注卷二十三目錄


己酉九月自巴丘過湖南別粹翁……二三一
留別康元質教授……二三一
留別天寧永慶乾明金鑾四老……二三二
別岳州……二三二
奇父先至湘陰書來戒由祿唐路而僕以他故由南洋路來夾道皆松如行青羅步障中先寄奇父……二三二
初識茶花……二三三
以玉剛卯爲向伯共生朝……二三三
別伯共……二三四
再別……二三五
別孫信道……二三六
遊道林嶽麓……二三六

# 陳簡齋詩集合校彙注卷二十三

鄭騫　因百　校箋

## 己酉九月自巴丘過湖南別粹翁

離合不可常，去住兩無策，眇眇孤飛鴈，嚴霜欺羽翼。使君南道主，終歲好看客，江湖尊前深，日月夢中疾。世事不相貸，秋風撼瓶錫，南雲本同征，變化知無極。四年孤臣淚，萬里遊子色，臨別不得言，清愁漲胸臆。

〔校勘〕　（己酉）諸本俱無此二字。　（過湖南）舊鈔作適湖南。似是而非。　（去住）胡作去處，據諸本改。

〔補箋〕　簡齋建炎三年己酉九月離岳州南下，經潭州（今湖南長沙）至衡州（今湖南衡陽），在衡度歲。明年正月西去，經邵州（今湖南邵陽即寶慶），仲春抵武岡（今湖南武岡）之貞牟居焉。此卷及下卷諸詩，皆此一時期所作。

〔評論〕　劉云：暢以後山（在首兩句下）。

## 留別康元質教授

腐儒身世已百憂，此去行年豈堪記。岳陽樓前一杯酒，與子同州復同味。洞庭秋氣連蒼梧，天高地冷魚龍呼。莫倚仲宣能作賦，不隨文若事征途。

〔校勘〕（同州）舊鈔作同舟。非是。（連蒼梧）胡作運蒼梧。形近之誤，據諸本改。（地冷）胡作地遠，諸本俱作地冷。今從之。

## 留別天寧永慶乾明金鑾四老

我生能幾何，兩腳疲世故，忽破巴丘夢，還尋邵陽路。窮鄉得四老，足以慰遲暮，勝事遠公蓮，深心懶殘芋。本是羣山雲，蹔聚當別去；那知天風便，不得還相聚。凡情我未免，臨別吐幽句；愼勿過虎溪，曉霜侵杖屨。

〔校勘〕（幽句）胡作幽處。費解，據諸本改。（杖屨）舊鈔作杖履。

〔評論〕劉云：別語皆淺淺，自不可堪。

## 別岳州

朝食三斗葱，暮飲三斗醋，寧受此酸辛，莫行歲晚路。丈夫少壯日，忍窮不自恕；乘除冀晚泰，乃復逢變故。經年岳陽樓，不見宮南樹，辭巢已萬里，兩腳未遑住。水落君山高，洞庭秋已素，浮雲易歸岫，遠客難同顧。飄然一瓶錫，未知所掛處，寂寞短歌行，蕭條遠遊賦。學道始恨晚，爲儒孰非腐，乾坤杳茫茫，三嘆出門去。

〔校勘〕（宮南）舊鈔宋詩鈔俱作南宮。（未知）舊鈔作小知，誤。

## 奇父先至湘陰書來戒由祿唐路而僕以他故由南洋路來夾道皆松如行青羅步

## 障中先寄奇父

雲接湘陰百里松，肅肅穆穆湖南風。隨時憂樂非人世，迎我笙簫起道中。竹輿兩面天明滅，秋令不到林西東。未必祿唐能辨此，題詩著畫寄輿公。

〔校勘〕　（南洋）舊鈔作南陽，非是。（路來）舊鈔脫來字。（人世）舊鈔作人事，同音之誤。

## 初識茶花

伊軋籃輿不受催，湖南秋色更佳哉。青裙玉面初相識，九月茶花滿路開。

〔校勘〕　（題）胡脫花字，據諸本補。

〔補箋〕　吳幵優古堂詩話：陳去非茶花詩後兩句云：「青裙白面初相識，十月茶花滿路開。」蓋用自樂天江岸梨花詩意：「梨花有思緣和葉，一樹江頭惱殺君。最似嬌閨少年婦，白妝素面碧紗裙。」

〔評論〕　沈云：不着一字，盡得風流。

## 以玉剛卯爲向伯共生朝

仲冬吉日，風穆氣休，我出剛卯，以壽元侯。祝融之玉，僉此離方，元侯佩之，如玉之剛。攘除厲凶，以迪明王，南門不鍵，有室則强。三肅元侯，旣贈旣禱，曷其報我，當以剛卯。

〔校勘〕　（以廸）舊鈔作以迎。如非形近致誤，卽是妄改。（曷其）胡作曷以，諸本俱作曷其。增注云：曷其、箋本作曷以，非。今據改。（當以剛卯）胡脫剛卯二字，據諸本補。

〔增注〕　建炎三年長沙作。按，東漢書輿服志：佩雙印，長寸二分，方六分。乘輿、諸侯王、公、列侯，以白玉；中二千石以下至四百石，皆以黑犀；三百石以至私學弟子，皆以象牙。上合絲。乘輿以縢貫白珠，赤罽蕤。諸侯王以下以綈，赤絲蕤，縢綈各如其印質。刻書文曰：正月剛卯，既決靈殳，四方赤青白黃，四色是當。帝令祝融，以教夔龍，庶疫剛癉，莫我敢當。疫日嚴卯，帝令夔化，愼爾周伏，化茲靈殳。既正既直，既觚既方，庶疫剛癉，莫我敢當。凡六十六字。又按王莽傳注，服虔曰：剛卯以正月卯日作，佩之，長三寸，廣一寸，四方；或用玉，或用金，或用桃；著革帶佩之。晉灼云：剛卯長一寸，廣五分，四方，當中央從穿作孔，以綵絲茸其底，如冠纓頭蕤。刻其上面，作兩行書。師古曰：今往往有土中得玉剛卯者。按：大小及文，服說是也。今按，公此詩句字一如剛卯之銘，蓋效其體云。　中齋云：老子：善閉，無關鍵而不可開。蓋本此意。（騫按：東漢書卽後漢書，王莽傳謂漢書王莽傳。據莽傳晉灼注文，知剛卯銘爲兩篇，自疾日嚴卯以下另爲一篇，後漢志合併載之。）

〔補箋〕　向子諲，字伯恭，亦作伯共，卽撰酒邊詞者，宋史卷三七七有傳。建炎三年，伯共知潭州（今湖南長沙）兼湖南安撫使，簡齋經過其地。　劉評本此詩移入卷十四銘贊類，參閱下篇增注。

## 別伯共 律髓二十四送別類

樽酒相逢地，江楓欲盡時，猶能十日客，共出數年詩。供世無筋力，驚心有別離。好爲南極柱，深慰旅人悲。

〔增注〕　伯共時爲潭帥，公嘗以玉剛卯爲伯共壽，有詩，今次於集末。

〔評論〕　方云：此詩絕似老杜。　紀云：後四句言己已衰朽，不得報國，惟以立功望故人耳。四句連讀，方見其意。騫按：簡齋此時年甫四十，供世無筋力句，謂體弱也；衰朽二字稍過。沈云：二詩眞情眞識，百諷不厭。

## 再別律髓二十四送別類

多難還分手，江邊白髮新，公爲九州督，我是半途人。政爾須全節，終然卻要身，平生第溫嶠，未必下張巡。

〔校勘〕（須全節）胡箋聚珍俱作傾全節，今從劉評及律髓潘選。（第溫嶠）律髓潘選俱作慕溫嶠。按：第、品第也；作慕者非形近致誤卽是臆改。（未必）增注引閩本及武岡本作不必。律髓潘選亦作不必。按：作未必較爲委婉含蓄。

〔增注〕晉桓玄補義興，歎曰：父爲九州伯，兒爲五湖長。遂棄官歸。按：湖南九州，伯共時爲安撫使，故云。

〔補箋〕劉評云：「向有封疆之慙，兩語評陟古人有理，正是名言。」騫按：宋史卷二十六高宗紀：「建炎四年二月乙亥，金人陷潭州。將吏王暕、劉价、趙聿之戰死；向子諲率兵奪門亡去。金兵大掠，屠其城。」建炎以來繫年要錄卷三十一敍述尤詳。要錄云：「敵掠潭州數日，屠其城而去，子諲乃復入。」伯共時爲湖南安撫使，劉評所謂封疆之慙，當卽指此事。然，宋史三七七子諲傳云：「金人圍八日，登城縱火，子諲率官吏奪南楚門遁，城陷。坐敵至失守，落職罷。轉運副使賈收言：子諲督兵巷戰，又收潰卒，復入治事。帝亦以子諲與他守臣望風遁者殊科，詔復職。」則子諲實未棄守，無可慙者。簡齋此詩，作於建炎三年深秋，其時金兵雖尚未至湖南，而勢已危急。此詩後四句，乃預勉伯共留有用之身，以圖他日報效國家，不必拘於守土者與城共存亡之義而誓死不去也。劉評所指，則爲其後數月之事，與此詩無關。

〔評論〕　方云：溫嶠張巡之說，當觀時義。殷有三仁，或死或不死，自靖自獻而已。　紀云：六句未醒豁。　又云：此陰解出郭迎降之事。（按：此謂方批，方以建德降元。）

## 別孫信道

萬里鷗仍去，千年鶴未歸。極知身有幾，不奈世相違。歲暮蒹葭響，天長鴻鴈微。如君那可別，老淚欲霑衣。

〔評論〕　沈云：沈摯似杜。

## 遊道林嶽麓

耽耽衡山麓，翠氣橫古今，濟勝得短筇，未怕山行深。路盤天開闔，風動龍噫吟，峯巒慘澹處，照以布地金。世尊諸天上，燕坐朝千林，向來修何行？不受安危侵。道人輕殊勝，來客費幽尋，恍然結願香，獨會三生心。山中日易晚，坐失羣木陰，勿唾此山地，後日重窺臨。

〔校勘〕　（風動）劉評作松動。似較風動爲佳。　（獨會）舊鈔作未會。

〔評論〕　劉云：併用後山語，而句意彌高。（在不受安危侵句下）　又云：藹然餘情，不廢願望。

陳簡齋詩集合校彙注卷二十三終

# 陳簡齋詩集合校彙注卷二十四目錄

江行野宿寄大光……二三九
寄信道……二三九
適遠……二三九
衡嶽道中四首……二四〇
跋任才仲畫兩首大光所藏……二四一
跋江都王馬……二四一
與王子煥席大光同遊廖園……二四一
除夜次大光韻大光是夕婚……二四二
除夜不寐飲酒一杯明日示大光……二四二
元日……二四二
別大光……二四三
道中……二四三
金潭道中……二四三
絕句……二四四
甘棠道中……二四四

將至杉木鋪望野人居……二四四
曉發杉木……二四五
先寄邢子友……二四五
立春日雨……二四五
正月十二日至邵州十三日夜暴雨滂沱……二四六
初至邵陽逢入桂林使作書問其地之安危……二四六
舟泛邵江……二四六
過孔雀灘贈周靜之……二四七
江行晚興……二四七
夜抵貞牟……二四七
晚步……二四八
雨……二四八
今夕……二四八
瞑色……二四九
貞牟書事……二四九
山中……二五〇
入城……二五一

# 陳簡齋詩集合校彙注卷二十四

鄭騫 因百 校箋

## 江行野宿寄大光 律髓三十四川泉類

檣烏送我入蠻鄉，天地無情白髮長。萬里回頭看北斗，三更不寐聽鳴榔。平生正出元子下，此去還經思曠傍。投老相逢難衮衮，共恢詩律撼瀟湘。

〔校勘〕（看北斗）潘選作望北斗。（不寐）舊鈔宋詩鈔俱作不睡。（共恢）胡缺恢字，據諸本補。（撼瀟湘）胡作憾瀟湘，形近之誤，據諸本改。

〔評論〕紀云：四句太不對，五六江西習氣，結不妥。

## 寄信道

衡山未見意如飛，浩蕩風帆不可期。卻憶府中三語掾，空吟江上四愁詩。高灘落日光零亂，遠岸叢梅雪陸離。賸欲平分持寄子，白頭才盡只成悲。

〔校勘〕（未見）劉評作未覺。（零亂）舊鈔作凌亂。

## 適遠

處處非吾土，年年避虜兵；何妨更適遠，未免一傷情。石岸煙添色，風灘暮有聲。平生五字律，頭白不貪名。

〔校勘〕（避虜）胡作備虜，從諸本改；但備字義亦可通，是異文而非誤字也。

〔補箋〕杜甫元日示宗武詩：處處逢正月，迢迢滯遠方。

〔評論〕劉云：負恃不淺。

## 衡嶽道中四首

野客元耕崧嶽田，得遊衡岳亦前緣。避兵徑度吾豈忍，欲雨還休神所憐。世亂不妨松偃蹇，村空更覺水潺湲。非無拄杖終傷老，負此名山四十年。

〔校勘〕（題）舊鈔無道中二字。（亦前緣）諸本俱作是前緣。亦字似更佳，故仍從之。

〔補箋〕中嶽嵩山，字亦作崧。簡齋本年四十歲。

〔評論〕沈云：五六情在景中，入神妙句。

二

客子山行不覺風，龍吟虎嘯滿山松。綸巾一幅無人識，勝業門前聽午鍾。

〔補箋〕能改齋漫錄卷八：「陳去非衡嶽道中詩：『客子山行不覺風』云云。按：唐黃巢旣敗，爲僧，投張全義，舍於南禪寺。有寫眞，絹本，巢題詩其上云：『猶憶當年草上飛，鐵衣脫盡掛僧衣。天津橋上無人識，獨倚欄干看落暉。』去非詩意同。」騫按：巢詩當是好事人擬作。此兩詩除「無人識」三字外，竟境識度無一同處。陳去非乃與草上飛爲伍，可發一笑。

三

城中望衡山，浮雲作飛蓋。揭來巖谷遊，卻在浮雲外。

四

危亭見上方，林壑帶殘陽。今日豈無恨，重遊卻味長。

〔校勘〕（無恨）舊鈔作無限，形近之誤。

## 跋任才仲畫兩首大光所藏

遠遊吾不恨，扁舟載幅巾。山色暮暮改，林氣朝朝新。野客初逢句，薄霧欲生春。因知子任子，胸懷非世人。

〔校勘〕（薄霧）胡箋聚珍俱作薄暮，劉評作薄霧，今從之。

二

前年與孫子，共作南山客，扶疎月下樹，偃蹇澗邊石，賦詩題古蘚，三叫風脫幘。任子不同遊，毫端有疇昔。

〔評論〕劉云：造意脫灑，語更不費。

## 跋江都王馬

天上房星空不動，人間畫馬亦難逢。當年筆下千金鹿，此日牕前八尺龍。

〔校勘〕（筆下）劉評作下筆。

〔評論〕劉云：三字難用（謂千金鹿三字）。

## 與王子煥席大光同遊廖園

三枝筇竹興還新，王丈席兄俱可人。僑立司州溪水上，吟詩把酒對青春。

〔校勘〕（大光）胡作太光，形近之誤，據諸本改，下一首同此。（溪水）胡作春水，從諸本改。

〔評論〕中齋云：用僑立字新。騫按：僑，與晉南渡後僑置州郡之僑同義。

## 除夜次大光韻大光是夕婚

一盃節酒莫留殘，坐看新年上鬢端。只恐梅花明日老，夜瓶相對不知寒。

〔校勘〕（節酒）劉評作節物，非是。

## 除夜不寐飲酒一杯明日示大光

萬事鄉山路不通，年年佳節百憂中。催成客睡須春酒，老卻梅花是曉風。

## 元日律髓十六節序類

五年元日只流離，楚俗今年事事非。後飲屠蘇驚已老，長乘舴艋竟安歸。攜家作客眞無策，學道刳心卻自違。汀草岸花知節序，一身千恨獨霑衣。

〔校勘〕（驚已老）宋詩鈔作今已老，非是。

〔評論〕方云：此紹興元年辛亥元日也。騫按：本集此詩編於武岡諸作之前，乃建炎四年庚戌元日作，方說非是。丙午元日在陳留，時金人已破汴京，丁未元日在光化鄧州間，戊申元日在鄧州，己酉元日在岳州，庚戌元日則在衡州，共五年。　紀云：簡齊詩格高於宋人，措語亦修整而不甜。結句稍弱。騫按：合汀草岸花句讀之卽不弱矣。

## 別大光

堂堂一年長，渺渺三秋闊，恍然衡山前，相遇各白髮。歲窮窗欲霰，人老情難竭。君有杯中物，我有肝肺熱，飲盡不能起，交深忘事拙。乾坤日多虞，遊子屢驚骨，衡陽非不遙，鴈意猶超忽。一生能幾回，百計易相奪。滔滔江受風，耿耿客孤發，他夕懷君子，巖間望明月。

〔校勘〕（一年）劉評作二年。（相遇）舊鈔作相過。（窗欲）舊鈔作意欲。以上三異文俱非是。（肝肺）舊鈔作肺肝。

〔評論〕　劉云：情語自別（在耿耿句下）。

## 道中律髓十七晴雨類

雨子收還急，溪流直又斜，迢迢傍山路，漠漠滿林花。破水雙鷗影，掀泥百草芽，川原有高下，隨處著人家。

〔校勘〕（雨子）諸本俱作雨子，律髓作雨勢。據胡箋，應作雨子。（滿林）劉評律髓俱作滿村。

〔評論〕　紀云：夷猶有致。

## 金潭道中律髓二十一雪類

晴路籃輿穩，舉頭閑望賒，前岡春泱漭，後嶺雪槎牙。海內兵猶壯，村邊歲自華，客行驚節序，回眼送桃花。

〖校勘〗　（送桃花）律髓李校云：一作望。

〖評論〗　方云：陳簡齋無專題雪詩。此二首一云春生殘雪外，一云後嶺雪槎牙，皆於雪如畫，佳句也；且詩律絕高，特取諸此，以備玩味。騫按：律髓此卷爲雪類。春生句見本集卷四年華詩。紀云：後四句雄深圓足。　又云：末句送字較望字有味。　又云：必欲備人備題，即不免牽强湊合矣。（謂方批）　沈云：后山簡齋學杜，得杜之骨，王李學杜，得杜之皮。試於此等詩參之。

## 絕句

野鴨飛無數，桃花溼滿枝。竹輿鳴細雨，山客有新詩。

〖評論〗　沈云：即詩即畫。

## 甘棠道中

笋輿礙石一悠然，正月微風意已便。桃花向來渾不數，山中時見絕堪憐。

## 將至杉木鋪望野人居

春風漠漠野人居，若使能詩我不如。數株蒼檜遮官道，一樹桃花映草廬。

〖校勘〗　（漠漠）舊鈔作淡淡。

## 曉發杉木

古澤春光淡，高林露氣淸。紛紛世上事，寂寂水邊行。客子凋雙鬢，田家自一生。有詩還忘記，無酒卻思傾。

〔校勘〕（寂寂）胡作寂寞。據諸本改。

〔評論〕沈云：空山鼓瑟，沈思獨往，木葉盡脫，石氣皆青，長江得意之作固不讓王孟也。

## 先寄邢子友

作客經年樂有餘，邵陽岐路不崎嶇。山川好處欹紗帽，桃李香中度筍輿。欲見舊交驚歲月，臏排幽話說艱虞。人間書疏非吾事，一首新詩未可無。

〔校勘〕（幽話）舊鈔宋詩鈔俱作幽語。

## 立春日雨 律髓十七晴雨類

衡山縣下春日雨，遠映青山絲樣斜。容易江邊欺客袂，分明沙際涇年華。竹林路隔生新水，古渡船空集亂鴉。未暇獨憂巾一角，西溪當有續開花。

〔校勘〕（衡山）宋詩鈔作衡陽。

〔增注〕杜詩：雨映行宮辱贈詩。

〔評論〕紀云：亦有姿致，然非高作。　又云：絲樣斜三字欠雅。　沈云：物色生態，如在目前。

## 正月十二日至邵州十三日夜暴雨滂沱

邵州正月風氣殊，鶉尾之南更山塢，昨日已見三月花，今夜還聞五更雨。㦬與天公一破顏，走避北狄趨南蠻，夢到龍門聽澗水，覺來簷溜正潺潺。

【校勘】（五更雨）舊鈔作五月，應從。正月而百花盛開，暴雨滂沱，與中原三月五月相同，故云風氣殊。五更雨則是尋常事矣。

【補箋】邵州，今湖南邵陽，舊名寶慶。

## 初至邵陽逢入桂林使作書問其地之安危

湖北彌年所，長沙費月餘。初爲邵陽夢，又作桂林書。老矣身安用，飄然計本疎。管寧遼海上，何得便端居。

【校勘】此首又見外集。（作書）外集作以書。（桂林）作桂州。（端居）作安居。（便端居）宋詩鈔作更端居。

【評論】沈云：無限感慨，讀之怦怦。

## 舟泛邵江

老去作新夢，邵江非舊聞，灘前羣鷺起，柂尾川華分。落花棲客鬢，孤舟泝歸雲，快然心自足，不獨避囂紛。

## 過孔雀灘贈周靜之律髓三十四川泉類

海內無堅壘，天涯有近親，不辭供笑語，未慣得殷勤。舟楫深宜客，溪山各放春，高眠過灘浪，已寄百年身。

【校勘】（放春）劉評作放青。失韻，形近致誤。

【補箋】簡齋夫人周氏，靜之疑是夫人兄弟行，故稱近親。

【評論】紀云：簡齋詩畢竟大雅。又云：勤字入眞韻，唐人部分如是，宋韻乃入文韻。

## 江行晚興

曾聽石樓水，今過邵州灘，一笑供舟子，五年經路難。雲間落日淡，山下東風寒，煙嶺叢花照，夕灣羣鷺盤。生身後聖哲，隨俗了悲歡，淹旅非吾病，悠悠良足歎。

【校勘】（經路）舊鈔宋詩鈔俱作行路。

## 夜抵貞牟

野暝猶聞遠，川明不恨遲，焚山隔岸火，及我繫船時。夜半青燈屋，籬前白水陂，殷勤謝地主，小築欲深期。

【增注】中齋云：遠謂其地，遲謂其至。杜詩：畏人成小築。又：後會且深期。

【補箋】貞牟地名，地理書不載，應在今湖南邵陽武岡之間。簡齋夫人周氏，詩所云地主，蓋簡齋岳家也。參閱卷二十六次周漕示族人韻詩注。

〔評論〕　沈云：起四妙入希夷，能寫難狀之景。

## 晚步律髓十七晴雨類

映畝意不釋，出門聊散憂。雨餘山欲近，春半水爭流。衆籟夕還作，孤懷行轉幽。溪西篁竹亂，微徑雜歸牛。

〔校勘〕　(不釋)律髓潘選俱作不適。　(春半水爭流)胡作春水半溪流。從諸本改，據胡箋亦應作爭流。

〔評論〕　紀云：別有淡遠之意。　沈云：三四自然入妙，不下池塘生春草。

## 雨律髓十七晴雨類

雲物澹清曉，無風溪自閑。柴門對急雨，壯觀滿空山。春發蒼茫內，鳥鳴篁竹間，兒童笑老子，衣溼不知還。

〔校勘〕　(溪自閑)劉評律髓潘選俱作溪樹閑。劉評有注云：樹、諸本同，箋本作自。鶱按：無風溪自閑，謂水波不興也，亦可通，故未從諸本改。

〔評論〕　紀云：四句鄙。發字稍稚。　沈云：神來之作，更無筆墨之痕。

## 今夕

今夕定何夕，對此山蒼然。偷生經五載，幽獨意已堅。微陰拱衆木，靜夜聞孤泉。惟應寂寞事，可以送餘年。

〔校勘〕（幽獨意已堅）胡作幽意獨已堅，從劉評改。
〔評論〕沈云：眞淡無一筆。

## 暝色

殘暉度平野，列岫圍青春，柴門一枝笻，日暮棲心神。暝色著川嶺，高低鬱輪囷，水光忽倒樹，山勢欲傍人。萬化元相尋，幽子意自新。肅肅夜將久，空明動邊垠。田鶴吟相應，我獨無荒鄰。短篇不可就，所寄聊一伸。

〔校勘〕（殘暉）胡作殘輝，從劉評舊鈔改。（棲心神）劉評作悽心神。（輪囷）胡作輪困。形近之誤，據諸本改。（倒樹）舊鈔宋詩鈔俱作到樹。（無荒鄰）劉評作荒無鄰。胡箋鄰字作憐，形近之誤。（不可）劉評作可不。

〔評論〕沈云：起四詩中畫，接四畫所不到。

## 貞牟書事

留侯辟穀年，漢鼎無餘功；子眞策不售，脫迹市門中。神僊非異人，由來本英雄，撫世獨餘事，用舍何必同。眷此貞牟野，息駕吾其終，蒼山雨中高，綠草溪上豐，仲春水木麗，禽鳴清晝風。禍福兩合繩，既解一身空，榮華信非貴，寂寞亦非窮。

〔校勘〕（眷此）舊鈔宋詩鈔俱作眷玆。

〔增注〕淵明詩：榮華誠足貴，亦復可憐傷。　神仙非異人，由來本英雄，與坡公安期生詩，乃知經世士，出處或乘龍，意同。

字易，識文字難。刪詩定書，須仲尼乃可。蕭統文選之有不當，又何足怪也。

〔評論〕　張戒歲寒堂詩話卷上：獨坐燒香靜室中，雨聲初罷鳥聲空。瓦溝柏子時時落，知有寒天木杪風。此絕句非余得意者，而陳去非獨稱誦不已。張巨山出去非詩卷，戒獨愛其征牟書事一首，云神仙非異人，由來本英雄，蒼山雨中高，綠草溪上豐者，而去非亦不自以爲奇也。王雱云：作文

## 山中律髓二十三閒適類

當復入州寬作期，人間踏地有安危。風流丘壑眞吾事，籌策廟堂非所知。白水春陂天澹澹，蒼峯晴雪錦離離。恰逢居士身輕日，正是山中多景時。

〔校勘〕　此詩又見外集，題作欲入州不果。（春陂）舊鈔律髓潘選俱作春波。（晴雪）潘選作松雪。

〔增注〕　孟郊詩：踏地恐上痛。坡詩：踏地出賦租，不如魚蠻子。

〔評論〕　苕溪漁隱叢話卷三十四：陳去非舊有詩云，風流丘壑眞吾事，籌策廟堂非所知。其後登政府，無所建明，卒如其言。　劉評本增注：此詩正言似反，以寄恨意。苕溪之評，是以成敗論，非知人者，非知詩者。　方云：自黃陳紹老杜之後，惟去非與呂居仁亦登老杜之壇。居仁主活法；而去非格調高勝，舉一世莫之能及。初以墨梅詩見知於徽廟；客子光陰詩卷裏，杏花消息雨聲中，大爲高廟所賞。欲學老杜，非參簡齋不可。此乃不欲赴召之詩。風流籌策一聯，苕溪詩話似乎未會此意。後學宜細味此等詩與許丁卯高下如何。　馮班云：將金比鐵。（騫按：金謂丁卯，鐵謂簡齋；馮批用朱筆抹「與許丁卯高下如何」八字，可知其意。方氏論詩，尊黃陳而痛斥丁卯，二馮主晚唐西崑而對宋詩成見甚深，故兩家議論往往各走極端。）　紀云：評簡齋確；惟以呂居仁並稱，則究嫌非偶。

又云：江西亦有一種套子，其俗較丁卯更甚，亦不可不知。（騫按：紀批兩條皆持平之論。馮氏金鐵之喻，則是意氣用事。）

## 入城

艀艋泝溪來，款段踏山去，入城緣底事，要識崎嶇路。稻塍白縱橫，茆領青盤互，牧兒歌不休，孤客自多懼。士行猶運甓，文公亦習步，我敢忘艱難，衝煙問荒渡。

【校勘】　（踏山）舊鈔作入山，誤。（習步）舊鈔作習武，誤。

陳簡齋詩集合校彙注卷二十四終

# 陳簡齋詩集合校彙注卷二十五目錄


謝主人……二五五
羅江二絕……二五五
洛頭書事……二五五
三月二十日聞德音寄李德升席大光新有召命皆寓永州……二五六
夏夜……二五六
題東家壁……二五七
曳杖……二五七
雷雨行……二五七
開壁置窗命曰遠軒……二五八
再賦……二五九
又賦……二五九

# 陳簡齋詩集合校彙注卷二十五

鄭騫 因百 校箋

## 謝主人

春禽勸我歸，主人留我住；一笑謝主人，我自歸無處。擬借溪邊三畝春，結茆依樹不依鄰，伐薪政可煩名士，分米何須待故人。

〔校勘〕（歸無）舊鈔宋詩鈔俱作無歸。（依鄰）胡誤作依憐，據諸本改。

〔補箋〕此卷之詩皆建炎四年庚戌前半年在武岡作。

## 羅江二絕

荒村終日水車鳴，陂北陂南共一聲。灑面風吹作飛雨，老夫詩到此間成。

〔評論〕劉云：創奇。沈云：天籟，非人力所能與。

二

山翁見客亦欣然，好語重重意不傳。行過竹籬逢細雨，眼明雙鷺立青田。

## 洛頭書事

綸巾古鶴氅，日暮槲林間；誰使翁迎客，應聞屐響山。占年又得熟，勸我不須還。村酒困壯士，水風吹醉顏。

〖評論〗　劉云：甚有奇氣。　沈云：亦天籟也。

## 三月二十日聞德音寄李德升席大光新有召命皆寓永州

塵隔斗牛三月餘，德音再與萬方初。又蒙天地寬今歲，且掃軒窗讀我書。自古安危關政事，隨時憂喜到樵漁。零陵併起扶顛手，九廟無歸計莫疏。

〖校勘〗　(計莫疏)劉評作術莫疏。

〖補箋〗　宋史卷二十五高宗紀：「建炎三年二月癸丑，金遊騎至瓜洲。太常少卿季陵奉太廟神主行，金兵追之，失太祖神主」。同卷：「建炎四年二月乙亥，奉安祖宗神御於福州」。此卽右詩所謂九廟無歸。　宋史卷二十六高宗紀：「建炎四年二月丙申，以金兵退，肆赦」。建炎以來繫年要錄卷三十一：「建炎四年二月丙申，以上還溫州，德音釋天下徒刑。應士民家屬有自金來歸者，所在量給錢米，於寺院安泊，訪還其家」。此卽右詩所謂德音，德音卽今之大赦令。是月甲戌朔，丙申爲二十三日，德音自浙江傳至湖南，不及一月，在當時亦可云快速矣。　建炎三年秋冬間，金兵渡江，連破名城，十二月，高宗航海避難，四年二月至溫州，降德音，時金兵已開始撤退，詳見宋史高宗紀及要錄。自三年仲冬至四年仲春，乃東南局勢最爲險惡之時期。簡齋遠在武岡，消息隔絕，故云塵隔斗牛三月餘。　宋永州，古零陵郡，治今湖南零陵縣。

〖評論〗　沈云：蘊藉有味，讀之想見忠悃。

## 夏夜

遠遊萬事裂，獨立數峯青。明月照山木，荒村饒夜螢，翻翻雲渡漢，歷歷水浮星。遙舍燈已盡，幽人門未扃。

〔評論〕　沈云：詩中畫。

## 題東家壁 律髓二十三閒適類

斜陽步屧過東家，便置清樽不煑茶。高柳光陰初罷絮，嫩鳧毛羽欲成花。羣公天上分時棟，閑客江邊管物華。醉裏吟詩空跌宕，借君素壁落棲鴉。

〔校勘〕　（時棟）增注云：棟一作政。騫按：時棟字出文選，見胡箋，作政乃淺人所改。

〔評論〕　劉云：清麗（謂高柳嫩鳧一聯）。　方云：三四極天下之工，亦止言景耳。五六遜時棟於天上羣公，而以江邊閒客自許，氣岸高峻，骨格開張，殆天授非人力，然亦力學則可及矣。　紀云：時棟字出文選，然字太古奥，入律不宜；馮氏抹之，是也。　沈云：千古名句，通首皆妙。　又云：物色生態，如在目前；尤難在天然入妙。至寶！至寶！　騫按：此詩僅三四兩句有清新之致，五六直是熟套，首尾更泛。而方沈盛稱之。文學品藻之不能强同如此。

## 曳杖

柳條一何長，我髮一何短，餘日會有幾，經春臥荒疃。曳杖陂西去，悠然寄蕭散，田壠粲高低，白水一時滿。農夫暮猶作，媿我讀書嬾，且復棄今茲，前峯青蹇嵼。

## 雷雨行

憶昨炎正中不融，元帥仗鉞臨山東，萬方嗷嗷叫上帝，黃屋已照睢陽宮。嗚呼吾君天所立，豈料四載猶服戎。禹巡會稽不到海，未省駕舶觀民風，定知諫諍有張猛，不可危急無高共。自古美惡周必復，犬羊汝莫窮妖凶。吉語四奏元氣通，德音夜發春改容，雷雨一日遍天下，父老感泣霑其胸。臣少憂國今成翁，欲起荷戟傷疲癃；小遊太一未移次，大樹將軍莫振功，劉琨祖逖未足雄，晏球一戰腥臊空，諸君努力光竹素，天子可使塵常蒙。君不見、夷門山頭虎復龍，向來佳氣元葱葱。

【校勘】　（題）胡作雷行雨，據諸本改。（犬羊）聚珍四庫俱作兵戈，避清人諱改。（氣通）胡作氣道。形近之誤，據諸本改。

【增注】　禹巡二句有諷意，謂高宗南奔泛海，不能勵志中原也。故下用張猛高共事，皆有所指而言。後篇傷春「豈知窮海看飛龍」，亦「禹巡會稽不到海」之意。按國史：建炎三年冬，高宗自明州航海，四年春，舟次台州，夏，復次明州，又次越州。而公此詩乃四年五月作也。

【補箋】　聞赦卽聞德音也，參閱本卷三月二十日聞德音詩補箋。

【評論】　沈云：老筆紛披，皆從杜來，其健猶百金戰馬也。

## 開壁置窗命曰遠軒

鍾妖鳴吾旁，楊獠舞吾側，東西俱有礙，鼃盜何時息。丈夫堂堂軀，坐受世褊迫，傴人千仞崗，下視笑予厄。誰能久鬱鬱，持斧破南壁，窗開三尺明，空納萬里碧。巖霏雜川靄，奇變供几席；誰見老書生，軒中岸玄幘。蕩漾浮世裏，超遙送茲夕，倚楹發孤嘯，呼月出荒澤。天公亦粲然，林壑受珠璧，會有鶴駕賓，經過來見客。

〔校勘〕（鍾妖）胡作鐘妖。據諸本改。作樂器解之鐘字可通作鍾，故詩云鳴吾旁。（笑予厄）胡作笑子厄。形近之誤，據諸本改。（蕩漾）胡作蕩樣，形近之誤，據諸本改。（倚檻）舊鈔作倚檻。（鶴駕）舊鈔宋詩鈔俱作鶴賀，形近之誤。

〔補箋〕鍾相、楊太、爲建炎紹興間湖南劇盜，其盤據地爲今湘西、湘北、洞庭湖沿岸一帶。鍾相起於建炎四年二月，其年三月卽平。楊太又名楊么，爲鍾之餘黨，其勢遠盛於鍾，至紹興五年始平。事詳宋史高宗紀及繫年要錄諸書。簡齋此詩作於建炎四年春夏間，蓋鍾楊初起時也。

## 再賦

清曉坐南軒，望山頭屢側，居士亦豈癡，飛雲方未息。樂哉此遠俗，亂世免怵迫，那知百戰禍，豈識三空厄。閉門美熟睡，開門瞻翠壁，遠客謝主人，分此一窗碧，新晴鳥鳴簷，微暑風入席。蕭然此白首，豈更冒朝幘，誓將老茲地，不復數晨夕。但恨食無肉，臞儒出山澤，蟄雷轉空腸，吐句作圭璧。一笑示鄰家，向來無此客。

〔校勘〕（美熟睡）胡箋作美享睡，不通；劉評作享美睡，亦不自然；今從舊鈔及宋詩鈔。享蓋熟之壞字也。（豈更）舊鈔作豈肯。

〔增注〕朝幘、音潮。

## 又賦

我昨在衡山，傷心衢路側，豈知得此地，一坐數千息。易安生痛定，過美出飢迫，誓言如齊侯，常戒在莒厄。要將萬里身，獨面九年壁；如何不已奈，開窗翫霏碧。招呼面前山，浮翠落衾席，一笑等兒戲，都忘雪侵幘。人生何不娛，今夕定何夕。向來萬頃胸，餘地吞七澤，念此亦細事，未遽瑕生璧。聊使山中人，永記山下客。

〔校勘〕（飢迫）胡作肌迫。形近之誤，據諸本改。（不已奈）劉評作已不耐。

〔評論〕騫按：要將萬里身，獨面九年壁二句，孤迥深穆，與經行天下半，送老此窗間之深婉，又自不同。經行二句見下卷山齋詩第二首。

陳簡齋詩集合校彙注卷二十五終

# 陳簡齋詩集合校彙注卷二十六目錄

傷春……二六三
題水西周三十三壁二首……二六三
山齋二首……二六四
散髮……二六四
六月六日夜……二六五
六月十七夜寄邢子友……二六五
觀雨……二六五
寄大光二首……二六六
寄德升大光……二六六
次韻謝邢九思……二六七
村景……二六七
次周漕族人韻自此至別諸周共七首胡箋本無之今據劉評增註十五卷本補錄並以聚珍本校其異文……二六八
水車……二六八
山居二首……二六八
拜詔……二六九

別諸周二首……二六九
題向伯共過硤圖二首……二七〇
題趙少隱清白堂三首……二七〇
次韻邢九思……二七一
遙碧軒作呈使君少隱時欲赴召……二七一
石限病起……二七二

# 陳簡齋詩集合校彙注卷二十六

鄭騫 因百 校箋

## 傷春 律髓三十二忠憤類

廟堂無策可平戎，坐使甘泉照夕烽。初怪上都聞戰馬，豈知窮海看飛龍。孤臣霜髮三千丈，每歲煙花一萬重。稍喜長沙向延閣，疲兵敢犯犬羊鋒。

〔校勘〕 四庫聚珍俱無此首。因全首大部分犯清代忌諱，無法竄改，故逕行删去。

〔增注〕 范純禮復天章閣待制詞云：延閣侍從之邃。

〔補箋〕 上都聞戰馬謂開封淪陷；窮海看飛龍謂高宗航海避金兵，見卷二十五三月二十日聞德音詩。向子諲時以直龍圖閣知潭州兼湖南安撫使，故以延閣稱之。長沙卽潭州。以上參閱卷二十三再別向伯共詩補箋。 此卷詩皆作於武岡，最後幾首爲離武岡赴召時作。

〔評論〕 馮舒云：學杜，故下句俱露，但杜尚有不盡之致。 紀云：此首眞有杜意。 又云：白髮三千丈、太白詩、煙花一萬重、少陵句，配得恰好。

## 題水西周三十三壁 二首

一

不管先生巾欲摧，雨中艇子便撑開。青山隔岸迎人去，白鷺銜煙送酒來。

周子籬中早得春，喚人同渡一溪雲。貪看雨歇前峯變，不覺斟時已十分。

【評論】　劉云：最近。

## 山齋二首

夏郊綠已遍，山齋晝自遲，雲物忽分散，餘碧暮逶迤。寒暑送萬古，榮枯各一時，世紛幸莫及，我塵得常持。

【校勘】　(自遲)劉評作已遲。(我塵)胡作我塵，形近之誤，據諸本改。

【評論】　沈云：幽淡，其味無窮。

二

雖愧荷鉏叟，朝來亦不閑，自剪牆角樹，盡納溪西山。經行天下半，送老此窗間；日暮煙生嶺，離離飛鳥還。

【評論】　沈云：雖復蓬萊清淺，亦非俗塵可到。

## 散髮

百年如寄亦何為，散髮清狂未足非。南澗題詩風滿面，東橋行藥露霑衣。松花照夏山無暑，桂樹留人吾豈歸。藜杖不當軒蓋用，穩扶居士莫相違。

【校勘】　(行藥)胡作行樂，據諸本改。

【補箋】　行藥，六朝人語，謂服藥後散步，使藥力散開也，特指服食寒石散等藥物；右詩則只是泛用。胡箋正文及注皆作行樂，若非形近之誤，卽是淺人所改。柳宗元南礀詩云：「秋氣集南礀，獨游亭午時，廻風一蕭瑟，林影久參差。」故右詩云「風滿面」。鮑照行藥至城東橋詩云：「雞鳴關吏起，伐鼓早通晨，嚴車臨迥陌，延瞰歷城闉。」是行藥時在清晨，故詩云「露沾衣」。風露二字非泛下也。

## 六月六日夜

藴隆豈不壞，涼氣亦徐還，獨立清夜半，疎星蒼檜間。晦明莽相代，天地本長閑。四顧何寥落，微風時動關。

〔校勘〕（清夜）胡作秋夜；舊鈔聚珍俱作清夜，今從之，六月六日未可云秋夜也。劉評作青夜，亦是清字之誤。

〔評論〕沈云：高視濶步，粗枝大葉；格韻兩高之作，五律大宗也。

## 六月十七夜寄邢子友

暑雨雖不足，涼風還有餘。樂此城陰夜，何殊山𨻶居。月明蒼檜立，露下芭蕉舒。試問澄虛閣，今夕復焉如。

〔校勘〕（六月十七）諸本十七下有日字。

〔評論〕沈云：高格。晚唐中惟馬戴耳。

## 觀雨律髓十七晴雨類

山客龍鍾不解耕，開軒危坐看陰晴。前江後嶺通雲氣，萬壑千林送雨聲。海壓竹枝低復舉，風吹山角晦還明。不嫌屋漏無乾處，正要羣龍洗甲兵。

〔校勘〕（海壓）律髓潘選俱作梅壓。據胡箋及增注應是海字，謂雲勢如海也。梅壓竹枝與詩意不切，若非形近之誤，卽是淺人所改。

〔增注〕緗素雜記：古語有二聲合爲一者，如不可爲叵，何不爲盍，字之原也。龍鍾、潦倒，正如二合之音。龍鍾切癃字，潦倒切老字。老羸癃疾卽以龍鍾潦倒目之者，亦此義也。杜子美太清宮賦：四海之水皆立。坡詩：天外黑風吹海立。此云海壓竹枝，正用其字以爲奇耳。

〔評論〕劉云：翻得藹然（在不嫌屋漏句下）。紀云：前六句猶是常語，結二句自見身分。

## 寄大光二絕句

心折零陵霜入鬢，更修短札問何如。江湖不是無來鴈，只慣平生作報書。

〔校勘〕（題）胡箋無二絕句三字，據諸本增。（無來）胡作吳來，據諸本改。

〔評論〕劉云：果然。（騫按：此評不解所謂。）

二

芭蕉急雨三更鬧，客子殊方五月寒。近得會稽消息否，稍傳荆渚路岐寬。

## 寄德升大光律髓四十二寄贈類

君王優詔起羣公，也置樵夫尺一中。易著青衫隨世事，難將白髮犯秋風。共談太極非無意，能繫蒼生本不同。卻倚紫陽千丈嶺，遙瞻黃鵠九霄東。

〔校勘〕　劉評本此詩在題向伯共過峽圖二首之前。
〔增注〕　按：集中有「三月二十日寄李德升席大光新有召命」，故此詩有遙瞻黃鵠九霄東之語。騫按：此詩在卷二十五，可參閱。
〔補箋〕　輿地紀勝，武岡軍景物下：「周儀諫議，嘉祐名臣，有讀書堂在紫陽山千尋石室，前瞰溪。簡齋所謂：雷霆鬼神之所爲，非人力之所能就者。」騫按：此語見劉評本卷十四書堂石室銘。
簡齋於建炎四年夏，被召爲兵部員外郎，初以病辭，不允，於八九月間自武岡啓行赴召。以下諸詩皆初聞召命至啓行時作。
〔評論〕　後村詩話前集卷一：李義山答令狐補闕云：人生有通塞，公等繫安危。於升沉得喪之際，婉而成章。簡齋南渡初被召，東同時召客云：共談太極非無意，能繫蒼生本不同。則氣象益開濶矣。　劉云：優柔悃欵，甚可諷味，與前舊喜讀書今嬾讀之詩同意。　紀云：看似率易，而筆力極爲雄濶。

## 次韻謝邢九思

平生不接里閭歡，豈料相逢虺蜮壇。能賦君推三世事，倦遊我棄七年官。流傳惡語知誰好，勾引新篇得細看。六月山齋當暑令，風霜獨發卷中寒。
〔校勘〕　劉評題下有二首兩字，其第二首卽後百年鼎鼎雜悲歡云云。按：兩詩雖同和一韻，觀詩意似非同時作，仍以分編爲是。　舊鈔聚珍俱無此首。

## 村景

黃昏吹角聞呼鬼，淸曉持竿看牧鵝。蠶上樓時桑葉少，水鳴車處稻苗多。

## 次周漕族人韻

諫議遺踪尚可望，曳裾不必效鄒陽。但修天爵膺人爵，始信書堂有玉堂。

〔校勘〕（題）聚珍作偶成。（膺人）聚珍作要人。（有玉）聚珍作卽玉。

〔增注〕按，武岡本有拾遺一卷：次周漕示族人韻、及咏水車、山居、拜詔、別諸周，凡七首。古汴姜桐跋云：「建炎庚戌，公因避地挈來紫陽周氏甥館之所作也。」合附於此。　宋周儀登雍熙科，子湛登天禧第，武岡人。少讀書紫陽山千尋石室，後爲諫議，稱嘉祐名臣。漢鄒陽書曰：何王之門不可曳長裾乎？孟子：修其天爵，而人爵從之。書堂謂紫陽山石室，公嘗作銘。沈存中筆談：翰林院在禁中，玉堂、承明、金鑾，皆在焉。又熙陵以玉堂之名其來尚矣，飛白書「玉堂之署」，以賜本院。

〔補箋〕　簡齋所作書堂石室銘見劉評本卷十四，參閱本卷寄德升大光詩補箋所引輿地紀勝。宋史卷三百有周湛傳，其人乃鄧州人，終身事跡與武岡無關，雖亦曾爲諫議大夫，似非增注所云周湛；據前引輿地紀勝，諫議乃周儀也。　自此以下七首，次周漕韻、水車、山居等四首見劉評本卷十一之末，拜詔、別諸周等三首見劉評本卷十二之首，胡箋本無之，今據劉評增入。聚珍本亦有此七詩，不知所據何本，今校其異文。

## 水車

江邊終日水車鳴，我自平生愛此聲。風月一時都屬客，杖藜聊復寄詩情。

## 山居二首

點檢行年書閥閱，山中共賦幾篇詩。如今未有驚人句，更待秋風生桂枝。

〔增注〕　史功臣侯表：古者人臣功有五等。明其功曰閥，積日曰閱。又朱博傳注：閱、所經歷也。杜詩：語不驚人死不休。沈休文詩：秋風生桂枝。

## 二

宅圖不必煩丘令，已卜坡東澗水邊。更與我爲燒藥竈，只愁君要買山錢。

〔校勘〕　(丘令)聚珍作秋令，誤。　(坡東)聚珍作東坡。

〔增注〕　王右軍書中一帖云：丘令送此宅圖，云可得□畝，爾者爲佳。可與水丘共行視，佳者決便當取問其賈(同價)。杜詩：竹齋燒藥竈。符載就襄陽節度于頔求買山錢，頔與百萬。

# 拜詔

紫陽山下聞皇牒，地藏階前拜詔書。乍脫綠袍山色翠，新披紫綬佩金魚。

〔增注〕　地藏必紫陽山之近寺名。

# 別諸周二首

風送孤篷不可遮，山中城裏總非家。臨行有恨君知否？不見籬前稻著花。

〔校勘〕　(諸周)聚珍作諸州，誤。

## 二

隴雲知我欲船開，飛過江東還復回。不似周顒趨闕去，山靈應許卻歸來。

〔增注〕　陶弘景詩：隴上多白雲。周彥倫隱鍾山，出爲海鹽令，却欲過北山。孔珪德璋乃假山靈之意移之，使不得至。名曰北山移文。

## 題向伯共過硤圖二首

旌旗翻日淮南道，輿罷歸來雪一船。正有佛光無處著，獨將佳句了山川。

〔校勘〕　（過硤）胡作過峽。從劉評及下一首改；二字本通用，今取其一致。（一船）舊鈔作滿船。

〔增注〕　嘉州峨眉山，普賢示現處也。有光相寺，在山顛，時時雨後雲霧四起，佛光現焉。大如圓鏡，四圍青黃紅綠之色，光明洞澈，毫髮畢照。而觀者但見自己形貌，不見他人，謂之攝身光。范石湖帥蜀，嘗記其事。按：過硤乃入蜀之路，佛光疑用此。中齋云：佛光疑用退之見大顛語。騫按：石湖謂范成大，成大出蜀東歸，著吳船錄二卷紀行，峨眉佛光事見其書上卷。峨眉去入蜀之路甚遠，佛光乃泛言佛理，不必指實。

二

過硤新圖世所傳，硤中猶說泛舟僊。柱天勳業須君了，借我茅齋看十年。

〔校勘〕　（君了）舊鈔作君子，形近之誤。

## 題趙少隱清白堂三首

小謝爲州不廢詩，庭中草木有光輝。一林風露非人世，更著梅花相發揮。

〔校勘〕　（少隱）舊鈔作少尹。據胡箋應作隱。

〔增注〕　李太白於宣城謝朓樓送別校書叔雲詩：蓬萊文章建安骨，中間小謝又清發。

二

使君堂上無俗客，白白青青兩勝流。添得吟詩老居士，千年一笑澤南州。

〔增注〕　澤南州乃借用，邵陽亦楚地也。

三

雪裏芭蕉摩詰畫，炎天梅蘂簡齋詩。他時相見非生客，看倚琊玕一段奇。

〔校勘〕　（看倚）劉評作着倚。形近之誤。

## 次韻邢九思

百年鼎鼎雜悲歡，老去初依六祖壇。玄晏不堪長抱病，子眞那復更爲官。山林未必容身得，顏面何宜與世看。白帝高尋最奇事，共君盟了不應寒。

## 遙碧軒作呈使君少隱時欲赴召

我本山中人，尺一喚起趨埃塵；君爲邊城守，作意邀山入窗牖。朝來爽氣如有期，送我憑軒一杯酒。丈夫已忍猿鶴羞，欲去且復斯須留，西峯木脫亂鬟擁，東嶺煙破修眉浮，主人愛客山更好，醉裏一笑驚巒州。丁寧雲雨莫作厄，明日青山當送客。

〔校勘〕　（送客）舊鈔宋詩鈔俱作逐客。與詩意相反，乃形近之誤。

## 石限病起

幽人病起山深處，小院鴉鳴日午時。六尺屏風遮宴坐，一簾細雨獨題詩。



陳簡齋詩集合校彙注卷二十六終

# 陳簡齋詩集合校彙注卷二十七目錄

同范直愚單履遊浯溪……二七五
愚溪……二七六
己酉中秋之夕與任才仲醉於岳陽樓上明年十一月二十日南遊過道謁姜光彥出才仲畫軸則寫是夕事也剪燭觀之怳然一笑書八句以當畫記……二七六
甘泉吳使君使畫史作簡齋居士像居士見之大笑如洞山過水覩影時也戲書三十二字……二七七
題道州甘泉書院……二七七
度嶺一首……二七八
遊秦巖……二七八
戲大光送酒……二七九
次韻謝呂居仁居仁時寓賀州……二七九
舟行遣興……二八〇
康州小舫與耿百順李德升席大光鄭德象夜語以更長愛燭紅爲韻得更字……二八一
與大光同登封州小閣……二八二
登海山樓……二八二
次韻大光五羊待耿伯順之作……二八二

雨中再賦海山樓詩……二八三
題長樂亭……二八三
和大光道中絕句……二八三
又和大光……二八四
題長岡亭呈德升大光……二八四

# 陳簡齋詩集合校彙注卷二十七

鄭騫 因百 校箋

## 同范直愚單履遊浯溪

瀟湘之流碧復碧，上有鐵立千尋壁，河朔功就人與能，湖南碑成江動色。文章得意易爲好，書雜矛劍天假力，四百年來如創見，雷公雨師知此石。小儒五載憂國淚，杖藜今日溪水側，欲搜奇句謝兩公，風作浪湧空心惻。

〔增注〕 浯溪在湖南永州祁陽縣南五里。唐上元中，容管經略使元結作大唐中興頌，顏眞卿大書，刻石崖上。 世傳魯公爲雷吏。魯公平生手書石刻，無不震裂，惟浯溪獨全；故有雷公雨師知此石之句。 荊溪吳明輔云：讀中興頌詩，前後非一，惟黃魯直潘大臨皆可爲世主規鑒，若張文潛之作，雖無之可也。陳去非篇末云：小儒五載憂國淚，杖藜今日溪水側，欲題文字謝兩公，風作浪湧空心惻。蓋當建炎亂離奔走之際，猶庶幾少陵不忘君之意耳。張安國篇末亦云：北望神州雙淚落，只今何人老文學，語亦頓挫含蓄。然有句云，錦綳兒啼思塞酥，雖曰紀事，似非臣子所宜言。

〔補箋〕 元結浯溪銘序：溪在湘水之南，北匯於湖。愛其勝異，遂家溪畔，命曰浯溪。又大唐中興頌云：湘江東西，中直浯溪，石崖天齊。可磨可鐫，刊此頌焉，可千萬年。輿地紀勝永州風俗形勝門：浯溪山水奇秀，殆非中州所有。 按：浯溪在今湖南祁陽縣西南，接零陵縣界，二縣宋時均屬永州。 簡齋建炎四年自武岡被召赴紹興府行在（今浙江紹興），八九月間啓行，由湘南入粵，經閩浙沿海，次年即紹興元年夏，始抵紹興。此卷及二十八卷，皆途中紀行之詩，惟二十八卷最末數首爲到紹興後作。

〔評論〕　沈云：詩亦鐵立千尋。結句蓋知宋之不能如唐矣。工部之人，工部之詩。

## 愚溪律髓十七晴雨類

小閣當喬木，清溪抱竹林，寒聲日暮起，客思雨中深。行李妨幽事，欄干試獨臨，終然遊子意，非復昔人心。

〔校勘〕　(題)律髓作雨思。因客思雨中深句杜撰。

〔補箋〕　輿地紀勝永州景物上：愚溪在州西一里，色如藍，謂之染水。或曰冉氏嘗居於此，故名冉溪，又曰染溪。柳子厚更名曰愚溪，作八愚詩紀於溪石上云。　按：宋永州州治今湖南零陵縣。柳宗元曾謫官永州司馬，所作愚溪詩序見柳河東集卷二十四，文長不錄，八愚詩今逸。

〔評論〕　紀云：亦閒雅。　又云：人字似當作年字，再校。騫按：諸本均作人，無作年字者。昔人，謂柳子厚也，紀批多此一疑。

## 己酉中秋之夕與任才仲醉於岳陽樓上明年十一月二十日南遊過道謁姜光彥出才仲畫軸則寫是夕事也剪燭觀之恍然一笑書八句以當畫記

去年中秋洞庭野，寒瑤萬頃兼天瀉，岳陽樓上兩幅巾，月入欄干影瀟灑。世間此影誰能孤，狂如我友人所無，一夢經年無續處，道州還見倚樓圖。

〔校勘〕　（過道）劉評作過道州。　（此影）劉評作此境。

〔補箋〕　道州，今湖南道縣。

〔評論〕　劉云：兩句首尾畢備。（謂末兩句）　沈云：一語畫出（謂月入欄干句）。

## 甘泉吳使君使畫史作簡齋居士像居士見之大笑如洞山過水覩影時也戲書三十二字

兩眉軒然，意象無寄；而服如此，又不離世。鑑中壁上，處處皆是，簡齋雖傳，文殊無二。

〔校勘〕　劉評本此首在卷十四銘贊類。　（吳使君）劉評作吳君。　（三十二）胡誤作二十三，據諸本改。　（軒然）舊鈔作軒昂。

〔增注〕　建炎四年秋，道州作。按：集中有題甘泉書院詩云，甘泉坊裏林影黑，吳氏舍前書榜鮮，則吳君所居在甘泉坊也。

## 題道州甘泉書院

甘泉坊裏林影黑，吳氏舍前書榜鮮。牀座略容摩詰借，桂枝應待小山傳。兵橫海內猶紛若，風到湖南還穆然。勉效周生述孔業，賦詩吾獨愧先賢。

〔校勘〕　（題）胡作題甘泉書院，道州二字小字旁註於下。今從諸本改。　（桂枝）胡作桂林。形近之誤，據諸本改。

〔增注〕　朱文公曰：招隱士者，淮南小山之所作也。淮南王安好古愛士，招致賓客。有八公之徒，分造類賦，以類相從，或稱大山，或稱小山，如詩之有大小雅焉。劉禹錫詩：淮南桂樹小山辭。淵明集有示周續之、祖企、謝景夷三郎詩，中云：周生述孔業，祖謝響然臻。淵明自註：時三人皆講禮校書。

〔評論〕　沈云：一起如畫。

## 度嶺一首律髓二十九旅況類

年律將窮天地溫，兩州風氣此橫分。已吟子美湖南句，更擬東坡嶺外文。隔水叢梅疑是雪，近人孤嶂欲生雲。不愁去路三千里，少住林間看夕曛。

〔校勘〕　（題）劉評舊鈔律髓宋詩鈔俱無一首二字。劉評題下有小注賀州桂嶺四字。

〔補箋〕　賀州桂嶺見下遊秦巖詩。

〔評論〕　方云：欲生雲，用老杜假山詩也。（騫按：此已見胡箋）。　紀云：此首最淺俗，不似簡齋之筆。　又云：首句笨，結稍可。　沈云：簡齋湖南之句亦不減工部。

## 遊秦巖

秦巖昧舊聞，勝會非復常，異哉五里祕，發此一日狂。篝燈破太陰，拄杖入僊鄉。散途楊梅實，承磴菡萏房，石液白瑤墮，泉氣青霓翔。度危心欲動，逢衍興未央。眩人黝谷深，覆我翠極長，降登窮田壠，開闔到鞠場。龍遮側岸路，貓護高廩藏，力士倒履空，應真儼成行。碾缺神所吝，帳空僊莫量，水鳴泬寥內，柱立森羅傍。語聞受遠響，力極生微陽，夢中出小竇，立處忽大荒。塵緣信深重，僊事豈渺茫。靈武唐業開，湘濱耀文章；望夷秦政壞，嶺底畏禍殃。隱顯非士意，安危存國綱。且復置此事，更將適何方。賦詩意未愜，吾欲棲僧廊。

〔校勘〕 （太陰）胡箋劉評俱作大陰。形近之誤，據注及舊鈔改。 （拄杖）胡箋作柱杖。形近之誤，據諸本改。 （碾缺）胡作碾鈌。形近之誤，從諸本改。 （泬寥）胡作沈寥。形近之誤，據諸本改。 （拄立）胡作柆立。不成字，據諸本改。 （大荒）胡作太荒。從諸本改。 （隱顯）胡缺隱字，據諸本補。

〔增注〕 按：祝穆方輿勝覽：秦山在賀州富川縣西百八十里，北連道州。荆州記：孫權時，此山夜雷暴震，開爲六洞。

〔補箋〕 輿地紀勝賀州景物上：秦山在富川縣之西一百八十里，高二千餘丈，北連道州。荆州記云：昔孫權時，此山夜雷暴震，開爲六洞，有石鼓、石壇。陳簡齋詩有遊秦巖，當在此山。 按：宋賀州治今廣西賀縣，富川，今廣西富川縣，在賀縣西北，宋時屬賀州。桂嶺卽古臨賀嶺，在富川東南一百二十里，賀縣東北百里。嶺西北爲湖南界、嶺西爲廣西界、嶺東爲廣東界。

〔評論〕 沈云：昔曾遊桂林七星巖洞，故知此詩之妙。 又云：央陽荒三韻足畫題妙。（按：沈於此三韻六句皆加雙圈。）

## 戲大光送酒

折得嶺頭如玉梅，對花那得欠清盃。不煩白水眞人力，便有青州從事來。

## 次韻謝呂居仁居仁時寓賀州 律髓二十九旅況類

別君不覺歲時荒，豈意相逢魑魅鄉。篋裏詩書總零落，天涯形貌各昂藏。江南今歲無胡虜，嶺表窮冬有雪霜。儻可卜鄰吾欲住，草茅爲蓋竹爲梁。

〔校勘〕　（題）胡箋無居仁時三字。據舊鈔聚珍宋詩鈔補。劉評僅疊居仁二字，無時字。（相逢）胡作相從。意亦可通，但諸本均作相逢，今從諸本。（零落）舊鈔宋詩鈔作寥落。（胡虜）聚珍四庫俱作征戰。避清諱改。（卜鄰）舊鈔作卜居。（欲住）律髓潘選俱作欲往。

〔評論〕　方云：讀諸家詩忽到後山簡齋，猶捨培塿而瞻太華，不勝高聳，自是一種風調。馮班云：猶去華堂而入廁屋。後山尚可，簡齋可恨。紀云：荒字欠妥。又云：簡齋詩誠峭健，此三首殊無可取，不稱此評。（騫按：此三首謂本卷度嶺、舟行遣興、及此首，律髓皆選入卷二十九，右方云云爲三首總評。方評過尊二陳而將「諸家」一筆抹倒，確有語病；馮氏廁屋可恨之語，針對方評，乃有激而然，其本心固未必如此想也。紀評甚爲平正。）查云：窮冬雪霜，在嶺表則爲異事，亦所以寓遷謫之感。

居仁原作見東萊詩集卷十二，題爲「賀州聞席大光陳去非諸公將至作詩迎之」，附錄於下。

五年避地走窮荒，嶺海江湖半是鄉。歡喜聞君俱趣召，衰頹如我合深藏。曉寒已靜千山嶂，宿霧先吞萬瓦霜。日日江頭望行李，幾回驅馬度浮梁。

## 舟行遣興自注：賀溪舟中　律髓二十九旅況類

會稽尚隔三千里，臨賀初盤一百灘。殊俗問津言語異，長年爲客路歧難。背人山嶺重重去，照鵠梅花樹樹殘。酌酒柁樓今日意，題詩船壁後來看。

〔校勘〕　題下自注，胡箋與其他注文同用小字，未云是自注；劉評云是自注，今從之；劉評作賀溪道中，今不從。

【增注】 會稽、古越州、州西有會稽山。史記：禹會諸侯江南計功而崩，因葬焉，名曰會稽。會稽者，會計也。臨賀、今賀州郡治。臨水南流，右合賀水，縣對二水之會，故名。

【補箋】 賀水、臨水，見輿地紀勝卷一百二十三賀州景物上。紀勝云，賀水亘郡城，合桂嶺水至三江口，三江謂賀江、梧江、封江、南歷封、康、端，達羊城，入於海。騫按：臨賀本爲二水、臨水下游併入賀水，故有以爲一水者。臨賀郡卽賀州。羊城卽廣州。紀勝所云，卽簡齋入粵舟行路線，觀以下數詩可知。

【評論】 紀云：八句皆對，用宗楚客格；雖無深致，而不失朴老。 又云：照鴣二字雜。 沈云：三四行旅名句。

## 康州小舫與耿百順李德升席大光鄭德象夜語以更長愛燭紅爲韻得更字

萬里衣冠京國舊，一船風雨晉康城。燈前顏面重相識，海內艱難各飽更。天闊路長吾欲老，夜闌酒盡意還傾。明朝古峽蒼煙道，都送新愁入櫓聲。

【校勘】 (百順)諸本俱作伯順。按：耿延禧字伯順，亦作百順，見繫年要錄、北盟會編諸書，胡與諸本俱不誤。 (得更字)劉評得字上有分字。 (還傾)舊鈔宋詩鈔作難傾。

【增注】 晉康、端州郡名，以高宗潛邸陞德慶府。

【補箋】 宋康州晉康郡後陞德慶府治今廣東德慶縣，端州高要郡治今廣東高要縣。增注云晉康端州郡名，端乃康之誤。陳師道答顏生見寄詩：行路艱危已備更。

【評論】 沈云：讀之怦怦，想見當年情景。

## 與大光同登封州小閣律髓一登覽類

去程欲數莽難知，三日封州更作遲。青嶂足稽天下士，錦囊今有嶠南詩。共登小閣春風裏，回望中原夕靄時。萬本梅花爲我壽，一盃相屬未全癡。

〔校勘〕（三日）潘選作三月，誤。

〔補箋〕宋封州治今廣東封川縣。

〔評論〕紀云：格不甚高，讀之只似近人詩。三句八句亦太露江西習氣。（律髓有方評一大段，已錄入簡齋全集輯評。）

## 登海山樓

萬航如鳧鷖，一水如虛空，此地接元氣，壓以樓觀雄。我來自中州，登臨眩沖融，白波動南極，蒼鬢承東風。人間路浩浩，海上春濛濛，遠遊爲兩眸，豈恤勞我躬。傴人欲吾語，薄暮山葱瓏，海淸無蜃氣，彼固蓬萊宮。

〔校勘〕劉評題下有小注廣州二字。（鳧鷖）舊鈔作鳧鷺。形近之誤。（白波）胡缺白字，據諸本補。（承東）胡作永東。形近之誤，據諸本改。（豈恤）舊鈔宋詩鈔俱作豈惜。

〔補箋〕宋廣州治今廣東番禺縣。輿地紀勝廣州景物下：海山樓在城南，極目千里，爲登覽之勝。

〔評論〕沈云：此詩起結皆妙。

## 次韻大光五羊待耿伯順之作

康州艇子來不急，過岸櫓聲空復長。百尺樓頭堪望遠，淡煙斜日晚荒荒。

## 雨中再賦海山樓詩

百尺闌干橫海立，一生襟抱與山開。岸邊天影隨潮入，樓上春容帶雨來。慷慨賦詩還自恨，徘徊舒嘯卻生哀。滅胡猛士今安有，非復當年單父臺。

〔校勘〕（題）劉評聚珍俱無詩字。（舒嘯）舊鈔宋詩鈔俱作舒笑，同音之誤。（滅胡）聚珍作世間，避清代忌諱改。（安有）聚珍作安在。

〔評論〕沈云：茹眞挽强，起結竟是工部。

## 題長樂亭

遠山雲迷顚，近山淨如沐，客子曳竹輿，伊鴉過山麓。我行一何遲，時序一何速，東風所經過，林水一時綠。疎雨忽飛墜，聲在道邊木，淑氣自遠歸，光景變川陸。遙知存存子，明亦戒征軸，霽色雖宜詩，不見此淸穆。

〔校勘〕（伊鴉）舊鈔宋詩鈔俱作伊啞。此僅狀其聲音，並無定字。

〔評論〕沈云：生趣宛然。

## 和大光道中絕句

已費天工十日晴，今朝小雨送潮生。轉頭雲日還如錦，一抹葱瓏畫不成。

## 又和大光

寂寂孤村竹映沙，檳榔迎客當煎茶。嶺南二月無桃李，夾路松開黃玉花。

〖補箋〗　此二月是紹興元年。

〖評論〗　沈云：上二絶皆有畫意。

## 題長岡亭星德升大光

久客不忘歸，如頭垢思沐，身行江海濱，夢繞嵩少麓，馬何預得失，鵬何了淹速。匣中三尺水，瘴雨生新綠，胡爲古驛中，坐聽風吟木。既非還吳張，亦異赴洛陸，兩公茂名實，自是宜鼎軸。發發不可遲，帝言頻郁穆。

〖校勘〗　（嵩少）舊鈔宋詩鈔俱作嵩山，似是不識嵩少之意者所改。　（三尺水）舊鈔宋詩鈔俱作三尺冰，形近之誤。　（發發）增註云：閩本作夕發，此據箋本及武岡本。騫按：箋本卽謂胡箋。

〖增注〗此和長樂亭韻。　陸機、字士衡，吳郡人。晉太康末與弟雲俱入洛　。詩：飄風發發。又：李光弼至常山，史思明以二萬騎直抵城下。光弼命五百弩於城上射之，其矢發發相繼，賊不能當，乃退。

〖補箋〗　飄風發發見詩小雅蓼莪篇。發發，疾貌，右詩正用此意。

# 陳簡齋詩集合校彙注卷二十八目錄


甘棠驛懷李德升席大光……二八七
贈漳州守綦叔厚……二八七
宿資聖院閣……二八八
題大龍湫……二八八
雨中宿靈峯寺……二八八
自黃巖縣舟行入台州……二八九
過下杯渡一作過鹽田渡……二八九
王孫嶺……二八九
泛舟入前倉……二八九
送熊博士赴瑞安令……二九〇
夜賦……二九〇
喜雨……二九一
醉中……二九一
不見梅花六言……二九二
梅花二首……二九二

雨……二九二
瓶中梅……二九三

# 陳簡齋詩集合校彙注卷二十八

鄭騫 因百 校箋

## 甘棠驛懷李德升席大光

破驛難並休，差池便薪水，山川會心地，還思對君子。道邊千尺榕，午蔭清且美，極知非世用，我愛不能已。東風吹南服，莽莽綠萬里，此地亦可耕，胡爲𤰞予趾。

〔補箋〕　此卷詩皆紹興元年前半年福建浙江途中及後半年到紹興後作。

〔評論〕　劉云：卽減米散同舟意（在第二句下）。　沈云：步兵射洪之妙。

## 贈漳州守綦叔厚律髓四十二寄贈類

過盡蠻荒興復新，漳州畫戟擁詩人。十年去國九行旅，萬里逢公一欠伸。王粲登樓還感慨，紀瞻赴召欲逡巡。繩牀相對有今日，牘醉齋中軟脚春。

〔補箋〕　宋漳州治今福建龍溪縣。綦名崈禮，高密人（今山東高密），宋史三七八有傳，著有北海集四十六卷，今存。簡齋於宣和六年歲暮謫陳留，此詩作於紹興元年早春，去國不過六七年而云十年，蓋舉成數且誇大言之也。

〔評論〕　紀云：一欠伸三字不妥。

## 宿資聖院閣

暮投山崦寺，高處絕人羣。遠岫林間見，微泉舍後聞。閣虛雲亂入，江濶野橫分。欲與僧爲記，今年懶作文。

【評論】　沈云：此卽記矣。六句尤妙。

## 題大龍湫

曉行蒼壁中，窮處仍高崖，白龍三百丈，欲下層顚來。映日灑飛雨，繞山行怒雷，潭影納浩蕩，雲氣扶崔嵬。小儒嘆造化，辨此何雄哉，亦知天下絕，尊者所徘徊。三生淸淨願，俗緣故難開，踐勝吾豈敢，稽首儻興哀。

【校勘】　(仍高)舊鈔作乃高。非是。

【增注】　沈存中筆談：溫州雁蕩山，天下奇秀，圖牒未有言者。按，西域書：阿羅漢諾矩羅居震旦東南大海際，雁蕩山、芙蓉峯、龍湫。唐僧貫休贊諾矩羅，有雁蕩經行雲漠漠，龍湫宴坐雨濛濛之句。此山南有芙蓉峰，前瞰大海，頂有大池，相傳以爲雁蕩，下有一潭，曰大小龍湫。又有經行峽、宴坐峯，則後人以休詩名之也。

【補箋】　龍湫，雁蕩山中瀑布，下蓄爲潭，有大小二者，山在今浙江樂淸平陽二縣界。

【評論】　沈云：鮑明遠。(謂映日至雲氣四句，此四句沈加雙圈，評語謂其似鮑照詩也。)

## 雨中宿靈峯寺

雁蕩山中逢晚雨，靈峯寺裏借繩牀。只應護得綸巾角，還費高僧一炷香。

## 自黃巖縣舟行入台州

宴坐峯前衝雨急，黃巖縣裡借舟遲。百年癡黠不相補，萬事悲歡豈可期。莾莾滄波兼宿霧，紛紛白鷺落山陂。只應江海淒涼地，欠我臨風一賦詩。

〔校勘〕（山陂）舊鈔作山隈，宋詩鈔作山坡，俱誤。此字是韻也。

〔補箋〕黃巖，今浙江黃巖縣。宋台州治今浙江臨海縣。

## 過下杯渡一作過鹽田渡

夜宿下杯館，朝鳴一棹東。湖平天盡落，峽斷海横通。冉冉雲隨舸，茫茫鳥遡風。仙人蓬島上，遙見我乘空。

## 王孫嶺

已過長溪嶺更危，伏龍莾莾向川垂。斜陽照見林中石，記得南山隱去時。

〔補箋〕南山謂房州南山。南山諸詩見卷十七、十八。

## 泛舟入前倉

曾鼓鹽田棹，前倉不足言。盡行江左路，初過浙東村。春去花無迹，潮歸岸有痕。百年都幾日，聊復信乾坤。

【補箋】胡箋云：前倉並海、屬溫州平陽縣。按：宋溫州治今浙江永嘉縣，平陽，今浙江平陽縣。

## 送熊博士赴瑞安令

衣冠袞袞相逢處，草木蕭蕭未變時。聚散同驚一枕夢，悲歡各誦十年詩。山林有約吾當去，天地無情子亦飢。笑領銅章非失計，歲寒心事欲深期。

【校勘】（相逢處）胡作相逢地，據諸本改。（吾當去）增注云：閩本作當老。（亦飢）潘選作一飢，非是。

【補箋】瑞安、今浙江瑞安縣。

【評論】沈云：含蘊幾許，有味乎言之。集中此種，尤令人百諷不厭。

## 夜賦

抱病喜清夜，形羸心獨開，不知藥鼎沸，錯認雨聲來。歲晚燈燭麗，天長鴻雁哀，書生惜日月，欹枕意茫哉。

【校勘】（題）舊鈔宋詩鈔俱作病中夜賦。（歲晚）胡作歲時。從諸本改。

【補箋】此紹與元年到紹興行在後第一首詩。到紹興在夏日，觀此詩後半，知爲秋冬間作，蓋巳過數月矣。

【評論】劉云：語意灑然（在首兩句下）。又云：五字自是（在書生惜日月句下）。沈云：無一字不眞，味之無極。

## 喜雨

秦望山頭雲，昨日鸞鳳舉，冥冥萬里風，淅淅三更雨。小臣知君憂，起坐聽簷語，風力有去來，龍工雜文武。燈花識我意，一笑相媚嫵。泥翻早朝路，瀰瀰光欲吐，鬱然蒼龍闕，佳氣接南畝，千官次第來，豫色各眉宇。記事以短篇，不工還自許。

〔校勘〕（萬里風）劉評作萬里潤。（雜文武）宋詩鈔作離文武，形近之誤。

〔補箋〕輿地紀勝紹興府古蹟門：秦望山在會稽東南四十里。輿地記云：在州城南，爲衆峰之傑。史記云：秦始皇登之以望東海。十道志云：秦始皇登秦望山，使李斯刻石，其碑尚存。宋紹興府治會稽縣卽今浙江紹興縣。

〔評論〕沈云：喜雨詩多矣，獨此最眞切，造語亦工。

## 醉中 律髓十九酒類

醉中今古興衰事，詩裏江湖搖落時。兩手尙堪盃酒用，寸心惟是鬢毛知。稽山擁郭東西去，禹穴生雲朝暮奇。萬里南征無賦筆，茫茫遠望不勝悲。

〔校勘〕（興衰）律髓潘選俱作興亡。（暮奇）潘選作暮期，音近之誤。

〔增注〕司馬遷傳：南遊江淮，上會稽，探禹穴。張晏注：禹巡狩至會稽而崩，因葬焉。上有孔穴，民間云，禹入此穴。

〔補箋〕輿地紀勝紹興府景物下：會稽山在州西二十里。卽禹會諸侯之地，揚州之鎭山也。

〔評論〕　方云：此以醉中爲題耳。三四絶妙，餘意感慨深矣。　紀云：十四字一篇之意，妙於作起，若作對句便不及。（謂首兩句）。　沈云：筆力陡健，萬象在旁。

## 不見梅花六言

荆楚歲時經盡，今年不見梅花。想得蒼煙玉立，都藏江上人家。

## 梅花二首 一本云行市得梅一枝

鐵面蒼髯洛陽客，玉顏紅領會稽儒。街頭相見如相識，恨滿東風意不傳。

〔校勘〕　題下校語乃胡箋原有者；劉評亦有之，作行市得梅花一枝。

〔增注〕　第一句自謂，第二句謂梅。此詩與後卷月桂詩人間跌宕簡齋老，天下風流月桂花意同。

〔評論〕　沈云：全不說梅，自然是梅。

二

畫取維摩室中物，小瓶春色一枝斜。夢回映月窗間見，不是桃花與李花。

〔增注〕　維摩經：舍利佛念室中無牀座；維摩現神通力，東方須彌燈王佛遣三萬二千師子座來入其室。又云：有一王女，見諸天人聞所說法，便現其身，即以天花散諸菩薩大弟子上。

## 雨

聽雨披夜襟，衝雨踏晨鼓，萬珠絡箏輿，詩中有新語。老龍經秋臥，歲暮始一舉，成功亦何遲，光采變蔬圃。道邊閘井溢，可笑遽如許；舊山百尺泉，不知旱與雨。

〔校勘〕（閘井）胡作開井，形近之誤，據諸本改。

〔評論〕沈云：意有所風，是爲小器之戒。

## 瓶中梅

明窗淨棐几，玉立耿無鄰，紅綠兩重袂，慇懃滿面春。曾爲庾嶺客，本是洛陽人，老我何顏貌，東風處處新。

〔校勘〕（顏貌）胡作顏面。從諸本改。增注云：顏貌，箋本作顏面，非；此據閩本及武岡本。

〔增注〕曾爲庾嶺客，本是洛陽人，蓋公借梅以自況也。

〔評論〕沈云：不說瓶梅，自是瓶梅。

陳簡齋詩集合校彙注卷二十八終

# 陳簡齋詩集合校彙注卷二十九目錄


除夜……二九七
雨中……二九七
渡江……二九八
夙興……二九九
幽窗……二九九
題伯時畫溫溪心等貢五馬……三〇〇
休日馬上……三〇〇
題畫……三〇一
題崇蘭圖二首……三〇一
秋夜獨酌……三〇二
九日示大圓洪智……三〇二
劉大資挽詞二首……三〇二
與智老天經夜坐……三〇三
觀雪……三〇四
題江參山水橫軸畫俞秀才所藏二首……三〇四

小閣晨起……三〇五
小閣晚望……三〇五

# 陳簡齋詩集合校彙注卷二十九

鄭騫 因百 校箋

## 除夜

疇昔追歡事，如今病不能。等閑生白髮，耐久是青燈。海內春還滿，江南硯不冰。題詩餞殘歲，鐘鼓報晨興。

〔補箋〕 此紹興元年除夜在紹興作。是時簡齋年甫四十一歲而已見衰象矣。 簡齋晚年，作詩極少，自紹興二年春，至八年冬卒於湖州（今浙江吳興縣），七年之中，僅有本卷及卷三十之四十餘首。此七年事跡詳見拙編簡齋年譜，其間居湖州前後共二年餘。此兩卷詩大多數作於湖州。

〔評論〕 沈云：如人意所欲出，自成千古名語。（謂白髮青燈兩句）。

## 雨中 律髓十七晴雨類

北客霜侵鬢，南州雨送年。未聞兵革定，從使歲時遷。古澤生春靄，高空落暮鳶。山川含萬古，鬱鬱在樽前。

〔校勘〕 （從使）舊鈔作徒使，似是而非。

〔補箋〕 明年元旦即自紹興出發往臨安（見下首），此詩寫境似在紹興作，又有「雨送年」語，應編於除夜一首之前。

〔評論〕　紀云：此首近杜，意境深潤。妙是自運本色，不似古人。　沈云：杜之心事，杜之氣味，杜之手筆：斯眞杜矣。

## 渡江律髓一登覽類

江南非不好，楚客自生哀。搖櫓天平渡，迎人樹欲來，雨餘吳岫立，日照海門開。雖異中原險，方隅亦壯哉。

〔增注〕　吳山在錢塘縣南六里，上有伍子胥廟。又鳳凰山在錢塘城中，下瞰大江，直望海門。楊巨源送章孝標歸杭州詩：曾過靈隱江邊寺，獨宿東樓看海門。潮色銀河鋪碧落，日光金柱出紅盆。

〔補箋〕　宋史卷二十七高宗紀：「紹興二年正月癸巳朔，帝在紹興府。壬寅（初十日），帝發紹興。丙午（十四日），帝至臨安府（今浙江杭縣）。」建炎以來繫年要錄卷五十一：「紹興二年正月癸巳朔，上在紹興；是日，從官以下先發，以將還浙西也。」右詩卽自紹興赴臨安渡浙江時作，以行程計之，其作日當在正月初三四。

〔評論〕　方云：此謂渡浙江也。簡齋紹興初避地廣南，赴召由閩入越；行在時寓會稽，渡錢塘。簡齋洛陽人，詩逼老杜，於渡浙江所題如此，可謂亦壯矣哉。　馮舒云：第四句是好句，然亦何必是江。立字欠自然。到落句應出生哀。　又云：硬駁（謂雖異句）。　馮班云：至此不見生哀意，何也？（謂末兩句）。　查云：簡齋與後山才力相近而烹煉不及後山，觀其全集自見。　又云：結語微含諷意。　紀云：頗見風格。末言雖屬偏安，然形勝如是，天下事尚可爲，而惜當時之無能爲也。馮氏譏其與自生哀意不合，失其旨矣。　騫按：此詩只是瞻觀形勢，感慨興哀，並無諷惜之意。沈云：五律中金科玉律。清遠之思，雄健之筆，卓然大家。

## 夙興

美哉木枕與菅席，無耐當興戴朝幘，巷南巷北聞鍛聲，舍後舍前惟月色。事國無功端未去，竹輿伊鴉猶昨日。不見武林城裏事，繁華夢覺生荆棘。成壞由來幾古今，乾坤但可著山澤。西湖已無金碧麗，雨抹晴妝尙娛客，會當休日一訪之，摩娑蒼蘚慰崖石；只恐冷泉亭下水，發明白髮增嘆息。

〔校勘〕（無耐）舊鈔宋詩鈔俱作無禁，非是。（伊鴉）舊鈔宋詩鈔俱作伊軋，此是借字記音，並無定字。（夢覺）胡箋劉評俱作夢裏，與上句城裏重複，今據舊鈔及宋詩鈔改。（成壞）舊鈔宋詩鈔俱作成敗。

〔補箋〕按國史，建炎三年，金人陷杭越等州。詩中夢覺生荆棘謂此。冷泉亭在錢塘飛來峯下。

〔增注〕杭州城有虎林山，古稱虎林，唐人避李氏遠祖諱，改虎爲武。

〔評論〕沈云：雋思老筆。杜韓蘇黃，合同而化，乃得此等佳作。

## 幽窗

貧士工用短，壯夫溺於詩，破壁爲幽窗，我筆還得持。高鳥度遺影，風扉語移時，迨我休暇日，與物聊同嬉。古來賢哲人，畎畝策安危，一行或大謬，半隱良亦癡。寄言山中友，卽歲以爲期。

〔校勘〕（溺於）宋詩鈔誤作弱於。（移時）胡作多時。從諸本改。

〔增注〕天衣懷禪師語云：譬如雁過長空，影沉寒水，雁無遺踪之意，水無涵影之心。

〔評論〕沈云：其味無窮。又云：陶之天機，杜之心事，合而出之。然不襲其貌，此先生自成一我之時也。

## 題伯時畫溫溪心等貢五馬

漠漠河西塵幾重，年來畫馬亦難逢。題詩記著今朝事，同看聯翩五疋龍。

【增注】　按，東坡三馬圖贊引：元祐初，西域貢馬，首高八尺，龍顱而雁膺，虎脊而豹章。出東華門，入天駟監，振鬣長鳴，萬馬皆瘖。父老聚觀，以爲未始見也。然上方恭默思道，八駿在庭，未嘗顧。其後圉人起居不以時，馬有斃者，上亦不問。來年，羌溫溪心有良馬，不敢進，請於邊吏，願以餽太師潞國公，詔許之。蔣之奇爲熙河帥，西番有貢駿馬汗血者，有司以非入貢歲月，留其使與馬於邊。軾嘗請於承議郎李公麟，畫當時三駿馬之狀，而使鬼章青宜結校之，藏於家。（按：李公麟字伯時。）

【校勘】　（題）胡無貢字，從諸本補。

【補箋】　河西，泛指今陝甘以西至中亞一帶。其他產馬而南宋初年已淪於金，道路隔絕，故有前兩句。

【評論】　沈云：此等絕句，雖謂勝於工部可也。　又云：句外無限。　騫按：沈評陳詩，往往過譽。何至遂勝工部。

## 休日馬上

休日不自休，騎馬踏荒徑，卻扇受景風，今朝我無病。春雲閟晨耀，羣綠澹相映，山川與朝市，一動自一靜。九衢行萬人，誰抱此懷勝，不得與之語，蕭蕭寄孤詠。

【校勘】　（朝市）舊鈔作市朝。

〔補箋〕　史記律書：景風居南方，景者，言陽氣道竟，故曰景風。說文風字注：南方曰景風。右詩有春雲之語，未至夏季，當是用爾雅之義，胡箋是也。

## 題畫

分明樓閣是龍門，亦有溪流曲抱村。萬里家山無路入，十年心事與誰論。

〔校勘〕　(與誰論)胡作有誰論。從諸本改。

〔評論〕　沈云：此亦句外無限，妙在分明亦有。

## 題崇蘭圖二首

兩公得我色敷腴，藜杖相將入畫圖。我已夢中都識路，秋風舉袂不踟躕。

〔校勘〕　(都識路)舊鈔宋詩鈔俱作多識路。

〔補箋〕　楚辭招魂：光風轉蕙氾崇蘭些。王逸註：崇高也。　趙子晝、宋史二四七，程俱、宋史四四五有傳。

〔評論〕　沈云：氣韻自佳(評二首)。

二

奕奕天風吹角巾，松聲水色一時新。山林從此不牢落，照影溪頭共六人。

〔校勘〕　(從此)胡脫此二字，據諸本補。

程俱北山小集卷十一有同作四首，題云：「叔問作崇蘭館圖畫叔問去非與余相從林壑間二公各題二絶句余同賦四首」。附錄於下。

嬰朔千年契義深，祇今林壑共幽尋。同心更結崇蘭伴，衰世誰知有斷金。

崇蘭深寄北山幽，何日追隨得自由。下石向來多賣友，斷金投老得良儔。

道義寧論故與新，紛紛誰復繼雷陳。圖形預作山林約，笑殺青雲得路人。

置我正須岩石裏，如公總合上淩烟。要令他日看圖畫，不愧平生與昔賢。（騫按：此四詩殊不甚佳。）

## 秋夜獨酌

涼秋佳夕天氣廓，河漢之涯秋漠漠，月出未出林彩變，幽人露坐方獨酌。自歌新詞酒如空，天星下飲觥船中，忽思李白不可見，夜半喬木搖西風。百年佳月幾今夕，憂樂相尋老來疾，瓊瑤滿地我影橫，添酒賦詩何可失。

〖校勘〗（佳夕）劉評作佳氣。（新詞）舊鈔宋詩鈔俱作新調。

〖評論〗沈云：頗有太白風致，結句嫌率。又云：結句擬改「影亦舉杯勸我食」，不知先生以爲妄否？」（騫按：沈改句甚不自然。）

## 九日示大圓洪智

自得休心法，悠然不賦詩。忽逢重九日，無奈菊花枝。

〖校勘〗（菊花）胡箋菊字僅存草頭，據諸本補。

## 「劉大資挽詞二首

天柱欹傾日，堂堂墮虜圍。遂聞王蠋死，不見華元歸。一代名超古，千年淚染衣。當時如有繼，猶足變危機。

〔校勘〕（虜圍）聚珍四庫俱作急圍，避清人諱改。

〔增注〕按國史：劉韐字仲偃，一字潛裴，建之崇安人。登元祐九年第。靖康初，自河東河北宣撫使召歸，除京城四壁守禦使。與時相議不合，落職奉祠。旣京城失守，宰相遣韐往使。金人素聞其名，得公喜甚，館於城南壽聖院。遣僕射韓正喻意，將欲大用之，仍許以家屬行。公仰天而呼曰：有是乎！偷生以事二主，吾死不爲也。卽手書片紙，付指揮使陳灌劉玠歸報諸子，因闔戶自經而死。燕人歎曰：忠臣也。灌等竊其屍，瘞之蔬圃。後事稍定，其子子羽同灌等出城棺斂之；時已八十日，顏色如生。朝廷褒其死節，贈資政殿大學士，賜謚忠顯，又賜碑額爲旌忠褒德之碑。子羽仕至寶文閣直學士。孫珙、乾道樞密。

〔補箋〕劉韐，宋史卷四四六有傳。右二詩本集編於紹興四五年間，距韐死節已近十年，蓋追挽也。

## 二

一死公餘事，由來虜亦人，使知臨難日，猶有不欺臣。河洛傾遺憤，英雄歎後塵。煌煌中興業，公合冠麒麟。

〔校勘〕（虜亦人）聚珍四庫俱作彼亦人，避清人諱改。（歎後）胡作艱後。形近之誤，據諸本改。

# 與智老天經夜坐

殘年不復徙他邦，長與兩禪同夜釭。坐到更深都寂寂，雪花無數落天窗。

【校勘】（天經）胡作天涇。形近之誤，據諸本改。（他邦）舊鈔作他鄉，出韻。（天窗）胡作窗前。失韻，據諸本改。蔣國榜刻本作前窗，臆改無據。

## 觀雪

無住菴前境界新，瓊樓玉宇總無塵。開門倚杖移時立，我是人間富貴人。

【補箋】簡齋居湖州壽聖院時，名所居曰無住菴；參閱本卷小閣晨起詩補箋。

【評論】沈云：雋絕。前後無人道此。

## 題江參山水橫軸畫俞秀才所藏二首

卷中袞袞溪山去，筆下明明開闢初。不肯一揮爲婦計，俞郎作意未全疎。

【校勘】（題）舊鈔作題俞秀才所藏江參山水橫軸二首。（作意）胡作作計。從諸本改。

【補箋】鄧椿畫繼：江參，字貫道，江南人。長於山水。形貌清癯，嗜香茶，以爲生。初以葉少蘊左丞薦於宇文湖州季蒙，今其家有泉石五幅圖一本，筆墨學董源，而豪放過之。……當貫道被召時，尚書張如瑩知臨安，貫道旣到臨安，卽有旨舘於府治，明當引見，是夕殂，信有命也。按：少蘊、葉夢得字，觀畫繼所記，江蓋與簡齋同時。

二

萬壑分煙高復低，人家隨處有柴扉。此中只欠陳居士，千仞崗頭一振衣。

【評論】劉云：等閒雨絕，跌宕。

## 小閣晨起

紙帳不知曉，鴉鳴吾當興，開窗面老松，相對寒峻嶒。幸無公家責，欲懶還不能，汲井頮我面，銅盆旋敲冰，梳頭風入檻，紛散霜滿膺。四瞻郊澤間，蒼煙慘朝凝，卻望塔顛日，光景舒層層，乾坤有奇事，變化忽相乘。客來無可語，語此不見譍；今晨胡牀冷，愧我無髿髿。

〔校勘〕　（紛散）舊鈔宋詩鈔俱作散髮。按：言紛亂即是髮，不必點明。

〔補箋〕　簡齋奉祠居湖州，前後兩次，一次在紹興五六年間，一次在八年，皆寓於青墩鎮之壽聖院僧舍。院中有小閣，閣後有塔，集中屢曾吟咏，本集無住詞塔院僧閣南柯子云：「欄干三面看秋空，背揷浮圖千尺冷煙中。」即謂此閣此塔。見胡箋所附年譜，年譜僅云青鎮，據無住詞虞美人詞題，知鎮名青墩。周密癸辛雜識：南渡初，中原士大夫之落南者，高宗有許占寺院之命。

〔評論〕　劉云：屢語不合。　沈云：想見此閣佳景，敘得一一入妙。

## 小閣晚望

澤國候易變，孟冬乃微和，解襟凭小閣，日暮歸雲多。蒼蒼散草木，莽莽雜山河，荒野蟲亂鳴，長空鳥時過。萬象各無待，惟人顧紛羅，備物以養己，更用干與戈。天風吹我來，衣袂生微波，幽懷眇無寄，蕭瑟起悲歌。

〔校勘〕　（萬象）舊鈔作萬物。

陳簡齋詩集合校彙注卷二十九終

# 陳簡齋詩集合校彙注卷三十目錄

梅花……三〇九
得張正字書……三〇九
江梅……三一〇
雪……三一〇
小閣……三一〇
元夜……三一一
懷天經智老因訪之……三一一
黃修職雨中送芍藥五枝……三一二
櫻桃……三一二
葉柟惠花……三一二
牡丹……三一三
盆池……三一三
松棚……三一三
西軒……三一三
玉堂儤直……三一四

病骨……三一四
晨起……三一四
登閣……三一五
芙蓉……三一五
歲華……三一五
得長春兩株植之窗前……三一五
九月八日戲作兩絕句示妻子……三一六
拒霜……三一六
微雨中賞月桂獨酌……三一六

# 陳簡齋詩集合校彙注卷三十

鄭騫 因百 校箋

## 梅花

一枝斜映佛前燈，春入銅壺夜不冰。昔歲曾遊大庾嶺，今年聊作小乘僧。

〔校勘〕（曾遊）劉評作曾行。

〔增注〕時公寓壽聖院，故有佛前燈、小乘僧之句。

## 得張正字書

送老茅屋底，天寒人迹稀，一觴猶有味，萬事已無機。歲暮塔孤立，風生鴉亂飛，此時張正字，書札到郊扉。

〔校勘〕（字書）胡作字詩。從諸本改。（屋底）宋詩鈔作屋低。非是。（猶有）舊鈔作尤有，非是。（鴉亂飛）（到郊扉）蔣刻本缺鴉字扉字。四部叢刊本及其他諸本俱不缺。按：以下諸詩蔣刻本缺字，叢刊皆不缺，疑是影印時描補，參閱本卷西軒詩校勘。

〔評論〕沈云：涉筆成畫。

〔增注〕傳燈錄：咸澤禪師住杭州廣嚴院，有僧問，如何是廣嚴家風。師曰：一塢白雲，三間茅屋。又，老杜已上人茅齋詩：已公茅屋下，可以賦新詩。按：公時居青墩鎮之僧舍，故用茅屋事。

歲暮塔孤立，正指寺中之塔也。

## 江梅

風雪集歲暮，江梅開不遲。朝來幽窗底，明璫綴青枝。上天播淑氣，百卉分四時。寒村值西子，足以昌吾詩。

〔校勘〕（青枝）胡作素枝。從諸本改。（百卉）蔣刻本缺卉字。四部叢刊及其他諸本不缺。

〔評論〕沈云：以淡得雅，固足稱題。

## 雪

窮臘見三白，江南無舊聞，天上春已暮，盡日花繽紛。平生雖畏寒，遇雪心所欣，擁衾未敢出，投隙致慇懃。窗戶忽相照，川陵已難分，二儀有巨麗，老我不能文。高吟黃竹詩，薄暮心無垠，浮屠似玉筍，突兀倚重雲。

〔校勘〕（窮臘）舊鈔作窮冬。

## 小閣

欄干橫歲暮，徙倚度陰晴。木落太湖近，梅開南紀明。病餘仍愛酒，身外更須名。鸛鶴忽雙起，吾詩還欲成。

〔校勘〕（太湖）（南紀）胡作大湖、南紀。形近之誤，據諸本改。（病餘）蔣刻缺此兩字。四部叢刋及諸本不缺。（身外）胡作身後。從劉評改。增注云：身外，閩本武岡本同。箋本作身後，非。劉云：明犯後山，改一外字自可。

【增注】 太湖在蘇州吳縣南，古湖常宣蘇四州境。

## 元夜

今夕天氣佳，上天何澄穆，列宿雨後明，流雲月邊速，空簷垂斗柄，微吹生叢竹。對此不能寐，步繞庭之曲。遙睇浮屠顛，數星紅煜煜，悟知燒燈夕，節意亦滿目。歷代能幾詩，遍賦雜珉玉；棲鴉亦未定，更鳴伴余獨。百年滔滔內，憂樂兩難復，惟應長似今，寂寞送寒燠。

【校勘】 （燒燈）胡作曉燈，形近之誤，據諸本改。

## 懷天經智老因訪之律髓二十六變體類

今年二月凍初融，睡起苕溪綠向東。客子光陰詩卷裏，杏花消息雨聲中。西菴禪伯還多病，北柵儒先只固窮。忽憶輕舟尋二子，綸巾鶴氅試春風。

【校勘】 （因訪之）律髓作因以訪之。（儒先）律髓潘選俱作儒仙。先謂先輩也。本集卷九陳叔易母挽詩云，去年披霧識儒先，作仙非是。

【增注】 湖州有苕溪，岸多蘆葦，故名。 晦菴語錄云：高宗最愛簡齋客子光陰一聯。（按：此語見朱子語類卷一百四十。）

【評論】 瞿佑歸田詩話卷中：陳簡齋詩云：客子光陰詩卷裏，杏花消息雨聲中。陸放翁詩云：小樓一夜聽春雨，深巷明朝賣杏花。皆佳句也，惜全詩不稱。葉靖逸詩：春色滿園關不住，一枝紅杏出牆來。戴石屏詩：一冬天氣如春暖，昨日街頭賣杏花。句意亦佳，可以追及之。　方云：以客子對杏花，以雨聲對詩卷，一我一物，一情一景，變化至此，乃老杜卽今蓬鬢改，但愧菊花開，賈島身事豈能遂，蘭花又已開，翻窠換臼，至簡齋而益奇也。后山老形已具臂膝痛，春事無多櫻筍來一聯，極其酸苦，而此聯有富貴閒雅之味，后山窮、簡齋達，亦可覘云。　馮舒云：睡時不向西。　紀云：次句言睡起出門，正見苕溪東流耳。馮氏以睡時不向西詆之，太苛。（騫按：如馮之評詩，直是尋隙爭吵。）

## 黃修職雨中送芍藥五枝

微雨溼清曉，老夫門未開，煌煌五儷子，並擁翠蕤來。胭脂洗盡不自惜，爲雨歸來更無力；老夫五十尙可癡，憑軒一賦會眞詩。

〔校勘〕　（儷子並擁）蔣刻缺子字、並字缺上半。四部叢刊及諸本不缺。

〔評論〕　沈云：妙只取神。

## 櫻桃

四月江南黃鳥肥，櫻桃滿市粲朝輝。赤瑛盤裏雖殊遇，何似筠籠相發揮。

〔評論〕　劉云：相發揮屢見，亦不爲佳。

## 葉柟惠花

無住菴中老居士，逢春入定不銜盃。文殊罔明俱拱手，今日花枝喚得迴。

【增注】　按：集中有與葉懋詩，葉枏必懋之兄弟也。

## 牡丹

一自胡塵入漢關，十年伊洛路漫漫。青墩溪畔龍鍾客，獨立東風看牡丹。

【增注】　伊水出河南陸渾山，入河。洛水出上洛山，至河南鞏縣入河。

【評論】　劉云：語絕。　沈云：含蓄無限，怦怦動心，絕調也。

## 盆池

三尺清池窗外開，茨菰葉底戲魚回。雨聲轉入浙江去，雲影還從震澤來。

【增注】　書傳：震澤、吳南太湖名。

## 松棚

黯黯當窗雲不驅，不教風日到琴書。只今老子風流地，何似茅山陶隱居。

## 西軒

平生江海志，歲暮僧廬中，虛齋時獨步。遡此西窗風。初夏氣未變，幽居念方沖。三日無客來，門外生蒿蓬，輕陰映夕幌，窈窕瓶花紅。未知古來士，誰與此心同。

【校勘】（變幽）蔣刻缺此二字，四部叢刊及諸本不缺。（蒿蓬）胡作蓬蒿，失韻。據諸本改。（古來）蔣刻缺來字。四部叢刊及聚珍作古今，劉評及舊鈔作古來。聚珍乃晚出之本，故從劉評及舊鈔。據此一字，可知蔣刻缺字而叢刊反而不缺者，蓋影印時曾據聚珍或蔣刻本之校勘記描補也。

【評論】沈云：自是清趣，一幀西軒圖也。　又云：宋詩鈔無後四句，不知何故。騫按：無後四句，語意未完，蓋所據本偶缺耳。

## 玉堂儤直

庭葉瓏瓏曉更青，斷雲吐日照寒廳。只應未上歸田奏，貪誦楞伽四卷經。

【校勘】（吐日）舊鈔作度日。（貪誦）蔣刻缺誦字。四部叢刊及諸本俱不缺。

【評論】劉云：儤直誦經，又是痴業，玉堂少此故事。

## 病骨

病骨瘦始輕，清虛日來入，今朝僧閣上，超遙久風立。茂林榴萼紅，細雨離黃溼，物色乃可憐，所悲非故邑。

【校勘】（輕清虛日來入今朝久立林邑）蔣刻缺此十二字，四部叢刊及諸本不缺。

【增注】說文：離黃，倉庚也，鳴則蠶生，以爲候。

## 晨起

寂寂東軒晨起遲，蒙蘢草木暗疏籬。風來衆綠一時動，正是先生睡足時。

〔校勘〕　（蒙朧）舊鈔宋詩鈔作朦朧，非是。（衆綠）蔣刻缺綠字，四部叢刊及諸本不缺。

## 登閣

今日天氣佳，登臨散腰腳，南方宜草木，九月未黃落。秋郊乃明麗，夕雲更蕭索，遠遊吾未能，歲暮依樓閣。

〔評論〕　沈云：淡而真，故有味。

## 芙蓉

白髮飄蕭一病翁，暮年身世藥瓢中。芙蓉牆外垂垂發，九月憑欄未怯風。

## 歲華

歲華日已凋，飛葉鳴古瓦，白頭倚危檻，高旻覆平野。遙瞻疎柳林，下有清溪瀉，三春既繁麗，九秋亦瀟灑。平生萬事過，所欠茅一把。山川鬱日夕，有抱無與寫，賦詩老不工，開篇詠風雅。

〔校勘〕　（日夕）劉評作已夕。

〔評論〕　沈云：潦盡潭清，詩家老境也。

## 得長春兩株植之窗前

鄉邑已無路，僧廬今是家。聊乘數點雨，自種兩叢花。籬落失秋序，風煙添歲華。衰翁病不飲，獨立到棲鴉。

〖增注〗　長春卽月桂花。

〖評論〗　沈云：據事直書，而鄉思自見。

## 九月八日戲作兩絕句示妻子

今夕知何夕？都如未病時。重陽莫草草，賸作幾篇詩。

〖校勘〗　（題）舊鈔無句字。

## 二

小甕今朝熟，無勞問酒家。重陽明日是，何處有黃花。

〖評論〗　劉云：語甚不長。

## 拒霜

拒霜花已吐，吾宇不淒涼。天地雖肅殺，草木有芬芳。道人宴坐處，侍女古時妝，濃露溼丹臉，西風吹綠裳。

〖校勘〗　（淒涼）胡作悽涼，從諸本改。

## 微雨中賞月桂獨酌

人間跌宕簡齋老，天下風流月桂花。一壺不覺叢邊盡，暮雨霏霏欲溼鴉。

## 附佚詩存目兩首

葛勝仲丹陽集卷十八有「次韻去非梅花」七古一篇，「造化小兒心戀嫪，偏向水花施巧妙。……」云云。同書卷十九有「二陳作書懷詩亦次韻」七律一篇，「山城眞稱著寒儒，繞屋青蒼似故居。……」云云。張綱華陽集卷三十四有「次韻陳去非中秋無月」七律一篇，「蕭瑟中宵雨打窗，那知風葉亂飄黃。……」云云。胡箋本及外集俱無此三韻詩。二陳謂簡齋、若拙。

## 附補遺辨誤一首

沈評舊鈔本爲浙人汪能肅故物(見後簡齋詩集考補遺)，卷末有汪氏手錄五律一首，題爲「過臨平」，詩云：「一別九霄路，風煙長滿衣。已成身老大，無復世輕肥。天澗鳥雙下，山寒人獨歸。晚來何似雨，春水半岩扉。」汪題其後云：「此首見宋詩刪，因錄之，以補本集之遺。」寯按：此詩乃汪藻作，見浮溪集卷三十，原作二首，此其第一首。浮溪與簡齋同時。故宋詩刪誤題。

陳簡齋詩集合校彙注卷三十終

# 無住詞合校彙注目錄

法駕導引三首 朝元路 東風起 簾漠漠……三二一
虞美人 十年花底承朝露……三二二
憶秦娥 魚龍舞……三二三
臨江仙 高詠楚詞酬午日……三二三
虞美人 張帆欲去仍搔首……三二四
點絳唇 寒食今年……三二四
虞美人 超然堂上閑賓主……三二五
漁家傲 今日山頭雲欲擧……三二五
虞美人 扁舟三日秋塘路……三二六
浣溪沙 送了棲鴉復暮鐘……三二六
玉樓春 山人本合居巖嶺……三二七
清平樂 黃衫相倚……三二七
定風波 九日登臨有故常……三二八
菩薩蠻 南軒面對芙蓉浦……三二九
南柯子 嬌嬌千年鶴……三二九
臨江仙 憶昔午橋橋上飲……三三〇

# 無住詞合校彙注

鄭騫　因百　校箋

**世傳頃年都下市肆中，有道人携烏衣椎髻女子，買　酒獨飲，女子歌詞以侑，凡九闋，皆非人世語。或記之，以問一道士，道士驚曰：「此赤城韓夫人所製水府蔡眞君法駕導引也。烏衣女子疑龍云。」得其三而亡其六；擬作三闋。**法駕導引

朝元路，朝元路，同駕玉華君。千乘載花紅一色，人間遙指是祥雲，回望海光新。

東風起，東風起，海上百花搖。十八風鬟雲半動，飛花和雨著輕綃，歸路碧迢迢。

簾漠漠，簾漠漠，天澹一簾秋。自洗玉舟斟白醴，月華微映是空舟，歌罷海西流。

〔**校勘**〕　（買斟酒）斟同斗，六十家詞本無此字。（亡其六）舊鈔及六十家詞俱作亡其二，非是。（玉舟）毛扆校本作玉尊，乃不識玉舟之義而妄改者。　（月華微映是空舟）增注云：武岡本作月華清映是瀛洲。　莫友芝校本云，此卷所據宋本係鈔補。

〔**增注**〕　無住者，湖州青墩鎮僧舍之菴名也，公紹興間奉祠寓居焉。卷中詩詞皆可考；而詞亦多其時所作，故以題集。金剛經：應無所住而生其心。菴名本此。　洪容齋夷堅志云：陳東，靖康間嘗飲於京師酒樓。有倡倚欄獨立，歌望江南詞，音調清越，東不覺傾聽。視其衣服雖故弊，而肌膚綽約如雪；乃呼使前，再歌之。其詞曰：「欄干曲，紅颺繡簾旌。花嫩不禁纖手捻，被風吹去意還

鷟，眉黛蹙山青。 鏗鐵板，閑和步虛聲。塵世衆人知此曲，却騎黃鶴上瑤京，風冷月華清。」東問何人所製。曰：「上清蔡眞人詞也。」歌罷下樓而去，亟遣僕追之，已失矣。 唐柳毅客涇陽，見一婦人，風鬟雨鬢，牧羊於野。坡詩：霧鬢風鬟木葉衣。周禮：六彝皆有舟。坡詩：已洗兩玉舟。太白樽酒行：玉壺美酒清若空。 騫按：周禮之舟，謂尊下承槃(同盤)也，見周禮春官司尊彝。右詞所謂玉舟，乃舟形酒杯，卽所謂觥船。增注小誤。

【補箋】 無住詞十八首，僅此三首可能作於承平時，餘皆建炎南渡後作。

## 亭下桃花盛開作長短句詠之 虞美人

十年花底承朝露，看到江南樹。洛陽城裏又東風，未必桃花得似舊時紅。 燕脂睡起春纔好，應恨人空老。心情雖在只吟詩，白髮劉郎孤負可憐枝。

【校勘】 (燕脂)胡作臙脂，從劉評改。增注云：閩本詩中並作煙脂，惟此詞作燕脂。 (只吟)毛扆校本作不吟，似可從。

【增注】 山谷詩：桃李終不言，朝露借恩光。 雜錄云：燕脂起自紂。以紅藍花汁凝作脂，以爲桃花妝，蓋燕國所出，故名。

【補箋】 觀詞意是中年經亂後在南方作，且編於移舟明山詞之前，此亭蓋卽岳州之君子亭，其事在建炎三年，見拙編簡齋年譜及詩集卷二十。

【評論】 劉云：讀之宛然當日之痛(在未必桃花句下)。 沈云：南渡思舊京之作，情味深永。若用岳韓，則不空老，不孤負矣。然引爲己咎，想見先生忠悃。(騫按：此評於此詞作年及當時情事殊未了了。建炎中尚無所謂用岳韓不用岳韓，簡齋其時尚未當國，更無從引爲己咎。)

## 五日移舟明山下作憶秦娥

魚龍舞，湘君欲下瀟湘浦。瀟湘浦，興亡離合，亂波平楚。　獨無樽酒酧端午，移舟來聽明山雨。明山雨，白頭孤客，洞庭懷古。

〔增注〕　坡詩：魚龍舞洞庭。　明山、沅（原誤作元）州郡主山也。山海經云：洞庭在長沙巴陵，湖水廣圓五百里，日月若出沒其中。

〔補箋〕　方輿勝覽：明山，岡巒重複，朝抱郡治，飛雲濃黛，如列畫屏。輿地紀勝沅州景物上：明山，在盧陽，縣之主山也。按：宋沅州治盧陽縣，即今湖南芷江縣。　陳後山九日不出魏衍見過詩：獨無尊酒爲公壽。　此建炎三年自岳州避貴仲正寇時作，見拙編年譜及詩集卷二十。其年簡齋四十歲，詩詞中已屢言白髮，可見其早衰。明山去洞庭湖已遠，詞云洞庭懷古，蓋約略言之耳。

〔評論〕　劉云：隱約濃淡（在亂波句下）。　又云：調意各稱。

## 又臨江仙

高詠楚詞酧午日，天涯節序匆匆。榴花不似舞裙紅，無人知此意，歌罷滿簾風。　萬事一身傷老矣，戎葵凝笑牆東。酒杯深淺去年同，試澆橋下水，今夕到湘中。

〔校勘〕　（臨江仙）胡箋脫此三字，據劉評及諸本補。　（不似）舊鈔作不及。　（今夕）舊鈔作今日，非是。

〔增注〕　試澆橋下水，蓋反獨醒意，以弔靈均也。（騫按：此句承上榴花不似舞裙紅及酒杯深淺去年同而來，與靈均無關。增注穿鑿附會，全非作者本意。）

〔補箋〕　此與前首憶秦娥同時作，故題又字。

〔評論〕　劉云：婉娩綸至，詩人之詞也。（綸字疑誤）

## 大光祖席醉中賦長短句虞美人

張帆欲去仍搔首，更醉君家酒。吟詩日日待春風，及至桃花開後卻匆匆。　歌聲頻爲行人咽，記著樽前雪。明朝酒醒大江流，滿載一船離恨向衡州。

〔校勘〕　（記著）劉評作記者，形近之誤。

〔增注〕　坡公與秦少游於維揚飲別，作虞美人詞云：波聲拍枕長淮曉，隙月窺人小。無情汴水自東流，只載一船離恨向西州。　竹溪花浦曾同醉，酒味多於淚。誰教風鑑在塵埃，醞造一場煩惱送人來。

〔補箋〕　建炎四年正月離衡州赴邵州時作。簡齋與席大光於春日在湖南相別，只此一次。時大光新婚，故云更醉君「家」酒。見拙編年譜及詩集卷二十四，其卷有別大光五古一首，與此詞蓋同時作。末兩句謂人向邵陽而心向衡州也。

〔評論〕　劉云：不犯坡翁句否？（謂末兩句）

## 紫陽寒食點絳脣

寒食今年，紫陽山下蠻江左。竹籬煙鎖，何處求新火。　不解鄉音，只怕人嫌我。愁無那，短歌誰和，風動梨花朵。

〔校勘〕（新火）舊鈔作薪火，淺人所改。

〔補箋〕此建炎四年在武岡作。紫陽山在武岡，見詩集卷二十六寄德升大光詩補箋。

## 邢子友會上虞美人

超然堂上閑賓主，不受人間暑。冰盤圍坐此州無，卻有一瓶和露玉芙蕖。　亭亭風骨涼生牖，消盡樽中酒。酒闌明月轉城西，照見紗巾藜杖帶香歸。

〔校勘〕（邢子友）劉評邢誤作刑。（此州）花菴詞選及毛扆校本俱作此間。（消盡）花菴作更盡。（明月）增注云：明月一作踏月。花菴作踏月。按：踏字與下句帶香歸犯複，不應從。（紗巾）花菴作幅巾。

〔補箋〕此建炎四年庚戌在邵州作，見胡箋所附簡齋自跋。邢子友見詩集卷二十四。

## 福建道中漁家傲

今日山頭雲欲舉，青蛟素鳳移時舞。行到石橋聞細雨，聽還住，風吹卻過溪西去。　我欲尋詩寬久旅，桃花落盡春無所。渺渺籃輿穿翠楚，悠然處，高林忽送黃鸝語。

〔校勘〕（欲舉）舊鈔作欲起。失韻。（無所）花菴作無數。按：無所、無處所也。桃花落盡而云春無數，語意欠通，疑是不知所字是韻者所改。

〔補箋〕此紹興元年赴召途經福建時作。自湖南起身在前一年即建炎四年秋日，到閩已是桃花落盡矣。

〔評論〕　劉云：妙語。迥非邪淫綺語之比。　沈云：如畫行旅圖矣。

**予甲寅歲自春官出守湖州，秋杪，道中荷花無復存者。乙卯歲自瑣闥以病得請奉祠，卜居青墩。立秋後三日行，舟之前後如明霞相映，望之不斷也。以長短句記之。** 虞美人

扁舟三日秋塘路，平度荷花去。病夫因病得來遊，更值滿川微雨洗新秋。　去年長恨拏舟晚，空見殘荷滿。今年何以報君恩，一路繁花相送到青墩。

〔校勘〕　(卜居青墩)劉評舊鈔及六十家詞墩字下俱有鎮字。　(明霞)舊鈔及六十家詞俱作朝霞。(到青墩)胡作過青墩。從劉評舊鈔及六十家詞改。

〔增注〕　拏一作拿，兩字通。　騫按：劉評作拏，胡箋作拿。

〔補箋〕　甲寅爲紹興四年，乙卯五年。簡齋於紹興四年二月，自吏部侍郎改禮部侍郎，九月，出知湖州。五年三月，自湖州召爲給事中，六月，以病告，除顯謨閣直學士、提舉江州太平觀，居湖州。俱見年譜。禮部爲春官，見周禮。古時宮門上刻連瑣文，稱瑣闥；給事中爲侍從官，故云自瑣闥奉祠。

**離杭日，梁仲謀惠酒，極清而美。七月十二日晚臥小閣，已而月上，獨酌數杯。** 浣溪沙

送了棲鴉復暮鐘，欄干生影曲屏東，臥看孤鶴駕天風。　起寫一樽明月下，秋空如水酒如空，謫仙已

去與誰同。

〔校勘〕（數杯）舊鈔及六十家詞無此二字。（起寫）胡箋作起舞。劉評作起寫。增注云：箋本作起舞，非。按：寫即瀉字，瀉酒月下，酒色白，與月光映照，故云秋空如水酒如空，即法駕導引自洗玉舟斟白醴，月華微映是空舟之意。舞字亦可通而寫字更佳，故從劉評。毛扆校本亦作起寫。

〔補箋〕紹興四年離杭州在九月，此詞自是五年作。　梁汝嘉，宋史三九四有傳。簡齋離杭時汝嘉知臨安府。（杭州）。

## 青鎮僧舍作玉樓春

山人本合居巖嶺，聊問支郎分半境。殘年藜杖與綸巾，八尺庭中時弄影。　呼兒汲水添茶鼎，甘勝吳山山下井。一甌清露一爐雲，偏覺平生今日永。

〔校勘〕（青鎮）劉評及六十家詞作青墩。　（山人）劉評作仙人。

〔增注〕支郎、漢支謙，黃眼上人也。劉夢得和宣上人詩云：借問至公誰印可，支郎天眼定中觀。吳山在錢塘縣南，山下有井泉清而乾。騫按：錢塘，今浙江杭縣。

〔補箋〕觀詞意是初居青墩時作，即紹興五年秋日。

## 木犀清平樂

黃衫相倚，翠葆層層底。八月江南風日美，弄影山腰水尾。　楚人未識孤妍，離騷遺恨千年。無住菴中新事，一枝喚起幽禪。

〔校勘〕（楚人）增注云：楚人，一作三閭。

〔增注〕　中齋云：此詞疑用山谷晦堂問答。

〔補箋〕　王灼碧雞漫志卷二：「向伯恭用滿庭芳曲賦木犀，約陳去非、朱希眞、蘇養直同賦，『月窟蟠根、雲巖分種』者是也。然三人皆用清平樂和之。去非『云云』。希眞云：『人閒花少，菊小芙蓉老。冷淡仙人偏得道，買定西風一笑。　前身元是江梅。黃姑點破冰肌。只有暗香猶在，飽參清似南枝。』養直云：『斷崖流水，香度青林底。元配騷人蘭與芷，不數春風桃李。　淮南叢桂小山，詩翁合得躋攀。身到十洲三島，心游萬壑千巖。』後伯恭再賦木犀，亦寄清平樂，贈韓璜叔夏，云：『吳頭楚尾，踏破芒鞋底。萬壑千巖秋色裏，不奈惱人風味。　如今老我鄉林，世間百不關心。獨喜愛香韓壽，能來同醉花陰。』韓和云：『秋光如水，釀作鵝黃蟻。散入千巖佳樹裏，惟許修門人醉。　輕鈿重上風鬟，不禁月冷霜寒。步障深沉歸去，依然愁滿江山。』初，劉原父亦於清平樂賦木犀云：『小山叢桂，最有留人意。拂葉攀花無限思，露溼濃香滿袂。　別來過了秋光，翠簾昨夜新霜。多少月宮閒地，姮娥借與微芳。』同一花一曲，賦者六人，必有第其高下者。」按：此段記載亦見洪邁夷堅志，但不如碧雞漫志之詳盡。伯恭、向子諲字，滿庭芳全首及贈韓清平樂俱見酒邊詞卷上。朱希眞清平樂見樵歌卷下，字句與此小異。蘇養直名庠。原父、劉敞字，其清平樂見酒邊詞第一首清平樂附注。韓璜未詳。

〔補箋〕　簡齋在青墩無住菴，前後經兩個八月，一在紹興五年，一在紹興八年。此詞之前爲五年七月十二日所作浣溪沙，其後爲重陽定風波、荷花菩薩蠻、「欄干三面看秋空」之南柯子、及夜登小閣臨江仙。依此順序，可知此詞爲五年作，六年重陽已離青墩入朝，七年重陽在建康，定風波詞意閒曠，自亦是五年重陽作，荷花菩薩蠻爲八年夏作，南柯子、臨江仙爲八年秋作。

## 重陽定風波

九日登臨有故常，隨晴隨雨一傳觴。多病題詩無好句，孤負，黃花今日十分黃。　記得眉山文翰老，曾道，四時佳節是重陽。江海滿前懷古意，誰會，欄干三撫獨淒涼。

〔校勘〕（登臨）六十家詞作登高。

〔補箋〕紹興五年作，說見前清平樂。

## 荷花 菩薩蠻

南軒面對芙蓉浦，宜風宜月還宜雨。紅少綠多時，簾前光景奇。　繩牀烏木几，盡日繁香裏。睡起一篇新，與花爲主人。

〔補箋〕簡齋紹興六年夏在湖州青墩鎮奉祠閒居，七年夏在建康官參知政事，八年夏知湖洲。右詞首句南軒面對芙蓉浦，不似青墩僧舍景物，後半繩牀烏木几云云，又不似參政生活，當是八年夏作於湖州太守官署。參閱前清平樂詞。　此首歷代詩餘卷九誤作康與之詞。

## 塔院僧閣 南柯子

嬌嬌千年鶴，茫茫萬里風。欄干三面看秋空，背插浮屠千尺冷煙中。　林塢村村暗，溪流處處通。此間何似玉霄峯，遙望蓬萊依約晚雲東。

〔校勘〕（晚雲）舊鈔及六十家詞俱作曉雲。

〔補箋〕簡齋紹興八年罷參政出知湖州，其年七月，以疾請辭，獲准奉祠，還居青墩僧舍。右詞有秋空、冷煙之語，當是作於八九月間。參閱前清平樂詞。

## 夜登小閣，憶洛中舊遊。臨江仙

憶昔午橋橋上飲，坐中多是豪英。長溝流月去無聲，杏花疎影裏，吹笛到天明。　二十餘年如一夢，此身雖在堪驚。閑登小閣看新晴，古今多少事，漁唱起三更。

〔校勘〕　（洛中）花菴詞選誤作吳中。（憶昔）胡作昨夜，大謬，據劉評舊鈔六十家詞花菴改。（多是）舊鈔作多少。（如一夢）花菴草堂詩餘俱作成一夢。（起三更）毛扆校本作兩三聲，重聲字韻。

〔增注〕　太原元裕之自敍樂府云：「山谷漁父詞：青蒻笠前無限事，綠簑衣底一時休，斜風細雨轉船頭。及陳去非臨江仙二闋，詩家謂之言外句，含咀之久，不傳之妙隱然眉睫間，惟具眼者乃能賞之。」所載公詞：多是作都是，二十餘年如一夢作三十年來成一夢，小閣看新晴作高閣賞新晴。騫按：此敍不見於今本遺山樂府。

〔補箋〕　此詞編於無住詞最後，當是紹興八年秋作，簡齋卒於是年十一月。　樓鑰攻媿集卷七十一，跋朱巖壑鶴賦：「承平時，洛中有八俊，陳簡齋詩俊，巖壑詞俊，富季申文俊，皆一時奇才也。南渡以來，詩俊文俊皆爲執政大臣，相與力引巖壑之名，始以隱逸召用于朝。而骯髒不偶，終以退休。」午橋在洛陽，右詞所謂座中多是豪英，蓋卽八俊之流。

〔評論〕　胡仔云：去非憶洛中舊游詞云：憶昔午橋橋上飲，坐中多是豪英。長溝流月去無聲，杏花疎影裏，吹笛至（不作到）天明。此數語奇麗。簡齋集後載數詞，惟此詞爲優。（見苕溪漁隱叢話後集）。　劉云：詞情俱盡，俯仰如新。　沈云：情至神來，百諷不厭。先生詞不如詩，然如此等合作，亦足千古矣。

## 附錄一：六十家詞本無住詞跋

陳與義、字去非，其先蜀人，東坡所傳陳希亮公弼者，其曾祖也。後爲汝州葉縣人，每自稱洛陽陳某，又別號簡齋。少年賦墨梅詩，受知於徽宗，遂入中秘。建炎中掌帝制，參紹興大政，以詩名世。劉後村軒輊元祐後詩人不出蘇黃二體，惟陳簡齋以老杜爲師。建炎以後，避地湖嶠，行路萬里，詩益奇壯。或問劉須溪，「宋詩簡齋至矣，畢竟比坡公何如？」須溪曰：「詩論如花。論高品則色不如香，論逼眞則香不如色。」雌黃具在。予于其詞亦云。古虞毛晉識。

騫按：此跋鈔襲舊說，並無新義。簡齋掌帝制在紹興初年，非建炎也。

## 附錄二：彊村叢書本無住詞跋

右無住詞一卷，在竹坡胡仲孺稡箋簡齋集後，影宋鈔本。鮑淥飲以明刻毛校互勘，原本字句與汲古閣六十一家詞刊本略同，此云毛校，轉多違異，疑出斧季之手。如法駕導引玉舟改玉尊，虞美人只吟詩改不吟詩，此州改此間，浣溪沙起舞改起寫，臨江仙起三更改兩三聲，未詳所據，仍從原本爲是。其明本增出數字，汲古亦闕，今並據補。胡箋殊未詳備，又意在註詩，多云見某卷；惟超然堂注一條，足證本事。宋人注宋詞，獨此僅存，所當珍惜。授經大理假惲學士藏本見示，重勘一過，寫寄漚尹先生審正。戊申五月，仁和吳昌綬記。

騫按：鮑淥飲卽校刻知不足齋叢書之鮑以文。明刻本未見，疑卽莫友芝所謂嘉靖刻本。毛校則毛扆（斧季）手校其家刻宋六十家詞也，原校本今在大陸。授經大理爲近人董康。惲學士名毓鼎。漚尹爲詞人朱孝臧（祖謀），卽彙刻彊村叢書者。戊申爲光緒三十四年，民國紀元前四年。

無住詞合校彙注終

# 陳簡齋詩外集校箋目錄

畫梅……三三七
竹……三三七
心老久許爲作畫未果以詩督之……三三七
偶成古調十六韻上呈判府兼贈劉興州……三三八
再用迹字韻成一首呈判府……三三八
蒙示黃禰佳詩三讀欽羨輒繼韻仰報嘉賜……三三九
蒙示涉汝詩次韻……三四〇
再和……三四〇
游峴山次韻三首……三四一
再賦三首……三四二
秋月……三四三
初至邵陽逢入桂林使以書問其地之安危……三四四
均臺辭二首……三四四
長沙寺桂花重開……三四四
和若拙弟得陪游後園二首……三四五

季高送酒……三四五
欲入州不果……三四五
墨戲二首……三四五
和孫升之……三四六
寺居……三四六
某竊慕東坡以鐵拄杖爲樂全生日之壽今以大銅缾上判府待制庶幾因物以露區區
且作詩二首將之亦東坡故事……三四六
又用韻春雪……三四七
次韻邢子友……三四七
某用家弟韻賦絕句上浼清覗蕪詞累句非敢以爲詩也願賜一言卒相之……三四七
某以雨有嘉應遂占有秋輒採用家弟韻賦二絕句少貲勤邮之誠也……三四八
梅……三四八
蒙知府寵示秋日郡圃佳製遂侍杖屨逍遙林水間輒次韻四篇上瀆台覽……三四八
送人歸京師……三四九
雪……三四九
賦康平老銅雀硯……三四九
和顏持約……三五〇

早行……三五〇
海棠……三五〇
寄題康平老眄柯亭……三五〇
余識景純家弟出其詩見示喜其同臭味也輒用大成黃字韻賦八句贈之……三五一
次韻景純道中寄大成……三五一
再蒙寵示佳什殆無遺巧勉成二章一以報佳貺一以自貽……三五一
同家弟用前韻謝判府惠酒二首……三五二
次韻家弟所賦……三五三
徙舍蒙大成賜酒……三五三
次韻宋主簿詩……三五四
用大成四桂坊韻賦詩贈令狐昆仲……三五四
留別葛汝州……三五四
蒙賜佳什欽歎不足不揆淺陋輒次元韻……三五五
某蒙示詠家弟所撰班史屬辭長句三歎之餘輒用元韻以示家弟謹布師席……三五五
蒙再示屬辭三歎之餘讚亘麗無地託言輒依元韻再成一章非獨助家弟稱謝區區少褒之使進學焉亦師席善誘之意也……三五六
昨日侍巾鉢飯于天寧蒙佳什謹次韻……三五六

蒙再示佳什不敢虛辱厚賜謹再用韻……三五七
承知府待制誕生之辰輒廣善懷菩薩故事成古詩一首仰惟經世之外深入佛海而某欲託辭以寄款款適獲此事發寤於心似非偶然者獨恨荒陋不足以侈此殊慶耳……三五七
游紫邏洞……三五七

# 陳簡齋詩外集校箋

鄭騫　因百　校箋

## 畫梅

娥眉淡淡自成妝，驛使還家空斷腸。脂粉不施憔悴盡，失身未嫁易元光。

〔補箋〕　外集詩絕大多數作於居汝州時，與葛勝仲酬贈之作尤多。其中佳詩甚少，蓋編集時所刪棄者。

## 竹

高枝已約風爲友，密葉能留雪作花。昨夜常娥更瀟洒，又攜疎影過窗紗。

## 心老久許爲作畫未果以詩督之

布衲王摩詰，禪餘寄筆端，試將能事迫，肯作畫工難。秋入無聲句，山連欲雨寒，平生夢想處，奉乞小巑岏。

〔校勘〕　（能事迫）四部叢刊本（以下稱元本）作能事畢迫，不成句法。今據沈曾植藏舊鈔本及宋詩鈔刪畢字。（沈藏本以下稱舊鈔。）

〔補箋〕　心老即覺心，見本集卷一覺心畫山水賦補箋。此首與彼賦疑是同年作。

## 偶成古調十六韻上呈判府兼贈劉興州

稽首蘇耽仙，乘雲去無跡，尚留橘井在，與世除狂疾。誰能不飲此，識味亦可錄，坐令鄭玄牛，亦抱荆山玉。偉哉稚川裔，神交接朝夕，游戲及小道，造化入大筆。優爲吳詩父，雅命楚騷僕，豈其橘井助，本自同仙籙。坐中子劉子，知是當日客，書懸元和腳，語經建康力。先我登公門，不數鷙鳥百，曾挹兩仙袖，自然生羽翼。嗟我無長才，學架屋下屋，詩雖兩牛腰，事亦幾蛇足。已窮猶不悔，政荷師友德，文盟儻許予，幸不疑籍湜。

〔校勘〕　（子劉子）元本作子列子，形近之誤，據舊鈔改。（當日客）元本作當客日，據舊鈔改。

〔補箋〕　劉興州即葛勝仲和詩中之元忠使君，見下篇。

## 再用跡字韻成一首呈判府

風雨一葉過，黃花已陳跡，人貧交舊疎，歲暮日月疾。貪人一作富人積胡椒，智不到鬼錄，那知庾郎菜，地瘦飽金玉。不如學服氣，清坐了晨夕，尚餘煙月債，驅使入吟筆。晚逢葛先生，憐我出無僕，借車得時詣，謬竊文字籙。談詩不知疲，或作夜半客，揮毫寫珠玉，治郡蓋餘力。不羨江千萬，不慕李八百，願傳公句法，容我附風翼。城東劉子政，著書方滿屋，昨示一篇詩，三日歎未足。仍聞供筆硯，家有樊通德，但恐褻公門，從此近捨湜。元忠有侍妾。常謂某曰：若人有可愛處，吾嘗記書中事不審，使之尋，輒能知其處，詩成或使之寫，亦往往如人意。陳學士願聞斯語。

〔校勘〕　（清坐）元本作清座，據舊鈔及宋詩鈔改。（三日）元本作三百，據舊鈔及宋詩鈔改。

〔補箋〕　判府，謂葛勝仲。宣和二年、三年，簡齋丁母憂，居汝州，勝仲知州事，兩人常有倡和，事見拙編簡齋年譜。勝仲知汝州時，貼職爲顯謨閣待制，見丹陽集卷二十四附錄勝仲行狀；外集諸詩題中所謂判府或知府待制，卽勝仲也。與勝仲有關諸詩皆此兩年中作。雙行小字爲簡齋自注，後同此。

葛勝仲丹陽集卷十六有和作，題爲「次去非韻簡元忠使君」，附錄於下。

翻飛墮青冥，巖邑漫濡跡，脫無賢巳交，久矣去移疾。興州天下士，奇節非碌碌，魁然索價高，未肯輕沽玉，居閒時過我，端若右尹夕。文詞天分工，沈詩更潤筆，蟬連語入微，不覺聽更僕。事交半廊廟，勳閥藏帝籙，毋寧一麾出，不屈數旬客，五十始過二，榮途尚努力。才資況如人，何止什與百；是事姑置之，秋日方在翼。鮮鮮黃金花，冷艷照牆屋，郊原沐時雨，枯槁蘇沾足。城南天息河，流水有令德，相攜共擊汏，汎此寒湜湜。

騫按：汝水出嵩縣天息山，故稱天息河。

## 蒙示黃磵佳詩三讀欽羨輒繼韻仰報嘉賜

癡兒了官事，官事那可訖，豈知公偸閑，臨水照纓紱。雖微八川雄，暴怒常至沸，子虛賦說八川云，沸乎暴怒。沸音弗。儻或似山陰，清流可共祓。貪德實以濟，行地一作地中不鬱鬱，趙洛與陶丘，相比亦彷彿。禹貢：濟水于陶丘，比也。解后逢公賞，一洗伏流屈，可愛不可唾，衆議那可咈，彼是公餘波，本來非俗物。

〔校勘〕　（一作地中）此四字原在鬱鬱之下，今移置。

〔補箋〕　此亦似和葛勝仲，丹陽集中不載此韻詩，未能確定。

## 蒙示涉汝詩次韻

城南天倒影，綠浪搖十里，使君雲夢胸，猶復錄此水。舟行及雨霽，秋色在葭葦，煙含翠縠潤，月照金波委。知公已忘機，鷗鷺宛停峙，向來趨熱士，說似顙應泚。俗子與淸游，自古劇函矢，如何有雙腳，受垢不受洗。異哉公殊嗜，記此兩苦李，詩成墮衡門，名字汚紙尾。公詩賜某及家弟也。明當躡公迹，佳處不待指，會逢白沙渚，我舍眞可徙，鳴騶儻重來，傍舫傾我耳。

〔補箋〕　家弟，謂簡齋之弟若拙，時同居汝州，見本集卷六。

## 再和

洪河豈不壯，餘潤彌九里，海內所詠歌，在德不在水。德人經行地，可敬及蒲葦，況有水如此，浪去劇雪委。念昔涉濤江，怒鼉如山峙，天風怖殺人，舟定舷有泚，惕然三夜夢，沙礫下飛矢，至今逢溝壑，敢照不敢洗。忽誦涉汝詩，五字擬蘇李，快言擊汰事，想見魚掉尾。十年疑此樂，始誤斗柄指，便當策我足，歲月忽轉徙，未辦志和舟，且洗子荆耳。

〔補箋〕　此兩詩亦和葛勝仲者，原作兩首，見丹陽集卷十七，第一首題爲「涉汝詩」，有序，第二首題爲「再和涉汝詩呈去非昆仲」。附錄於下。

汝河在臨汝門外半里所，余屢攜客坐河橋上，觀水石搏激爲雷霆洶湧之聲，然未汎舟也。今歲秋七月甲子，連雨三日，水暴漲數丈，渺如湖海。始招三舟，携二子出汎。以微熱，不敢率去非昆仲，歸作是詩。

居官行兩周，出郭劣半里，名稱臨汝守，初未涉汝水，今朝破巨浪，萬頃寄一葦。源從天息山，此地乃其委，青嵩正北湧，紫邏復西峙，兩岸千萬嶂，落影照清泚。下瀨劇迅速，舟輕如激矢，周南滯留恨，此段聊一洗；悵無周旋人，同載如郭李。似（原誤作以）聞汝陰湖，揚塵清潁尾，醉翁漾舟處，無復碧染指。歲月供感慨，人事有遷徙，玆水美洋洋，正堪行樂耳。

騫按：青嵩謂嵩嶽。紫邏山在今河南伊陽縣東十里，宋時地屬汝州，相傳山口乃大禹所鑿，導汝水自東出，稱紫邏川。

清汝如荆溪，不異我州里，奔流相豗蹙，敢謂衣帶水。携賓汎漫汗，畫鷁延緣葦，出城散腰脚，朱墨逃紛委。却望城中塔，煙林隱孤峙，何人貌清景，筆筆可就泚。幽尋要聞健，善飽未遺矢，塵纓正堪濯，凡髓亦可洗。不須學東山，韶顏栽桃李，顧當似白傅，口粒炊船尾，膾縷砍鮮鱗，遣客動食指。風流得一事，一官不願徙，脫有戚戚時，晤言消之耳。

## 游峴山次韻三首

夜度一程雲，平明踏山址，山神豈妬我，飛雨亂眸子。重岳衮衮去，前傑後俊偉，晦明更百態，始望那及此。路窮得精廬，稅駕諮祖始，老僧千金意，佳處相指似，先生一笑領，得句易翻水。安石未歸山，卻要山料理，奇哉此一段，驚世無前軌。酬山以快飲，春蕨正滋旨，一丘儻許予，高臥飽松髓，城中謾拄笏，那知有玆事。

〔校勘〕（山址）原作山地，據舊鈔及宋詩鈔改。

二

高人買山隱，百萬猶恨少，客兒最省事，有屐一生了。東莊良不遙，十里望縹緲，縈紆並麥壠，翠浪四山繞。先生滯鹿車，去程通鳳沼，暫來山泉上，思與飛雲沓，雲北接雲南，一逕絕紛擾。竹林懷風雨，目斷極窈窈，從來無世塵，相對眞不撓。龍兒爭地出，頭角已表表，先生囑支郎，勿使斤斧夭，終當乞一杖，險路扶我老。

【校勘】（扶我老）元本作扶吾老，今從舊鈔。

三

轉路山突兀，衆山之所望，懶慵不下山，揖山會虛堂，大空出盤嬉，小空時侍傍。我游瞻鐵鳳，力盡隨木羊，石窗非人世，意欲淩風翔。巉巉窗中人，出定髮有霜，過眼幾浮煙，關身一禪牀。教我安心法，入鳥不亂行；似知使君尊，起炷柏子香。隴雲亦堪寄，分作我歸裝，好在窗前竹，伴師老蒼蒼。

## 再賦三首

堂堂李杜壇，誰敢躡其址，先生坐壇上，持鉞令餘子。由來文字伯，不但表奏偉，高懷淡無嗜，寓興或留此。平生上林手，避謗淹二始，登臨意超然，筆落風雨似，事異柳司馬，辛苦記山水。樂哉邦無事，那待猛政理，鶯言尉吾民，不愧城門軌，看山笑鄒湛，句外寄深旨。巖樹閱幾客，尚餘堯時髓。宗炳登山詩：長松列靖肅，下凝堯時髓。撫板歌公詩，未暇知餘事。

二

與公賦天台，千字一何少，峴山逢巧匠，籠絡六詩了。餘情到娘子，心動雲縹緲，髣髴山阿人，薜荔一身繞。殷勤供泚筆，路轉得龍沼，應龍喜公來，噓氣紛霧杳，忽然張蓋起，知不受人擾。山有龍沼。鄉人語曰：

峴山張蓋兩雱霈。事出三水小牘。霧沓出文選。詩成中有畫，幽情雜荒窈，從公雖一快，顧有和詩撓，是事姑置之，歸路迷日表。安得永茲樂，彭鏗尙爲夭，但愁歸城中，念山令人老。

## 三

脩眉入幽夢，起費西南望，城中望山，正在西南。終願學柳文，買泉築愚堂。錯磨高壁翠，日日在我旁，忽在新野鄒，行從泰山羊。城中瞻使君，駕鶴高馳翔，詩成墮人世，字字含風霜。平生仰止勤，不但上下牀，顧許俗士駕，平參丈人行。封姨豈嗔予，震怒挾阿香，知公終可恃，不記當趨裝，淸歡豈有極，夜色來蒼蒼。

〔補箋〕　右六首，觀詩意似亦和葛勝仲者。但丹陽集卷十七有遊峴山詩一首，與此六首皆不同韻；且峴山在襄陽，近鄧州，勝仲知鄧州在宣和六年，其時簡齋正在汴京供職，不能出京與外藩同遊；在汝州時則勝仲方知州事，亦不容越境至鄧也。此六首原作者何人，簡齋何時遊峴山，皆無可考矣。詩中無亂離語，故可確言非建炎初避難鄧州時作。

## 秋月

袢暑推不去，快風喜來過，西榮遲明月，與子聊婆娑。初如金盆湧，稍若玉鑑磨，亭亭倚華魄，豔豔舒凍波。夜氣淸入骨，奈此光景何，一盃幸相屬，安能廢吟哦。纖阿無停輪，衰鬢颯已多，及時會行樂，無惜醉顏酡。

〔校勘〕　（金盆）舊鈔作金盤。

## 初至邵陽逢入桂林使以書問其地之安危

湖北彌年所，長沙費月餘，初爲邵陽夢，又作桂林書。老矣身安用，飄然計本疎，管寧遼海上，何得便安居。

【校勘】　此首已見本集卷二十四，詳彼卷。（桂林）元本作桂州，據舊鈔改。

## 均臺辭二首

小桃借春春已來，平分和氣入均臺。夜來臺邊草環綠，今朝芒生滿三木。街頭拍手鬧千兒，齊唱中和宣布曲。使君坐嘯鬧如雲，請釀百川壽使君。但願使君長樂職，不須更看杓虛實。

二

東家西家爾盍來，聽說空圄如春臺。決曹高臥印生綠，叢棘化爲交遜木，策勳此木那可遺，動地風搖枝不曲。願我無訟到來雲，莫辭著力借寇君。借得賢侯雖爾職，但恐朝廷要人調鼎實。

【補箋】　此美葛勝仲之辭也。丹陽集卷十九有詩題云：「圜空訟息，復遇肆眚，庭事蕭然。蒙良器解元寵詩，輒以二章爲謝。」監獄，古稱圜土，圜空卽獄空，肆眚、大赦也。宋史卷二十二徽宗紀：「宣和三年，二月癸巳，赦天下。」正爲勝仲知汝州之時。右詩第二首明寫此事。

## 長沙寺桂花重開

天遣幽花兩度開，黃昏梵放此徘徊。不交居士臥禪榻，喚出西廂共看來。

## 和若拙弟得陪游後園二首

西園冠蓋坐生風，更欲長繩繫六龍。惟有病夫能省事，北窗三友是過從。

二

壯夫三箭功名手，儒士百篇藜莧腸。莫道人人握珠玉，應須字字挾風霜。

〔校勘〕（得陪）原作得倍，形近之誤，據文義改。

## 季高送酒

自接麯生蓬戶外，便呼伯雅竹牀頭。眞逢幼婦著黃絹，直遣從事到青州。

## 欲入州不果

當復入州寬作期，人間踏地有安危。風流丘壑眞吾事，籌策廟堂非所知。白水春陂天漢淡，蒼峯晴雪錦離離。恰逢居士身輕日，正是山中多景時。

〔校勘〕　此首已見本集卷二十四，題作「山中」，詳彼卷。

## 墨戲二首

鄂州遷客一花說，仇池老仙五字銘。併入晴窗三昧手，不須辛苦讀騷經。

右蘭

人間風露不到畹，只有酪奴無世塵。何須更待秋風至，蕭艾從來不共春。

右蕙

〔補箋〕　簡齋能畫，此二首題爲墨戲，當是自題。

## 和孫升之

姬國餘芳代有人，于今公子秀溪濆。處心如水尙書市，能賦臨流靖節君。花鳥紅雲春句麗，月梅疎影夜香聞。囊開古錦湖山出，何意一星窺妙文。此和升之詠周堅仲。十二年前到周子壁間，有詩曾見之，故有一星窺妙文之句。

## 寺居

招提遠占一牛鳴，阻絕干戈得暫經。夢境了知非有實，醉鄉不入自常醒。樓臺近來涵明鑑，草樹連空寫素屏。物象自堪供客眼，未須覓句戶長扃。

〔校勘〕　（一牛）原作一年，形近之誤，據文義改。

**某竊慕東坡以鐵拄杖爲樂全生日之壽，今以大銅缾上判府待制，庶幾因物以露區區。且作詩二首將之，亦東坡故事。**

要學東坡壽樂全，此瓶端合供儒先。鐵如意畔無憂畏，玉唾壺傍耐歲年。項似董宣眞是强，腹如邊孝故應便。與公賸貯爲霖水，不羨宮門承露仙。

不與觀音伴柳枝，要令奇相解公頤。會逢白氏編書日，猶夢陶家貯粟時。安用作盤供歃血，也勝爲鉢困催詩。千年秀結重重綠，長映先生鬢與眉。

〔校勘〕（鐵如意畔）元本畔作伴，從舊鈔本。伴字文意不順，且與下句旁字失去對偶。

〔補箋〕此壽葛勝仲詩。

## 又用韻春雪

急雪催詩興未闌，東風肯柰鳥烏寒。最憐度牖勤勤意，更接飛花細細看。連夜抛回三白瑞，及時驚動五辛盤。袁安久絕千人望，春破還思綺一端。

〔校勘〕（綺一端）元本作騎一端，形近之誤，據舊鈔及宋詩鈔改。

## 次韻邢子友

壯士如今爛莫收，尚思抽矢射旄頭。不堪苦霧侵衰鬢，稍喜和煙入戍樓。萬里中原空費夢，三春勝日偶成遊。青松遠嶺偏驚眼，薄晚闌干更少留。

〔補箋〕邢子友見本集卷二十四。此首蓋建炎四年在邵州作。

## 某用家弟韻賦絕句上浼清覛，蕪詞累句非敢以爲詩也。願賜一言卒相之。

萬里平生幾蛇足，九州何路不羊腸。只應綠士蒼官輩，卻解從公到雪霜。

【補箋】　家弟謂若拙，此詩當亦是上葛勝仲者。

**某以雨有嘉應遂占有秋，輒採用家弟韻賦二絕句，少貲勤邺之誠也。**

雲氣初看龍起湫，雨聲旋聽樹驚秋。已敎農父歌田守，更遣虞人信魏侯。某比蒙宿戒遊富家池，明日微雨猶不廢出，故有是句。

二

紀德刋碑不厭豐，龍眠深洞一言通。坐看綠浪搖千里，拔薤栽榆未當功。

**梅**

愛歌纖影上窗紗，無限輕香夜遶家。一陣東風溼殘雪，强將嬌淚學梨花。

【校勘】　（愛歌）宋詩鈔作愛㰱。

**蒙知府寵示秋日郡圃佳製，遂侍杖屨逍遙林水間。輒次韻四篇上瀆台覽。**

歲月移文外，乾坤杖屨中。鏗然五字律，一作句。健在百夫雄。秋入池深碧，寒欺葉遞紅。此間兼吏隱，端不減游嵩。客有游嵩山者，歸以語公，公以不得游爲恨。

二

鳥語知公樂，晴山及我游。盡排物外事，拚作酒中浮。菊蘂離雙鬢，林聲隱四愁。騷人例喜賦，政自不關秋。

三

竹際笙簧起，囘聽衆籟微。時陪物外賞，肯念日斜歸。草色違秋意，池光淨客衣。吟公淸絕句，政爾不能肥。

四

一笑聊開口，千憂不上眉。林深受風得，柏老到霜知。小憩逢筠洞，幽尋及枳籬。願公勤秉燭，裁詠裏離離。

〔補箋〕 據游嵩注語，知此知府卽葛勝仲。原作丹陽集不載。

## 送人歸京師

門外子規啼未休，山村日落夢悠悠。故園便是無兵馬，猶有歸時一段愁。

## 雪

仙人手持白鸞尾，夜半朝元明月裏，羽衣三振風不斷，下視銀潢一千里。玉軑載花分後前，欲落未落天恍然，餘標從向人間去，乞與袁安破曉眠。

〔校勘〕 （仙人手）原作仙手人。據文義改。

## 賦康平老銅雀硯

城臺殿□共消，依舊山河滿夕陽。瓦礫卻饞今日硯，似教人世寫興亡。

## 和顏持約

半篙寒碧秋垂釣，一笛西風夜倚樓。多少巫山舊家事，老來分付水東流。

〔校勘〕（夜倚）舊鈔作夕倚。音響甚啞，不應從。

〔補箋〕顏持約名博文，見本集卷十二。

## 早行

露侵駝褐曉寒輕，星斗闌干分外明。寂寞小橋和夢過，稻田深處草蟲鳴。

〔校勘〕（和夢）原作知夢，形近之誤，據舊鈔及宋詩鈔改。

〔補箋〕韋居安梅磵詩話：李元膺秋晚早行詩云：霧侵駝褐曉寒輕，星斗闌干野外明。寂寞小橋和夢過，豆田深處草蟲鳴。近世雪窗張武子亦有早行詩云：千山萬山星斗落，一聲兩聲鐘磬清。路入小橋和夢過，豆花深處草蟲鳴。末二句僅易三字，豈暗合耶？否則不無蹈襲之失。騫按：韋說如可信，則此詩非簡齋作也。錄之以俟再考。

## 海棠

春雨夜有聲，連林杏花落，海棠已復動，寒食豈寂寞。人間有此麗，赴我隔年約，花葉兩分明，春陰耿簾幙，東風吹不斷，日暮煙脂薄。何可無我吟，三叫恨詩惡。

## 寄題康平老　柯亭

高懷志丘壑，既足不願餘，惜哉三徑荒，滯彼天一隅。小築聊自適，空園闢榛蕪，清影弔高槐，氣與西山俱。何以開子顏，庭柯作森疎，月露洗塵翳，天風吹笙竽。方其寓目時，萬象供嘯呼，終然成坐忘，天地猶空虛。劵外果何有，浮雲只須臾，乃知鍾鼎豐，未勝山林癯。淵明死千年，日月走名譽，不肯見督郵，歸來守舊廬。可憐骨已朽，後有誰繼渠，願子副名實，此事吾欲書。

## 余識景純，家弟出其詩見示，喜其同臭味也輒用大成黃字韻賦八句贈之。

阿奴喜氣照人黃，傳得新詩細作行。可愛懸知似楊柳，忘憂復不待檳榔。魏收已獲崔昂譽，摩詰仍推相國長。曷不少留東閣醉，賸收篇詠作歸裝。

〔補箋〕　宋景純、名唐年，見本集卷七。

## 次韻景純道中寄大成

聞道歌行伏李紳，古來賢守是詩人。久欽樂廣懷披霧，一見周瑜勝飲醇。海內期公黃閣老，尊前容我白綸巾。佳篇咀嚼眞堪飽，此日何憂甑有塵。

〔校勘〕　（大成）元本作大城。按：外集屢有與此人往來詩題，皆作大成，今據舊鈔及宋詩鈔改。

## 再蒙寵示佳什，殆無遺巧。勉成二章，一以報佳貺，一以自貽。

睆睆休嫌笏與紳，如公本是九包人。來詩云：還山終戴鹿皮巾。讀書只用三冬足，學道從來一色醇。太尉談辭仍玉麈，侍中風韻更紗巾。誰言上界多官府，亦許散仙追後塵。

〔校勘〕　（仍玉麈）舊鈔作揮玉麈，非是。

二

諸長袞袞坐垂紳，誰信北風欺得人。遮眼讀書何用解，發言要酒可須醇。文選：醇醴發顏。十年白社空看鏡，萬里青天一岸巾。少待奇章到三日，試將冠蓋拂埃塵。

【校勘】　(三日)舊鈔作三百，非是。奇章，牛僧孺也。劉禹錫贈僧孺詩云：猶有登朝舊冠冕，待公三日拂埃塵。

【補箋】　此和葛勝仲韻，丹陽集卷二十有用此韻詩兩首，第一首題爲「蒙若拙見和，復次韻。」第二首題爲「奉酬景純道中見寄之什」，附錄於下：

逸氣軒軒蓋縉紳，後來之秀子其人。文如范曄無空設，學似揚雄已大醇。記問五花能奪筆，風標一角共傳巾。怪來吐句皆清警，胸次應無庾亮塵。

慚無才望照簪紳，割竹藩方誤長人。堪笑爲官常拓落，獨知取友愛眞醇。吏休時著煎茶帽，客去今閒漉酒巾。曷日清揚重會面，剗開河漢滌心塵。

以詩題觀之，第二首應是元唱。

## 同家弟用前韻謝判府惠酒二首

銜盃樂聖便稱賢，無酒猶堪卧甕間。使者在門催僕僕，麯車入夢正班班。不煩白水眞人力，來自青城道士山。千載王弘仝並美，未應杞菊賦寒慳。

二

日飲知非貧士宜，要逃語穽稅心機。楚辭：心羈而不亂。所須惟酒非虛語，以醉爲鄉可徑歸。鷃鵲鸕鷀俱得道，螟蛉蜾蠃共忘機。狂言戲作厤姑送，無柰闍人與我違。

〔補箋〕 葛勝仲原作見丹陽集卷二十，第一首題爲「次韻宋景純寄陳去非昆仲。」第二首題爲「次韻景純將赴襄陽眷戀里第」。附錄於下：

雲臺獻納媿前賢，端合塵迷簿領間。政似陽城惟下下，文如祖詠只班班。看書大似屋中屋，擇祿甘從山上山。揣分量材宜置散，敢於造物怨偏慳。

枳棘棲鸞豈所宜，鹽車服驥暫韁鞿。少而好學書饒讀，壯不貪榮譽自歸。重去故山拋小隱，嬾□名路觸危機。寄言漢廣徜徉者，聊賞風光且莫違。

## 次韻家弟所賦

曹劉方駕信優爲，不廢東郊坐保釐。投蚓問公逢老手，聯珠及我媿連枝。定知來者傾三歎，共了流年費幾詩。瘀絮車斜敢將去，樂天那畏一微之。

〔校勘〕 （優爲）元本作擾爲，形近之誤，據舊鈔改。 （費幾）諸本俱作廢幾，同音之誤，據文義改。

## 徙舍蒙大成賜詩

南北東西共一廛，得坻隨處可收身。卜居賦就知謀拙，入宅詩成覺意新。三徑蓬蒿猶恨淺，九流賓客未嫌貧。不須更待高軒過，袖有珠璣已照鄰。

〔校勘〕 （袖有）元本作神有，據舊鈔改。

〔補箋〕 此詩居汝州時作，參閱下「用大成四桂坊韻」詩。

## 次韻宋主簿詩

九折灣中萬斛舟，怪公隨處得心休。未應菊徑關心急，聊爲魚槎盡意留。陸子舊蹤餘馬頂，羊公遺碣見龜頭。遙知太白無多事，醉裏詩成不待搜。

【補箋】 宋主簿卽宋景純，見本集卷七。此詩居汝州時作。

## 用大成四桂坊韻賦詩贈令狐昆仲

鄉人洗眼看銀黃，得桂連枝手尙香。盛事固應傳鴈塔，新詩不減住雞坊。醍酥乳酪元同味，羯末封胡更合堂。從此葛恢門下客，知名可但一揚方。

【補箋】 令狐昆仲之一當卽本集卷九之商洛宰令狐勵。彼詩爲居汝州時作，葛恢謂勝仲也，大成其人當亦是居汝時吟侶，惜未能考其姓名。

## 留別葛汝州

平生師友塵莫數，兩眼偏明向公許，一時盛德人中驥，四海知名地上虎。東序堦墀再韡板，西州杖屨三寒暑，我方庶兄湯惠休，公乃小兒楊德祖。未頒還朝尺一詔，不愧專城丈二組，爲公賸買銀管筆，容我時親玉柄麈。近蒙五字落珠璣，杜牧詩云：五字落珠璣。如服一丸生翅羽；別離眞成惜夜燭，感歎更値歌朝雨。行看入侍玉皇案，與進不待金剛杵，勸公愼勿學孔光，薦士何妨似張禹。孔光傳云：弟子見光居大位，幾得其助；光終無所薦，其公如此。張禹傳云：禹成就弟子尤著者，淮陽彭宣至大司空，沛郡戴崇至少府九卿。

〔校勘〕（偏明）元本作徧明，形近之誤，據文義改。（愼勿）元本作愼物，據舊鈔改。

〔補箋〕此服滿去汝州時作，在宣和四年，見年譜。丹陽集卷十八有和作，題云：「次韻去非留別」。附錄於下。

餘子碌碌不足數，太邱晚出吾所許，淹盤此境未金馬，邂逅相逢慰銅虎，與超宗語不知寒，從季遠遊那覺暑。祥琴臯月欻戒行，征馬譙門聊出祖，平生種學與績文，自信扶珪兼綴組。分無桃葉把歌扇，只有松枝當談麈，行裝未辦纏頭帛，衣食何施擇木羽。從來文豹深隱霧，此去老蛟眞得雨。長卿蜀肆初滌器，伯鸞吳廡曾春杵，青雲直上不作難，那復笑人憂鄧禹。

## 蒙賜佳什，欽歎不足。不揆淺陋，輒次元韻。

退之高文仰東岱，籍湜傳盟其足賴，固知法嗣要龍象，先生端是毗陵派。方駕曹劉蓋餘力，壓倒元白聊一快，向來班門收衆材，賓履費公珠幾琲。三熏會有堪此事，狺犬未免驚所怪，但知樓仰百尺顚，豈覺波涵千頃外。南州短簿令公喜，巍峨峨冠陸離佩，有如若士那可無，筆勢已超聲律界。相將問道留十日，滿座眞成折牀會，淸詩忽復墮華牋，要使握瑜誇等輩。

〔校勘〕（蒙賜）元本及舊鈔俱作夢賜，據文義改。（聊一）元本作一聊，據舊鈔改。（令公）元本作今公，據舊鈔改。

〔補箋〕觀辭意似亦和葛勝仲者；丹陽集無此韻詩，想是刪去未收。

## 某蒙示詠家弟所撰班史屬辭長句，三歎之餘，輒用元韻以示家弟，謹布師席。

雋永雜俎雖甚旨，何似三冬足文史，羨子皮裏西京書，議論逼人驚亹亹。戲爲語韻網所遺，人皆百能子千之，雖非張巡徧記誦，豈與李翰爭毫釐。不待區區隸古定，便令景宗知去病，掇要慮煩四十篇，三卷之博能擬聖。儒林丈人摛藻春，作詩印可融心神，我亦從今悔迂學，不須更辨攢稱臣。

【校勘】（去病）元本作去病，不誤；舊鈔作競病，疑是後人所改。南史曹景宗傳，景宗賦競病二字韻詩云：去時兒女悲，歸來笳鼓競，借問行路人，何如霍去病。

**蒙再示屬辭，三歎之餘，讚巨麗，無地託言，輒依元韻，再成一章。非獨助家弟稱謝，區區少褒之使進學焉，亦師席善誘之意也。**

書如嘉穀要知旨，區區太沖空詠史，百年能挂幾牛角，火急編摩時亹亹。柳家文類今無遺，可忍行事空違之。此書眞是羣玉府，事辭所不遺毫釐。子不見、劉勰書成要人定，豈但令人愈頭病，偶向車前問沈公，果符夢裏隨先聖。兩詩入手喜生春，從今護持知有神，便可繕寫持獻御，注解不須煩五臣。

【補箋】　右兩詩就題目及辭意觀之，亦似和葛勝仲者，居汝二年餘之外，簡齋甚少與若拙共同從事文詠也。勝仲之年，長於簡齋十八歲，見拙編簡齋年譜，故以師席稱之。此詩原作丹陽集不載。

**昨日侍巾鉢飯于天寧，蒙佳什，謹次韻。**

朱門未知禪脫義，富不期奢奢自至，二韮雖寒故是公，萬羊賈禍徒封衞。我公居塵不染塵，便隨一鉢遺甘辛，出家雖非將相事，食菜要是英雄人。臞儒一生用心苦，何曾夢見雞映黍，中丞惜福幸見分，晚食從公當羔羜（崔趙公問徑山曰：弟子出家得否？答曰：出家是大丈夫事，非將相所爲。出李肇國史補。洪州廉使問一禪師曰：弟子喫酒肉卽是？不喫酒肉卽是？答曰：若喫是中丞祿，不喫是中丞福。）

【補箋】　天寧寺在汝州，此詩亦和萬勝仲者，原作丹陽集不載。

**蒙再示佳什，不敢虛辱厚賜，謹再用韻。**

先生明經今蔡義，念佛仍師大勢至，（大勢至王子曰：我本因地，以念佛心入無生地。）食菜不待周顒書，要斷貪殺兼自衞。顏回平生拾墮塵，蓼蟲食蓼忘其辛，先生種福我無禍，成佛定是同功人。兩詩見戒言甚苦，肯賦黃雞啄秋黍，從今但見懶殘芋，不敢求嘗鑒虛羜。

【校勘】（無生地）元本作無生也，據舊鈔改。

**承知府待制誕生之辰，輒廣善懷菩薩故事，成古詩一首。仰惟經世之外，深入佛海；而某欲託辭以寄款款，適獲此事，發寤於心，似非偶然者。獨恨荒陋，不足以侈此殊慶耳。**

歲星欲吐芒不開，昴星避次光低徊，麒麟鸑鷟紛夾侍，善懷菩薩當重來。仙公風流今幾歲，再託高門瑞當世，買香趁浴驚衆聾，要識此僧今我是。金粟後身何足言，釋迦親送非虛傳，稽首西來大菩薩，住世小劫須千年。宰官說法聊應會，餘事文章亦三昧，世間底物堪壽公，本自金剛無可壞。（葛仙公起居注云：于時在葛尚書家，尚書時年八十，始有此子。時有沙門，自稱天竺僧，於市大買香，市怪問。僧曰：我昨夜夢善思菩薩生葛尚書家，將以香浴之。到生時，僧至，燒香右繞三匝，禮拜恭敬，沐浴而止。靈寶法輪經云：葛仙公生始數日，有外國沙門見仙翁，禮拜抱持而告仙公父母曰：此是西方善思菩薩，今來漢地，敎化衆生。）

## 游紫邏洞

我不願封萬戶侯，願向紫邏從公游，鄆州溪堂虢州洞，未有退之詩可留。水近山流清澈底，竹飽千霜節如此，廓廟之具千金軀，底事便著山巖裏。蒲鞭掛壁一事無，環珮聲中了朝晡，祝融不到林深處，客至五月懷貂狐。絢華大夫無此樂，從渠遮山用翠幙，若問此間奇絕處，但道胸中有丘壑。

【補箋】　紫邏山見前再和涉汝詩。丹陽集卷十八有和作，題云：「次韻去非題紫邏洞」。附錄於下。

一麾謬作東諸侯，邂逅兩玉陪遨遊，引泉疊山作竹洞，持以奉客充淹留。瀧瀧清流出潭底，辟疆萬箇那勝此，奇礓丈六照幽亭，雅稱幼輿巖石裏。人所應無君盡無，哦詩擁卷窮晨晡，指物成形直題署，便欲相稱詩董狐。雲水相從樂復樂，汝陽太守自賓幕，不用飛章乞會稽，聳秀交流看巖壑。

【外集總評】　沈云：外集詩似非先生得意作，故不錄，只錄銅雀硯一首。

陳簡齋詩外集校箋終

# 陳簡齋文輯存序目

胡箋本簡齋集，賦詩詞三者之外，別無他文；劉評增注本卷十四收銘贊三篇，其中兩篇爲四言詩體，胡箋已編入詩集，所餘僅書堂石室銘一篇；簡齋外集收硏銘、頤軒記、跋郭節度父墓誌銘等三篇；胡箋本無住詞虞美人注又引錄跋文一篇。簡齋文之見於本集者僅以上五篇而已。按：直齋書錄解題著錄簡齋集十卷，入詩集類而不入別集類，郡齋讀書志著錄簡齋集二十卷，亦只言其詩而不言其文。可知簡齋詩外文字在宋時卽未曾結集刋行，故流傳如是其少。今以此五篇爲主，別從建炎以來繫年要錄、宋會要、苕溪漁隱叢話、鷄肋編諸書，輯得殘文八篇，片羽吉光，略存鱗爪。又書札一篇，墨跡現存，而其眞實性甚爲可疑，姑錄其文，附於卷末。四庫總目提要卷一五六著錄簡齋集十六卷，云「是集第一卷爲賦及雜文九篇」，乃取胡箋本之三賦、以玉剛卯爲向伯恭生朝贊、簡齋畫像贊，劉評本之書堂石室銘，外集之硏銘、頤軒記、及跋郭節度父墓誌銘，共九篇合爲一卷，非別有增益也。庚戌秋日，鄭騫識，時爲民國五十九年。


頤軒記……三六一

跋郭節度父墓誌銘……三六二

跋邢子友會上作虞美人詞……三六二

書堂石室銘幷序……三六三

研銘……三六四
請修臺諫寺監之闕召天下之材疏以下殘文……三六四
論選官疏……三六五
論修宗廟於臨安疏……三六五
請選人多用舉主改官疏……三六六
論元祐黨籍疏……三六六
論明堂典禮疏……三六六
論刑獄疏……三六七
朱勝非起復制……三六七
與某人手札疑僞……三六八

右全篇五殘篇八存疑一共十四篇

# 陳簡齋文輯存

鄭騫 因百 輯錄

## 頤軒記

余客汝州，識治獄掾陳德潤，與之語，肺肝無溪壑也，奔走百僚之底，未嘗一日有怠容。後官太學，而其弟道醇肄業焉；官學萬里，貧不振，天子幸學，官之，澹然不色喜。余以是媿其兄弟。道醇間語曰：我又有隱居不稼之兄，廬西山之下，其燕居所，榜之曰頤軒。前崖岫之崷崒，後磵壑之琮琤，煙雲草木，晦明寒暑，出天地之奇變以娛軒中之人。世之得喪利害，無所經其懷；我與汝州掾，心不能忘也。余面贊之曰：鍾皓有兄不仕，皓亦逡巡難進，居官有聞。何點棲遁求志，而其子弟遺進退之節，後世莫訾焉。而今而後，知二子之師友不在他，在頤軒爾。於其歸也，申以告之曰：大丈夫用世非難也，無媿子頤軒之兄爲難也。其亦告子頤軒之兄：不仕非難也，行義風烈有聞於鄉里，無媿乎前之山後之磵，爲難也。古之君子，居也，其仕也，其道一也而已。二子方將爲軒冕所縻，異日風績振耀，而用舍行藏，可觀可紀，則頤軒之進德亦可占矣。道醇曰：是蓋頤軒之記，盍書之。乃錄大略，使歸書之其壁，且以告德潤云。洛陽陳去非記。

〔校勘〕　（崷崒）峀崒亦作卒。　（其仕也）汪能肅云：其仕之其疑衍。騫按：或衍其字，或在居也上脫一其字，二者必居其一。

在太學作。

〔評論〕　沈云：卓然名貴。　騫按：此四字可評簡齋全集。

簡齋於宣和二三年居汝州，四年七月擢太學博士，五年七月除秘書省著作佐郎。此記當是宣和五年在太學作。

## 跋郭節度父墓誌銘

自古將帥之世，其功名福祚，鮮有克全。至漢辛武賢父子，始傳世爲名將；史氏賢之，又發於敍傳，榮華至今。本朝郭氏，乃有累世之美，勳業書於竹帛，閥閱耀於一時；至殿帥益顯，遂以宿將用也。不見其形，願察其影；其受祉若此，則其所行可知矣。夫當頌以規者，同郡之至情也。天下方有難，非血誠壯烈不足以解國家之憂，殿帥勉之！亦以告意氣之同者。

〔評論〕　沈云：簡而大。　又云：簡而周至。

建炎以來繫年要錄卷六十七：紹興三年七月丙辰，武泰軍節度使、權管殿前司郭仲荀，兼權神武後軍都統制。按：主管殿前司公事者，世稱殿帥，此郭節度爲仲荀無疑。其人宋史無傳，事跡未詳。跋云同郡，當是洛陽人。紹興三四年間簡齋正在行朝供職，與郭爲文武侍從官，此跋蓋作於其時。

## 跋邢子友會上作虞美人詞

予庚戌歲客邵州，時鄉人邢子友爲監郡。一日過之，會天大暑，子友置酒于超然堂上，得白蓮花置樽間，相對劇飲至夜，踏月而歸，嘗作此詞。後九年，予守吳興，病起而堂下白蓮盛開，意欣然賞其高麗，爲獨酌一杯。數年多病，意緒衰落，不復爲詩矣。偶追記此詞，恍然如昨日云。紹興戊午，五月二十四日。

〔校勘〕（置酒）胡作置席，今從劉評。（超然堂）胡作超然臺，今從劉評。原詞首句云：超然堂上開賓主。（病起）胡作病歸越，今從劉評。簡齋自臨安出守吳興，非歸越。此跋見胡箋本無住詞虞美人注文，原注云出大生法帖，蓋墨跡也。

## 書堂石室銘 并序

諫議周公讀書之石室，在武岡之紫陽山。千尋石室，其下广焉，延袤十丈，蓋雷霆鬼神之爲，非人力所就者。前臨溪水，左右微□，曠絕峭嶢，登者所難。公於是學焉，既成出仕，遂列法從，爲嘉祐名臣。其子孫食舊德之名氏者，至于今不絕。建炎庚戌之春，與義避地過焉。公不可復見，其石室巋然，因感歎慕，鑿其傍而銘之曰。

巍巍仁祖，軼堯邁禹；揆厥所因，中外有人。有列周公，聰明正直，推原厥本，功在石室。仁祖在天，公在列星，石室在茲，公實臨之。咨爾山鬼，護而勿失。咨爾裔孫，肅茲草木，後有興者，無愧茲石。

此銘見劉評本卷十四，有增注云：按，武岡本拾遺有石室銘一首，建炎四年，紫陽周氏甥館之作。又云：按字書，广魚掩切，因巖爲屋。王褒聖主得賢臣頌云：崇臺五增，延袤百丈。按字書，袤、長也，東西曰廣，南北曰袤。揚雄河東賦：軼五帝之遐跡。唐孫伏伽傳：隋失天下，自謂功德盛五帝，邁三王。詩云：三后在天。莊子：傅說乘東維騎箕尾而比於列星。楚辭有山鬼篇。詩：維桑與梓，必恭敬止。注：謂鄉里有祖父所植之木在焉，不敢不敬。參閱詩集卷二十六寄德升大光及次周漕示族人韻兩詩補箋。

## 研銘

無住菴，老居士，紫玉池，娛晚歲，不出菴，書誦偈。誰使之，踐朝市，入承明，司帝制。如智井，久不治，百尺泉，來莫冀。古之人，輕百計，惟出處，不敢易。嗟已晚，覺非是，勒斯銘，戒後世。

此銘見簡齋詩外集。簡齋紹興六年居湖州青墩鎮後始有無住菴之名，此銘自是紹興七年六月復入朝後所作。

## 請修臺諫寺監之闕召天下之材疏殘

臣竊見陛下憂勤庶政，日昃不食。臣嘗深思，致治之要，不過擇人，欲無遺才，不若素察。陛下垂意黎庶，不爲不切。而近郡之守，或一歲之間乃至數易。選擇在廷之臣按察諸路，猶或失之，至於改命。皆以見在人材寡少故也。若稍修臺省寺監之闕，悉召天下之材，聚之朝廷；詳試以考其能，還觀以究其蘊，緩急任使，豈憂乏人。或謂大農之費不可增；則今州縣添差之官豈不食於民力，而於此顧惜之乎。自古急於人材之代，必有搜訪之術。今之士大夫雖更數年夷狄盜賊之禍，而流落堙晦，散在諸路尚多有之。其不願從仕者少，而困於無津不能自達者多。若使諸郡每一季或半年，以里居不仕及流寓之人，並列姓名爵里以聞，則披籍一覽可以盡知矣。

要錄卷六十：紹興二年十一月戊午朔。乙丑(初八日)，中書舍人兼侍講陳與義言：「云云」。詔諸路州軍，如所陳開具尚書省。

宋會要職官八：紹興二年十一月三日，詔諸路州軍，將官員到罷案闕狀隨選分作四本，供申吏部。

仍令開具里居不仕及流寓人，隨吏部案閼狀申尚書省。以中書舍人陳與義請（云云），故有是詔。以下九篇，本集不載，今由諸書輯錄。其中奏疏七篇，制詞一篇，俱非全文。書札一篇，疑僞。

## 論選官疏殘

本部昨承指揮，令諸州軍以遠近每月每季，隨官資四選，各具闕狀一本申部。其諸屬官未有取索闕，乞令逐路依紹興二年已得指揮施行。

宋會要職官八：紹興三年八月二十日，吏部侍郎陳與義言：「云云」。從之。按：此種公牘文字，未必由簡齋親筆屬稿，因遺文傳者不多，姑錄存之。下篇論修宗廟疏亦同此例。

## 論修宗廟於臨安疏殘

國家自渡江以來，講武修備，期於恢復；蓋恐不常厥居，故因府治殘破之餘而居之；而宗廟神主則往溫州奉安，意可見矣。不知端友之意，謂今日定都於臨安乎？將俟天下平定而別議定都所在乎？是未知朝廷深思微旨，權時之宜，徒爲此紛紛也。太上皇帝遭時艱阨，明詔內禪，故靖康之間，宗廟祝文已稱嗣皇帝。逮二聖北行，陛下應天順人，遂登大寶，其視肅宗靈武之事，大不相侔。竊謂稱嗣之義，於禮無嫌，不必改作。若謂是上攝下，名實不相副；則本朝大禮親祠，輅車執綏，乃是太僕之職，而有用從官攝者，此類甚多，未足爲輕重。

此疏紹興三年十二月在吏部侍郎任與太常少卿唐恕、禮部員外郎郭孝友同上。由簡齋領銜，可能即由簡齋主稿。其事經過與江端友論修宗廟原議見拙編簡齋年譜彼年注文。此事雖從端友議，而簡齋之忠誠謀國，志切恢復，具見於此疏矣。

## 請選人多用舉主改官疏殘

自艱難以來，選人用恩賞改官者甚多，用舉主改官者甚少。欲自今磨勘改官人從上收使五員外，有賸數，從本部行下所舉官司，令再舉，庶幾少寬士人平進之路。

要錄卷七十一：紹興三年十二月丁未（二十七日），吏部侍郎陳與義言：「云云」。從之。

## 論元祐黨籍疏殘

陛下褒恤元祐黨籍及元符上書人，碩大光明者既已盡錄；亦有姓名不熟於人，而多故之後，無籍以考。昨黃策以蔡京所書黨碑及國子監所印上書人黨籍人姓名，錄白來上；付在有司，遭火不存。間有子孫自陳者，乃以吏胥私鈔之本定其是非。望再行搜訪。

要錄卷七十三：紹興四年二月乙未（十五日），吏部侍郎陳與義言：「云云」。乃命吏部訪尋眞本，繳申左右司，審驗訖，送部使。

## 論明堂典禮疏殘

明堂之禮有漢武汶上之制，紹興元年實已行之。若再舉而行，適宜於今事，無戾於古典。

要錄卷七十四：紹興四年三月癸亥（十三日），禮部侍郎兼侍講權學士院陳與義言：「云云」。太常丞詹公薦、博士劉登亦言：「古人巡幸，自非封禪告成，未有行郊祀者，今歲若且祀明堂，實得權時之義。」但紹興元年止設天地祖宗四位，卽不曾設皇祐百神，議者疑郊與明堂當門擧。及與義等議上，乃命有司條具明堂典禮以聞。

## 論刑獄疏殘

司馬光嘗奏乞：「天下州軍勘到强盜，情理無可憫，刑名無疑慮，輒敢奏聞者，並令刑部擧駁，重行典憲。應奏大辟，刑部於奏鈔後，别用貼黄，聲說情理如何可憫，刑名如何疑慮，今擬如何施行；門下省審。如有不當及用例破條，卽奏行取勘。」光以道德名臣，議論如此，豈其樂殺人也哉。乃所以禁姦暴，申寃枉，期於庶獄之平允，而措一世於無刑也。陛下哀矜庶獄，患中外之吏，容心毁法；而州郡妄奏以出人之罪者，尚多有之。伏望睿慈，採用司馬光之言，申嚴立法，以幸元元。

要錄卷八十八：紹興五年四月壬子（初九日），給事中陳與義言：「云云」。詔：刑部立法，申尚書省。

## 朱勝非起復制殘

（缺上）眷予次輔，方宅大憂。（缺中）於戲！邦勢若此，念積薪之已然；民力幾何，懼奔駟之將敗。朕之論相，何可以不備；卿之圖功，亦在於攸終。（缺下）

此制在紹興三年七月，前兩句見苕溪漁隱叢話三十四，餘見鷄肋編卷中；其事經過頗有曲折，詳載拙編簡齋年譜彼年注文。簡齋曾歷掌內外制，而所行制詞現存者，僅此殘文而已。

## 與某人手札疑僞

霜寒，不審太尉起居何似？今晨蒙賜教墨，甚慰馳仰。病愈更加保愛。又聞湖南洞庭有寇，公宜擇將擒獲，不可遲也，恐滋蔓爲患耳，卒難伐戮。冒瀆有罪，萬祈恕察。陳與義頓首太尉公閣下。

此札墨跡今存，疑是僞作，詳見簡齋詩集考。

陳簡齋文輯存終

# 附錄一：簡齋詩集考　附逸作考

鄭　騫　撰

陳與義，字去非，自號簡齋居士，是宋詩大家之一。他的作品風格和他在詩史上的地位，看後面附錄的輯評就可以知其大概。本文所要講的只是簡齋詩集的各種版本，佚者存其名目，存者比較其異同，評論其得失，以供讀者參考。

簡齋詩集據我所知有六種版本：一、胡穉（仲孺）箋注本。二、劉辰翁（須溪）評點本。三、分體本。四、吳興本。五、武岡本。六、閩本。前三種現存，後三種已佚。另有外集一種現存，但不是簡齋詩的全部，不在上述六種之列。現存三本所收詩詞及雜文，數量各有不同，此三本及外集合計起來，簡齋作品傳世的計有：

詩六百二十六首（四言二，五古一百七十八，七古五十八，五律七十四，五言排律三，七律一百十九，五絕二十七，六絕四，七絕一百六十一。胡注本收五百五十八首，劉評本添出七首，外集又添出六十一首；分體本合以上三本所收而缺少三首。）

詞十八首（俱小令。各本所收俱同。）

賦三篇（各本所收俱同。）

雜文十四篇（記一，跋二，銘二，奏疏七，制詞一，牋啓一。）胡注本未收雜文；劉評本收銘一篇，外集添出銘記跋各一，分體本合收之。另外十篇諸本俱未收由我據他書輯存。奏疏制詞皆節錄，牋啓眞僞有問題。又著有「戲學」一書，今佚，內容不詳。（考見本文末節簡齋逸作。）

簡齋享年只有四十九歲；四十二歲以後，忙於政務，又兼多病，作詩極少。所以留下來的詩篇與其他宋代詩家相比並不算多，但除去外集六十餘首稍差之外，正集諸詩大部都是佳作，不似誠齋放翁之多而傷蕪。現在把各種版本分別說明於後。

## 一、胡穉（仲孺）箋注本

此本原題增廣箋註簡齋詩集，本文簡稱胡注。這是簡齋詩集最通行的版本，也是最好的版本。今存宋本原刻是常熟瞿氏鐵琴銅劍樓藏書；我們普通見到的是收入四部叢刊初編的影印本，還有民國九年江寧蔣國榜湖上草堂覆刻本，中華書局的四部備要本。這三種本子都附有外集，是胡注原本所沒有的。蔣氏刻本附有輯錄諸家詩話及藏書家題跋一卷，校勘記一卷。校勘記據莫友芝校本及四庫全書本（即分體本）以校胡注本，是馮煦（夢華）手校，書前有馮氏序文，言校此書時年已七十八歲。年紀雖大，用力甚勤，校得很詳細，可惜他沒有見到劉辰翁評本，所以這本校勘記還不能算是完備。莫友芝校本是以四庫全書本校舊鈔胡注本，參以莫氏自己的意見，並非另有其他版本。至於輯錄諸家詩話則很不完全，只有十幾條，本篇附錄所輯則有六十幾條。

此本共三十卷，另有詞一卷。全書收賦三篇，詩五百五十八首，詞十八首；詩中有兩首四言的，即第二十三卷的以玉剛卯爲向伯恭壽、第二十七卷的題簡齋畫像，其他各本都當他們是贊而收入雜文類。全書是編年的，各詩都按寫作年代先後排列，一首不亂。胡穉自序說：「余因暇日，網斷義擿，所得踰十八九，乃編紀歲月而悉箋之。」好像胡氏不但作注而且還爲之編年；但我想簡齋的原稿一定就是按年編錄的，胡氏所謂「編紀歲月」，只是注出作詩的歲月，並非原稿不按次序而胡氏爲之整理。外集及武岡本拾遺諸詩（詳下文）此本都沒有收，那些詩的確很少佳作，去取之間，一定也是簡齋自己的意思。總之，胡注所據底本極可能是簡齋原稿或其最初印本；因此那兩首四言還是從胡注收入詩中爲是，我在前面計算簡齋作品數量時，即以此兩首計入詩中。

胡穉其人，不見於他書，生平無考。其自序題紹熙改元臘月，紹熙是宋光宗年號，上距簡齋之卒已五十年。但胡氏對於簡齋生平事跡及當時人物掌故，知道得頗爲詳細，不但在詩注裏常常注出這些問題，在卷首還附有簡齋年譜。年譜雖然非常簡略，而簡齋生平蹤跡大綱已具備於此，其見於他書者，皆信而有徵，又有許多資料是他處所無。我所編的簡齋年譜，內容雖比胡譜加詳十數倍，其基礎還是胡譜。胡氏作成架子，我找來東西擺在架子上。

胡注不僅詳於簡齋事跡及詩中所用典故，對於簡齋詩句之剪裁前人作品而成者也都詳細注出原作。例如：

卷一風月堂詩首兩句：「長風將佳月，萬里到此堂。」胡注云：「李太白關山月詩：明月出天山，蒼茫雲海間，長風幾萬里，吹度玉門關。昌黎北樓詩：長風送月來。世說：謝尙在牛渚，素秋佳月，聞船中諷詠聲。」

卷二題唐希雅畫寒江圖首兩句：「江頭雲黃天醞雪，樹枝慘慘凍欲折。」胡注云：「白樂天除夜詩：雲黃欲雪天。僧齊己早梅詩：萬木凍欲折。」

這種注法是李善注文選以來注釋詩文的慣例，一般人對於它的觀念是毀譽參半。我以前頗反對這種注法，以爲既稱寫作，當然要「言必己出」，而且古人也的確在「自鑄偉詞」，何必牽强附會，搜根掘柢，弄這套厖煩東西傷害古人作品的創造性。後來才漸漸覺得這種注法也自有道理。剪裁成語以組織新句的確是創作方法之一種，並無傷於作品之價值，有時且更顯出作者之工夫才力。「匠集腋以成裘，蜂採花而釀蜜。」不是有人誇獎他們巧奪天工麼。所以，如果作者確是有意剪裁組織，這樣注可以顯出良工苦心；如是無意中與古人暗合，也可以給讀者一種啓發，於修辭造句很有幫助，所謂「作者未必如此作，注者不妨如此注」。但這樣注法有兩個條件，第一當然要學問淵博，第二要識見弘通，才不致於支離蕪漫。這兩種條件胡注都夠得上，再加上對於人物掌故的熟悉，這確是一部好的詩注，不在任淵注黃山谷、陳後山詩，李壁注王荆公詩之下。樓鑰(攻媿)序胡注云：

曉江胡君穉仲孺，約居力學，日進不已，得此詩，酷好之，隨事標注，遂以成編。……貫穿百家，出入釋老，旁取曲引，能發簡齋之祕，用意亦勤矣。……數年之間，朝夕從事，而簡齋之作不過六百篇，故注釋精詳，幾無餘蘊。

阮元四庫未收書目提要卷三云：

今觀所注，多鉤稽事實，能得作者本意，絕無捃拾類書不究出典之弊。凡集中所與往還諸人，亦一一考其始末，固讀與義集者所不廢也。(張氏愛日精廬藏書志與此大致相同。張時代在阮後，是有意鈔襲。阮氏所謂未收，是說四庫全書未收胡注本，並非未收簡齋詩集)。

這兩條都是對於胡注的確評，並非泛泛誇獎。

最後有一個小問題。四部叢刊據以影印的胡注原本，向來藏書家都定爲宋刻，馮煦則云：「確爲紹熙初所刊」。但原本卷首有一篇劉辰翁的序，卻易使人懷疑此本刊行的年代。劉辰翁是宋末元初人，紹熙年間他還沒有生，何從爲此本作序。這個問題可能有兩種解答：一、這書不是紹熙刊本而是宋末刊本或宋刻元印；二、劉序是此書重裝時由書肆中人據後來刻本攙入的。無論如何，此書從避宋諱及字體板式上看，其爲宋刻本並無疑問。

單看胡注本已頗令人滿意了；但是，見到劉辰翁評本及外集之後，才知道胡注本雖然詳細精當，而在校與注與詩的數量三方面都還有可以增補之處。下面就要說到劉評本及外集。

## 二、劉辰翁（須溪）評點本

此本之重要性與胡注本一樣，但遠不及胡注本通行，這只是有幸有不幸。此本有元刻，有明刻，俱見於皕宋樓藏書志，早已流入日本，現藏靜嘉堂文庫。皕宋樓主人陸心源撰儀顧堂續跋卷十二有「宋麻沙本陳簡齋詩注跋」，即是此書。陸說是宋本，其實是元刻本。我們普通見到的是日本覆刻明嘉靖時朝鮮本，但在國內極不易得。朝鮮刻本前有劉辰翁序，即收入胡注本的那一篇。後面有跋，文云：

陳簡齋集未能盛行於東方，有志學詩者恨之。歲癸卯，宋相麟壽出按湖南，多刊書册，而是集亦預焉。縣前宰柳侯泗掌其事，未畢而箇滿去，今年五月功乃訖。噫！宋相開廣文籍嘉惠後學之意，於此亦可見其千一云。嘉靖二十三年甲辰五月上澣，承議郎行茂長縣監柳希春謹跋。

跋文後面是刻工的名字，一共七個人，都是和尚。明朝的時侯，朝鮮行中國正朔，所以題嘉靖年號。據此跋可知朝鮮初刻此書年代甚早，所據底本大概是元刻本，我沒見過元刻，不敢肯定說。日本覆刻本則除去加上和訓之外，全同朝鮮本。

此本原題須溪先生評點簡齋詩集，共十五卷，第一卷收賦三篇，第二至第十三卷收詩五百六十三首，第十四卷收銘贊三篇，第十五卷爲無住詞十八首。但第十四卷中的兩篇贊卽是前面說過的那兩首四言詩。所以，與胡注本相較，此本多出七首詩，一篇銘。此本是根據胡注本的，除去多出七首之外，其餘的詩，篇目次序與胡注本完全相同，只有一首改動了次序，此外便是合併卷數。其重要性則在以下幾個特點，今分別說明。

第一：加入劉辰翁(須溪)評語。此本錄辰翁評語約一百六十條左右，散在各詩句下或篇末。辰翁是宋末元初文學作家，也是批評家，他的事跡多數人知道，這裏不用多說。他評論古人詩篇，常以犀利的眼光，發新穎的見解，雖然時有怪論或偏見，卻不失爲一家之言。明胡應麟詩藪卷六云：

劉辰翁評詩有絕到之見，然亦時溺宋人。如杜題雁：翅在雲天終不遠，力微矰繳絕須防。原非絕句本色；而劉大以爲沉著遒深，且謂無意得之。此類是也。

同書雜篇卷五云：

劉辰翁雖道越中庸，其玄見邃覽，往往絕人，自是教外別傳，騷場巨目。

這兩段都是對於劉氏文學批評的正確批評。劉氏對於蘇、黃、后山、簡齋諸家詩的風格異同，尤其有眞知灼見，讀他所作簡齋詩序可知。所以這百六十條簡齋詩評除去少數流於空泛，如清麗雄渾之類，或太簡單，如全首詩只批一個「好」字之類，此外都是愜心貴當之論，可以啓發讀者神思。

此本又有中齋評語及注文若干條，中齋不知是什麼人，大概是鄧中齋。鄧名剡，字光荐，號中齋，廬陵人，曾作過文天祥幕僚，崖山兵敗，被元將張弘範俘虜到北方，教張的兒子讀書，後來放歸南方。他有一首唐多令詞，雨過水明霞云云，很有名，有的選本誤題爲文天祥作。他與劉辰翁同時同鄉，劉辰翁引用他的評注很有可能。

第二：刪節胡注。此本雖依據胡注本，所收注文並非全部而有相當刪節。例如第一卷第一首詩次韻謝文驥主簿首六句云：斷蓬隨天風，飄蕩去何許？寒草不自振，生死依牆堵。兩途俱寂寞，衆手劇雲雨。胡注是這樣的：

曹子建雜詩：轉蓬離本根，飄颻隨長風。老杜遣興：蓬生非無根，飄蕩隨高風，天寒落萬里，不復歸本叢。史記呂后紀：天風大起。老杜遣懷詩：天風隨斷柳。（以上注前兩句）

鮑照蕪城賦：孤蓬自振。唐杜甫傳：少貧不自振。（以上注中兩句）

老杜解悶詩：先帝貴妃俱寂寞。又貧交行：翻手爲雲覆手雨，紛紛輕薄何足數。（以上注後兩句）

此本只保留了老杜貧交行兩句，其餘都刪去了。當然並非全部都是這樣大刀闊斧，而是有時刪得很多，有時刪得很少。我發現此本刪節胡注是有標準的：關於典故及簡齋事跡、人物掌故的不刪，引證前人成句則或刪或存。刪者的意思並不是反對這種注法，因爲在此本的增注裏（詳下文）也有若干引證前人成句。刪者的意思是認爲有些成句是很熟的，不注讀者也會知道。其實這倒不盡然，讀者卽使完全讀過這些成句，也可能有時忽略，想不到那上邊去。胡氏既然煞費苦心的注出來了，當然還是保留的好。胡注本的年譜，此本也刪去了，只將其中有關作詩年月部分，分注在各詩題目下邊，年譜中許多有關簡齋生平的資料，此本並未保留。這也是不對的。如果胡注本失傳而此本獨行，我們現在研究簡齋生平就要費許多事。簡齋詩集之外，現在通行的劉評本李壁注王荆公詩，其注文也是經過刪節的，詳見吳騫拜經樓詩話卷二，不幸李注原本失傳而劉評本獨行，我們遂無從見到李注的本來面目。此兩詩注之刪節者不知是誰，可能是劉辰翁自己。

第三：增添新注。此本之所以刪節胡注，除去看法不同之外，還有一個緣故，卽是此本增添了若干新注。爲了節省篇幅，減輕刋印工本，所以刪去認爲不必要的胡注原文，期收「文省於前，事增於舊」的效果。這些添出來的注，有的攙入胡注並且稍稍改動原文，有的獨立另爲一條，凡是另爲一條的都冠以「增注」字樣，所以我們就稱之爲增注。增注作者不知是誰，但其精當翔實不下於胡注，作注者一定是個有淵博學識的人，也許是劉辰翁自己，也許是他的門生兒子(辰翁之子將孫學問也很好，頗有父風。)現在舉兩條增注的例子於下。

一、胡注卷二十七同范直愚單履遊浯溪詩題下胡注原文是這樣：

浯溪在湖南永州，溪上刻石，刻元結所作大唐中興頌。先生此詩實建炎庚戌九月四日作，見浯溪集錄。此本(卷十二)增改如下：

浯溪在湖南永州祁陽縣南五里。唐上元中，容管經略使元結作大唐中興頌，顏眞卿大書，刻石崖上。按浯溪集錄，公此詩建炎庚戌九月四日作。

詩中雷公雨師知此石句，胡本無注，此本增注云：

世傳魯公爲雷吏，魯公平生手書石刻無不震裂，唯浯溪獨全，故有雷公雨師知此石之句。

二、胡注卷二十七題長岡亭呈德升大光詩，發發不可遲句，胡本無注，此本增注云：

詩：飄風發發。唐書：李光弼至常山，史思明以二萬騎直抵城下，光弼命五百弩於城上射之，其矢發發相繼，賊不能當，乃退。

右第一例，胡注既未注明大唐中興頌是顏眞卿所書，亦未提雷震獨全的故事，若無增注，只有淵博的讀者始能了解雷公雨師句的意義。第二例若無增注，詩經不熟的讀者很容易感到發發二字費解；閩本卽因此改發發爲夕發（見下文）。引用唐書那一段，看似牽合附會，實則能傳出不可遲三字神理。增注類此二例之處頗多，所以我說其價值不在胡注之下。要把這兩種注合在一起，再加上些現代讀者所需要的材料，才能算是完美的簡齋詩注。

第四：校勘文字。胡本只注而不校，此本則有注有校。所據以互校的本子，胡本之外有武岡本、閩本、及簡齋手定本。這三種本子現在都已亡佚，賴有此本的校勘，我們還可以知道各本異文。校語散附各詩後面而不是彙錄成校勘記，我覺得這樣很方便。校者沒有引用吳興本；所謂簡齋手定本，不知是手稿還是印本，如是印本，也許就是吳興本（參閱下文吳興本）。從此本校勘及馮煦校勘，我發現簡齋詩異文很少；各本不同之字，有很多都是後人臆改。例如：

一、長岡亭呈德升大光詩（胡注卷二十七）發發不可遲句，閩本發發作夕發。此句用詩經成語「飄風發發」，閩本不知出處，以爲發發二字不好講，乃改爲夕發，全失作者本意。

二、路歸馬上再賦詩（胡注本卷十）垂鞭見落日句，閩本見作看。此句意思是說在馬鞭上見到落日，卽杜詩落日在簾鉤之意。簡齋另有句云：蛛絲閃夕霽，隨處有詩情，與此同工。落日之光，大可照遍千林萬壑，小可斂於簾鉤、馬鞭、蛛絲，如此寫景，情思微妙，納須彌於芥子。改見爲看，便要講作看範圍較大的落日，雖講得通，卻平庸得多了。這是從此本所引閩本異文中發現的兩個臆改之例。到了後來，聚珍版叢書中的分體本，臆改之處就更多了。

第五：增加詩篇。前面已經說過，劉評本此胡注本多出七首詩。劉評本各詩的次序和胡注本是一樣的，這七首詩挿入胡注卷二十六村景詩之後，題向伯恭過峽圖之前，題目見下。這七首都是七絕，都不甚好，但對於研究簡齋事跡卻很有關係。劉評卷十一次周漕示族人韻詩，卽此七首中的第一首，題下有一段注文云：

按武岡本有拾遺一卷：次周漕示族人韻，及詠水車，山居(二首)，拜詔，別諸周(二首)，凡七首。古汴姜桐跋云：「建炎庚戌，公因避地，挈來紫陽周氏甥館之所作也。」合附於此。

武岡卽今湖南武岡縣，簡齋詩中所說貞牟、紫陽，皆在其地，西去貴州很近，對中原人士而言，是相當僻遠的地方。我們未見此跋以前，只知道簡齋於建炎四年庚戌，金人南侵，中原擾攘的時候，在武岡住過半年，卻不知道他以何機緣到這個偏僻的山城去避難。見到此跋，才知道原來是到他岳家去。這樣，簡齋在武岡所作諸詩的背景就完全淸楚了。以前我們只知道簡齋夫人姓周，見於張嵲所作簡齋墓誌，墓誌並沒說周家是什麼地方人。

綜觀上述諸項，可知劉評本的價值，想研究簡齋詩，非以此本與胡注合讀不可，可惜國內沒有覆印本，流行不廣。

# 附、外　集

外集並非簡齋詩的全部，不能算作全集的一種版本，所以附在這裏敍述。

外集舊刻未見，現在通行的是四部叢刊初編影印元人鈔本，附在胡注本後面。還有光宣間南城李氏宜秋館刻宋人小集本，內容與元鈔本相同。此集不分卷，收各體詩六十四首，其中初至邵陽逢入桂林使，欲入州不果(胡注及劉評題作山中)，海棠等三首已見於胡注及劉評，此外六十一首胡注劉評均未收。其中絕大多數是簡齋少年時在汝州所作，與葛勝仲唱酬之作尤多。這些詩都不甚佳，不能與正集比，只有心老久許爲作畫一首五律及幾首七絕很好。一定是簡齋自己刪去不存的，後人掇拾起來，彙爲此集。詩後附有雜文三篇：硯銘，頣軒記，跋郭節度父墓誌銘，也都是胡注劉評所未收的。

元鈔本卷端有錢翼之題字一則云：

> 簡齋外集，罕見其本，錢唐王心田以余愛之，持以見贈。延祐七年二月，雲麓書齋記。

延祐是元仁宗年號，據此題字知外集在元朝中葉已是罕見。較此稍早的方回(虛谷)在他所選瀛奎律髓卷二十一簡齋招張仲宗詩後注云：「簡齋無專題雪律詩」，這本外集裏面卻有一首題爲又用韻春雪的七律，可見詩學淵博如方虛谷者亦未見過外集。從這種流傳不廣的情形看來，外集大概是在正集之外單行的，未附驥尾，所以不能及遠。

外集前有引一篇，其末云「玄默敦牂中秋，晦齋書。」晦齋不知是誰，文中稱宋徽宗爲徽考，又說簡齋參紹興大政，當然是宋朝人的口氣。玄默敦牂是壬午，簡齋卒後，宋亡以前，只有兩個壬午，高宗紹興三十二年，寧宗嘉定十五年。徽宗是高宗的父親，據徽考之稱，這本外集該是紹興三十二年，亦卽簡齋卒後二十四年刋行的。引文前半敍說簡齋論詩的一段話，結句云：「此簡齋陳公之說云耳，予游吳興得之。」下文緊接著說「頃邑士有欲刻公詩者，因出前聞，爲冠集首。」可知刻此集地點在吳興，但年分是壬午，與另一種吳興本並無關聯，那一本是壬戌年刻的。（參閱下文第四節吳興本）

## 三、分體本

胡注劉評兩本都是編年的，此外還有分體編次的本子，舊刻本未見，現在能見到的是四庫全書本及乾隆武英殿聚珍版叢書本，聚珍本又有福建江西等覆刻本。四庫聚珍兩本是二而一的，因爲聚珍本卽是將四庫本付印；四庫本今已不易得見，聚珍本則因有覆刻本較爲易得。四庫所據底本，總目提要卷一百五十六簡齋詩集提要說是浙江鮑士恭家藏本，其爲刻爲鈔，是何年代，俱無說明。

此本共十六卷：卷一爲賦三篇、雜文六首，但其中有兩篇贊，卽是前面說過的那兩首四言詩，故實得雜文四篇；卷二至八爲古體詩；卷九至十五爲律詩絕句；卷十六爲無住詞。收錄最全，凡見於胡注劉評及外集的作品都有，只少了三首詩：送大光赴石城（胡注卷十七、首句爲石城高嵥嶫），傷春（胡注卷二十六、首句爲廟堂無策可平戎），次韻謝邢九思（胡注卷二十六、首句爲平生不接里閭歡）。此本詩雖分體編，而各體中的次序則與胡注劉評一樣，外集諸詩都附在最後，顯然是根據以上三本重編的，其編印至早在元朝後期卽劉評行世之後。

這個本子有三種好處：一、收錄最全，二、分體編次容易尋檢，三、白文無注便於誦讀。但可惜沒有好的印本行世。聚珍本的毛病是錯字太多。鐵琴銅劍樓藏書目錄舉出聚珍本（目錄稱之爲官本）錯字近四十條，我曾以胡注劉評校聚珍本，發現錯字實不止此數，幾乎每隔數首卽有一兩個錯字，讀起來眞是不愉快，至少把白文無注便於誦讀這個好處抵銷了。此本錯字可分三類：形近之誤，臆改，避清代忌諱而改。形近之誤容易看出，關係不大，臆改及避諱就很討厭，因爲似是而非，失掉作者本意。現在各舉兩例於下。

一：形近致誤之例：晚步湖邊詩（胡注卷十九）幸無大夫責句，聚珍本責誤貴。遊道林嶽麓詩（胡注卷二十三）向來修何行句，聚珍本向誤回。

二：臆改之例：雨中觀秉仲家月桂詩（胡注卷十五）紅衿映肉色，薄暮無乃寒兩句，聚珍本肉作玉。據胡注，此兩句用東坡海棠詩翠袖卷紗紅映肉，及杜甫佳人詩天寒翠袖薄，日暮倚修竹。聚珍本以爲肉字不雅，改作玉字，看似可通，卻失掉原詩組織古句以成新意之妙用。而且原詩若不是肉字，胡氏不會想起引東坡那句詩來注他。又如至陳留詩（胡注卷十三）聞健出關來句，聚珍本聞作老，據胡箋，此句用白居易詩聞健且閒行。今按：聞者及也、趁也，聞健卽趁著身體康健之意。詞曲中常用之聞早卽趁早之意，至今河南河北一帶方言還說「聞早如何如何」。聚珍本不知聞字有此用法，以爲是錯字，遂改成老健；簡齋作此詩時年甫三十餘，還用不上老健二字。

三：避清諱之例：聞王道濟陷虜詩（胡注卷十九）如今陷賊圍句，聚珍本虜賊二字俱改作敵。次韻尹潛感懷詩（胡注卷二十一）胡兒又看繞淮春句，聚珍本胡兒改作干戈。

聚珍本是根據四庫本印的，但我以兩本對校，結果發現四庫本錯字比聚珍本少，卽如鐵琴銅劍樓書目所舉聚珍本錯字三十餘條，其中約有半數四庫本並不錯。這有兩個緣故：第一、聚珍版不是刋刻而是活字排印，排版書自來比刻版書容易出錯。第二、聚珍本排印時一定經過校對，這位校對者不甚高明，有些誤排的字他沒看出來，卻自作聰明改出許多錯字。書有愈校愈謬者，此類是也。但四庫本錯字僅是比聚珍本少而已，與胡注劉評互校，四庫本還是有許多錯誤，所以我說分體本沒有好的本子。

以上所說，都是簡齋詩現存版本，以下要講的三種版本，都已亡佚，只能從各項紀錄裏知其大概。

## 四、吳興本

劉評本卷四聞葛工部寫華嚴經成隨喜賦詩題下有增注一條，文云：

葛工部名勝仲，卒謚文康。公（簡齋）旣沒之四年，毗陵周簡翼公葵牧吳興，取公詩釐爲十卷，刋之郡庠。文康公爲之序。

吳興卽浙江湖州，簡齋晚年曾知湖州，退休後住在湖州的青墩鎭，卽卒於其地。周葵是簡齋任太學博士時的學生，後來作到參知政事，宋史三八五有傳，傳中說他卒謚惠簡，增注作簡翼，不知何據，簡翼二字不像謚號，恐有錯誤。簡齋少年時曾在汝州住過兩三年，那時葛勝仲是汝州太守，把簡齋的墨梅詩進呈給宋徽宗的卽是此人，是簡齋的前輩，宋史四四五有傳。他晚年也住在湖州。他的集子名丹陽集，有常州先正遺書本，共二十四卷，簡齋詩集序見於卷八，題爲陳去非詩集序。此序各本簡齋詩集俱都不載，其中有一段云：

紹興壬戌，毗陵周公葵自柱史牧吳興郡，剸裁豐暇，取公詩離爲若干卷，委僚屬讐校而命工刻板，且見屬爲序。

所說與增注同，只是未敍明卷數。壬戌是宋高宗紹興十二年，簡齋卒於紹興八年十一月，至是恰爲四年。這個本子是簡齋詩集的最早刻本，可惜久已失傳，其內容編次如何無從得知。但此本既印行於簡齋晚年定居之地，又是他的老朋友所印，所根據的一定是簡齋手訂稿本。胡注所根據的我想卽是此本。

## 五、武岡本

據劉評本卷十一次周漕示族人韻題下增注，知簡齋詩集有武岡刻本，已見上文第二節敍劉評本第五項。注中云武岡本有拾遺一卷，旣有拾遺，其刋印當在吳興本之後。簡齋岳家是武岡人，所以簡齋避兵南渡時曾在武岡住過半年，作了許多詩。一個僻處西南的山城，有他這樣一位人物住過，是地方上一件大事，武岡刋印簡齋詩集自然是爲了紀念這位寓公；也許是周家印的。這個本子現已無從得見。

## 六、閩本

劉評本引錄閩本異文很多，據知簡齋詩有福建刻本。宋時福建刻書，校勘印刷以及紙張都很差事，劉評本所引閩本文字與他本不同之處，有許多是錯字，不是形近訛誤就是臆改，眞是「標準閩本」

，前面已引臆改二例。如果此本所收詩篇不比他本多的話，其失傳似乎無甚可惜。我想不會多的，如果多出詩篇，劉評本一定會據以收錄，像收錄武岡本的拾遺七首一樣。起初我懷疑此所謂閩本或與聚珍本所據分體十六卷本有關，但以劉評本所引閩本異文與聚珍本互校之後，才知不然，有許多處聚珍本都與胡注劉評相同而異於閩本。

# 附論、簡齋逸作

在現存六百二十六首之外，簡齋詩是否還有逸篇？我曾在我所能見到的宋元人文集、筆記、以及各家詩話裏去找，結果只發現明胡應麟詩藪中有一聯而並非簡齋作(見後輯評)。還有三首詩題：

一、葛勝仲丹陽集卷十八有「次韻去非梅花」詩，現存簡齋詩中無用此韻者。

二、同書卷十九有「二陳作書懷詩亦次其韻」，二陳卽簡齋與其弟若拙，在汝州時常與葛唱和，現存簡齋詩中無用此韻者。

三、宋陳巖肖庚溪詩話卷下云：「無錫錢仲仲紳，退居漆塘，有園亭之勝，一時知名士大夫如陳去非、葛勝仲、汪彥章、孫仲益諸人，皆爲之賦詩。」此詩今簡齋集中不載。

四、張綱華陽集卷三十四有「次韻陳去非中秋無月」詩，用窗、黃、光、煌、狂等字韻，此詩原唱今簡齋集中不載。

各本未收的雜文則發現兩篇：一篇是邢子友會上虞美人詞跋，見於胡注本此詞注中，首尾俱全，是從大生法帖引錄的。另外一篇牋啓，墨跡現存，最近我在友人處見到，全文云：

霜寒，不審太尉起居何似？今晨蒙賜教墨，甚慰馳仰。病愈更加保愛。又聞湖南洞庭有寇，公宜擇將擒獲，不可遲也，恐滋蔓爲患耳，卒難伐戮。冒瀆有罪，萬祈恕察。陳與義頓首太尉公閣下。

此文在他處從未見過，這幅墨跡，我對之甚爲懷疑。第一、簡齋書法在當時很有名，故宮博物院藏有他手書詩稿及尺牘，都有影印本，結構謹嚴，筆畫遒勁，這幅墨跡結構鬆懈，筆畫纖弱。第二、宋人牋啓照例書名不書姓，偶有書姓者，必是姓寫的較大，名寫的較小，而且姓名上都有職銜，這幅墨跡姓名俱書而陳與義三字一樣大小，又無職銜，我所見過的宋人遺墨(包括眞跡、搨本、影印本)從無此例。第三、「太尉公閣下」的稱呼，不倫不類。但我對於鑒別古董字畫原是外行，見過的東西不多，所以不敢斷定這幅墨跡之必假，這篇簡齋逸文只好存疑俟考。(此文發表後，張大千見到這幅墨跡，他也說是假的。)

前文所說各本未收的奏疏五篇，都載於建炎以來繫年要錄，其目如下：

一、論修臺諫寺監之闕疏。見要錄卷六十，紹興二年十一月簡齋官中書舍人時上。

二、論選人改官疏。見要錄卷七十一，紹興三年十二月官吏部侍郎時上。

三、論元祐黨籍疏。見要錄卷七十三，紹興四年二月官吏部侍郎時上。

四、論明堂典禮疏。見要錄卷七十四，紹興四年三月官禮部侍郎時上。

五、論刑獄疏。見要錄卷八十八，紹興五年四月官給事中時上。

這五篇奏疏是否全文，不得而知，可能經過修史者的刪節。另外又有一篇「論修宗廟於臨安疏」，見要錄卷七十一，是紹興三年十二月簡齋官吏部侍郎時，與太常少卿唐恕、禮部員外郎郭孝友三人合奏，雖由簡齋領銜，卻未必由簡齋執筆屬稿，所以未曾計入數內，但將來補編全集時似應附收。

樓鑰攻媿集七十，跋陳簡齋戲學：「劉子曰：『玉屑滿匣，不可以爲圭璋。』余則曰：雖不可爲圭璋，要可寶也。于此書亦云。」按：此書久佚，不知其內容如何，大概是隨筆札記以及游戲文字之類。

最後有一點補充。蔣國榜刻本跋語有這樣一段：

往居湖上，與俞觚庵先生鄰。先生藏有王伯沅寫贈汲古閣本簡齋詩，假讀不忍釋手。得此（按謂胡注）益自喜，惜不得起觚翁於地下共讀爲快，翁固瓣香簡齋者也。又聞吾鄉朱逖之先生藏有宋刋簡齋集，錢警石曝書雜記所云「雖半屬影宋鈔，亦極精審」者，此本不知尚在人間否？

俞觚庵名明震，字恪士，著有觚庵詩存，風格的確很像簡齋。王伯沅之沅字是沆字之誤，伯沆名瀣，近代名學者。汲古閣本簡齋詩及朱逖之所藏宋刋，都不知道是那一種版本，我想不會在本文所述六種之外。附識於此，希望將來能見到他們。

# 附錄二：簡齋詩集考補遺

前文發表後年餘，見到國立中央圖書館藏舊鈔本簡齋詩集，是前文未曾提到的，補敍於下。

舊鈔本簡齋詩集十五卷，無注，卷數與劉辰翁評本相同而內容有異。第一卷是賦，第二至第十三卷是詩；以上部分與劉評本完全相同。第十四卷是詞，等於劉評本的第十五卷。第十五卷是外集詩六十四首，雜文六篇；外集詩全部及雜文前三篇劉評本沒有，雜文後三篇劉評有之，編爲第十四卷。總起來說，這個舊鈔本沒有注，比劉評本多出外集詩六十四首及雜文三篇，其餘完全一樣，各詩字句也都相同，前邊也有劉辰翁序，而多出來的六十四首詩三篇文卽是通行本外集的全部。所以我們可以斷定這個本子是把劉評本注文刪去，與外集合併而成；其曾否刋行或只有鈔本，無從考查；其時代最早是元末，或竟晚至清初，汪能肅說是明鈔本，大致可信，沈曾植說是影元鈔本，則是想當然耳。（汪沈之說見後附鈔二人題跋）。

這個鈔本是沈子培（曾植）舊藏，有沈氏手跋及眉批若干條。跋語中一條云：

墨林快事：「宋刻陳簡齋集，是公自書上木，醇古豐圓，出自黃庭。」然則周葵所刻。非但爲公自訂本，且爲自書本也。

這個簡齋自書本，此外未見著錄，恐已不在人間。不過，中國之大，無奇不有，我們對此瓌寶還不能完全絕望，也許有一天眞的會發現出來。周葵刻本卽是前文所說吳興本，沈跋說周刻卽簡齋手書，想當然耳，並無佐證；而且有相當有力的反證。朱子大全集卷八十一有一篇「跋陳簡齋帖」，其文云：

> 簡齋陳公手寫所為詩一卷，以遺寶文劉公。劉公嗣子觀文公愛之，屬廣漢張敬夫為題其籤。予嘗借得之，欲摹而刻之江東道院，竟以不能得善工而罷。閒獨展玩，不得去手；蓋歎其詞翰之絕倫，又歎劉公父子與敬夫之不可復見也。俯仰太息，因書其末以歸之劉氏云。

很可能，所謂「自書上木」本卽是這一卷，朱子未能刻，而後來不知何時何人把他「上木」了；周葵刻本則是十卷的全集。今故宮博物院藏簡齋手書詠水仙詩，確是「醇古豐圓，出自黃庭」。寶文劉公是劉子羽，觀文公是劉珙，敬夫是張栻。按：簡齋手書者確係選本，詳見本篇後附記。

陳振孫直齋書錄解題卷二十：「簡齋集十卷，參政洛陽陳與義去非撰。其先蓋蜀人，東坡所傳陳希亮公弼者，其曾祖也。崇觀間，尚王氏經學，風雅幾廢絕；而去非獨以詩鳴，中興後遂顯用。」晁公武郡齋讀書志：「陳與義，字去非，汝州葉縣人，中進士第。宣和中，徽宗見其所賦墨梅詩，喜之，遂登册府。建炎中，掌內外制，拜參知政事以卒。晚年詩尤工。周葵得其家所藏五百餘篇刊行之，號簡齋集。」晁氏所說簡齋履貫，多與事實不合，看年譜卽知。陳晁兩家所著錄者，都是周葵十卷本，卽吳興本。宋史二零八藝文志七著錄「陳與義詩十卷」，卷數與周刻本相合，當是一本；又著錄「岳陽紀詠一卷」，其書未見，大概是在岳州所作諸詩的單行本。文獻通考二三八經籍六十五著錄「陳參政簡齋集二十卷」，卷數與周刻本十卷、胡箋本三十卷、劉評及舊鈔本十五卷、分體本十六卷，都不一樣，原書不存，內容未詳，不知是否卽前文所說武岡本或閩本。我作前文時，未查陳晁兩書及藝文志、通考，殊為疏忽，今亦補敍於此。

# 附舊鈔本題跋七則

此明人鈔本，道光乙未冬，得之魏塘，校讀一過，因記。山陰汪能肅。

元亮天機，少陵風骨。如氣之秋，猶春於綠。

右汪能肅題兩則。第一則後有沈曾植按語云：「浙江圖書館書目：嘉慶道光魏塘人物記六卷，汪能肅撰，刻本。」第二則未署名，據筆跡知爲汪氏所書。此四句評簡齋詩甚精切，其爲汪氏自撰或轉錄他人語，不得而知。

莊庭階先生舊藏，宣統壬子得之滬上，遜齋記。

遜齋即沈曾植別署，壬子爲民國元年，沈氏以遺臣自居，故仍書宣統。

起一卷，盡十三卷，鮮本目錄次第一同，第詩題字數多者，彼加刪節，以就其刋寫之式耳。彼本每半頁十一行，行二十字，目錄每行兩題，次題起第十一格，故刪節題字希有過十字者。

鮮本卽朝鮮翻刻劉辰翁評十五卷本。刪節題字，胡箋本已然，不僅朝鮮本。

舊鈔簡齋集十五卷，第一卷賦，第二至十三詩，十四無住詞，十五外集。前有劉辰翁敍。卷中闕文壞字皆摹存。無住詞題書在上，調書在下，蓋影元鈔本，謹存舊式者；雖經批抹，故是佳本，不可忽也。此集四庫著錄本以五七言古律分卷，而宋刻胡穉箋註本編年。據第五卷冬至詩「不須行年記，異代尋吾詩」，則簡齋自定本係編年。宋人詩集編年者多，其以五七言分編者，大都出明人之手。四庫本已經羼亂，賴此舊鈔，猶存簡齋本來面目耳。宣統壬子孟冬之月，遜齋記於上海租界麥根路寓樓。

胡箋劉評俱是編年，簡齋本來面目不必賴此舊鈔始存，此老爲其藏品自擡身價耳。藏書家每犯此病。

簡齋集，解題史志皆作十卷，通考作陳參政簡齋集二十卷。頗疑通考所據是周葵刋本，書題卷數卽周本書題卷數也。胡箋本不錄外集詩。瞿氏書目錄舊鈔單行本外集一卷，有元延祐七年錢良祐題語云：「簡齋外集，罕見其本，錢唐王心田以余愛之，持以見贈。」云云。證以通考「周葵得其詩五百餘首刋之」之說，檢今集中詩數，適得五百八十餘首，若益以外集之詩，則六百餘首矣。以此知胡本無外集，周本亦無外集，集中詩是簡齋自訂，外集詩則後人拾遺。蛛絲馬跡，猶可尋蹤。四庫本分體合編，則無可研覈矣。是又此鈔本可貴一事也。次日又書，遜齋。

解題謂直齋書錄解題，史志謂宋史藝文志。通考著錄之二十卷本，疑卽十卷本而每卷各分上下。

今日校朝鮮本詩註，得「周葵刻詩釐爲十卷」之說，果與愚之肊測相合，爲之一快。

右沈曾植題五則，又有引錄墨林快事一則，已見前。

## 附記

### 墨林快事全文

四五年前作此文時，僅見沈氏所引的幾句墨林快事，語焉不詳，只能憑朱子大全集那一條旁證作揣測之詞；最近見到墨林快事原書，簡齋集跋語在卷七，其全文云：

余有宋刻陳簡齋集，是公自書上木者，醇古豐圓，出自黃庭。余寶之，時以爲玩，因熟公詩，卽朋知以宋詩爲余戒，如不聞也。以證文先生停雲館收者，眞行各擅，而情思如一；詩則又集中最合作者。余因以稔寄木之可以長久，遂與入石者等壽。其實宋詩亦未爲惡道。卽如此「雲間落日淡，山下東風寒」，又「生身後聖哲，隨俗了悲歡」，又「微陰拱衆木，靜夜聞孤泉」，又「殘暉度平野，列岫圍青春」，已膾炙藝林，況于集之大全。恨不及請益以竟公蘊也。天啓甲子九月十二日。

據「詩則又集中最合作者……況于集之大全」諸語，可知其確係選錄而非全集。墨林快事作者安世鳳是明末人，甲子是天啓四年，西元一六二四，距今三百五十年。他所謂「上木」的本子，是否卽朱子所見的那一卷，不得而知。文先生卽文徵明，他所收簡齋墨跡，可能也是詩稿。六十三年早春附記。

# 附錄二：簡齋詩輯評

鄭騫　輯錄

輯錄詩人作品評語，可以分爲兩部，通論全體者爲總論，單評某篇或某句者爲分論。自然，有時論全體而引錄篇句，或論篇句而涉及全體；但孰輕孰重，總有分別，斟酌歸類，並不困難。這篇簡齋詩輯評，都是總論，至於分論，則已分別錄於所評各篇之後。評語來源詳見合校彙注自序。我個人偶有意見或解釋，附在各條之後，加按字作爲識別；爲求文體與他們一致，全用文言。有些資料我不知道，或雖知有其書而目前無從覓讀，遺漏自所難免。但關於簡齋詩的評論一直很少，我翻閱了百餘種詩話筆記，其中曾論到簡齋詩者不過二十餘種，所以，卽使有可補充，恐也不會太多。

晦齋簡齋詩集引：詩至老杜極矣。東坡蘇公，山谷黃公，奮乎數世之下，復出力振之，而詩之正統不墜。然東坡賦才也大，故解縱繩墨之外而用之不窮；山谷措意也深，故游詠玩味之餘而索之益遠，大抵同出老杜而自成一家；如李廣、程不識之治軍，龍伯高、杜季良之行己，不可一概詰也。近世詩家，知尊杜矣；至學蘇者乃指黃爲强，而附黃者亦謂蘇爲肆。要必識蘇黃之所不爲，然後可以涉老杜之涯涘。此簡齋陳公之說云耳。予游吳興得之，乃知公所學如此，故能獨步一代。

騫按：晦齋不知何人，蓋與簡齋同時而稍後者，此引見外集。（參閱上文論外集節）玩字原缺，據文義補。清翁方綱曾節錄此文，載入所著石洲詩話。

葛立方韻語陽秋卷二：陳去非嘗爲余言：「唐人皆苦思作詩。所謂吟安一個字，撚斷數莖鬚；句向夜深得，心從天外歸；吟成五字句，用破一生心；蟾蜍影裏清吟苦，舴艋舟中白髮生；之類是也。故造語皆工，得句皆奇；但韻格不高，故不能參少陵逸步。後之學詩者，倘或能取唐人語而掇入少陵繩墨步驟中，此連胸之術也。」余嘗以此語似葉少蘊，少蘊云：「李益詩云，開門風動竹，疑是故人來；沈亞之詩云，徘徊花上月，虛度可憐宵；皆佳句也。鄭谷掇取而用之，乃云，睡輕可忍風敲竹，飲散那堪月在花；眞可與李沈作僕奴。」由是論之，作詩者與致先自高遠，則去非之言可用，倘不然，便與鄭都官無異。

騫按：葉夢得字少蘊。鄭谷曾爲都官郎中，世稱鄭都官。

吳喬圍爐詩話卷五：陳去非云：唐人有苦思，故造語工，得句奇，但格韻不高，不能驂少陵之逸步。予謂彼皆詩人，少陵非詩人故也。詩亦無他，情深詞婉而已，唐珏易陵骨詩是也。

騫按：本篇係按時代排列；吳喬清初人，此條與上條有關，故附於此。

徐度卻掃編卷中：陳參政去非少學詩於崔鶠德符；當請問作詩之要。崔曰：「凡作詩，工拙所未論，大要忌俗而已。天下書雖不可不讀，然愼不可有意於用事。」去非亦嘗語人云：「本朝詩人之詩，有愼不可讀者，有不可不讀者。愼不可讀者梅聖俞，不可不讀者陳無己也。」

方勺泊宅編卷九：陳去非謂予曰：「秦少游詩如刻就楮葉，陳無己詩如養成內丹。」又曰：「凡詩人，古有柳子厚，今有陳無己而已。」又曰：「崔鶠能詩。或問作詩之要？答曰：但多讀而勿使，斯爲善。」

　騫按：多讀而勿使即前條不可有意於用事之意。

龔頤正芥隱筆記：陳去非嘗語先君云：「吾平生得意十字云，開門知有雨，老樹半身溼。」先君故效之作感興詩云：夜半微雨溼，淩晨春草長。謂頤正曰：「吾十字似有味。」後讀河嶽英靈集閻防詩：荒庭人何許，老樹半空腹。殷璠謂「皎然可佳。」殆亦有所祖云。

胡穉續添簡齋詩箋正誤：昔招隱居士龔相聖任嘗學詩於先生，先生以開門知有雨，老樹半身溼，十字書扇贈之。且屢語之曰：「此吾平生得意句，子宜飽參。」居士之子宗簿養正云。

　騫按：此十字爲休日早起詩句，見胡注本卷十二。能參透此種意境，方能了解簡齋詩眞正佳處，秋明師所謂詩中情味畫中禪，相賞天機滅沒間是也。其音節之瀏亮，氣局之開弘（皆前人評簡齋詩語），猶爲餘事。

　以上七條俱引述簡齋論詩語，故置於首。

張嵲紫薇集卷三十五陳公資政墓誌銘：公尤邃於詩，體物寓興，清邃超特，紆餘閎肆，高華橫厲，上下陶謝韋柳之間。

張嵲紫薇集卷四，贈陳符寶去非詩：大雅久不作，此風日蕭條，紛紛世上兒，啁啾亂鳴蜩。惟公妙句法，字字陵風騷，如鼓清廟絃，聽者無淫滔。癯瘦藏具美，和平蓄餘豪，思苦理自奇（苦原作若，奇原作寄，俱形近之誤，今據文義改正。），志深言益高。顧我吟風苦，知公心力勞。世無杜陵老，誰知何水曹，柳韋倘可作，論詩應定交。

張戒歲寒堂詩話卷上：乙卯冬，陳去非初見余詩，曰：「奇語甚多，只欠建安六朝詩耳。」余以為然。及後見去非詩全集，求似六朝者尚不可得，況建安乎。詞不逮意，後世所患。鄒員外德久嘗與余閱石刻。余問，「唐人書雖極工，終不及六朝之韻，何也？」德久曰：「一代不如一代，天地風氣生物只如此耳」。言亦有理。

騫按：乙卯為宋高宗紹興五年，簡齋時年四十六歲，後三年卒。

洪邁容齋四筆卷七杜詩用受覺二字條：杜詩所用受覺二字皆絕奇。（此下引錄杜詩用此二字者若干句，今從略。）用之雖多，然每字命意不同，又雜於千五百篇中，學者讀之，惟見其新工也。若陳簡齋亦好用此二字，未免頻複者，蓋只在數百篇內，所以見其多。如：未受風作惡，不受珠璣絡，不受折簡呼，不受人招麾，不受安危侵，飽受今日閒，卻扇受景風，語聞受遠響，坐受世故驅，庭柏不受寒，可復受憂戚，寧受此酸辛，滔滔江受風，坐受世褊迫，清池不受暑，平池受細雨，窮村受春晚，不受急景催，肯受元規塵，了不受榮悴，意閒不受榮與辱，獨自人間不受寒，枯木無知（按：諸本均作枝。）不受寒，天馬何妨略受鞿，來禽花高不受折，不受陰晴與寒暑，長林巨木受軒輊；未覺懶相先，未覺壯心休，未覺身淹留，未覺墉陰遲，未覺欠孟嘉，未覺有等倫，未覺風來遲，未覺經旬久，欲往還覺非，獨覺賦詩難，稍覺夜月添，菰蒲覺風入，未覺此計非，高處覺眼新，意定覺景多，未覺徐娘老，未覺有榮辱，未覺飢腸虛，未覺平生與願違，村空更覺水潺湲，眼中微覺欠扁舟，居夷更覺中原好，便覺杯觴耐薄寒，牆頭花定覺風闌。可謂多矣。蓋喜用其字，自不知下筆所著也。

騫按：容齋所舉用受字者二十七句，用覺字者二十四句，而「不受」與「未覺」各居其十三，郎此可窺見簡齋個性，正如張嵲撰墓誌所謂「內剛不可犯。」然其用語之少變化，亦於此見之。

楊萬里誠齋集卷一一八胡銓行狀：上在講筵，謂公曰：「……詩人如張耒、陳師道者，誰歟？」對曰：「太上時，如陳與義、呂本中，皆宗師道者。」

騫按：上謂孝宗，太上謂高宗。

朱子語類卷一四零：古人詩中有句，今人詩更無句，只是一直說將去，這般詩一日作百首也得。如陳簡齋詩：亂雲交翠壁，細雨溼青林；暖日薰楊柳，濃陰醉海棠。他是什麼句法！

胡仔苕溪漁隱叢話卷五十三：陳去非詩平淡有工。如：踈踈一簾雨，淡淡滿枝花；官裏簿書何日了，樓頭風雨見秋來；客子光陰詩卷裏，杏花消息雨聲中。

羅大經鶴林玉露：自陳黃之後，詩人無逾陳簡齋。其詩由簡古而發穠纖。遭値靖康之亂，崎嶇流落，感時恨別，頗有一飯不忘君之意。如涼風又落南宮木，老雁孤鳴漢北州；乾坤萬事集雙鬢，臣子一謫今五年；天翻地覆傷春色，齒豁頭童祝聖時；近得會稽消息不，稍傳荆渚路歧寬；東南鬼火成何事，終藉胡銓作諍臣；龍沙此日西風冷，誰折黃花壽兩宮。皆可味也。

騫按：南宮應從本集作宮南，與下漢北相對。胡銓應從本集作胡鋒。胡銓（澹庵）上疏反對和議乞斬秦檜乃紹興中事，簡齋此詩作於建炎元年，遠在其前也。（參閱下條後村詩話）

劉克莊後村詩話前集之二：元祐後詩人迭起，一種則波瀾富而句律疏，一種則煆煉精而情性遠，要之，不出蘇黃二體而已。及簡齋出，始以老杜爲師。墨梅之類，尙是少作。建炎以後，避地湖嶠，行路萬里，詩益奇壯。元日云：後飲屠蘇知已老，長乘舴艋竟安歸。除夜云：多事鬚毛隨節換，盡情燈火向人明。記宣靖事云：東南鬼火成何事，終待胡鋒作諍臣；謂方臘不能爲患，直待粘幹耳。岳陽樓云：登臨吳蜀橫分地，徙向湖山欲暮時。又云：乾坤萬事集雙鬢，臣子一謫今五年。聞德音云：自古安危關政事，隨時憂喜到樵漁。五言云：泊舟華容縣，湖水終夜明，淒然不能寐，左右菰蒲聲。窮途事多違，勝處心亦驚。三更螢火鬧，萬里天河橫。腐儒憂平世，況復值甲兵！終焉無寸策，白髮滿頭生。造次不忘憂愛，以簡嚴掃繁縟，以雄渾代尖巧，第其品格，故當在諸家之上。

騫按：徙向應從本集作徙倚。宋詩紀事引此條，刪去記宣靖事至直待粘幹耳一段，蓋避清代忌諱。今據後村大全集本。

同書續集之二：薛能云：詩深不敢論。鄭谷云：暮年詩力在，新句更幽微。詩至於深微，極玄絕妙矣；然二子皆不能踐此言。唐人惟韋、柳，本朝惟崔德符、陳簡齋能之。

騫按：簡齋詩之深微者當數休日早起，冬至二首(俱胡注本卷十二)，夜步隄上三首(胡注本卷十四)，題許道寧畫(胡注本卷四)，心老久許爲作畫(外集)諸首，皆五言也。韋、柳所擅者亦五言。蓋五言詩氣息易穩，穩則易傳出深微之境。

嚴羽滄浪詩話論詩體：陳簡齋體：陳去非與義也，亦江西之派而小異。

荆溪吳氏林下偶談卷三：簡齋之詩晚而工。如：木落太湖白，梅開南紀明；慷慨賦詩還自恨，徘徊舒嘯卻生哀；山林有約吾當去，天地無情子亦饑；樓頭客子杪秋後，日落君山元氣中；世亂不妨松偃蹇，村空更覺水潺湲；皆佳句。又有晚晴獨步及題董宗禹先志亭等古詩，亦皆佳。

鬻按：右所舉諸句，雜有簡齋中年之作，非盡晚筆。簡齋四十二歲以後甚少作詩，更少佳者，吳氏「晚而工」之說非是。林下偶談刋本或作吳氏詩話。

劉辰翁簡齋詩集序：略

鬻按：須溪此序，議論極爲精當，須全篇細讀，不能刪節；諸本簡齋詩集皆載之，今不錄。

方回桐江集卷一送俞唯道序：友人羅裳相與抄誦少陵、山谷、後山律詩，似未有所得；別看陳簡齋詩，始有入門。於是改調，通老杜、黃、陳、簡齋玩索。……大概律詩當專師老杜、黃、陳、簡齋，稍寬則梅聖俞，又寬則張文潛，此皆詩之正派也。

同書卷五劉元輝詩評：黃陳二老詩，各成一家，未有能及之者。然論老筆名手，黃陳之外，江西派中多有作者，呂居仁、陳簡齋、其尤也。

原書此段下有不知何人注云：「簡齋不在派中，虛翁豈非亦以其詩骨格風味可入此派耶。」鬻按：呂本中(居仁)作江西詩社宗派圖，其中無簡齋名。然簡齋詩骨格風味實與江西爲近；特其氣局之開弘，格調之俊爽，與夫意境之深微，非江西所能籠罩耳。嚴滄浪所謂「亦江西之派而小異」，卽是此意。

方回桐江續集卷三十贈邵山甫學說：詩自離騷降而爲蘇、李，而建安四子，晉宋間。至唐，參以律體，其極致莫如杜少陵；若陳子昂、李太白、韋、柳、皆其尤。宋則歐、梅、黃、陳，過江則呂居仁、陳去非，至乾淳猶有數人。

同書卷三十一孟衡湖詩集序：聚奎以來，崑體盛行，而歐、梅革之。爰及黃、陳，始宗老杜，而議者署爲江西派；過江而後，呂居仁、陳去非、曾吉父，皆黃陳出也。

同書卷三十二送羅壽可詩序：黃雙井專尚少陵。……陳後山棄所學學雙井。黃致廣大，陳極精微，天下詩人北面矣。立爲江西派之說者，銓取或不盡然，胡致堂詆之。乃後陳簡齋、曾文淸爲渡江之巨擘。乾淳以來，尤、范、楊、陸、蕭、其尤也。

同書同卷虛谷桐江續集序：客猶疑予之作詩不無法也。則詰之曰：子（原書如此，疑當作予。）之詩初學張宛邱，次學蘇滄浪、梅都官，而出入於楊誠齋、陸放翁。後乃悔其腴而不癯也，惡其弱而不勁也；束之以黃、陳之深嚴，而參之以簡齋之開弘。

同書卷三十三恢大山西山小稿序：宋：蘇、梅、歐、蘇、王介甫、黃、陳、晁、張、僧道潛、覺範。以至南渡：呂居仁、陳去非；而乾淳諸人，朱文公詩第一，尤、蕭、楊、陸、范，亦老杜之派也。是派至韓南澗父子，趙章泉而止。

方回瀛奎律髓卷一與大光同登封州小閣詩評（以下律髓所評諸詩題上未署名者皆簡齋作）：老杜詩爲唐詩之冠，黃、陳詩爲宋詩之冠。黃、陳學老杜者也；嗣黃、陳而恢張悲壯者陳簡齋也；流動圓活者呂居仁也；淸勁潔雅者曾茶山也。七言律他人皆不敢望此六公矣。若五言律詩，則唐人之工者無數；宋人當以梅聖俞爲第一，平淡而豐腴；捨是則又有陳后山耳。此余選詩之條例，所謂正法眼藏也。

馮舒云：「黃陳爲宋詩之冠」，誤盡一生；此君所娓娓者，只是江西一派耳。紀昀云：此一段是江西宗旨；其自成一家處在此，其局於一家處亦在此。

鬻按：二馮論詩，專主中、晚、西崑，而甚不喜江西，故其評語每故意與虛谷反對，且波及黃、陳、簡齋。往往負氣忿爭，不成其爲論詩。曉嵐則多持平中肯之論。讀者往下看去自知，先發其凡於此。

以下二馮諸人批語俱附於方評之後。

同書卷二十四送熊博士赴瑞安令詩評：簡齋詩氣勢渾雄，規模廣大。老杜之後，有黃、陳，又有簡齋，又其次則呂居仁之活動，曾吉甫之清峭，凡五人焉。

同書卷十六道中寒食詩評：簡齋詩卽老杜詩也。予平生持所見以老杜爲祖，老杜同時諸人皆可伯仲。宋以後，山谷一也，后山二也，簡齋爲三，呂居仁爲四，曾茶山爲五，其他與茶山伯仲亦有之。此詩之正派也；餘皆傍支別流，得斯文之一體者也。

紀昀云：皆字有病。（按：此謂皆可伯仲之皆字。）

又云：自以爲正派，是其偏駁到底之根。語太自矜，轉形其陋。

同書卷二十六清明詩評：古今詩人，當以老杜、山谷、后山、簡齋，四家爲一祖三宗，餘可預配饗者有數焉。

鬻按：一祖三宗之說，論江西詩派者多引述之。虛谷本意實謂「古今詩人」，非專指江西一派。

馮舒云：山谷著他看門，後山著他掃地，簡齋姑用捧茶。看門者，雖入其家門戶，然實門外漢，主人行住坐臥，頗亦知之，而堂奧中事實則茫然。掃地者，塵垢多也。捧茶頗近人，童子事耳，然頗得主人意。茶山、昌父（以下原書殘破佚去）。

騫按：此語批於清明詩方氏評語之後，乃針對一祖三宗之論而發，仍是重唐輕宋之成見。謂黃陳只能作少陵奴僕，雖貶抑過甚；而品評三家詩格，頗合分際。須知，能爲少陵作奴，卽非凡流；若馮家兄弟，則是「尋常行路人」，不得其門而入者也。

同書卷二十三山中詩評：自黃、陳紹老杜之後，惟去非與呂居仁亦登老杜之壇。居仁主活法，而去非格調高勝，舉一世莫之能及。欲學老杜非參簡齋不可。

紀昀云：評簡齋確，惟以呂居仁並稱則究嫌非偶。

又云：山谷、后山、簡齋、皆學杜而得其一體者也。故謂三家學杜可，謂學杜當從三家入則不可（第二條見律髓卷一陳師道登鵲山詩後）。

同書卷二十四梅堯臣送徐君章詩評：宋人詩善學盛唐而或過之，當以梅聖俞爲第一。善學老杜而才格特高，則當屬之山谷、后山、簡齋。

同書卷十三十月詩評：簡齋詩獨是格高，可及子美。

馮舒云：只將幾個字拗了平仄，便道可及子美，寃哉。　馮班云：子美高處豈在此。　紀昀云：簡齋風骨高出宋人之上；此評是。又云：簡齋詩畢竟大雅。（紀評第二條在律髓卷三十四過孔雀灘贈周靜之詩後）

同書卷十七兩詩評語：簡齋五言律爲雨而作者，選十九首。詩律精妙，上迫老杜，仰高鑽堅，世之斯文自命者皆當在下風。后山之后，有此一人耳。

馮舒云：吾寧簡齋　。查愼行云：簡齋與后山才力相近，而烹煉不及后山，觀其全集自見。（查

評在律髓卷一渡江詩後）

駦按：黃節（晦聞）先生有印章文云「后山而后」，蓋取意於此；先生所著蒹葭樓詩，固學后山者也。

同書卷二十九次韻謝呂居仁詩評：讀諸家詩，忽到后山、簡齋，猶捨培塿而瞻太華，不勝高聳，自是一種風調。

馮班云：猶去華堂而入厠屋。后山尚可，簡齋可恨。

紀昀云：簡齋詩誠峭健，此三首殊無可取，不稱此評。

（駦按：所評爲舟行遣興、度嶺，及謝呂居仁三首。）

駦按：方語誠屬誇大，馮語則太過分。如此負氣，不成體統。

同書卷十九對酒詩評：簡齋詩響得自是別。

紀昀云：簡齋風骨高秀，實勝宋代諸公；此評卻非阿好。

同書卷二十三放慵詩評：此公氣魄尤大。

同書卷二十五杜甫題省中院壁詩評：落花遊絲白日靜，鳴鳩乳燕青春深，此等句法惟老杜多，亦惟山谷、后山多，而簡齋亦然。乃知江西詩派非江西，實皆學老杜耳。因附見於下。淸江碧石傷心麗，嫩蕊穠花滿目斑；珠簾繡柱圍黃鵠，錦纜牙檣起白鷗：老杜也。頭白眼花行作吏，兒婚女嫁望還山；青春白日無公事，紫燕黃鸝俱好音；釣溪築野收多士，航海梯山共一家；舊管新收幾妝鏡，流行坎止一虛舟；霜髭雪鬢共看鏡，萸糝菊英同送秋：山谷也。語鵲飛烏春悄悄，重簾深院晚沉沉；來牛去馬中年眼，朗月清風萬重心；問舍求田眞得計，臨流據石有餘淸；熟路長驅聊緩步，百全一發不虛弦：后山也。寒食清明愁客子，暖風遲日醉梨花；前江後嶺通雲氣，萬壑千巖送雨聲：簡齋也。東坡亦有之：白沙碧玉味方永，黃紙紅旗心已灰；經卷藥爐新活計，舞衫歌扇舊因緣。如歐公：金馬玉堂三學士，淸風明月兩閒人。皆兩句中各自爲對，或以壯麗，或以沉鬱，或以勁健，或以閒雅，又觀本意如何。予亦不能悉數，姑舉一二，更不別出。

紀昀云：以此種句法爲學老杜，杜果以此種爲宗旨乎？博引繁稱，徒增支蔓耳。

騫按：右所稱引，爲老杜句法之一種，亦卽山谷、后山、簡齋諸人學杜之一種，虛谷固未言其爲諸家之全也；紀評稍鑿。

同書卷二十六懷天經智老詩評：以客子對杏花，以雨聲對詩卷，一我一物，一情一景，變化至此。乃老杜卽今蓬鬢改，但愧菊花開，賈島身事豈能遂，蘭花又已開，翻窠換臼，至簡齋而益奇也。后山老形已具臂膝痛，春事無多櫻笋來一聯，極其酸苦，而此聯有富貴閒雅之味，后山窮，簡齋達，亦可覘云。

騫按：此詩次聯云：客子光陰詩卷裏，杏花消息雨聲中，簡齋名句。

同卷寓居劉倉廨中詩評：以世事對春陰，以人老對絮飛，一句情，一句景，與前客子杏花之句，律令無異。但如此下兩句，後面難措手；簡齋胸次卻會變化斡旋，全不覺難，此變體之極也。

方回桐江集卷四跋仇仁近詩集：周伯弜詩法，分頷聯、頸聯，四實、四虛、前後虛實，此不過情景之分。如陳簡齋官裏簿書何日了，樓頭風雨見秋來，是非袞袞書生老，歲月匆匆燕子回，乃是一聯而一情一景，伯弼所不能道。老杜云，舟中得病移衾枕，洞口經春長薜蘿；山谷云，霜髭雪髮共看鏡，萸糝菊英同送秋；後山云，老形已具臂膝痛，春事無多櫻筍來。此一脈自老杜以來，知而能用者，惟三數公。豈掣鯨碧海與翡翠蘭苕，故不同耶。

同書卷五吳尚賢詩評：老杜、陳簡齋詩，兩句景卽兩句情，兩句麗卽兩句淡。紅入桃花嫩，青歸柳葉新，此一聯也。轉添愁伴客，更覺老隨人，卽如此續下聯。簡齋又有一句景對一句情者，妙不可言。下聯如或用故事，或他出議論，不情不景，其格無窮。

　　鸞按：右所引兩聯，乃杜甫奉酬李都督表丈早春作詩。原作轉添一聯在前，紅入一聯在後，不知是虛谷誤記，或有意顚倒以自圓其說。（以上兩條乃專論情景之分配者，彙錄於此。）

仇遠山村遺集讀陳去非集詩：簡齋吟集是吾師，句法能參杜拾遺。宇宙無人同叫嘯，公卿自古歎流離。窮途쩘쩘誰憐汝，遺恨茫茫不在詩。莫道墨梅曾遇主，黃花一絕更堪悲。

程文海雪樓集卷十五嚴元德詩序：自劉會孟盡發古今詩人之祕，江西詩爲之一變。今三十年矣，而師昌谷、簡齋最盛，餘習時有存者。無他，李變眩、觀者莫敢議，陳淸俊、覽者無不悅，此學者急於人知之弊也。變眩、淸俊、固非二子之本，亦非會孟敎人之意也，因其所長，各有取焉耳。（劉辰翁字會孟）

吳師道吳禮部詩話：唐子西詩文皆精確，前輩謂其早及蘇門，不在秦晁下；以予評之，規模意度殆是陳無己流亞也。世稱宋詩人，句律流麗必曰陳簡齋，對偶工切必曰陸放翁。今子西所作，流布自然，用故事古語，融化深穩，前乎二公已有若人矣。

宋濂宋文憲公全集卷三十七答章秀才論詩書：陳去非雖晚出，乃能因崔德符而歸宿於少陵，有不為流俗之所移易。

都穆南濠詩話：劉後村云：「宋詩豈惟不愧於唐，蓋過之矣。」予觀歐、梅、蘇、黃、二陳、至石湖、放翁諸公，其詩視唐未可便謂之過，然眞無愧色者也。

胡應麟詩藪外編五：二陳五言古皆學杜，所得惟矗強耳。其沈鬱雄麗處頓自絕塵。無已復參魯直，故尤相去遠。大抵宋諸君子以險瘦生澀為杜，此一代認題差處，所謂七聖皆迷也。

騫按：此段評后山尚可，評簡齋則不然。簡齋五古，佳者從韋柳來，其學杜者亦非矗強或險瘦生澀。

同書同卷：陳去非短歌學杜，間得數語耳，無完篇。

騫按：簡齋詩七古最弱。短篇猶其佳者，長篇更遜，所作數量亦最少。

同書同卷：宋之學杜者無出二陳。師道得杜骨，與義得杜肉；無己瘦而勁，去非贍而雄；后山多用杜虛字，簡齋多用杜實字。

同書同卷：宋之為律者吾得二人。梅堯臣之五言淡而濃、平而遠，陳去非之七言渾而麗、壯而和；梅多得右丞意，陳多得工部句。

同書同卷：陳去非宏壯在杜陵廊廡。

同書同卷：大抵南宋古體推朱元晦，近體無出陳去非。

同書同卷：多事鬢毛隨節換，盡情燈火向人明；蕭條寒巷（一作深巷）荒三徑，突兀晴空聳一樓；九日清尊欺白髮，十年爲客負黃花；四壁原誤作座一身常客夢，百憂雙鬢更春風；五年天地無窮事，萬里江湖見在身：此瘦勁沈深，得杜意者也。

鶱按：蕭條突兀一聯，非簡齋詩，胡氏誤記。

同書同卷：令嚴鐘鼓三更月，野宿貔貅萬竈煙；萬馬不嘶聽號令，諸蕃無事樂耕耘；登臨吳蜀橫分地，徙倚湖山欲暮時；四野凍雲隨地合，九河淸浪著天流；天開雲霧東南碧，日射波濤上下紅：此雄麗冠裳，得杜調者也。

鶱按：右泛論宋人七律，僅登臨徙倚一聯是簡齋句，今隨前條附錄於此。

同書同卷：去非句如湖一作潮平天盡落，峽斷海橫通；搖楫天平渡，迎人樹欲來；風斷黃龍府，雲移白鷺洲；亂雲交翠壁，細雨溼青林；一時花帶淚，萬里客憑欄：皆弘麗沉雄得杜體一作髓，且多得杜字法。

同書同卷：陳去非諸絕雖亦多本老杜，而不爲已甚；悲壯感慨，時有可觀處。

鶱按：胡氏不喜工部七絕，故有此論。簡齋七絕別有一種幽寂淡遠之境，如日落微風過荷葉，陂南陂北聽秋聲；一簾晚日看收盡，楊柳微風百媚生等；悲壯感慨者則皆靖康亂後作品。

同書同卷：王維遙知兄弟登高處，遍插茱萸少一人；岑參遙憐故園菊，應傍戰場開：皆佳句也。去非重九二絕：七言云：龍沙北望西風冷，誰折黃花壽兩宮；五言云，菊花紛四野，作意爲誰秋；雖用前人之意，而不襲其語，殊自蒼然。

鶱按：此眞支離附會之論！簡齋撫時感事，因物寄興，何曾用王岑之意。菊花兩句原作係五言排律，並非絕句，胡氏誤記。

日本覆刻劉須評點十五卷本簡齋集引錄詩藪數條，字句偶與原本不同，右所云「一作某」者皆是也。

胡應麟少室山房類稿卷一一八與顧叔時論宋元二代詩書第二篇：梅聖俞之學唐，陳去非之學杜，皆錚錚躍出，庸詎可以宋概耶？

吳喬圍爐詩話卷五：選南宋詩，務取短中之長，一聯一句亦收之，首尾求全，幾無詩矣。陳與義簡齋詩以趣勝，而受病於此，俊氣終不可掩。如雨晴詩，牆頭語鵲衣猶溼，樓外殘雷氣未平；江漲云，疊浪並翻孤日去，兩津橫捲半天流；送瑞安令云，衣冠袞袞相逢處，草木蕭蕭未變時，聚散同驚一枕夢，悲歡各誦十年詩，山林有約吾當去，天地無情子亦饑：雖無格調，語猶入情。

同書同卷：陳淵幾叟詩勝於簡齋。嚴陵釣臺云：溪山有底好，適契貧士欲。敢論生不侯，但喜夢非僕。攜笻縱朝步，初日穿林麓。西風扶兩腋，一舉千里鵠。意氣不凡，下語新警。

騫按：此君於簡齋詩全不了解，所舉皆非簡齋佳處。謂陳淵詩勝於簡齋，直是夢囈。

吳喬答萬季野詩問：宋詩亦非一種，如梅聖俞卻有古詩意，陳去非得少陵實落處。

四庫全書總目提要卷一百五十六：與義之生，視元祐諸人稍晚，故呂本中江西宗派圖中不列其名。然，靖康以後，北宋詩人凋零殆盡，惟與義爲文章宿老，巋然獨存。其詩雖源出豫章，而天分絕高，工於變化，風格遒上，思力沉摯，能卓然自闢蹊徑。瀛奎律髓以杜甫爲一祖，以黃庭堅、陳師道及與義爲三宗，是固一家門戶之論；然就江西派中言之，則庭堅之下，師道之上，實高置一席無愧也。初，與義嘗作墨梅詩，見知於徽宗；其後又以客子光陰詩卷裏，杏花消息雨聲中句爲高宗所賞，遂馴至執政，在南渡詩人之中，最爲顯達。然皆非其傑構。至於湖南流落之餘，汴京板蕩以後，感時撫事，慷慨激越，寄託遙深，乃往往突過古人。故劉克莊後村詩話謂其「造次不忘憂愛，以簡嚴掃繁縟，以雄渾代尖巧，第其品格，當在諸家之上。」其表姪張嵲爲作墓誌云：「公詩體物寓興，清邃超特，紆餘閎肆，高舉橫厲。」亦可謂善於形容。至以陶謝韋柳擬之，則殊爲不類，不及克莊所論爲得其眞矣。

騫按：克莊所論，僅爲簡齋詩風格之一種；簡齋靖康以前所作五古，實有韋柳之風。提要以爲不類，非篤論也。

翁方綱石洲詩話卷四：平生老赤腳，每見生怒嗔；張子霜後鷹，眉骨非凡曹；覺來跡便掃；韓公眞躁人，顧用擾懷抱；乾雲進酒杯；片雲無思極；我知丈人眞；清池不受暑；惜無陶謝手；日動春浮木。以上諸句，簡齋集中似此類者尚多，不可一一枚述。大約彷彿后山之學杜，而氣韻又不逮。蓋同一未得杜神，而后山尚有朴氣，簡齋則不免有傖氣矣。若以此爲杜嗣，則不若直舉李空同之堂堂旗鼓，明目張膽，上接指麾，何必瞞人哉。

同上：自后山簡齋，抗懷師杜，所以未造其域者，氣力不均耳。降至范石湖、楊誠齋，而平熟之逕同輩一律，操牛耳者，則放翁也。平熟則氣力易均，故萬篇酣肆，迥非后山簡齋可望。而又平生心力全注國是，不覺暗以杜公之心爲心，於是乎言中有物，又迥出誠齋、石湖上矣。然在放翁則自作放翁之詩，初非希杜作前身者，此豈後之空同、滄溟輩，但取杜貌者所可同日而語。

寯按：此老於宋詩眞正面目全未了解，右所云云，誠所謂「信口雌黃」。

汪能肅云：元亮天機，少陵風骨。如氣之秋，猶春於綠。

寯按：能肅，清道光時山陰人。右四語汪氏手書於舊鈔本簡齋詩集劉辰翁序之後。評陳詩極爲簡切，不知是自撰或轉錄他人語。（互見簡齋詩集考補遺）

馮煦蔣刻本簡齋詩集序：近世作者，鑒於中晚之末失，往往祧唐祖宋，於方回所稱三宗者奉爲泰斗，爭相攀附。蓋其一種蕭寥逋峭之致，譬之繚磵邃壑，絕遠塵壒，既非若「七寶樓臺拆下不成片段」，又非若繩樞甕牖，貌朴古而實寒陋，無感乎世之踵武而趨也。

沈曾植云：畫家氣韻在生動，詩家亦然。觀先生著筆使韻，眞生動也。

寯按：右見沈氏手批舊鈔本簡齋詩集。（參閱詩集考補遺）

陳簡齋詩集合校彙注附錄終

# 陳簡齋年譜序

陳簡齋年譜，舊有二本，其一爲宋人胡穉編，載於穉所箋注簡齋詩集卷首；其一爲近人夏敬觀編，載於商務印書館國學叢書本陳與義詩選。胡譜雖有若干原始資料，而簡略殊甚，僅具大綱；夏譜較詳，而考訂敍述仍多未盡。即如簡齋曾學詩於崔鶠，受知於葛勝仲，攝守均州，流轉兩湖，寄居武岡，遠涉嶺嶠，以及生平朋友往還踪跡：凡此諸端，皆讀簡齋詩者所必知，胡譜旣全無敍述，夏譜仍付闕如，晚年在朝時事，二譜所遺更多，蓋均非合於理想之作也。

予素喜讀簡齋詩，思詳考其行事，乃博採羣書，撰爲斯編，大端細節，遺事軼聞，其所增益者十數倍於胡夏。初稿民國四十八年完成，曾發表於四十九年出版之幼獅學報二卷二期。十餘年來，續有所得，補充之，修訂之，以視初稿，又增出約五分之一。爰重行編撰，付印問世，或足爲欲讀其詩知其人者之一助云。

民國六十三年秋鄭騫序於臺北

# 陳簡齋年譜

鄭騫 因百 編

陳與義，字去非，自號簡齋居士，洛陽人。(今河南洛陽)

張嵲紫薇集三十五陳公資政墓誌銘（全文見附錄以下稱墓誌）：「陳氏本居京兆（今陝西長安一帶），亡其世系所出，後遷眉之青神（今四川青神），至太常少卿贈太子太保諱希亮，始以進士起家。……公諱與義，字去非，自其大王父歷官中朝，始又遷洛，故今爲洛人。」據墓誌所述世系（見下），與義大王父卽希亮也。宋史四四五本傳（全文見附錄以下稱本傳），乃刪節墓誌而成者，傳云：「陳與義，字去非，其先居京兆，自曾祖希亮始遷洛，故爲洛人。」刪去居蜀一段，殊謬。琬琰集中編卷三十一，范鎮撰希亮墓誌銘（以下稱范誌）云：「其先京兆人，唐廣明中，避難於蜀，遂家眉州青神之東山。」敍出遷蜀年代，可補墓誌之遺。廣明，唐僖宗年號。蘇軾東坡集卷三十三（七集本）有陳公弼傳（以下稱蘇傳），敍先世事與范誌同。公弼，希亮字。

厲鶚宋詩紀事三十八：「陳與義，洛陽人，一云汝州葉縣人（今河南葉縣）。」按：葉縣之說，首見於晁公武郡齋讀書志卷十九，實誤。胡穉箋注本簡齋詩集（以下稱胡箋本集）卷十六有將次葉城道中、至葉城、曉發葉城、方城陪諸兄坐心遠亭等四詩。胡箋云：「葉城卽汝州葉縣。」又引郡國志云：「方城山在葉縣西南十八里。」四詩絕無鄉里之意，而陪諸兄詩云：「客中日食三斗塵，北去南來了今歲。暫時亭中一杯酒，與兄同宗復同味。」蓋陳氏宗族有居葉者，與義本支則爲洛陽人，非葉人也。

六世祖瓊，五世祖延祿，高祖顯忠，皆不仕，而以爲善聞於其鄉。曾祖希亮，宋仁宗時官太常少卿，贈太子太保。祖恂，奉議郎、大理寺丞，贈太子太傅。父□，朝請大夫，贈太子太師。母張氏，贈博平郡夫人，仁宗朝宰相張士遜之孫女，書家張友正之女。

世系，高祖以上見范誌及蘇傳，曾祖以下見墓誌。墓誌原文云：「太常（希亮）生恂，爲奉議郎，贈太子太傅。太傅生爲朝請大夫，贈太子太師。」詳其文法，太傅生爲之爲字乃動詞，與上文爲奉議郎之爲字同義，其上蓋脫去一字，卽與義父名也。與義祖輩四人名皆從心旁（見下）；其十七叔名振，見胡箋本集卷七謹次十七叔去鄭韻詩，二十叔名揆，見卷六寄若拙弟兼呈二十叔詩。以此推之，其父名必亦爲從手旁之字，今以□識之。夏敬觀撰年譜（以下稱夏譜）卽以「爲」字爲與義父名，非是。三代贈官，皆以與義爲參政故。

希亮字公弼，仁宗天聖八年進士，歷官中外，有聲於時，范誌蘇傳之外，宋史二九八亦有傳。史傳云：「希亮四子：悅，度支郎中。恪，滑州推官。恂，大理寺丞。慥，字季常。」范誌云：「生四子：忱，尚書都官員外郎。恪，忠州南賓尉。恂，遂州司戶參軍。慥，擧進士未第。」蘇傳云：「子四人：忱，今爲度支郎中。恪，卒於滑州推官。恂，今爲大理寺丞。慥，未仕。」三書所敍四子官職小異，乃作傳時間先後不同之故。長子之名，以下文所引施顧注蘇詩爲旁證，應從范誌蘇傳作忱，宋史作悅乃形近之誤，施顧注蘇詩卷二淩虛臺詩注云：「公弼之子忱，忱之孫名與義，字去非。」墓誌則云與義之祖父名恂；墓誌乃正式紀錄，故從之。王明清揮麈後錄卷三引墓誌云與義爲忱之孫，與今本墓誌不合而與施顧注同。其說不足據，參閱本譜紹興七年。（施顧注蘇詩卷二已佚，今據日本小川環樹及倉田淳之助合輯蘇詩佚注轉引。）

希亮知鳳翔府時，蘇軾爲其屬吏。希亮御下嚴，軾頗不能堪，嘗作客位假寐詩，中有句云：「雖無性命憂，且復忍須臾。」其憤懣可知。慥則軾爲之作傳之方山子，世所謂「季常之癖」，即此人故事也。

墓誌云：「太師（與義父）元配馬氏，贈蘄春郡夫人；次配張氏，贈博平郡夫人。」據知與義之母爲其父之繼室。

張士遜字順之，襄陽人，宋史三一一有傳。太宗淳化中舉進士，謚文懿。仁宗天聖、明道間兩次拜相，見宋史二一零宰輔表。

胡箋本集卷九有跋外祖存誠子帖詩，胡箋云：「張友正字義祖，退傅鄧國文懿公之幼子。自少學書，常居一小閣上，杜門不治他事，積三十年不輟，遂以書名。神宗嘗評其草書爲本朝第一。號存誠子。」按：胡箋出徐度却掃篇卷中，宋史士遜傳亦載其事（參閱下文「博學能文章工書」條注語）。

夏譜云：「其洛中園宅壯麗，與公侯等。河北有田，歲得帛千疋，先生蓋非寒畯之士也。」夏氏所述出於蘇軾方山子傳。今按：本集少作諸詩常有自述貧寒之語。如雜書示陳國佐胡元茂云：「一官專爲口，俯仰汗我顏，顧將千日飢，換此三歲閒。」又云：「有錢可使鬼，無錢鬼揶揄。……微官不救飢，出處違壯圖。」寄新息家叔云：「竹林雖有約，門戶要人興。」年華云：「去國頻更歲，爲官不救飢。」茅屋云：「茅屋年年破，春風歲歲來。」可知陳氏至與義時已家道中落，非復東坡所言盛況。陳氏田宅，皆與義曾祖希亮所置；與義生時，希亮卒已二十五年（見後），其諸祖仕宦皆未顯達，資產雖富，亦難持久也。夏譜之言，實未詳考。

與義登宋徽宗政和三年上舍甲科，高宗紹興初官至參知政事，以資政殿學士、左太中大夫、提舉臨安府洞霄宮終。生於哲宗元祐五年庚午六月（西元一零九零），卒於高宗紹興八年戊午十一月二十九日(西元一一三八)，年四十九。

生平仕履俱詳本譜，此處但著其科第及最後官職。宋徽宗時行三舍法，登上舍甲科者略等於進士，詳見宋史一五七選舉志三，及本譜大觀元年所引文獻通考諸書。

為人清愼靖一，與人語惟恐傷之。遇有可否，必微示端倪，終不正言極議。然容狀儼恪，不妄笑言。「河目海口，大耳聳峙，識者知其為貴人。」平居與人接，謙下甚，然內剛不可犯。喜薦達後輩，有一善，必極口稱借，或抑已善以獎之。其薦人於上，退未嘗語人，士以是慕嚮。

右節錄墓誌原文。「河目海口」以下三句則錄自章定名賢氏族言行類稿卷十一。

博學能文章，工書，擅繪事。尤長於詩，南渡前後稱大家，所著有簡齋集。少年居洛陽時，為洛中八俊之一，稱「詩俊」。

墓誌：「公尤邃於詩，體物寓興，清邃超特，紆餘閎肆，高舉橫厲，弄陶謝韋柳之間。公之外王父，鄧公之季子也，自號存誠子，善行草書，高視一世，其書過清，世俗莫知。公初規模其外家法，晚益變體出新意，姿態橫出，片紙隻字，得之者咸藏弆之。」葛勝仲丹陽集卷十，跋陳去非右丞畫山水：「觀此筆，所謂積雪帶餘暉，青峰出山後，夕嵐飛鳥還等語，如在目中，信其詩畫同出於天機也。談者謂右丞詩合國風，畫山水楊子華之聖，信然。」按：宋史一六一職官志：「元豐新官制，廢參知政事，置門下中書二侍郎、尚書左右丞、以代其任。建炎三年，復以門下中書侍郎為參知政事，而省左右丞。」與義官參知政事而勝仲以右丞稱之，用元豐舊名也。今故宮博物院藏與義墨跡數種，有影印本；畫跡未見。與義曾手書詩稿刻版，今已不存，詳見前簡齋詩集考。周密志雅堂雜鈔卷上云：「廖瑩中嘗命善工翻刻淳化閣帖十卷、絳帖二十卷。……又刻陳簡齋去非、姜堯章、任希夷、盧柳南四家遺墨十三卷，皆精妙。」按：廖刻已佚，不知其中有幾卷是簡齋遺墨。

樓鑰攻媿集七十一，跋朱巖壑鶴賦及送閭丘使君詩：「承平時，洛中有八俊：陳簡齋詩俊，巖壑詞俊，富季申文俊，皆一時奇才也。」按：朱敦儒自號巖壑居士，富季申名直柔。見後。餘五俊未詳俱爲何人。與義有臨江仙詞云：「憶昔午橋橋上飲，座中都是豪英。」午橋在洛陽。觀八俊之說，「都是豪英」蓋紀實也。

「靖康以後，北宋詩人凋零殆盡，惟與義爲文章宿老，巋然獨存。」並時曾幾、呂本中諸人，均非四敵。經國大業，似非所長，且執政日淺，無以自見，故雖「位望通顯」，而終以詩人稱。

引號中諸語錄自四庫全書總目一五六簡齋集提要。胡仔苕溪漁隱叢話三十四：「陳去非舊有詩云：『風流丘壑眞吾事，籌策廟堂非所知。』其後登政府，無所建明，卒如其言。」墓誌云：「世皆知其以文字擅聲當世，而其謀略議慮，自過絕於人。參大政日淺，每師用道德以輔朝廷之闕失。張施措置，務於尊主威而振綱紀，調誤補察甚衆。」措詞空洞，蓋無話可說故也。然，王明清揮麈續錄卷三云：「陳簡齋去非，出處氣節，翰墨文章，爲中興大臣之冠。」章定名賢氏族言行類稿卷十一亦引其語。與義在政治上雖少表現，其人品學問文章受當時人崇敬，則無問題。與義參政僅滿一年，見本譜。

妻周氏，武岡人(今湖南武岡)，仁宗朝諫議大夫周湛族裔。子洪，字本之，紹興末，官右通直郎、太府寺主簿，遷太府寺丞，尚書倉部員外郞。孫鞏，淳熙中任仁和縣知縣(今浙江杭縣)。

墓誌：「公娶周氏，某官之女，某郡夫人。男曰洪，某官。」劉辰翁評增注本簡齋詩集（以下稱劉評本集）卷十一有次周漕示族人韻詩，據增注知與義岳家周氏爲武岡人。（詳見本譜建炎四年）詩有句云：「諫議遺蹤尚可望」。增注云：「宋周儀，登雍熙科。子湛，登天禧第，武岡人，少讀書紫陽山千尋石室，後爲諫議，稱嘉祐名臣。」按：周湛字文淵，宋史卷三百有傳。傳云湛登進士甲科，仁宗朝拜右諫議大夫，與詩注合；惟云湛爲鄧州穰人，蓋著其原籍也※。洪字本之，見胡箋本集卷二十九與智老天經夜坐詩注。建炎以來繫年要錄（以下簡稱要錄）一七零：「紹興二十五年十二月丁酉，右通直郎陳洪爲太府寺主簿。洪，與義子也。」同書一八三：「紹興二十九年八月壬子朔，太府寺丞陳洪爲尚書倉部員外郎。」咸淳臨安志名宦傳：「陳肇，簡齋之孫，淳熙十一年爲仁和令，以能稱。」周必大省齋文稿卷十八跋陳去非帖云：「紹興乙亥歲，某初仕王畿，陳公之子本之爲郎爲監，家藏手澤甚富。……今踰三十年，本之之子仁和宰復示此軸。……而本之墓木已拱。」此跋署年爲淳熙丙午（十三年），據此推測，本之蓋卒於乾道中。

※此周諫議是否宋史有傳之周湛，尚難作定論，詳見陳簡齋詩集合校彙箋卷二十六次周漕示族人韻詩。

弟與能，字若拙，亦能詩。其他昆弟姊妹未詳。

胡箋本集卷六寄若拙弟兼呈二十家叔詩注云：「若拙名與能，第二十九，蓋先生親弟。」簡齋詩外集有用家弟韻詩數首。葛勝仲丹陽集亦有與若拙唱和詩數首。惟若拙詩已無存。陳巖肖庚溪詩話卷下：「陳簡齋去非詩名夙著，而其弟詩亦可喜。見張林甫舉其夏日晚望一聯云：『前山猶細雨，高樹已斜陽。』恨不見其全篇。本集自靖康避亂南下之後，即不再見若拙蹤跡，想是留居北方。

## 宋哲宗元祐五年庚午　一歲　（西元一零九零）

六月，與義生於洛陽。

胡譜：「先生以是年六月生於洛陽。」墓誌云，紹興八年十一月薨，年四十九；宋史四四五本傳同。據此上推生於本年。

曾祖希亮（公弼）卒已二十五年；與義少於希亮八十八歲。（希亮生於眞宗咸平五年，卒於英宗治平二年，予另有考證。）

程　頤（正叔）五十八歲。（姚名達程伊川年譜）

與義爲太學博士時，專用程氏之學，見本譜宣和五年引錄胡箋本集，故著其年歲。

蘇　軾（子瞻）五十五歲。（諸家東坡年譜）

黃庭堅（魯直）四十六歲。（諸家山谷年譜）

陳師道（無己）三十九歲。

舊說，師道生於宋仁宗皇祐五年癸巳（一零五三），予據後山自述定爲生於皇祐四年壬辰（一零五二），詳見拙著陳後山年譜。本譜初稿從舊說云師道本年三十八歲，今從新說改爲三十九。蘇陳兩家有世誼，已見前。與義詩遠宗子美，近法蘇黃，陳師道詩則與義論「本朝」詩所謂必不可不讀者也。（見徐度却掃編卷中，收入簡齋詩輯評。）元方回論詩以杜甫爲一祖，庭堅、師道、與義爲三宗，雖屬一家之見，而其說流傳影響頗廣，故雖與三人年輩不相及，亦附其年歲。以後尤楊范陸四家，亦同此例。其他附記年歲諸人，則皆相識有往來之跡可考者。交游中如朱敦儒、席益諸人，生卒無考，只可從缺；以意度之，朱、席之年似均長於與義。

崔　鷗（德符）三十三歲

陳　恬（叔易）三十三歲

墨莊漫錄：「崔鷗德符，陳恬叔易，俱戊戌生。」按：戊戌爲仁宗嘉祐三年。與義曾學詩於崔，居汝州時，曾與陳唱和，俱見後。

范　沖（元長）二十四歲。（拙著宋人生卒考示例上篇。此文載於幼獅學誌六卷一期，以下只稱宋人生卒考。）

范陳同朝，見本譜紹興六年。

廖　剛（用中）二十一歲。（宋人生卒考上）

廖陳同時爲給事中，見本譜紹興五年。

呂頤浩（元直）二十歲。（宋人生卒考上）

呂陳同朝，在紹興二三年呂爲左相時。

朱　震（子發）十九歲。（宋人生卒考上）

朱陳同朝，見本譜紹興六年。

葛勝仲（魯卿）十九歲。（宋人生卒考上）

勝仲知汝州時，與義曾與之唱和，勝仲復薦與義於朝，詳本譜宣和四年。

胡安國（康侯）十七歲。

安國生於神宗熙寧七年甲寅，見其子胡寅斐然集二十五先公行狀。

胡陳同官見本譜紹興二年。

翟汝文（公巽）十五歲。

汝文忠惠集附錄埋銘：「公以熙寧九年丙辰九月十一日戌時生。」

與義上舍及第除官制乃汝文所撰，見本譜政和三年。

陳公輔（國佐）十四歲。（宋人生卒考上）

公輔與義同年上舍及第，見本譜政和三年。

葉夢得（少蘊）十四歲。

夢得生於神宗熙寧十年丁巳，見錢大昕疑年錄卷二，經余嘉錫疑年錄稽疑卷二考訂不誤。

夢得與義同朝，見本譜紹興七年。

孫　傅（伯野）十三歲。（宋人生卒考上）

胡箋本集卷十二有寄題兗州孫大夫絕塵亭詩，自注云：「伯野之父」。

程　俱（致道）十三歲。

俱北山小集附錄行狀云紹興十四年卒，年六十七，據此上推，生於元豐元年戊午。

與義晚年居湖州時，曾與俱往來唱和，見胡箋本集卷二十九題崇蘭圖詩注文。

李　光（泰發）十三歲。（宋人生卒考上）

紹興五年，與義自知湖州召爲給事中，光爲後任，見彼年。

王　黼（將明）十二歲。（宋人生卒考下，幼獅學誌六卷二期。）

與義早年仕宦在黼當國時，事詳本譜宣和六年。

陳　克（子高）十歲。（宋人生卒考下）

二陳同朝，見本譜紹興七年。克即著赤城詞者。

富直柔（季申）約十歲左右。（宋人生卒考下）

與義直柔相識於汝州，同受葛勝仲薦舉，靖康建炎間同避金兵，見本譜宣和四年及建炎元年。

徽　宗（趙佶）九歲。

宋史卷十九本紀云，元豐五年十月丁巳生。

胡譜：「徽宗見先生所賦墨梅詩善之，亟命召對，有見晚之歎。」詳本譜宣和五年。

朱勝非（藏一）九歲。（宋人生卒考下）

勝非爲相時，與義爲吏部侍郎，兼權直學士院，曾草勝非起復制，見本譜紹興三年。

綦崇禮（叔厚）八歲。

宋史三七八崇禮傳云卒年六十，崇禮北海集附錄王之望祭文云紹興十二年，李漢老祭文云紹興十三年，其卒當在十二年歲杪，據此上推，生於元豐六年癸亥。北海集附氏族言行錄亦云崇禮生於癸亥。

與義、崇禮曾在太學同事，晚年又同朝，見本譜宣和五年及紹興三年。

李　綱（伯紀）八歲。

綱生於神宗元豐六年癸亥，見梁溪集附錄行狀。

綱有轉官謝陳參政啓，事見本譜紹興七年。

張　綱(彥正)八歲。

綱生於神宗元豐六年癸亥，見綱華陽集附錄洪箴撰行狀。張陳爲太學同舍，見本譜大觀元年。與義自吏部侍郎改禮部侍郎制詞爲綱所撰，見本譜紹興四年。

張　守(子固)七歲。(宋人生卒考下)

張陳同時參知政事，見本譜紹興七年。

呂本中(居仁)七歲。(宋人生卒考下)

與義宣和六年與呂同朝，見本譜彼年。建炎四年赴召途經賀州與呂有詩唱和，見彼年。後又同朝，見紹興六年。

曾　幾(吉甫)七歲。(宋人生卒考下)

呂曾之詩不逮與義，但同爲南渡名家。方回詩所云：「堂堂陳去非，中興以詩鳴；呂曾兩從橐，殘月配長庚。」是也。曾陳無往還唱和之跡。

李淸照(易安)七歲。(近人黃君李淸照夫婦年譜)

淸照於紹興二三年間，往來杭州紹興，且曾涉訟，具詳年譜。此二年中，與義正在杭州行朝供職，淸照爲訟事投書致謝之綦內翰崇禮，卽與義當時之同官好友也。此亦詞林掌故。

向子諲(伯恭)六歲。

與義建炎三年避兵路經潭州時，子諲方知州事，與義有詩贈之，見胡箋本集卷二十三。

附注：本譜初稿引汪應辰撰子諲墓誌，於子諲生卒年有所疑。後經詳考，確係生於元豐八年乙丑。初稿之疑，乃爲姜亮夫歷代名人年里綜表所誤。詳見宋人生卒考下。

趙　鼎(元鎮)六歲。

鼎生於神宗元豐八年乙丑，見忠正德文集自撰壙志。

與義晚年與鼎同朝，二人頗不和，見本譜紹興五年及六年。

沈與求(必先)五歲。

與求生於哲宗元祐元年丙寅，見龜谿集附錄墓誌。

陳沈同朝見本譜紹興七年。

胡松年(元茂一作茂老)四歲。(宋人生卒考下)

胡箋本集卷二雜書示陳國佐胡元茂四首注云：「陳胡與先生俱登政和三年上舍第。」

程　瑀(伯寓)四歲。(宋人生卒考下)

陳程同官，見本譜紹興二年。

王　洋(元渤)約四歲。(宋人生卒考下)

與義除參知政事，洋有賀啓，見本譜紹興七年。

鄭剛中(亨仲)三歲。

宋史三七零剛中傳未記生卒年。剛中北山文集卷末附錄其子良嗣所撰年譜云：「元祐四年戊辰，公以夏五月二十三日生於婺州金華縣之北山下。……紹興二十四年甲戌夏感疾，以其生之月日終於封州，享年六十有七。」同書附錄何耕撰墓誌云「紹興二十四年卒，年六十七。」寯按：元祐三年戊辰、四年己巳，年譜云四年又云戊辰，二者必有一誤。若生於己巳則享年六十六而非六十七，今定爲生於戊辰。方回桐江集卷三讀鄭北山集跋亦云元祐「四」年戊辰生，乃沿年譜之誤。剛中與義太學同舍，見本譜政和二年。

何　栗(文縝)二歲。

栗卒於建炎元年卽靖康二年丁未，年三十九，說見彼年。據此上推，生於元祐四年己巳。胡箋本集卷十二有次韻何文縝題畫水墨梅詩。栗，宋史三五三有傳。

趙子晝(叔問)二歲。

子晝生於哲宗元祐四年己巳，據程俱北山小集三十三子晝墓誌推得。與義子晝唱和往來，事見本譜紹興五年。

常　同(子正)一歲(宋人生卒考下)

陳常同朝，見本譜紹興七年。

賀允中(子忱)一歲。

韓元吉南澗甲乙稿二十允中墓誌云：「乾道四年三月二十九日薨於家，享年七十有九。」據此上推，生於本年。

與義任吏部侍郎時，曾舉允中落致仕，見本譜紹興三年。

秦　檜(會之)一歲。

檜卒於紹興二十五年，年六十六，見宋史四七三檜傳及要錄一六九。據此上推，生於本年。檜生日在十二月二十五日，見要錄一四七，較與義晚生半年。

與義參知政事時，檜官樞密使，見本譜紹興七年及八年。

**元祐六年辛未　二歲**

張元幹(仲宗)生

本譜初稿據三續疑年錄推定元幹長於與義二十三歲，而認爲其說頗有問題，故附注按語云：「四庫全書總目一五八蘆川歸來集提要云：『元幹掛冠之年甫四十一』與三續疑年錄所云『生於治平四年丁未卒於紹興十三年癸亥』之說不合，手邊無蘆川歸來集，此問題留俟詳考。」其後覓得此集，據以考定元幹生於本年，卒年不詳，但必在紹興三十年庚辰之後，三續疑年錄完全錯誤。詳見宋人生卒考示例續編（幼獅學誌七卷四期）。

胡箋本集卷四有送張仲宗歸閩中詩，作於洛陽或開封，卷十四有招張仲宗詩，作於陳留。

**元祐七年壬申　三歲**

呂　祉(安老)生。(宋人生卒考示例下)

陳呂同朝，見本譜紹興七年。

**元祐八年癸酉　四歲**

**紹聖元年甲戌　五歲**

**紹聖二年乙亥　六歲**

是年本元祐九年，四月改元紹聖。

**紹聖三年丙子　七歲**

張　嵲(巨山)生。(宋人生卒考下)

嵲爲與義從表姪，曾同避金兵，見本譜建炎二年。與義墓誌即嵲所撰。

**紹聖四年丁丑　八歲**

朱　松(喬年)生。

松爲朱熹之父，生於本年閏二月，見朱文公文集九十七皇考行狀。

松曾代與義作答李綱啓，見本譜紹興七年。

朱　翌(新仲)生(宋人生卒考下)

與義除翰林學士，翌有賀詩，見本譜紹興六年。

張　浚(德遠)生。(宋人生卒考下)

與義參政時，浚爲宰相，見本譜紹興七年。

劉子羽(彥修)生。(宋人生卒考下)

與義曾手書詩稿贈子羽，見簡齋詩集考。

**元符元年戊寅　九歲**

周　葵(立義)生。

是年本紹聖五年，六月改元元符。

宋史三八五葵傳云：「淳熙元年卒，年七十七。」據此上推，生於本年。葵爲與義學生，見本譜宣和五年。

**元符二年己卯　十歲**

范宗尹(覺民)生。

宗尹生卒年壽舊說不一。予初稿從宋史宗尹傳定爲哲宗元符三年庚辰生，紹興六年丙辰卒；其後據清波雜志等書考定爲本年生，丙辰卒。詳見宋人生卒考下。宗尹爲相時，召與義入朝，見本譜建炎四年。

**元符三年庚辰　十一歲**

**徽宗建中靖國元年辛巳　十二歲**

七月二十八日，蘇軾(子瞻)卒，年六十六。(諸家東坡年譜)

十二月二十九日，陳師道(無己)卒，虛歲五十，足歲四十九。(見本譜元祐五年)

**崇寧元年壬午　十三歲**

**崇寧二年癸未　十四歲**

岳　飛(鵬舉)生。

飛生於本年二月十五日，見岳珂撰鄂王行實編年錄。與義曾面折飛，事見本譜紹興七年。

**崇寧三年甲申　十五歲**

在杭州(今浙江杭縣)，賦木犀詩。

胡箋本集卷二十二木犀詩題：「憶年十五在杭州，始識此花，皆三丈高木，嘗賦詩焉。」以何因緣至杭？在杭時間久暫？俱無可考。所賦詩本集未收。

墓誌：「公資卓偉，自爲兒童時已能作文辭，致名譽，流輩歛衽，莫敢與抗矣。」

**崇寧四年乙酉　十六歲**

九月三十日，黃庭堅(魯直)卒，年六十一。(諸家山谷年譜)

**崇寧五年丙戌　十七歲**

**大觀元年丁亥　十八歲**

入太學讀書，約始於本年。

與義登政和三年上舍第。依宋代制度，登上舍第者必爲太學學生，詳見下文；自入學至登第共需若干年，則無明文規定。本譜初稿誤解宋史一五七選舉志文義，以爲在學一年卽可應上舍試，故繫太學讀書事於政和二年卽登第之前一年。其後檢讀文獻通考、燕翼貽謀錄、朝野類要諸書，乃知自入學至登第，至少亦須五六年，故改繫於本年；或稍早，但不能早於崇寧四年十六歲，因十五歲時尚在杭州也。今彙錄諸書有關各條於下。文獻通考四十二學校三：「元豐二年頒學令：太學置八十齋，齋容三十人。外舍生二千人，內舍生三百人，上舍生百人，總二千四百。月一私試，歲一公試，補內舍生；間歲一舍試，補上舍生。封彌謄錄如貢舉法，而上舍試則學官不與考校。公試：外舍生入第一第二等參以所書行藝與籍者升內舍，內舍試入優平二等參以行藝升上舍。上舍分三等：俱優爲上，一優一平爲中，俱平、若一優一否爲下。上等命以官，中等免禮部試，下等免解。」同卷又云：「徽宗崇寧元年，命將作少監李誡卽城南門外相地營建外學，是爲辟雍。蔡京又奏：「天下皆興學貢士，卽國南建外學以受之，俟其行藝中率，然後升諸太學。……太學專處上舍、內舍，而外學則處外舍生。太學上舍本額一百人，內舍二百人。今貢士盛集，欲增上舍至二百人，內舍六百人，外舍三千人。外學爲四講堂、百齋，齋列五楹，一齋可容三十人。士初貢至，皆入外學，經試補入上、內舍，始得進處太學。太學外舍亦令出處外學。」（王栐燕翼貽謀錄卷五太學辟雍條、宋史一五七選舉志、與此略同，而通考所敍最爲詳盡。）趙昇朝野類要卷二釋褐條云：「上舍試中優等者釋褐，以分數多者爲狀元，其名望重於科舉狀元。」同卷上舍條云：「內舍校定分數人兩年一次試升上舍，凡九月內鎖院三場，以優等平等取人，其法嚴於省解也。中者自後不復赴公私試，只赴上舍試，以遺釋褐。如入學六年得爲釋褐者，謂之走馬上舍。」觀以上記載，可知三舍法之大致情形。自入學至上舍登第，須經多次考試，而上舍試兩年始舉行一次，在學期間當然至少五六年。謂之「走馬」上舍者，言其快速也。

在太學時，與陳公輔（國佐）、胡松年（元茂）、張綱（彥正）、鄭剛中（亨仲）同學。

與義、公輔、松年三人同於政和三年登上舍第，詳見彼年。張綱華陽集附錄洪箴撰行狀云：「政和三年試內舍第一。明年，以優等較定試上舍，……復擢爲第一；是年四月七日，天子御崇政殿賜上舍及第。」綱登上舍第僅晚於與義一年，當然亦是同時在學。剛中則稍晚，見後政和元年。

五月二十日，高宗（趙構）生。

宋史二十四本紀云：大觀元年五月乙巳（二十日）生。

與義晚年以文字受知高宗，寵遇甚隆，見本譜紹興五年至八年。本譜干支紀日換算日期皆據二十史朔閏表。

程　頤（正叔）卒，年七十五。（姚名達程伊川年譜）

**大觀二年戊子　十九歲**

在太學讀書。

**大觀三年己丑　二十歲**

在太學讀書。學詩於崔鶠（德符），約在此時。

徐度却掃編卷中：「陳參政去非少學詩於崔鶠德符；嘗請問作詩之要。崔曰：「凡作詩，工拙所未論，大要忌俗而已。天下書雖不可不讀，然愼不可有意於用事。」」其事未詳在何年。今按：宋史三五六鶠傳云：「調績溪令；移病歸。始居郟城，治地數畝爲婆娑園，屏處十餘年。人無貴賤長少，悉尊師之。宣和六年，起通判寧化軍。」自宣和六年上溯十餘年，鶠退居郟城當始於本年左右。郟城去洛陽甚近，與義從學於鶠當在此時。或較本年略遲略早。

宋史鶠傳云：「尤長於詩，清峭雄深有法度。」宋史二零八藝文志七著錄崔鶠集三十卷，未見傳本。

劉克莊後村詩話續集之二：「薛能云：『詩深不敢論。』鄭谷云：『暮年詩力在，新句更幽微。』詩至於深微，極玄絶妙矣。然二子皆不能踐此言。唐人惟韋、柳，本朝惟崔德符、陳簡齋能之。」

**大觀四年庚寅　二十一歲**

在太學讀書。

**政和元年辛卯　二十二歲**

在太學讀書。鄭剛中(亨仲)貢入辟雍。

剛中北山文集卷末附錄其子良嗣所編年譜云,「政和二年辛卯,爲鄉貢首。」宋史一五七選舉志三云:「崇寧建辟雍於郊,以處貢生,而三舍考選法乃遍天下。於是由州郡貢之辟雍,由辟雍升之太學。」鄉貢卽由本州貢入辟雍讀書之謂也。政和元年辛卯,二年壬辰,鄭譜旣云二年復云辛卯,必有一誤。據本譜大觀元年所引文獻通考諸書推測,貢生由辟雍升太學總須一兩年時間,剛中若政和二年始入辟雍,其升太學恐已在政和三年與義登上舍第授官離學之後,兩人卽無下文所敍「同舍」關係,故繫此事於本年。　方回桐江集卷三讀鄭北山集跋云:「剛中文簡古,詩峭健,蓋嘗與陳簡齋同舍,其薰陶有自也。」剛中北山文集二十有與陳去非小簡兩篇,其一自稱「白首同舍生」,可知方說不謬;但另一篇又自稱「半面微生」,蓋剛中升入太學時與義已將登第,兩人同舍時期不久也。(參閱本譜紹興二年)

**政和二年壬辰　二十三歲**

在太學讀書。

**政和三年癸巳　二十四歲**

三月二十二日,以釋褐賜上舍第,授文林郎。八月,充開德府教授。(今河北濮陽)

右錄胡譜原文(賜字原誤作歸)。墓誌:「登政和三年上舍甲科,授文林郎、開德府教授。」宋史二十一徽宗本紀:「政和三年三月癸酉(二十二)賜上舍生十九人及第。」胡譜未書登第月日,今據本紀補書。

同榜十九人：陳公輔（國佐）第一，胡松年（元茂一作茂老）第二，與義第三。翟汝文（公巽）時爲中書舍人，授官制詞，汝文所撰。

翟汝文忠惠集卷四，敕賜上舍及第第一人陳公輔除承事郎、第二第三人胡松年陳與義並從事郎制：「古者司徒論俊逸之士，司馬辨論官材，所以崇養作成，將與爲治也。朕賓興賢能，如古學校，將以多君子使之在位，惠賚於衆庶。汝等行藝策名，朕所加禮。夫學之爲王者事久矣，其尊汝所聞。」按：三人序齒亦是陳最長、胡次之，與義最少，是誠巧合。南渡後，三人皆知名當世，此榜可稱「龍虎榜」矣。墓誌、胡譜俱云授文林郎，制詞云從事郎，未詳孰是。據宋史一六九職官志，文林較從事高一階，或是初授從事，嗣晉文林。宋史三七二汝文傳：「起知陳州，召拜中書舍人，外制典雅，一時稱之。」忠惠集附錄埋銘云：「政和壬辰秋，復職知陳州；明年春正月，召還西掖。」據此知汝文本年正在中書舍人任。

編詩始於本年（參閱政和六年）。

胡箋本集爲編年者，劉評本次第全同胡箋，僅增出詩七首。兩本共詩五百六十五首，編次始於本年。外集詩六十一首中或有本年以前作品，因非編年，無從考定。（參閱簡齋詩集考）

## 政和四年甲午　二十五歲

在開德教授任。

## 政和五年乙未　二十六歲

在開德教授任。

**政和六年丙申　二十七歲**

八月，解開德教授任歸洛陽。

見胡譜，胡譜僅云「解開德教官而歸」，未云何處。按：與義洛陽人，此時尚未居汝州，自是歸洛陽。在開德整三年。胡箋本集卷六，若拙弟說汝州可居詩云，「四歲冷官桑濮地」，蓋合首尾言之，以對下句之「三年羸馬帝王州」。開德古衞國地，故云桑濮。

在開德時往來唱和者，有謝文驥、劉路（斯川）、劉長言（宣叔）、呂欽問（知止）、周教授諸人。

諸人俱見胡箋本集卷一各詩題及注文；周教授未詳其名。

在洛陽時往來唱和者，有張矩臣（元方）、與義之弟與能（若拙）、陳公輔（國佐）、胡松年（元茂）諸人。

諸人俱見胡箋本集卷二各詩題及注文。次韻張矩臣詩注云：「矩臣，字元方，退傅鄧公之孫。」按：鄧公卽張士遜，爲與義外曾祖，矩臣若爲其孫，當是與義舅父；但胡箋本集卷六有次韻謝表兄張元東詩，注云，「元東名規臣」，矩臣元方、規臣元東、名字俱排行，當然是兄弟，據表兄之稱，二張蓋士遜之曾孫也。詩題中僅云舍弟，未書其名，以意度之，當是與能（見前）。陳公輔，胡松年、俱與義上舍同年，見前，二人宋史三七九俱有傳。

胡箋本集卷一、二、三，卽劉評本卷二，所收詩三十二首（次韻謝文驥起，北風止），皆癸巳秋冬間至明春共三年餘，在開德及洛陽作。以後詩篇編年俱依胡箋，劉評本次第與胡箋同，說已見前。

**政和七年丁酉　二十八歲**

春晚，自洛陽入汴京（今河南開封）。

張元幹（仲宗）歸閩，與義賦詩送之。

胡箋本集卷四有送張仲宗押戟歸閩中詩，注云：「仲宗名元幹，閩人，以將作監丞致仕，年四十餘。自號蘆川老隱。」其詩編於襄邑道中詩之前一首。胡譜云：「襄邑詩是本年入汴時作」，送張詩當是同時先後作。詩首四句云：「翩然鴻鵠本不羣，亦復爲口長紛紛，去年弄影河北月，今年迎面江南雲。」陳張相識似在去年在開德時。詩又云：「還家不比陶令冷，持節正效相如勤，青天白日映徒御，玄髮絳旆明江濆。」結句云：「舊山雖好愼勿過，恐有德璋能勒文。」是元幹之歸閩，實有職務在身，此詩非送致仕也。胡箋「以將作監丞致仕」之語，乃敍後來事，與此次送別無關。此後在陳留時又有招張仲宗詩。元幹爲南渡前後詩人，著有蘆川歸來集。與義與之交往之跡可考見者僅此二詩。

**重和元年戊戌　二十九歲**

在汴京。十月，除辟廱錄。

事見胡譜。去年春晚入京，至本年除官，其間年餘，候職閒居，事跡無考。是年本政和八年，十一月始改重和，明年二月又改宣和，號重和者僅三月耳。故史家紀事有不用重和年號仍作政和八年者，胡譜夏譜均如此。

**宣和元年己亥　三十歲**

在汴京，爲辟廱錄。

事見胡譜。

正月，王黼自通議大夫、中書侍郎，加特進、少宰、兼中書侍郎、神霄玉淸萬壽宮使。與蔡京同相。

見宋史二十二徽宗紀，又二一二宰輔表。蔡王進退對與義有直接影響，事詳本譜宣和六年，故本譜皆附書之。以後其他宰執進退，亦只書對與義有關者。王黼，宋史四七零有傳；蔡京，宋史四七二有傳。王入佞倖傳，蔡入姦臣傳。

**宣和二年庚子　三十一歲**

在汴京，爲辟廱錄。春，喪母去官，居汝州(今河南臨汝)。

事見胡譜，譜中未書喪母季節。今按，服除在宣和四年夏(見彼年)，喪母當在本年春。自丁酉春至此凡三年，均在汴京。其間閑居及官辟廱各一年餘。

在汴京時往來唱和者，有張規臣(元東)、張矩臣(元方)、周紹祖、及與義之叔(名未詳)諸人。

諸人俱見胡箋本集卷四、五、六各詩題及注文。規臣矩臣俱與義表兄，見前政和六年。與義弟與能(若拙)此三年中雖有詩往來，但皆寄和；觀卷六與若拙唱和諸詩，似居喪之前若拙卽在汝州。胡箋本集卷四、五、六，卽劉評本卷三，所收詩四十四首(送張仲宗起，六言二首止，)皆丁酉至本年夏三年中所作。

六月，蔡京致仕。十一月，以王黼爲少保、太宰、兼門下侍郎。

見宋史二十二徽宗紀，又二一二宰輔表。黼自此獨相至宣和六年，凡四年。

## 宣和三年辛丑　三十二歲

在汝州。

本年事跡，胡譜夏譜均未載，他書亦無可考。按：去年明年均以丁艱居汝州，今年居汝，自無疑問。

去年十月，方臘反於浙中，本年四月討平之。胡箋本集卷七連雨書事詩云「雲移過吳越，應爲洗餘腥」，卽謂此事。(見此詩注文)

## 宣和四年壬寅　三十三歲

春晚，離汝州歸洛陽。夏，服除。七月，擢太學博士入汴京供職。

事見胡譜。自庚子春至本年七月，其間居汝州約二年餘。居洛陽約四個月。

在汝時，葛勝仲(魯卿)知州事，與義及其弟與能(若拙)常與唱和。段拂(寶臣)、富直柔(季申)時均在汝。葛甚重與義及段富，薦三人於朝，並以與義所賦墨梅詩繳進；其擢太學博士，卽用葛薦。

與義兄弟與葛唱和，見簡齋詩外集及葛所著丹陽集。葛立方韻語陽秋卷十八云：「先文康公知汝州日，段寶臣爲教官，富季申爲魯山主簿，而陳去非以太學錄持服來寓。先公語人曰：『是三子者，非凡偶近器也。』是時富在外邑，則以職事處之於城中。列三人者薦於朝以爲可用。仍以去非墨梅詩繳進。於是去非除太學博士，季申除京西漕屬，寶臣亦相繼褒擢。……及三人者俱貴，先公喜曰：吾未嘗讀玉管之書，亦未嘗究金書之義，而能逆知其必大者，獨以其所爲知之耳。」

按：立方勝仲子，文康勝仲謚，見宋史四四五勝仲傳。南渡後，直柔與勝仲同寓湖州，直柔賦詩數首記往事，其一云：「洛陳花骨巧裁詩，曾把梅篇薦玉墀。未說他年調鼎事，只今身已鳳凰池。」（詩見韻語陽秋同條）。直柔官至知樞密院事，宋史三七五有傳。段拂，紹興中官至參知政事，見宋史二一三宰輔表。

在汝州時唱和往來者，葛富之外，有宋唐年（景純）、楊景（如晦）、陳恬（叔易）、趙虛中、樂文卿、吳學士（名未詳）、錢元明（東之）、樂秀才（不知是否卽樂文卿）、令狐勵、陳德潤、僧覺心、勝侍者，及與義之叔振（敏彥）、弟與能（若拙）諸人。

諸人俱見胡箋本集卷七、八、九各詩題及注文。惟段拂之名，本集中一次未見。與義旣與拂同時受知於葛勝仲，自無全不相識之理，蓋偶無文字往來，或雖有而不存耳。

居汝時爲天寧寺僧覺心作畫山水賦。

賦見胡箋本集卷一，胡譜云本年作。

胡箋本集卷七、八及卷九前半，卽劉評本卷四，所收詩四十二首（聞葛工部寫經起，陳母阮氏挽詞止），皆此二年中居汝州時作。外集詩大半皆在汝州時與葛勝仲贈答之作。

## 宣和五年癸卯　三十四歲

在汴京，任太學博士。初，徽宗見與義所賦墨梅詩，善之；至是，命召對，有見晚之歎。七月，除祕書省著作佐郎。八月，爲考官。

右引胡譜原文，酌改數字。葛勝仲薦與義於朝，並繳進所賦墨梅詩，由是得除太學博士，事見去年。胡譜以見詩與召對並敍於本年任博士後，似嫌稍晚。去年由葛薦而除博士，墨梅詩同時繳進，不容遲至本年始爲徽宗所見。當是徽宗見詩在去年除官之前，召對則在本年也。

胡仔苕溪漁隱叢話卷五十三：「陳去非墨梅絶句云：『含章簷下春風面，造化功成秋兔毫。意足不求顏色似，前身相馬九方臯。』後徽廟召對，稱賞此句；自此知名，仕宦亦寖顯。」按：墨梅詩共五首，見胡箋本集卷四，此其第四首。

四庫全書總目卷一五六簡齋集提要：「與義嘗作墨梅詩，見知於徽宗，其後又以客子光陰詩卷裏，杏花消息雨聲中句爲高宗所賞。然皆非其傑構。」

夏秋間，綦崇禮（叔厚）爲太學正，旋繼與義爲博士。周葵（立義）時在太學爲諸生。

綦崇禮北海集附錄除太學博士制云：「新除太學正綦某可特授太學博士。」題下注年月云，「宣和五年八月十九日。」與義於七月改官秘書省，崇禮於八月任博士，自是直接繼任。

胡箋本集卷十七無題詩注云：「宣和五六年間，先生與內翰綦公叔厚俱爲太學博士，道合志一，力救文弊。黜三舍偶儷體，去王氏之論而尊用程氏，稍索理致，爲一時之法。參政周公葵時爲諸生，專取先生之文以爲準的，士類歸之。後人惟知渡江後趙元振（按：趙鼎字元鎮，此云元振，恐誤。）尊尚程氏，殊不知陳綦二公實有以倡之也。」

常至開封姜氏家觀所藏書。

樓鑰攻媿集卷一零八贈金紫光祿大夫姜公墓誌銘：「惟姜氏當承平時，富盛甲京師，婚姻多后妃侯王之家，聲勢翕赫；而最重儒學。藏書築館，延太學名士以訓子弟，禮意隆洽，賓至亦留設盛饌。參政簡齋陳公及一時勝游，皆求閱未見書。」按：南宋人文字所云京師，皆謂東都開封，非行都臨安。與義前後居開封甚久，至姜家觀書事未詳確在何時，姑繫於官太學之末一年。

## 宣和六年甲辰　三十五歲

在汴京。閏三月，自著作佐郎除司勛員外郎。爲省闈考官。旋擢符寶郎。重九日，徽宗宴朝臣，與義預宴。十一月，王黼致仕；十二月，蔡京復相。黼所引用皆遭貶謫；與義亦謫監陳留(今河南陳留)酒稅，以殘臘赴任。

胡譜本年有脫文，故無擢符寶郎及重九宴二事，僅有除司勛爲考官二事及謫陳留事之一小部分。今據墓誌補符寶郎事，墓誌敍其事於除司勛之後，謫陳留之前，故知在本年。重九宴事見胡箋本集卷十七有感再賦詩，詩云：「憶昔甲辰重九日，天恩曾與宴城東。龍沙此日西風冷，誰折黃花壽兩宮。」王去蔡來，謫官陳留諸事，詳見下文。胡箋本集卷十三赴陳留詩云：「舊歲有三日，全家無十人」，據知赴陳留在殘臘。

本年十一月，王黼罷相致仕。十二月，蔡京復相，見宋史二十二徽宗本紀，又二一二宰輔表。黼敗後，引用諸人均遭貶黜，詳見十朝綱要十八徽宗紀，及宋會要第一百册職官六十九，據會要所記，與義友人如胡松年(時官中書舍人)、向子諲(時官淮南東路轉運判官)、葛勝仲(時知鄧州)，皆在貶列。松年罪狀爲「朋附王黼，規搖時政」，子諲罪狀爲「前用事者選任非人，臣僚論列」，勝仲與同黜者多人罪狀爲「皆王黼黨」。與義之名則未見記載。然據下文所引墓誌及要錄三十三之記事(見本譜建炎四年)，與義被認爲黼黨而遭貶謫，固無可疑。

墓誌云：「始公爲學官，居館下，辭章一出，名動京師，諸貴要人爭客之。時爲宰相者横甚，强欲知公，不且得禍。公爲其薦達。宰相敗，用是得罪。」按：與義爲太學博士至符寶郎，正王黼獨相之時，墓誌所謂宰相，爲黼無疑。黼雖蒙奸佞之名，而所引用者不乏端人善類，如上文所述葛、胡、向諸人，其文章政事，固皆一時之選。蓋終徽宗之世，蔡京與黼，遞秉國鈞，當時士夫不欲仕宦則已，如欲仕宦，則不歸王卽歸蔡耳。是固不足爲賢者病，亦無須曲爲之諱。且與義入仕，初由葛勝仲進其墨梅詩，繼經徽宗召見，乃逐漸升遷，事見本譜宣和四五兩年，並非直接由王黼荐達也。夏敬觀以此事爲「白璧微瑕」，（見夏編陳與義詩導言）其說殊謬。

自壬寅七月入汴，至本年十二月謫陳留，在汴京供職凡二年半。此二年半中往來唱和者有王俊乂（堯明）、王以寧（周士）、何栗（文縝）、顏博文（持約）、陳璘（介然）、孫琪、耿延熙（百順）、席益（大光）、王寓（元忠）、及僧超然諸人。與呂本中（居仁）相識，亦似始於本年。

宋史三七六呂本中傳：「宣和六年除樞密院編修官」是爲陳呂同朝之始。胡箋本集卷一有送呂欽問監酒詩，作於政和中在開德時，欽問爲本中從叔，與義旣與之相識，其識本中或在本年以前。

王俊義以下諸人俱見胡箋本集卷九至十二與諸人來往詩及注文。

胡箋本集卷九後半、卷十、十一、十二，卽劉評本卷五所收詩六十六首（歸洛道中起，將赴陳留寄心老止），皆壬寅春末至本年歲暮凡二年餘所作。最前十餘首作於洛陽及自洛入汴道中，其餘作於汴京。與義詩至此期始入佳境。

## 宣和七年乙巳　三十六歲

在陳留監酒稅任。

見胡譜。本年正月至陳留，明年正月避亂南下，在陳留整一年。

在陳留時，常遊竇園、八關寺等處，曾寓居劉倉廨中。往來唱和者有楊運幹、黃秀才（名俱未詳）、張元幹（仲宗）諸人。又有贈黃家阿莘詩，不知是否黃秀才家人。

右均見胡箋本集卷十三、十四各詩題及注文。

作玉延賦及放魚賦。

據胡譜編於本年。賦見胡箋本集卷一。

胡箋本集卷十三、及卷十四之大部分，卽劉評本卷六，所收之詩三十五首（赴陳留起，贈黃家阿華止），除最前兩首爲去年殘臘來陳留道中所作外，其餘三十三首皆本年在陳留作。（劉評本以胡箋本卷十二末一首卽將赴陳留寄心老收入卷六）。

十二月，金人入侵，北邊諸郡皆陷。徽宗禪位於欽宗。

見宋史二十二徽宗紀，二十三欽宗紀。

陸　游（務觀）生。（宋人生卒考下）

尤楊范陸爲南宋四大詩人，繼簡齋曾呂而起，故各著其生年。陸生日在本年十月十七日，曾於詩題中自言之。

## 欽宗靖康元年丙午　三十七歲

正月，喪父。旋自陳留避亂南下：出商水（今河南商水），經舞陽（今河南舞陽），二月，至南陽（卽鄧州，今河南南陽），小住。七月，復北還陳留。八九月間，又南去，經葉縣（今河南葉縣），登方城山，至光化（今湖北光化）。

喪父事見胡譜，避亂行程見胡譜及本集各詩題。胡箋本集卷十四發商水道中詩云：「商水西門語，東風動柳枝，年華入危涕，世事本前期。」次舞陽詩云：「客子寒亦行，正月固多陰。」次南陽詩云：「春寒欺客子。」據此三詩知離陳留在正月，至南陽約在二月。卷十六北征詩云：「

獨衡七月暑，行此無盡陂。」北征謂自南陽還陳留也，時金兵已退，故北返。將次葉城詩云：「晴雲秋更白。」方城陪諸兄坐心遠亭詩云：「竹君蕭蕭不負秋。」據此知二次自陳留南下當在八九月間，卽金人復入侵時。到光化時，計程應在初冬。

本年始與弟與能（若拙）分手。

本集十五鄧州西軒書事詩云：「瓦屋三間寬有餘，可憐小陸不同居，易求蘇子六國印，難覓河橋一字書。」據知此次避亂，與能未偕行，且音問不通。此後集中卽不再見與能之名，蓋留居北方也。

在鄧州時，始以簡齋名所居室。

在鄧有題簡齋詩，見胡箋本集卷十五。胡箋正誤云：「先生建炎己酉在岳陽，借郡圃君子亭居之，卽所寓室榜曰簡齋，乃賦是詩；非丙午入鄧時所作也。」其說殊誤。本集卷十五登鄧州城樓詩云：「歸嫌簡齋陋」，可知在鄧時已有簡齋之稱，不始於在岳陽時。入鄧以前作品中則未見此稱，蓋始於本年。

在鄧時，常遊董氏園亭。唱和往來者有天寧寺僧印老、周壽（元翁）、董宗禹、秉仲、繼祖、民瞻（三人姓未詳）等人。在葉縣方城山聚晤之諸兄，蓋族兄也。

右俱見胡箋本集卷十五、十六各詩題。

胡箋本集卷十四末後四首、及卷十五、十六，卽劉評本卷七，所收之詩五十首（商水道中起，題崇山止），皆本年行役及鄧州小住時作。自本年起，與義詩隨世局之變動又進入另一境界。

正月，金人渡河攻汴京。二月，議和，金人退兵。八月，復入侵。九月，陷太原。十一月，再渡河攻汴。閏十一月丙辰(二十五)，汴京城陷。

見宋史二十三欽宗紀，十朝綱要十九欽宗紀，要錄，會編。要錄、會編記本年事貫穿數卷。

正月，王黼安置永州，知開封府聶山使人追殺之，年四十八。

見宋史二十三欽宗紀，四七零王傳。會編三十一引中興姓氏姦邪錄云，黼死時年四十八。

秋冬間，崔鶠(德符)卒，年六十九。

與義曾學詩於鶠，見本譜大觀三年。宋史三五六鶠傳云：「宣和六年，起通判寧化軍，召爲殿中侍御史，旣至而欽宗卽位，授右正言。上疏曰：『六月一日詔書，詔諫臣直論得失。……』累章極論，時議歸重。忽得攣疾，不能行，三求去。帝惜之，不許。呂好問、徐秉哲爲言，乃以龍圖閣直學士主管嵩山崇福宮，命下而卒。」按：欽宗卽位在去年十二月，本年閏十一月金人攻陷汴京。鶠傳無及見喪亂之記載，且朝廷旣能從容命官，當然在城陷之前，可知鶠卒卽在本年。宋史二十三欽宗紀云：「靖康元年六月丙申朔，詔諫官極論闕失。」與鶠疏中「六月一日詔書」云云相合。鶠上疏旣在六月一日之後，此後又曾「累章極論」，因病三求去，其卒至早在秋暮。鶠生於嘉祐三年戊戌(見前)，本年六十九歲。

本譜初稿發表後，於播芳大全文粹一一二發現祭崔文三篇，爲晁說之、失名、及賈公哲三人所作，晁文又收入嵩山集二十。三文俱無喪亂事，賈文敍崔歸葬故鄉情形，且有「都門之道，坦無阻堙」之語，可知崔卒確在丙午冬開封城陷之前。賈文云：「天街九達，夏日赫烈，熱風茂塵，罹此癉暍。伏枕悄悄，吁欷姦孽；迨五十日，病以增劇。……束裝戒僕，疾且向革，告命臨門，是夕殞歿。」據此又知崔得病在盛暑。逝於晚秋，與予所推定者相符。「伏枕悄悄，吁欷姦孽」，謂崔所上乞斬蔡京劄子，見會編五十。晁文云：「是才一對，病臥累月，却藥餌而稀罕，奏章疏以稠疊。」合賈文伏枕之語觀之，「累章極論」之時，卽六七月間，已臥病矣。

范成大(致能)生。(周必大平園續稿卷二十二成大神道碑)。

## 高宗建炎元年丁未　三十八歲

正月，與富直柔(季申)、孫確(信道)、自光化復入鄧，本年卽居鄧州。

胡箋本集卷十七有與季申信道自光化復入鄧書事詩四首，中有「行路當春游」，「再來生白髮，重見鄧州春」之語。據胡譜知其事在本年正月。

十月，席益(大光)來鄧，旋往石城(今湖北鍾祥)；賦詩送之。

本集同卷有得大光書因以詩迓之詩，首二句云，「十月風高客子悲，故人書到暫開眉。」又有送大光赴石城詩，未紀時日。詩中有「半江樓影自逶迤，想見春流二月時，待予去掃仲宣賦，走馬還朝亦未遲」之語。明年二月，已離鄧州，此所謂二月，當然是想像將來之語，非送別時日。席益，洛陽人，紹興初官至參知政事，見宋史二一三宰輔表。

胡箋本集卷十七，卽劉評本卷八，所收詩之一部分計十八首(與季申信道復入鄧起，無題止)，皆本年在鄧州作。

時汴京已陷，中原擾攘。三月初七(丁酉)，金人立張邦昌爲帝，號大楚。三月二十七(丁巳)，金帥斡離不執徽宗北去。四月初一(庚申)，金帥粘罕執欽宗北去。五月初一(庚寅)，康王構卽帝位於應天(今河南商邱)，是爲高宗，改靖康二年爲建炎元年。七月，高宗議幸鄧州，旋改議幸揚州(今江蘇江都)。十月，高宗至揚州。

右見宋史二十三欽宗紀，二十四高宗紀，及要錄、會編諸書。

何　栗（文縝）卒，年三十九。

栗去年拜相，本年四月從欽宗北去。既陷虜廷，仰天大慟，不食而死，年三十九。見宋史三五三栗傳，及要錄、會編諸書。

楊萬里（延秀）生。

乾隆江西刻本楊文節公集附錄墓誌云：「開禧二年（丙寅）卒，年八十。」與集中浩齋記云：「淳熙己酉年六十三」，上陳勉之丞相書云：「壬子年六十六、丙辰年七十」諸語相合。宋史四三三萬里傳云卒年八十三，誤。近人著誠齋年譜，已有辨證。據此上溯，生於本年。

尤　袤（延之）生。

袤生於本年，見袤裔孫尤玘所著萬柳溪邊舊話，今從之。玘所記袤卒年則有誤，拙著宋人生卒考續編云袤生於宣和六年甲辰，亦誤，予另有考證，見宋人生卒考製正。（幼獅學誌十卷三期）

**建炎二年戊申　三十九歲**

正月初三日，金人陷鄧州，與義避往房州（今湖北房縣）。十二日，房州復陷，與義途遇金兵，奔入房之南山；十五日，抵山中之回谷，住張姓家。與孫確（信道）、夏㢺（致宏）、張嵲（巨山）、會於山中。春末，出山至青溪。夏，至均州（今湖北均縣）權攝州事。八月，離均州，往岳州。九十月間至岳。

宋史二十五高宗紀：「建炎二年正月戊子（初三日），金人陷鄧州；丁酉（十二），金人陷房州。」

胡箋本集卷十七有詩題云：「正月十二日自房州城遇虜至，奔入南山，十五日抵回谷張家。」紀房州陷日與宋史合。卷十八有與夏致宏孫信道張巨山同集澗邊詩。又有出山道中詩云：「雨歇澹春曉」。又有咏青溪石壁詩。卷十九有詩題云：「均陽官舍有安榴數株，著花絕稀，更增妍麗。」榴花開在夏日。又有欲離均陽而雨不止詩云：「江城八月楓葉凋。」登岳陽樓云：「白頭弔古風霜裏」。巴丘（卽岳州）書事云：「四年風露侵遊子，十月江湖吐亂洲」。張嵲爲張士遜族裔，與義從表姪，卽爲與義作墓誌者，宋史四四五有傳。（參閱本譜紹興五年）

王象之輿地紀勝卷八十五均州官吏條：「陳與義，號簡齋居士，建炎二年知州。」證以胡箋本集卷十九同左通老用淵明獨酌韻詩：「紛紛吏民散，遺我以兀然，悄悄今夕意，鳥影馳隙間。向來房州谷，採藥危得仙，忽駕太守車，出處寧非天。」可知紀勝所載不誤。此事宋史本傳、墓誌、胡譜、胡箋劉評本增注、均未述及，夏譜亦未考出。蓋擾攘之際，奉地方大吏委任或官民推舉，權攝州事，未經正式任命，時間又僅約四月餘，故諸書均未之及。若無輿地紀勝之紀載，則失此一段故實而同左通老詩亦無從解釋矣。

在房州南山唱和者有夏孫張三人。在均州唱和者有王震（東卿）、左通老（名未詳）諸人。

俱見胡箋本集卷十七、十八、十九各詩題及注文。

胡箋本集卷十七末四首，十八、十九兩卷，及卷二十前四首，卽劉評本卷八後半卷九前半，所收之詩五十三首（正月十二日房州遇虜起，除夜止），皆本年避難房州南山及在均州、岳州等地所作。

是年，高宗在揚州。

見宋史二十五高宗紀，及要錄、會編諸書。

孫　傅(伯野)卒，年五十一。(宋人生卒考上)

## 建炎三年己酉　四十歲

居岳州。正月，所居失火，從岳州守王摭(粹翁)借州署後圃君子亭居之；自號園公。四月，差知郢州，未赴任。五月二日，避土寇貴仲正，入洞庭湖。五月五日，至沅州(今湖南芷江縣)城外之明山。六月二十二日，聞仲正降，遂經華容(今湖南華容)還岳州。七月下旬抵岳。

右俱見胡譜。胡箋本集卷二十火後問舍至城南詩云：「遂替胡兒作正月，絕知回祿相巴丘」。同卷又有火後借居君子亭呈粹翁詩(粹翁名摭，卽據此詩注知之。)同卷春寒詩自注云：「借居小園，遂自號園公。」

胡箋本集卷二十一有詩題云：「周尹潛以僕有郢州之命，作詩見贈。」其詩編於寒食詩之後，五月二日避寇詩之前，可知胡譜四月之說不誤。胡譜未云曾否赴郢任。今按：此詩之外更無一詩及郢州事，且四月奉命，五月初卽入洞庭避寇，蓋未赴郢也。故諸志書所載知郢州者俱無與義名。

胡箋本集卷二十一有詩題云：「五月二日避貴寇入洞庭湖」。無住詞憶秦娥題云：「五日移舟明山下作」，詞中有「獨無樽酒酬端午」之語，明山在沅州城北二十里。又詩題云：「二十二日自北沙移舟作，是日聞賊革面」。卷二十二有詩題云：「自五月二日避寇，轉徙湖中，復從華容道烏沙還郡。七月十六日夜半出小江口宿焉」。宋史二十五高宗紀：「建炎三年六月乙亥，賊貴仲正降」。乙亥爲二十八日；詩題中所云二十二日若爲五月二十二則不能遲至七月始抵岳州，故據宋史定爲六月，雖相差六天，官書記載偶有出入，亦常見之事也。

宋史二十五高宗紀云：「建炎三年正月庚辰朔，京西賊貴仲正陷岳州」。要錄十九云：「建炎三年正月庚辰朔，賊貴仲正引兵犯岳州。」陷、犯兩字，大有出入。按：與義本年正二月均在城內，至五月始避貴寇入洞庭，有詩可證。如正月城已陷，不容尚安居賦詩。據此可知正月間貴寇僅引兵攻犯岳州而未嘗陷之，宋史誤，要錄是也。

九月，離岳州，抵潭州（今湖南長沙），向子諲（伯恭）時知潭州，賦詩贈之。居潭月餘，復往衡州（今湖南衡陽），在衡度歲；王子煥、席益（大光）皆在衡。

胡箋本集卷二十三有己酉九月自巴丘過湖南別粹翁詩（巴丘卽岳州）。同卷別岳州詩云：「水落君山高，洞庭秋已素」。卷二十四「初至邵陽逢入桂林使書云：「湖北彌年所，長沙費月餘。」同卷有與王子煥席大光同游廖園詩，編於衡嶽道中詩後。同卷又有除夜次大光韻詩。

宋史二十五高宗紀：「建炎三年九月丙辰（十一日），張浚承制罷知潭州辛炳，起復直龍圖閣向子諲代之。」據此知與義到潭州時，向亦甫到任不久。胡箋本集卷二十三有贈向詩三首。

去年九十月間到岳州，本年九月離去，在岳約滿一年，故別岳州詩有「經年岳陽樓」之句。

在岳州時唱和往來者，有王摭（粹翁）、傅子文、周莘（尹潛）、王鉌（應仲）、張叔獻（恭甫）、孫偉（奇父）、王因叔、康元質、任才仲、及天寧、永慶、乾明、金鑾諸僧。在潭州曾晤孫確（信道）。諸人俱見胡箋本集卷二十至二十三各詩題。卷二十三有留別天寧、永慶、乾明、金鑾四老詩。天寧、乾明、俱似寺名，永慶、金鑾、則俱似僧名，疑只是兩僧，題云四老，未詳，胡箋亦未注出。

胡箋本集卷二十至二十四，卽劉評卷九卷十，所收詩七十九首（火後問舍城南起，除夜不寐飲酒一杯止），皆本年在岳州及潭州、衡州等地所作。此七十九首中有以玉剛卯壽伯共一首係四言，胡箋本編入詩中，劉評改入銘贊在卷十四，今從胡本。

在岳州作詞三首：虞美人、憶秦娥、臨江仙。

憶秦娥題見上，臨江仙題與憶秦娥同，在岳僅一度重五，卽避貴仲正入洞庭湖時。虞美人題云，「亭下桃花盛開作長短句詠之」。前半首云：「十年花底承朝露，看到江南樹。洛陽城裏又東風，未必桃花得似舊時紅」。明是南渡後感舊之作。無住詞僅十八首，其中年分可考者皆編次井然，蓋與詩集同爲編年本；此虞美人雖未題年月，然在憶秦娥之前，應是岳州作，亭卽君子亭也。

是年二月，金人陷揚州；高宗南渡，歷鎭江(今江蘇丹徒)、平江(今江蘇吳縣)，止於杭州(今浙江杭縣)。三月，苗傅、劉正彥兵變，迫高宗遜位於太子。四月，張浚、呂頤浩、韓世忠等平亂，高宗復位。秋冬間，金兵渡江，連破名城，東南震動。十二月，高宗航海避難，泊於定海(今浙江定海縣，卽舟山羣島。)

以上俱見宋史二十五高宗紀，及要錄、會編諸書。此一年中，內亂外患，朝夕難保，國勢至爲危急；故與義本年詩亦多忠憤悲壯之作。四庫提要所謂：「湖南流落之餘，汴京板蕩以後，感時撫事，慷慨激越，寄託遙深。」卽指本年及明年作品而言。

## 建炎四年庚戌　四十一歲

正月，離衡陽赴邵陽(今朝南邵陽卽寶慶)，是月十二日抵邵。時趙子岩(少隱)知州事，邢子友爲州倅。二月，離邵州抵武岡(今湖南武岡)之貞牟居焉。貞牟有紫陽山，地主周氏，卽與義岳家。

右行程俱見胡譜，胡箋本集卷二十四有詩題云：「正月十二日至邵州，十三日夜暴雨滂沱。」趙子岩見胡箋本集卷二十六題清白堂詩注，邢子友見卷二十四先寄邢子友詩。

胡箋本集卷二十四舟泛邵江詩有「落花拂客鬢」之語，貞牟書事詩云：「仲春水木麗」。落花拂鬢亦二月景也。劉評本集卷十一次周漕示族人韻詩注云：「武岡本有拾遺一卷：次周漕示族人韻、及詠水車、山居二首、拜詔、別諸周二首，凡七首。古汴姜桐跋云：『建炎庚戌，公因避地挈來紫陽周氏甥館之所作也』。今附於此。」按：此七詩胡箋本無之。證以墓誌云：「公娶周氏」，胡箋本卷二十四過孔雀灘贈周靜之詩云：「海內無堅壘，天涯有近親」，知劉評本注文不誤。

五月，被召守兵部員外郎；夏秋間聞命，以病辭，不允。遂於八月自武岡啓行赴召。九月初，至永州（今湖南零陵）。十一月二十日至道州（今湖南道縣）。歲暮，至賀州（今廣西賀縣）。呂本中（居仁）時居賀州，有唱酬詩。

要錄卷二十三：「建炎四年五月壬子（十一日），宣教郎陳與義守尚書兵部員外郎。與義，希亮曾孫，宣和末嘗爲符寶郎，坐王黼累斥去，至是再召。」按：此時高宗行在越州（今浙江紹興），以路程計之，召書到武岡當在六月。胡箋本集卷二十六遙碧軒作時將赴召詩云：「西峯木脫亂鬟擁」，七月尚未至木脫之時，而九月初四已至浯溪（見下文），計程自武岡啓行當在八月。

胡箋本集卷二十七同范直愚單履游浯溪詩注云：「先生此詩實建炎庚戌九月四日作，見浯溪集錄。」浯溪在祁陽，屬永州。同卷又有詩題云：「己酉中秋之夕，與任才仲醉於岳陽樓上，明年十一月二十日，南游過道，謁姜光彥。」同卷又有詩題云：「次韻謝呂居仁，居仁時寓賀州。」詩中有句云：「江南今歲無胡虜，嶺表窮冬有雪霜。」本中原作見東萊詩集卷十二，題云：「賀州聞席大光、陳去非諸公將至，作詩迎之。」

此一年中，居武岡岳家半年，餘時皆在路途中。往來唱和者有邢子友、周靜之、邢繹（九思）、趙子岩（少隱）諸人，在前半年自衡州赴武岡途中及居武岡時；又有范直愚、單履、姜仲謙（光彥）、吳使君（名未詳）、席益（大光）、李擢（德升）、呂本中（居仁）諸人，在下半年赴召途中。

諸人俱見胡箋本集卷二十四至二十七諸詩題及注文。

胡箋本集卷二十四後半、二十五、二十六、二十七前半，即劉評本卷十一、及十二前半，所收詩七十三首，（元日起，次韻謝呂居仁止），皆本年作。此七十三首中有上述胡箋未收劉評增入之七首在內。又有簡齋畫像一首係四言，劉評改入銘贊類，今從胡箋計入。

作周氏書堂石室銘。

此銘胡箋本集無之，見劉評本卷十四銘贊類。與義自序云：「諫議周公讀書之石室在武岡之紫陽山。……建炎庚戌之春，與義避地過焉。」周諫議見前。

作詞三首：虞美人、點絳脣、虞美人。

虞美人題云：「大光祖席醉中賦。」詞中有「桃花開後」之語，末兩句云：「明朝酒醒大江流，滿載一船離恨向衡州」。謂己身別去，江水載離恨回向衡州也。蓋本年春別衡州往武岡時作。

點絳脣題云：「紫陽寒食」。與義居紫陽山下僅此一春。

虞美人題云：「邢子友會上」。據胡箋無住詞所引與義自跋，知為本年夏作。

五月甲辰（初三日）范宗尹自參知政事拜右相。

見宋史二十六高宗紀，又二一三宰輔表。中興小紀卷八云：「五月辛亥（初十日），上謂宰執曰：『從班極少，卿等當共議，務取其實，不厭多也。朕乘輿服御，悉從簡儉，如除一省郎，費亦不多；苟得其人，其利溥矣。』范宗尹曰：『用人之法，須擇可為執政方除從官，可為從官方除省郎；則選精而眞才出矣。』上曰：然。」要錄三十三所記與此略同。按：與義本年被召，係五月十一日降旨，已見上文，宗尹此次奏對卽在其前一日，宗尹拜相，與義被召，二者之間蓋有直接關係。陳范疑是汴京舊識；否則爲當時在朝友人綦崇禮、富直柔等所薦擧也。（見下）。范仲尹，宋史三六二有傳。

五月壬子（十一日），中書舍人綦崇禮試尚書吏部侍郎，右諫議大夫富直柔、徽猷閣待制李擢、並試給事中，徽猷閣待制席益試中書舍人。

右見要錄三十三。四人之名屢見本集。綦富兩人時已在朝，見要錄同卷；李席兩人則同自湖南召入，見胡箋本集卷二十六寄德升大光詩。此次命官，皆前一日范宗尹奏對之結果。本年金人退兵以後，行朝始稍具規模。

本年二月，高宗浮海至溫州（今浙江永嘉），四月，至越州（今浙江紹興）。駐越年餘，至紹興二年壬子始移駐杭州。金人於本年二月開始自江南退兵，至五月中退盡，自是不復大擧南渡，宋亦無力恢復，江左偏安之局始定。

右見宋史二十六高宗紀及要錄、會編。

## 紹興元年辛亥　四十二歲

春，出賀溪（卽賀江），經康州（今廣東德慶）、封州（今廣東封川），至廣州（今廣東番禺）小停。復東行，度庾嶺，遊羅浮山。至漳州（今福建龍溪），時綦崇禮（叔厚）已出守漳州，有詩贈之。由漳北上，沿海而行。歷浙東之黃巖（今浙江黃巖）、台州（今浙江臨海）、平陽（今浙江平陽）。途中游雁蕩山。至夏，抵越州（紹興），任兵部員外郎。八月，遷起居郎。

右俱見胡譜。胡箋本集卷二十七舟行遣興詩自注云：「賀溪舟中」。其中有句云：「照鷁梅花樹樹殘」。同卷有康州小舫分韻詩；又有與大光同登封州小閣詩，中有句云：「萬本梅花爲我壽」。又有次韻大光五羊（廣州）待耿伯順詩。度庾嶺、登羅浮俱無詩，僅見胡譜記其事。又本集卷二十八瓶中梅詩云：「曾爲庾嶺客。」此庾嶺謂九連至羅浮一脈，非江西廣東交界之庾嶺。卷二十八有贈漳州守綦叔厚詩。又有雨中宿靈峯寺詩，中有句云：「雁蕩山中逢晚雨」。又有自黃巖縣州行入台州詩。又有泛舟入前倉詩，中有句云：「春去花無跡」。胡箋云：「前倉並海，屬溫州平陽縣」。

墓誌：「召爲兵部員外郎，以紹興元年夏至行在所」。要錄卷四十六：「紹興元年八月壬申（初八日）尚書兵部員外郎陳與義試起居郎。」

九月，上疏請遣使臣往河南省視諸陵，撫問將士。

要錄四十七：「紹興元年九月，丁未（十四日），詔樞密院每半年遣使臣二員，往河南省視諸陵，因撫問所屯將士。用起居郎陳與義請也。」

本年前半年在兩廣閩浙路途中，後半年在紹興居官。在路同行或相遇唱和者，有耿延熙（伯順）、李擢（德升）、席益（大光）、鄭滋（德象）諸人。入浙後有送熊彥詩（叔雅）赴瑞安令詩，熊亦汴京舊友。

右俱見胡箋本集卷二十七、二十八各詩題及注。

胡箋本集卷二十七後半、卷二十八、及卷二十九最前兩首，卽劉評本卷十二後半，所收詩三十首（舟行遣興起，雨中止），皆本年行役及到越州後作。

本年以後，名位漸隆，而作詩數量銳減，二者適成反比。本年粵東及閩中僅有贈綦一詩，浙東行役及到越州後詩亦只十餘首。明年壬子至卒年戊午，七年中僅得詩四十餘首。胡箋無住詞所引戊午自跋虞美人詞云：「數年多病，意緒衰落，不復為詩矣。」蓋實錄也。多病之外，政務忙碌亦是一因。

作漁家傲詞。

題云：「福建道中」。與義僅本年到福建一次。

七月，范宗尹罷相。八月，秦檜自參知政事拜右相，兼知樞密院。九月，呂頤浩拜左相，兼知樞密院。八月，富直柔同知樞密院事。

古見宋史二十六高宗紀，又二一三宰輔表。本年以後，與義事跡始終與朝局有關，故宰相除免，並書於譜。富直柔則與義舊友也。

陳　恬(叔易)卒，年七十四。

晁公武郡齋讀書志十九，澗上丈人詩條：「陳恬，字叔易。……建炎初再召，避地桂嶺，卒，年七十四。」恬生於戊戌，見前，本年七十四歲。

**紹興二年壬子　四十三歲**

正月，從高宗自越州(紹興)至杭州(臨安)，以元旦出發。四月二十一日，除左通直郎、中書舍人、兼掌內制。七月十六日，兼侍講。八月二十四日，復兼權起居郎。

宋史二十七高宗紀：「紹興二年春正月癸巳朔，帝在紹興府。壬寅(初十日)，帝發紹興。丙午(十四日)，帝至臨安府」。要錄五十一：「紹興二年正月癸巳朔，上在紹興；是日，從官以下先發，以將還浙西也」。

要錄五十三：「紹興二年四月壬午(二十一日)，起居郎陳與義試中書舍人」。墓誌：「遷中書舍人，兼掌内制，天下以爲稱職」。要錄五十六：「紹興二年七月甲戌(十六日)，給事中胡安國兼侍讀，給事中程瑀、中書舍人陳與義，並兼侍講」。按：胡安國爲當時名儒，卽撰春秋胡氏傳者。宋史四三五有傳。程瑀，宋史三八一有傳。

要錄五十七：「紹興二年八月辛亥(二十四日)，是日，中書舍人陳與義兼權起居郎。」

十一月初八日(乙丑)，疏論修臺諫寺監之闕，召天下之材。

要錄六十：「紹興二年十一月戊午朔。乙丑，中書舍人兼侍講陳與義言：『臣竊見陛下憂勤庶政，日昃不食。臣嘗深思，致治之要，不過擇人，欲無遺才，不若素察。陛下垂意黎庶，不爲不切。而近郡之守，或一歲之間乃至數易。選擇在廷之臣按察諸路，猶或失之，至於改命。皆以見在人材寡少故也。若稍修臺省寺監之闕，悉召天下之材，聚之朝廷；詳試以考其能，還觀以究其蘊，緩急任使，豈憂乏人。或謂大農之費不可增；則今州縣添差之官豈不食於民力，而於此顧惜之乎。自古急於人材之代，必有搜訪之術。今之士大夫雖更數年夷狄盜賊之禍，而流落堙晦，散在諸路尚多有之。其不願從仕者少，而困於無津不能自達者多。若使諸郡每一季或半年，以里居不仕及流寓之人，並列姓名爵里以聞，則披籍一覽可以盡知矣。』詔諸路州軍，如所陳開具尚書省。」

宋會要第六十四册職官八：「紹興二年十一月三日，詔諸路州軍，將官員到罷窠闕狀隨選分作四本，供申吏部。仍令開具里居不仕及流寓人，隨吏部窠闕狀申尚書省。以中書舍人陳與義請修臺諫寺監之闕，及悉召天下之才。然士大夫流落堙晦，不能自達，雖欲召用，而其遷徙不定，存亡莫知，故有是詔。」

按：此時江左局勢已趨穩定，招集流亡，充實政府，實爲當務之急。墓誌及史傳稱與義喜薦達人才，其爲國求賢之意，於此疏可見。此疏簡齋集不載。

夏秋間，鄭剛中（亨仲）有兩書通問。

剛中北山文集二十與陳去非小簡云：「某頓首再拜。王公之門名位益隆，則寒賤之人跡日以疏。直院舍人，袞袞騰上，行且入夔龍之室矣。如某者，不識尚可以寸紙短緘爲修問之資否乎？執事尚或許之，則記室几格之上，時有三十年白首同舍生之書，亦敦篤風教之一也。皇恐！皇恐！」同卷又一篇云：「某頓首再拜。掌制勸講，朝廷之妙選，儒者之至榮。直院舍人，被九重睠倚之隆，兼三職清華之寵，伏惟歡慶。器業益茂，中外咸仰，其所以屬望我公者甚大且遠，未敢以此而言賀也。半面微生，姑見區區拜候之誠。」

觀此二書所敍官銜，可知第一書在本年四月以後任中書舍人兼掌內制之時，第二書則在七月兼侍讀以後不久。據北山集附錄年譜，本年剛中登進士第，授左文林郎溫州軍事判官。二人地位相去頗遠，故書詞云云。剛中政和元年入太學，與與義同舍，已見彼年。至是甫二十年，而云「三十年白首同舍生」，三十蓋二十形近之誤。剛中年長於與義，而登第遠在與義之後，是爲科舉時代常見情形。其後剛中官資政殿學士、川陝宣撫副使，爲一代名臣，則與義逝已久矣。

八月，秦檜罷右相。九月，朱勝非拜右相。

見宋史二十七高宗紀，又二一三宰輔表。

## 紹興三年癸丑　四十四歲

正月十三日，試吏部侍郎，仍兼侍講。七月初十日，兼權直學士院。

要錄六十二：「紹興三年正月己巳（十三日），尚書吏部侍郎兼侍講席益試工部尚書、兼權吏部尚書；中書舍人兼侍講陳與義試吏部侍郎。」同書六十七：「紹興三年七月癸亥（初十日），尚書吏部侍郎陳與義兼權直學士院。」直學士院日期又見中興百官題名。

據綦崇禮北海集卷十五所載詔書四篇，知曾請辭吏侍新命，其後又三次請補外郡或予宮觀，今錄此四詔於下。時崇禮亦官吏部侍郎兼權直學士院，故得草詔。

賜新除吏部侍郎陳與義辭免恩命不允詔：「勑與義：省所奏辭免恩命事，具悉。選部舊爲劇曹，自南渡以來，典籍散亡，姦弊百出。或者當用文學之吏治之，庶幾能勝；則又大不然。夫銓綜之地，多士所趨，而專以吏道繩焉，其肯退聽？昔人蓋有簡要清通之目，非吾儒學之臣，其素節雅望足以領袖後進者，顧未易以厭服士心而見推平允也。朕今擢卿於詞掖而行之選事，豈苟然哉。亟祇厥官，毋留成命。所請宜不允，故玆詔示，想宜知悉。」

賜左奉議郎試尚書吏部侍郎兼侍講陳與義乞除一在外宮觀不允詔：「勑與義：省所奏乞除一在外宮觀差遣事，具悉。朕建立邦國於剝亂陵夷之後，號召人材於流離解散之餘；有德于玆，將收其用，夫豈無故而遐棄之。卿以碩學懿文，弘材贍智，來從孤遠，越置近嚴。綸閣摛辭，識王言之體；天官典選，得士譽之公。方觀厥成，克副朕志；遽以疾諗，欲輕去朝。何嫌何疑，而爲計出此？姑安乃職，毋復多言。所請宜不允，故玆詔示，想宜知悉。」

賜左奉議郎試尚書吏部侍郎兼侍講兼權直學士院陳與義乞除一小郡或宮觀差遣並不允詔：「勑與義：省所奏陳乞事，具悉。朕閔勞多虞，事皆草創。而銓選之法壞；比命有司，裒輯科條，聚爲成書，庶幾遵行，稍有定制。但今輿圖半沒，仕路猶廣，衣冠流離，失職者衆。而州縣之員有限，不足以充其求。乃至逆用數年之缺，先者未至，已復揭牓而待其後矣。苟於是中，尚容姦倖，則可乎？軫于朕懷，申飭憲禁，方賴卿等，革玆弊源；而遽求罷去，豈朕所望。如卿才能學識，蓋一時之選，惟悉乃心，勤乃職，使吏不得用法而士無謗言；朕復何慮。所請宜不允，故玆詔示，想宜知悉。」

賜吏部侍郎兼直學士院兼侍講陳與義乞除一在外宮觀差遣不允詔：「勅與義：省所奏乞除一在外宮觀差遣事，具悉。朕惟，銓衡人物必有清通之才，勸講經帷必有鴻博之學，發揮帝制必有典雅之文，夫然後稱。卿以時望，登于從班，兼玆三長，獲爲朕用。矧其辭章爲後來之冠，議論合當世之宜，求之在庭，幾見其比？人才難得，國步猶艱，顧如卿者，可因引疾而聽其去哉？勉體眷知，毋徒辭費。所請宜不允，故玆詔示，想宜知悉。」

七月二十一日，草朱勝非起復制；爲言者所論。高宗命綦崇禮貼改四字。與義上疏待罪，詔釋之。

要錄六十七：「紹興三年七月乙亥(二十二日)，朱勝非起復……。初召當直學士陳與義草麻。後二日，復命學士綦崇禮貼改四字。與義上疏待罪，詔釋之。」原注云：「案：陳與義待罪狀云：『今月二十一日晚伏蒙宣詔，令草朱勝非起復制。切覩二十三日三省同奉聖旨，令綦崇禮貼改四字』。二十一日甲戌也。據此，則與義以甲戌草制，乙亥宣麻。」

莊季裕雞肋編卷中：「紹興三年七月，朱勝非以右僕射丁母憂，未卒哭，降起復制詞，吏部侍郎權直學士院陳與義之文也。以『玆宅大憂』四字，令翰林學士綦崇禮貼改爲『方服私艱』。陳待罪而放。議者謂麻制中有『於戲！邦勢若此，念積薪之已然；民力幾何，懼奔駟之將敗。朕之論相，何可以不備；卿之圖功，亦在於攸終』。同列惡其言，故以宅憂疵之。」按：要錄與此，俱云綦崇禮貼改；四六談麈(見下)云與義自改，當是誤傳。

苕溪漁隱叢話三十四引四六談麈：「陳去非草故相義陽公起復制云：『眷予次輔，方宅大憂』，爲言者令貼麻。陳改云：『方服私艱』，說者又以爲語忌。」按：帝王制詔，觀瞻所繫；所草制詞被人認爲有可修改之處，是失職也，故上疏待罪。宋時習慣如此。綦崇禮北海集二十九有待罪奏狀一篇，與此情形相同，錄之以供參考。「臣今月十日學士院准尚書劄子：臣僚上言，臣所草吳玠麻制，有曰『陸海神皐，既失秦川之利；銅梁劍閣，敢言蜀道之難』。以秦川字有疑，及不識敢言之義何謂，乞改正行下。奉聖旨：『令學士貼改』。臣已遵依聖旨貼改訖。緣臣識慮不明，語言失當，因臣僚所論始見其非，不識之辜其何可逭。臣見在病假，居家待罪，伏望聖慈特賜黜責施行。謹錄奏聞，伏候敕旨」。七月十二日，三省同奉聖旨：「放」。按：放，謂免罪也。

八月二十日，上疏言選官事。

宋會要第六十四册職官八：「紹興三年八月二十日，吏部侍郎陳與義言：『本部昨承指揮，令諸州軍以遠近每月每季，隨官資四選，各具闕狀一本申部。其諸屬官未有取索闕，乞令逐路依紹興二年已得指揮施行。』從之。」

九月，與席益(大光)薦朱敦儒(希眞)於朝。敦儒得補右迪功郎。

要錄卷六十八：「紹興三年九月己巳(十八日)，河南布衣朱敦儒特補右迪功郎，令肇慶府以禮敦遣赴行在。初，敦儒策試不就，避亂抵南雄州。張浚將西行，奏赴軍前計議；敦儒卒不起。至是，宣諭官明橐言其深達治體，有經世之才；參知政事席益，吏部侍郎直學士院陳與義，又交稱其賢。乃有是命。」按：敦儒洛陽人，卽樵歌作者，與與義同列名「洛中八俊」，見前。

同翰林學士綦崇禮舉賀允中落致仕。

崇禮北海集卷二十九舉賀允中落致仕奏狀：「右臣等伏見左朝奉郎、尚書戶部員外郎、致仕賀允中，儒學決科，曾歷學官、禮寺、館職、郎曹。自靖康元年因疾病致仕；今已痊安。其人年齒方彊，學問不廢，練習世故，議論可取。臣等保舉，堪令再仕。伏望聖慈，更賜采察，特降睿旨施行。謹錄奏聞，伏候勅旨。」原注云：「學士院同吏部侍郎陳與義上。」

隸元吉南澗甲乙稿二十允中墓誌銘：「公登政和五年進士第。……其歷官則任潁昌府學教授，辟雍錄，遷正、及博士，國子監、宗正寺丞，入秘書省爲校書著作郎。……靖康改元，遷戶部，不復拜命，遂以某官致仕。」觀其登第年分及仕歷，似曾與陳綦兩人在太學或秘書省共事。允中紹興末官參知政事，見墓誌及宋史二一三宰輔表。

密薦周葵。葵得召對，除監察御史。

宋史三八五葵傳云：「教授臨安府，未上；吏部侍郎陳與義密薦之。召試館職；將試，復引對。高宗曰：『從班多說卿端正』。除監察御史。」葵爲與義任太學正時學生，見本譜宣和五年，孝宗時官至參知政事。

與義在朝喜薦達人才，已見前引墓誌。其所薦士姓名可考者，右列朱、賀、周三人外，僅有一張嵲，見本譜紹興五年，蓋與義「薦人於朝，退未嘗以語人」，(語見墓誌)故知者甚少。與義爲吏侍在本年及明年正二月，薦賀薦周兩事，在本年之可能爲多，今彙錄於此。

十二月，與太常少卿唐恕，禮部員外郎郭孝友，同上疏言修宗廟於臨安事。

要錄七十一：「紹興三年十二月癸巳(十三日)，詔修蓋殿宇，迎奉祖宗神御赴行在。用祠部員外郎兼權太常少卿江端友議也。先是，端友建言太廟典禮三事，大略以爲：『宗廟社稷者天子之所守，出命令，須爵賞，皆告廟而後行。天子巡狩，猶載遷廟之主以行，示有所尊。固未有遠寄於郡國，不復近天子之居者也。今雖國步未平，然天子之居豈可無宗廟社稷。禮曰：君子將營宮室，宗廟爲先。今臨安宮室略備矣；欲乞行宮門內，修創太廟。務令近古質素，不必華飾，約用屋五十間，不過費萬餘緡，而使宗廟神靈依陛下而安，所繫豈不甚重。又伏見御名祝版稱嗣皇帝；竊謂嗣字非所宜稱。唐肅宗復兩京，告廟祝文稱嗣皇帝。顏眞卿曰：上皇在蜀，可乎？亟命易之。今日之事，誠大類此。又本朝故事，並用三公奉册寶，而宰臣執政官攝之，以重其事。今太尉不得爲三公，自上攝下，名實不相副，亦合從舊。』事下吏、禮部、太常寺討論。至是，吏部侍郎陳與義，太常少卿唐恕、禮部員外郎郭孝友等言：『國家自渡江以來，講武修備，期於恢復；蓋恐不常厥居，故因府治殘破之餘而居之；而宗廟神主則往溫州奉安，意可見矣。不知端友之意，謂今日定都於臨安乎？將俟天下平定而別議定都所在乎？是未知朝廷深思微旨，權時之宜，徒爲此紛紛也。太上皇帝遭時艱阨，明詔內禪，故靖康之間，宗廟祝文已稱嗣皇帝。逮二聖北行，陛下應天順人，遂登大寶，其視肅宗靈武之事，大不相侔。竊謂稱嗣之義，於禮無嫌，不必改作。若謂是上攝下，名實不相副，則本朝大禮親祠，輅車執綏，乃是太僕之職，而有用從官攝者，此類甚多，未足爲輕重。』時朱勝非方主和議，乃白上營宗廟於臨安，而以攝三公奉册，惟祝文稱嗣如故。端友建請在十月戊申，今聯書之。」

按：此事雖從端友議，而與義之忠誠謀國，志切恢復，具見於此疏矣。此疏三人合上，不知是否與義主稿？若然，則可補入本集也。

十二月二十七日，建言請選人多用舉主改官，以寬士人平進之路。

要錄七十一：「紹興三年十二日丁未（二十七日），吏部侍郎陳與義言：『自艱難以來，選人用恩賞改官者甚多，用舉主改官者甚少。欲自今磨勘改官人從上收使五員外，有賸數，從本部行下所舉官司，令再舉，庶幾少寬士人平進之路。』從之。」

爲吏侍時，有武弁與部吏私鬬事。

墓誌：「公立朝無所附麗，前後官遷，一出於上，上遇公甚厚，而公益畏愼。其爲吏部侍郎，實司左選；會有武弁與部吏私鬬，不樂公者欲因是中之。事聞。他日公對，但具左選之在部者名數上之，終不自辨。」此事本末，他無可考；今附於本年之末，因明年二月卽改官禮部侍郎也。所謂「不樂公者」，不知是何人。夏譜以爲是趙鼎而無確證。據宋史三六零鼎傳及要錄，鼎本年方在外任，夏說恐誤。

作郭節度使父墓誌跋。

要錄六十七：「紹興三年七月丙辰（初三日），武泰軍節度使、權主管殿前司郭仲荀，兼權神武後軍都統制。」同書六十八：「紹興三年九月己亥（二十四日），武泰軍節度使、主管殿前司公事郭仲荀，爲檢校少保、知明州、兼沿海制置使。」此跋題稱節度使，跋文稱殿帥，其爲仲荀無疑，蓋本年與之同朝時作。

二月二十五日（辛亥），席益由工部尙書除參知政事。二十八日（甲寅），綦崇禮以翰林學士兼侍讀。

三月十四日（己巳），李擢由知平江府試尙書工部侍郎。

右見宋史二十七高宗紀及要錄六十三。建炎四年同時被召諸人，至是俱任要職。

四月初二日（丁亥），右相朱勝非以母喪去位；七月二十二日（乙亥）起復。九月初七日（戊午），左相呂頤浩罷相奉祠。

右見宋史二十七高宗紀，又二一三宰輔表。

## 紹興四年甲寅　四十五歲

在吏部侍郎任。二月十五日上疏言元祐黨籍及元符上書人姓名事。

要錄七十三：「紹興四年二月乙未（十五日），吏部侍郎陳與義言：『陛下褒恤元祐黨籍及元符上書人，碩大光明者既已盡錄；亦有姓名不熟於人，而多故之後，無籍以考。昨黃策以蔡京所書黨碑及國子監所印上書人黨籍人姓名，錄白來上；付在有司，遭火不存。間有子孫自陳者，乃以吏胥私鈔之本定其是非。望再行搜訪。』乃命吏部訪尋眞本，繳申左右司，審驗訖，送部使。」

按：此疏本集不載。

二月十六日，改禮部侍郎，仍兼侍講，兼權直學士院。制詞，張綱所撰。

要錄七十三：「紹興四年二月丙申（十六日），試尚書吏部侍郎、兼侍講、兼直學士院陳與義移禮部。與義以兼直院，故免劇曹。」中興百官題名云移禮部在四月，誤；三月已在禮部任內上疏也。（見下）

張綱華陽集卷五，陳與義除禮部侍郎制：「朕選六卿之亞，皆民譽也，故治官掌銓衡之政，而宗伯總禮文之事，然劇易之職不同。至於佐其長以率屬，則協心盡瘁，厥任惟均。具官某：早以異材，亟登邇列，分職文部，期年於玆，姦弊既除，譽言無間。念方使之進陪經幄，兼直玉堂，若猶責以煩劇之勞，將恐妨於論思之益。宜從所便，易畀簡曹。且禮所以洽神人和上下，豈在區區文物之間爲哉。爾其勉修厥職，使夫日力有裕，而專意於問學文章，以奉我清閒之燕。朕心所望，尚克體之。」　綱爲與義太學同學，見本譜大觀元年。

據綦崇禮北海集卷十五所載詔書兩篇，知曾請辭禮部新命，又曾請補外郡或予宮觀。今錄此兩詔於下。

賜新除禮部侍郎陳與義辭免恩命不允詔：「勅與義：省所劄子奏辭免恩命事，具悉。卿以經術之深，既資勸講，辭華之贍，兼俾代言。而任總銓曹，日攖繁務，惟精明之立斷，在剸撥而有餘。然而必將責吏事之能，則非所以用儒臣之意。貳卿之列，掌禮是優，品秩雖同，劇閒則異。方討裁容典，固有賴於刺經，則潤色絲綸，蓋無妨於視草。欲賢勞之少佚，極清選以良宜。初匪超踰，奚煩遜避。所請宜不允，故茲詔示，想宜知悉。」

賜左奉議郎試尚書禮部侍郎兼侍講兼權直學士院陳與義乞除一在外宮觀或僻小一郡不允詔：「勅與義：省所奏乞除一在外宮觀或僻小一郡事，具悉。卿之求去，蓋屢矣而不止；朕之留卿，則確然而莫移。顧委質事君，將內外之奚擇；而用人立國，患質才之未充。眷予侍從之流，有此英奇之望，平允甚宜於文部，直清復見於秩宗。矧視草禁嚴，方待宣公之中助；且執經帷幄，可容揚秉之外遷？卿雖自處之有辭；朕豈苟遺而無故。體茲至意，毋復固陳。所請宜不允，故茲詔示，想宜知悉。」

三月十三日，上疏言明堂典禮。

要錄七十四：「紹興四年三月癸亥（十三日），禮部侍郎兼侍講權直學士院陳與義言：『明堂之禮有漢武汶上之制，紹興元年實已行之。若再舉而行，適宜於今事，無戾於古典。』太常丞詹公薦、博士劉登亦言：『古人巡幸，自非封禪告成，未有行郊祀者，今歲若且祀明堂，實得權時之義。』但紹興元年止設天地祖宗四位，即不曾設皇祐百神，議者疑郊與明堂當間舉。及與義等議上，乃命有司條具明堂典禮以聞。」

五月初八日，尚書考功員外郎孔端朝奏劾詞臣失職。次日，與義及諸同官上書待罪；詔令依舊供職。

要錄七十六：「紹興四年五月丁巳（初八日），尚書考功員外郎孔端朝言：『建立政事，既有其實，感悟人心，必假於言。今陛下留神治道，刻意恢復；聽覽至勤，奉養至約。行宮不逾牧守之居，射殿止用茅茨之制，聲色無所親幸，訏直每加優容。臣叨備朝列，耳目所接，乃幸知此數端，則既有此美實矣。而播告之言，或未有以發之；四方萬里之遠，何自而知哉？臣愚無識，謂宜用陸贄所言，凡制誥號令，因事見辭，以謙抑爲先，必自引咎，收拾人心。且具言陛下食不重味，居不求安，思雪大恥，圖復故疆之意。而侈大夸矜之詞，無所雜於其間。人非木石，誰不知感。誠如是，雖夷狄之强，猶將憚而屏跡；彼盜賊叛逆，本皆吾民，其有不歸命者乎？』疏奏，詔下示內外制詞臣。戊午（初九日），翰林學士綦崇禮、試尚書禮部侍郎兼權直學士院陳與義、中書舍人張綱，皆上書待罪。詔令供職。靖康初，端朝爲太學正，寇至而遁，坐停官。崇禮力爲薦延，召對改秩，遂除省郎。至是，首以詞臣失職爲言，蓋指崇禮也。議者薄之。」宋會要第六十三册職官六之五三：「紹興四年五月九日，翰林學士知制誥綦崇禮、尚書禮部侍郎兼權直學士院陳與義、中書舍人張綱等言：『臣等學識淺陋，播章之修不能發揚聖德，致臣僚建言；待罪，乞賜黜責。』詔：『無罪可待，日下依舊供職。』先是，考功員外郎孔端朝言『……』詔劄與內外詞臣；故崇禮等待罪。」播章原誤播年；所載孔端朝奏疏，與要錄同。

六月十二日，奏言川陝合赴省試舉人事。

要錄七十七：「紹興四年六月壬辰（十四日），詔川陝合赴省試舉人，令宣撫使於置司州置試院，選差有出身清强見任轉運使副或提點刑獄官充監試，於逐路見在京朝官內選有出身曾任館學或有文學官充考試官。務在依公精加考校，杜絕請託不公之弊。先是，詔省試並就行在。至是，禮部侍郎兼侍講陳與義奏：『川陝道遠，恐舉人不能如期。』故復令類試焉。」原注：「日曆：十二日庚寅，陳與義已見進對；十四日壬辰，禮部狀勘會云云。以此知爲與義請也。」

八月二十四日，除徽猷閣直學士，知湖州。

要錄七十九：「紹興四年八月辛丑（二十四日），尚書禮部侍郎兼直學士，知湖州。以與義引疾有請也。」按：中興百官題名亦云此事在八月，胡譜云在九月，乃據本集虞美人詞序中「予甲寅歲自春官出守湖州，秋杪，道中荷花無復存者」之語。蓋八月下旬奉旨，九月啓行。與義去年任吏侍，本年任禮侍，皆曾請補外郡，見前引綦崇禮北海集所載諸詔書。

自紹興二年至此，在杭州行朝任職凡二年又八個月；連同在紹興之半年，在朝凡三年又兩個月。胡箋本集卷二十九之一部分，即劉評本卷十三之一部分，共詩六首（渡江起，題畫止），皆在杭州作，蓋二年餘僅得詩數首。

二月初三日（癸未），席益罷參政，奉祠。

三月初八日（戊午），趙鼎參知政事。八月初三日（庚辰），知樞密院。九月二十七日（癸酉），拜右相，仍兼知樞密院。

九月二十四日（庚午），朱勝非罷左相。

右俱見宋史二十七高宗紀，又二一三宰輔表。

## 紹興五年乙卯　四十六歲

二月初二日，自湖州召爲給事中。李光（泰發）繼任知湖州。

要錄八十五：「紹興五年二月丙子（初二日），徽猷閣直學士、知湖州陳與義，左朝請郎廖剛，並試給事中。」胡譜云在三月，或是三月始自湖州啓行；然杭湖相去甚近，不應如是遲延，胡譜恐誤。

宋史四四五本傳：「知湖州；召為給事中，駁議詳雅。」墓誌同。

李光莊簡集十三，回湖州交代陳侍郎啓（題下原有小注「與義」二字）：「三歲投閒，分老江湖之上；一麾假守，職還侍從之班。顧惟疎拙之蹤，猥繼仁賢之躅，退循忝冒，尤劇兢慚。伏惟某官：學貫百家，身兼數器。文章爾雅，追還兩漢之風；道德淵源，根極中庸之學。早踐揚於華貫，浸騰踔於英躔。當聖哲馳鶩之時，實俊乂功名之會。輟自承宣之地，暫司封駁之聯。金馬玉堂，卽還舊物；黃扉紫闥，遂聽新除。某猥以庸虛，獲相先後。長戕加厚，有踰褒袞之榮；短技易窮，終負續貂之愧。」紹興八年與義第二次解湖州任時，李光已官吏部尚書，見宋史二一二宰輔表，故知光繼任湖州，事在本年。據「長戕加厚」之語，知與義先有啓與光而集中不載。「交代」，見漢書蓋寬饒傳，卽今所謂前任。

廖剛，宋史三七四有傳。

四月初九日，上疏言刑獄事。

要錄八十八：「紹興五年四月壬子（初九日），給事中陳與義言：『司馬光嘗奏乞：天下州軍勘到強盜，情理無可憫，刑名無疑慮，輒敢奏聞者，並令刑部舉駁，重行典憲。應奏大辟，刑部於奏鈔後，別用貼黃，聲說情理如何可憫，刑名如何疑慮，今擬如何施行；門下省審。如有不當及用例破條，卽奏行取勘。光以道德名臣，議論如此，豈其樂殺人也哉。乃所以禁姦暴，申冤枉，期於庶獄之平允，而措一世於無刑也。陛下哀矜庶獄，患中外之吏，容心毀法；而州郡妄奏以出人之罪者，尚多有之。伏望睿慈，採用司馬光之言，申嚴立法，以幸元元。』詔：刑部立法，申尚書省。」

按：此疏雖節錄，亦可補入本集。

六月十五日，除顯謨閣直學士、提舉江州太平觀。以與宰相趙鼎論事不合，故引疾求去。

要錄九十：「紹興五年六月丁巳（十五日），給事中陳與義充顯謨閣直學士、提舉江州太平觀。與義與趙鼎論事不合，故引疾求去。」所論何事，已無可考。本集虞美人詞序：「乙卯歲，自瑣闥以病得請奉祠。」

奉祠後，寓居湖州青墩鎮壽聖禪院塔下之無住庵。

見胡譜及劉評本集卷十五無住詞增注。注云：「無住者，湖州青墩鎮僧舍之庵名也。公紹興間奉祠寓居焉。」墓誌青墩作烏墩。周密癸辛雜識後集：「南渡之初，中原士大夫之落南者衆，高宗愍之，昉有西北士夫許占寺宇之命。」

本年冬，初見張戒（定復）所爲詩。

張戒歲寒堂詩話卷上：「乙卯冬，陳去非初見予詩。曰：『奇語甚多，只欠建安六朝詩耳。』予以爲然。及後見去非詩全集，求似六朝者尚不可得，況建安乎？」

本年正月在湖州知州事，二月至六月中旬在杭州行朝供職，七月以後奉祠居湖州。在湖州時往來唱和者，有趙子晝（叔問）、程俱（致道）、僧洪智、葉懋（天經）、江參（貫道）、俞愷（義仲）、黃修職（名未詳）、葉枏諸人。

右俱見胡箋本集卷二十九卷三十各詩題及注文。與義凡三度居湖州：第一次爲紹興四年九月至次年二月知州事，第二次爲本年六七月間至明年六月奉祠，第三次爲八年三月至十一月卒時，初知州事，旋奉祠。今彙錄諸人於此，因此次時間較長且生活閒適也。

胡箋本集卷二十九後半，卷三十之一部分，即劉評本卷十三之一部分，共詩二十六首（題崇蘭圖起，西軒止），皆去年九月至今年二月，及今年六七月間至明年六月，在湖州作，中間在杭州約半年無詩。

作虞美人詞。

詞序云：「予甲寅歲自春官出守湖州，秋杪，道中荷花無復存者。乙卯歲，自瑣闥以病得請奉祠，卜居青墩鎮；立秋後三日行。船之前後，如明霞相映，望之不斷也。以長短句記之。」

作浣溪沙詞。

詞序云：「離杭日，梁仲謀惠酒，極精而美。七月十二日晚，臥小閣，已而月上，獨酌數杯。」按：小閣在青墩僧舍內，屢見本集。甲寅離杭已在秋杪，且彼時尚未厲僧舍，戊午離杭則在春日。觀此詞序，贈酒與獨酌此酒，相去甚近，其爲本年作無疑。梁仲謀名汝嘉，宋史三九四有傳，本年知臨安府，見傳。

玉樓春、清平樂、定風波三詞皆本年秋後作。

考見陳簡齋詩集合校補箋無住詞各首。

五月初三日，張嵲(巨山)自左迪功郎改左承事郎，旋除祕書省正字。

要錄八十九：「紹興五年五月丙子(初三日)，左廸功郎張嵲特改左承事郎。嵲，光化人，早從陳與義學詩。以薦召對，遂除秘書省正字。」原注：「熊克小曆云，嵲、襄陽人也。今從曾慥百家詩存。」

墓誌：「公之母與某同六世祖，視之爲叔祖姑。頃公寓居漢上，某從公游，質問詩文利病。其後仕學，公頗有力，不專爲親也。」墓誌即嵲所撰，嵲蓋與義之從表姪也。寓居漢上，謂建炎元二年在鄧州房州時。

二月十二日（丙戌），趙鼎拜左相，張浚拜右相兼知樞密院。

見宋史二十八高宗紀，又二一三宰輔表。

四月二十一日（甲子），徽宗崩於五國城，年五十四。至紹興七年，訃音始至宋。

見宋史二十二徽宗紀，二十八高宗紀。

## 紹興六年丙辰　四十七歲

奉祠，居湖州青墩鎮。六月，被召入朝；宰相趙鼎不喜與義，乃復用爲中書舍人、兼侍講、直學士院。

墓誌：「提舉江州太平觀。被召；會宰相適不樂公者，復用爲中書舍人。服以朝，且以狀言，有詔不許。旣謝，上諭曰：朕當自以卿爲內相。」按：內相卽翰林學士。

宋史四四五本傳：「又以顯謨閣直學士提舉江州太平觀。被召；會宰相有不樂與義者，復用爲中書舍人，直學士院。」

要錄百零貳：「紹興六年六月壬戌（二十六日），顯謨閣直學士、左承議郎、提舉江州太平觀陳與義，左朝奉郎、充集英殿修撰傅崧卿，左朝請郎、守起居舍人董弅，並試中書舍人。與義仍兼直學士院、兼侍講，不俟受告供職。故事，職事官同日除者，以寄祿官爲存。弅奏：『與義崧卿皆故官，乞依宣和故事以除目爲序。』上許之。（原注：弅奏在七月己巳。）與義嘗爲給事中，服金帶；至是更服舍人服。上諭曰：朕當以卿爲內相。」（除目原作除日，今據下引宋會要改正。）

宋會要第六十冊職官三之十八：「紹興六年七月三日，中書舍人董棻言：『近陳與義，傅崧卿、與棐同日除中書舍人。陳與義不候授告，先次供職，棐尋具辭免，不允，乃授告供職；卽合依元降除目爲序。兼陳與義歷中書舍人、吏禮部侍郎、給事中、直學士院、侍講、顯謨閣直學士；今來召還，卽與尋常同除事體不同，難以用寄祿官條。其崧卿亦係曾除權侍郎、徽猷閣待制；棐亦難以居先。乞以元降除目爲序。』從之。」(兩除目爲序之「序」字，原均作「字」字，今依上引要錄改正。)

按：董棐之名，要錄與會要互異。四部叢刊影印明嘉趣堂本世說新語有董跋，署名作弅，四庫提要一八七著錄董所編嚴陵集則作棻；兩字似可通用也。與義此次除中書舍人，實等於左遷，故高宗以「朕當以卿爲内相」慰之；董棐亦不得不表示尊讓。本年左相爲趙鼎，右相爲張浚，俱見宋史二一三宰輔表。張明年獨相時引與義參政，趙則去年與義與之論事不合因而奉祠者，所謂「不樂公」之宰相，爲趙無疑。

九月，從高宗至平江(今江蘇吳縣)。

宋史二十八高宗紀：「紹興六年八月甲辰(初九日)，詔諭將士，將親征。(按：親征劉豫。)九月丙寅朔，帝發臨安(杭州)。癸酉(初八日)，次平江。」要錄同宋史。要錄本年八月戊申條備敍從行近臣姓名，中有與義及朱震、范沖、陳公輔諸人。中興小紀所記從臣姓名與要錄同。

十一月初七日，除翰林學士、知制誥。朱翌(新仲)有詩來賀。

墓誌：「九月，駕幸平江。十一月，拜翰林學士、知制誥。」

要錄百零六：「紹興六年十一月辛未(初七日)，中書舍人、兼直學士院、兼侍講陳與義，爲翰林學士。」其下有注文引趙鼎事實云：「張浚旣因羣小離間，遂有見迫之意。會中書舍人陳與義不樂於鼎，遂傾心附之；乃以資善引范沖之說告之。浚以爲奇貨。劉子羽與聞其事，嘗爲人言之。」

按：張趙皆南渡初重臣，初爲至友，後漸失和，讀宋史者皆知之。趙之不喜與義，亦屢見記載。與義如曾對張評論趙之「資善引范沖」爲不知避嫌，其事亦在情理之中。若謂與義故意以此說擠趙，則與其平日爲人不合。欲明范沖事本末，可參閱要錄卷八十九紹興五年五月己亥「貴州防禦使瑗爲保慶軍節度使封建國公」條並注文，及同月庚子「尚書左僕射趙鼎言」條。

朱翌灊山集卷二，賀陳內翰去非三首：

聞道催宣召，傳呼入翰林。堂高初上玉，帶重更垂金。煩悉周公誥，丁寧葛亮心。調元知有日，天意向君深。

夢獲生花筆，祥開視草儒。奉天專仰陸，元祐只傳蘇。蓮影光分燭，絲紋細結絇。禁中頗牧在，夙夜贊神謨。

夜到甘泉揵，光搖建曉魁。唐家方再造，漢德已重開。太史書雲後，羣公賀雪回。十行寬大詔，早晚出銀臺。

本年正月至六月，奉祠居湖州；六月至九月，在杭州供職；九月以後，從高宗在平江。

本年與陳公輔（國佐）、呂本中（居仁）、朱敦儒（希眞）諸人同朝。

要錄百零三：「紹興六年七月己卯（十三日），尚書吏部員外郎陳公輔行左司諫。公輔甫至行在，上召見而命之。」同書百零六：「十一月丙戌（二十二日），起居舍人呂本中兼權中書舍人。」同書同卷：「十一月辛卯（二十七日），秘書省正字朱敦儒兼權兵部郎中，行在供職。」公輔、本中、敦儒、俱見前。

作硯銘。

見簡齋詩外集，胡箋、劉評均無之。銘云：「無住庵，老居士，紫玉池，娛晚歲，不出庵，書頌偈。誰使之，踐朝市，入承明，司帝制。……」按：去年居青墩鎮後始有無住庵之名，此銘自是本年復入朝後所作。

本年作詩僅玉堂儤直一首，在胡箋卷三十，劉評卷十三。

十二月初九日(壬寅)趙鼎罷相；自此至明年九月，張浚獨相。十八日(辛亥)張守參知政事。見宋史二十八高宗紀，又二一三宰輔表。

八月初四日(己亥)，范宗尹卒於台州，年三十八。

宗尹卒年月日，見要錄一零四、宋史二十八高宗紀。宋史三六二宗尹傳及要錄俱云年三十七；予據清波雜志等書考定爲三十八歲，詳見宋人生卒考下。

八月十八日(癸丑)，耿延禧(伯順)卒。(延禧亦作延熙，伯順亦作百順。)

要錄一零四：「紹興六年八月癸丑，龍圖閣直學士、提舉江州太平觀耿延禧卒於溫州。」胡箋本集卷十二及二十七俱有與延禧唱酬詩。其人乃南仲之字，事跡見宋史三五二南仲傳及要錄、會編諸書，建炎初高宗左右要人之一也。年壽未詳。

## 紹興七年丁巳　四十八歲

正月二十一日，除左中大夫，參知政事；時從高宗在平江。封贈三代告詞爲孫近(叔誼)所行。王洋(元渤)有賀啓。

墓誌：「明年正月，爲參知政事。三月，從幸建康(今南京)。是歲，紹興七年也。」宋史二十八高宗紀：「紹興七年正月癸未（二十一日），以翰林學士陳與義參知政事。」同書二一三宰輔表同。要錄百零八、中興小紀二十一、皇宋中興兩朝聖政二十一、並同。諸書俱未敍左中大夫官階，今從胡譜添入。

王明清揮麈後錄卷三：「比閱孫叔易外制集載其所行陳簡齋去非爲參知政事，封贈三代告詞。」按：孫近字叔誼，亦作叔易，其外制集已佚。

王洋東牟集十一，賀陳參啓：「帝思作對，賚我元臣，國有正符，相予碩輔。驚輿言之乍喜，審臚命之初傳，政屬巨人，物無異論。竊以，有心於事者，志每不遂；無求於物者，功或可成。故小智自私，每輕從於進取；而達人大觀，當（應作常）退託於謙沖。方自放於溪山之中，若兼忘於塵寰之表。引疾謝事，寧知軒冕之榮；感物寓懷，殆逐蟲魚之樂。然，帝心攸屬，民望具依。病若留侯，雖靡煩於征討；謀如叔向，終難徇於優游。果膺同德之求，遂正七人之列。某官：宅心淡泊（原作薄），稟德粹夷。無甚親，無甚疎，固自分於涇渭；用則行，舍則止，實有係於安危。横岷峨峻聳之奇，導河洛中和之美。民有望矣，天實從之，凡在聽聞，孰不欣蹈。某，趨承惟舊，嚮慕彌崇。喜廟算之益奇，期軍行之決勝。相儒臣待命之氣，摩礪以須；笑腐儒紀德之誠，執筆以俟。其爲幸願，難罄敷宣。」

按：參爲參知政事之簡稱，猶樞密使之稱樞。據宋史二一三宰輔表，高宗朝參政姓陳者只有與義與陳康伯二人。康伯參政在紹興二十七年，王洋已先卒於二十三年（見要錄一六五）。啓中又有「岷峨」「河洛」諸語，岷峨爲與義祖籍，河洛爲其寄籍，此啓爲賀與義者無疑。

宋史二十八高宗紀：「紹興七年春正月癸亥朔，帝在平江，下詔移蹕建康。二月己未（二十七日）帝發平江。三月辛未（初九日），帝至建康。」要錄同。

二月十二日，撰徽宗謚册文。

要錄百零九：「紹興七年二月甲辰(十二日)，命參知政事陳與義撰徽宗謚册文，張守書，同知樞密院事沈與求篆謚寶。」徽宗以紹興五年崩於金，訃音本年始至宋。與義所撰謚册文未見。

三月初九日，從高宗至建康。

注見前。

要錄百零九：「上次建康府，賜百司休沐三日。時行宮皆因張浚所修之舊，寢殿之後，庖圊皆無。上旣駐蹕，加葺小屋數間，爲燕居及宮人寢處之地，地無磚面，室無丹雘。」

初十日，分治戶刑工房。

要錄百零九：「紹興七年三月壬申(初十日)詔：『軍旅方興，庶務日繁，若悉從相臣省決，卽於軍事相妨。可除中書門下省依舊外，其尚書省常程事，權從參知政事分治，合行事令張浚條具取旨。』浚奏：『欲張守治吏禮兵房，陳與義治戶刑工房。如已得旨合出告命敕劄，與合關內外官司及緊切批狀堂劄，臣依舊書押外，餘令參知政事通書。』從之。」宋史二十八高宗紀略同。「常程」，要錄作「常陳」，從宋史改。

二三月間，岳飛(鵬舉)入朝，見與義，頗自矜大；與義面折之。

墓誌「平居與人接，謙下甚，然內剛不可犯。初，上流大將，項領已成；宰相不善是，欲去之而不果。會其來朝，見公，頗自矜大。公正色謂曰：『藉使無若輩，朝廷豈乏使耶？』將色沮，不復敢出一語。」按：墓誌未明言此大將爲誰，亦未言事在何時。然有四事可證其確爲岳飛。且事在與義爲參政時。一：墓誌此段上文云：「參大政日淺，每師用道德，以輔朝廷之闕失；張施措置，務于尊主威而振綱紀。」對此將之語，正卽尊主威振綱紀之意。且若非宰輔，亦不容以此等語氣面折大將。二：與義參政時，張浚獨相。浚素不喜岳飛，其事宋史及要錄諸書記載甚詳。三：當時張韓劉岳四大將，駐上流者只飛一人。四：飛以本年二月初八日至平江陛見，三月從高宗至建康，見宋史二十八高宗紀及要錄百零九。綜此四事，此大將爲飛無疑。本年夏秋間，飛曾再度入朝，見要錄百十二「七月丁卯起復太尉湖北京西宣撫使岳飛」條。但彼時在飛棄軍廬墓，屢詔始出之後，不應再生嫌隙。與義面折飛，當在其第一次入朝時。

四月，李綱轉官，有啓來謝；倩朱松(喬年)作啓答之。

要錄一一零：「紹興七年夏四月丁未(十六日)，觀文殿大學士、左銀青光祿大夫、江南西路安撫制置大使兼知洪州李綱，特遷左金紫光祿大夫。……詔綱典藩踰年，民安盜息，故有是命。」朱松韋齋集十一，代陳參政回李丞相謝轉官啓：「伏審：上流作屏，方賴於折衝；當守念功，亟聞於遷秩。牢辭屢却，成命莫回。未遑慶牘之修，先拜溫言之寵。恭惟某官：德業久大，謀謨忠嘉。方初政之清明，首陪興運；旣遠民之安集，允藉壯猷。已紓西顧之憂，彌重仰成之體。餘威所憺，式訛姦宄之心；序爵更崇，益注聖神之意。而乃久持謙柄，愈厲高風。豈惟務式於一時，固已紹隆於前哲。某，方嬰重責，竊企下風。股肱惟人，大懼天工之曠；京師蒙福，尚沾河潤之餘。感佩之悰，敷宣罔況。」綱建炎初爲相，題云丞相，稱其舊官也。李綱來啓，梁溪集不載。梁溪集有謝宰執啓數篇，皆與此次遷官無涉。

六月十九日，論去佞。同日，撰顯恭皇后謚册文。

要錄百十一：「紹興七年六月己酉(十九日)，上謂輔臣曰：『朕嘗諭趙鼎，宣和以前，宰輔非其人，費用無節，誅求無藝，四海之民，困於科斂，不得安業。朕嗣位以來，思與之休息；又以邊事未靖，軍費之資取辦於諸路者尚多，斯民之災如此。倘他日兵寢，朕當蠲罷，雖租賦之常，亦除一二年。朕之此心，天地鬼神，實照臨之。』張浚等曰：『陛下聖志如此，天必助順，民之休息，固有期矣。他日更在陛下選用大臣，推行德意。』上曰：『然；事亦在朕。』秦檜曰：『陛下聖志固定，人誰敢違。』因論及『唐太宗不能去封德彝、宇文士及，朕以爲恨；旣知其奸佞，猶信之不疑。』陳與義曰：『古人謂去佞如拔山。』浚曰：『太宗所謂惡惡而不能去也。』」

要錄同日：「命參知政事陳與義撰顯恭皇后謚册文，吏部尚書孫近、兵部尚書呂祉撰三謚寶。」顯恭后王氏，徽宗元后，欽宗生母，高宗嫡母。崩於徽宗大觀二年，原謚靜和；本年，徽宗訃音至宋，始祔徽宗廟，改謚。

七月初六日，論張戒事。

要錄卷百十二：「紹興七年七月丙寅（初六日），秘書郎張戒提舉福建路茶事。上因論館中人材，以爲戒好資質而未更事任，可令在外作一任，復召用之。戒聞，請補外。後二日，上謂輔臣曰：『士大夫須更歷外任，不必須在朝廷；若旣練達而止令在外，則又不盡用材之道。』陳與義進曰：『前日陛下惜張戒人材，除外任以養成之，聖意甚美。』上曰：『中書省可籍記，他日復召用。』」皇宋中興兩朝聖政二十一同要錄。張戒卽著歲寒堂詩話者，已見本譜紹興五年。

八月初八日，論在開德觀甲仗事。是日，酈瓊叛降劉豫。

要錄百十三：「紹興七年八月戊戌（初八日）……浚因奏，『僞齊尚用本朝軍器。』上曰：『祖宗有內軍器庫，在諏門幾百門，所藏弓弩器甲不可勝計；及軍器庫在酸棗門外，數亦稱此。原祖宗置庫有內外之異，及弓弩弦箭亦各異藏，分官主之，皆有深意。』陳與義因奏：『頃爲澶淵（卽開德）教官，嘗見甲仗甚勝，日久不用，往往朽敗。』上曰：『此等物得不用，亦美事也。』是日，中侍大夫、武泰軍承宣使、行營左護軍副都統制酈瓊叛，執兵部尚書呂祉。……瓊遂以所部四萬人渡淮降劉豫。」

要錄百十三紹興七年八月壬寅條注文引趙鼎事實云：「劉光世既罷，其下已不安。……劉光世將酈瓊懼併其衆，以全軍五萬之衆歸於豫。報到，中外皇駭，莫知所措，意瓊挾豫衆爲倒戈之計。當軸者謂參知政事陳與義、張守、曰：『萬一侵犯，使上往何地避之！』與始議移蹕建康，氣勢不同矣。」按：當軸者謂張浚也，此次高宗移蹕建康，乃張浚所主張者。中興小紀二十二亦引此文，「與始議移蹕建康」句作「與義始議移駐建康」；衍一「義」字，遂似此議爲與義所主張者，與事實不符。

八月十七日，論淮西地勢。

要錄百十三：「紹興七年八月丁未（十七日），張浚論淮西地勢險阻，可以固守。陳與義曰：『見王德呈淮西圖，道路幾不可方軌。』上曰：『地形雖險，亦在將兵者如何耳。李左車謂井陘之道，車不得方軌，騎不得成列；韓信卒由井陘口以破趙軍。要是險阻不足恃也。』」

九月初八日，請賜張俊所部僦舟錢。

要錄百十四：「紹興七年九月丁卯（初八日），京東淮東宣撫處置使韓世忠、淮西宣撫使張俊、皆入見，議移屯。……乃命俊將所部自盱眙移屯廬州。時俊軍士皆以家屬行，而官舟少。參知政事陳與義請賜僦舟錢萬緡。上曰：『萬緡可惜；其令楊沂中以殿前司官船假之。』中興小紀二十二略同。」

九月十三日，張浚以酈瓊叛變事罷相。次日起，與義與另一參知政事張守輪日治三省事，至十七日趙鼎拜相止。

宋史二十八高宗紀：「紹興七年九月壬申（十三日），張浚罷。癸酉（十四日），命參知政事輪日當筆，權三省事，更不分治常程。」要錄百十四記載同宋史，惟文字小異，云：「癸酉，詔三省事權從參知政事輪日當筆，俟除相日如舊，更不分治常程事。」據此，知輪代宰相職務至趙鼎拜相之日爲止。趙鼎拜相在本月十七日（丙子）。見宋史同卷及要錄同卷。

十月初八日，高宗擬謫張浚嶺表（今廣東），與義隨趙鼎等至御前救解，浚改謫永州。

酈瓊叛降劉豫，爲當時一大事。張浚旣因此罷相，而臺諫論其誤國之罪不已，高宗亦激怒，故擬謫浚嶺表惡地。御批已出；趙鼎約執政諸人至御前救解，始改永州。事詳要錄百十五，本年十月戊戌（初九日）條。要錄記當事諸人，如趙鼎、秦檜、張守俱有陳說，獨未及與義，竟似默無一言者。如此則於情於義，均有未安，且爲理所必無之事。今按：中興小紀二十三亦載此事，其中引趙鼎事實云：「鼎至漏舍，約諸人救解；至榻前，二參泛泛爲言。」二參謂張守及與義也，其非默然可知，要錄偶失載耳。至二人之所以「泛泛爲言」者，則以同爲浚獨相時之參政，須有所避忌；且有趙鼎在前，二人自亦不能極言之。此乃一定事理，無足異也。

十月十四日，論招安事。

要錄百十五：「紹興七年十月癸卯（十四日），上曰：『昨布衣賴好古上書論虔賊事，頗有理。』趙鼎奏，大意以招安爲非。張守曰：『招安固非策；其始州軍非不欲剿殺，而賊據險負固，師老財費，則不免於招安，固非得已。』陳與義曰：『招安討殺，不可偏廢，以重兵臨之而後招，則賊可得也。』上曰：『用兵則不免害及良民，止當誅其首惡，餘悉縱之，乃善。』皇宋中興兩朝聖政二十二略同。」

十二月十七日奏對，言當時事比承平時極多。

要錄百十七：「紹興七年十二月甲戌（十七日），禮部侍郎常同面對，言：『……』。翌日，上謂宰執曰：『聞三省文書極繁，卿等省閱，日不暇給；皆由六部官不任責，事事申明故也。豈有爲尚書不能任一部之事，朕若擢爲執政，便可裁天下之務。昨常同亦奏此事。』陳與義曰：『今日事比承平時極多。』」（中興小紀二十三略同）

本年全年，均在參知政事任內，隨高宗在建康。此一年中，時局動蕩，政務殷繁，如岳飛棄軍廬墓，酈瓊叛變，張浚罷相議謫，皆紹興改元以來未有之局，故雖在名城，竟無一詩。本年爲與義仕宦之最高峰而寫作之最低潮也。右所記本年雜事，固甚爲煩瑣，且與詩無關；但以與義生平事跡，本集以外，見於記載者甚少，故備錄之。

本年同朝者，張浚、趙鼎、秦檜、張守諸宰執外，又有陳公輔（國佐，時官禮部侍郎）、呂本中（居仁，時官起居舍人）、張嵲（巨山，時官著作郎）、葉夢得（少蘊，時官資政殿學士）、陳克（子高，時在張浚都督府幕中）、張戒（時官祕書郎）諸人。

右俱見要錄本年諸卷：百零八至百十七。陳、呂、二張，均已見前。葉夢得卽撰石林避暑錄話及建康集石林詞者，陳克卽撰赤城詞者，二人俱無與與義往還唱和之跡，而均係當時有名文人，旣有同朝之誼，故幷記之。

正月丁亥（二十五日），秦檜除樞密使。

見宋史二十八高宗紀，又二一三宰輔表。張浚、趙鼎二宰相除罷事已見前。

**紹興八年戊午　四十九歲　卒（西元一一三八）**

正月，從高宗在建康，仍官參政。

宋史二十九高宗紀：「紹興八年春正月戊子朔，帝在建康。」

是月初六日，論從官作守事。

要錄百十八：「紹興八年正月癸巳（初六日），言者請今後從官作守，不許銜見任人。趙鼎曰：『祖宗以來，待從官如此。』上曰：『若遇從官無異庶官，宰執無異從官，則非朝廷之體矣。』陳與義曰：『人臣何有重輕，但堂陛之勢不得不存。』秦檜曰：『嚴堂陛乃所以尊朝廷也。』中興小紀二十四同。」

宋會要第八十七册職官四十七之二十六：「紹興八年正月六日，宰執進呈臣僚言章，乞今後從官知州，不許便銜見任人。趙鼎奏曰：『祖宗以來，待……』……『……遇從官無異庶官，遇宰執無異從官，則非朝廷之體。』陳與義奏曰：『人臣亦何有重輕，但堂陛之勢不可不存。』秦檜奏曰：『嚴堂陛乃所以尊朝廷也。』按：會要此條文字與要錄大致相同而有脫落，校以要錄可知。今於脫落處以……識之。

十八日，論和戰事。

要錄百十八：「紹興八年正月乙巳（十八日），趙鼎言：『士大夫多謂中原有可復之勢，宜便進兵，恐他時不免議論，謂朝廷失此機會。乞召諸大將問計。』上曰：『不須恤此。今日梓宮、太后、淵聖皇帝，皆未還，不和則無可還之理。』參知政事陳與義曰：『用兵須殺人。若因和議得遂我所欲，豈不賢於用兵；萬一和議無可成之望，則用兵所不免。』上以爲然。」

宋史四四五本傳：「時丞相趙鼎言：『人多謂中原有可圖之勢，宜便進兵，恐他時咎今日之失機。』上曰：『今梓宮與太后、淵聖、皆未還；若不與金議和，則無可還之理。』與義曰：『若和議成，豈不賢於用兵；萬一無成，則用兵必不免。』上曰：然。」

按：宋史敍此事，雖與要錄相同；但敍於去年正月參知政事之後，三月從幸建康之前，則大誤。彼時趙鼎方在外任，未爲相也。「用兵須殺人」五字，藹然仁者之言，但其反對屈辱之和，語意甚明。

二十日，宰執大閱張俊馬軍於建康城西。

要錄百十八：「紹興八年正月丁未（二十日），宰執大閱張俊馬軍於城西。翌日，趙鼎奏：『器甲精明，照耀廣川，軍馬之盛，至於如此，皆陛下留意所致。』上曰：『前日俊來奏事，其言近來軍中置造兵器，已無遺功。朕因諭之：國家之力亦盡於此矣。但欠一事耳。俊曰：不知欠何事？朕曰：所欠力戰而已！俊悚息對曰：他日若遇敵，臣當盡死以報國家。』」

二月，從高宗自建康還臨安。

宋史二十九高宗紀：「二月癸亥（初七日），帝發建康。戊寅（二十二日），帝至臨安。」

三月初九日，罷參政，除資政殿學士、左太中太夫、知湖州。張擴（彥實）有啓來賀。

宋史二十九高宗紀：「紹興八年三月甲午（初九日），陳與義罷。」同書二一三宰輔表同。

要錄百十八：「紹興八年三月甲午，左中大夫、參知政事陳與義，罷爲資政殿學士、特遷左太中大夫，知湖州；仍加恩。與義本張浚所引，故稱疾而有是命。與義在政府未滿歲也。」按：去年正月至本年三月已逾一年，云未滿歲，殊誤。「張浚所引」，亦非事實，說見後。

中興小紀二十四：「參知政事陳與義乃張浚所引，以久病乞退；三月甲午，爲資政殿學士，知湖州。」

宋會要第百零六册職官七十八之四十：「紹興八年三月九日，左中議大夫，參知政事陳與義，罷爲左太中大夫，充資政殿學士，知湖州。與義在政府一年，與張守相繼告退。詔除便郡，而特轉官加恩，亦一時之異數也。」按：宋史一六九職官志九載文階諸官，有中大夫，無中議大夫，會要衍議字，應從要錄。張守本年正月罷政，亦特轉官加恩，見後。

墓誌：「明年春，扈蹕還臨安。以疾請去，凡五請而後許。以資政殿學士、特轉太中大夫、知湖州。陛辭；上勞問甚渥。且云：『姑遂雅志，行復用卿矣。』」

請去時曾上奏劄四篇，見後，此四劄卽墓誌作者張嵲所代擬。旣有四劄，可知「凡五請而後許」之言，並非虛夸。

宋史、要錄、小紀、會要，俱云罷政在三月；胡譜云在五月，乃形近之誤。據與義自作虞美人詞跋語(見下)，知五月已在湖州，罷政當然在其前。

張擴東窗集十五，賀陳參政知湖州啓：「伏審得請嚴宸，分憂近服，輒借疑丞之重，少伸師帥之尊。霅水可杭，覺長安之未遠；棠陰故在，慰吳地之見思。臥治無煩，令行自屈。恭惟某官：浩氣直養，純誠內融。廣大精微，如親授孔顏之學；雄深雅健，初不多崔蔡之文。早懷經濟之才，出佐艱難之運，徧儀禁路，參贊國鈞。學而後臣，伊尹專格天之美；用之無敵，仲尼致侵疆之歸。暫解繁機，出膺外閫，以龜鑑廟堂之餘論，復糠粃州縣之疲民。嘗屑意於區區，已得名於赫赫。凡樂職中和之化，皆大儒調一之功；矧異時漁稻之鄉，乃今日股肱之郡。蓴鱸登市，雅稱澤國之上游；山水優賢，更託老仙之補處。風流可尚，今昔相望。某，猥以庸虛，誤蒙采錄，昨滯江湖之遠，每霑牙頰之餘。雖鳥羽獸皮，卒不登於器用；然牛溲馬勃，猶未外於牢籠。某，屬守荒城，阻趨崇仞，謬勒緘尺，莫旣忱誠。顧計日於及瓜，請摳衣於函丈。豈但文章之事附子貢以得聞；庶幾名利之心，見紫芝而俱盡。」

赴湖州時，有乘馬驚逸事。

方勺泊宅編卷六：「許幾，信州人，自戶部尚書除帥太原。既陛辭，故人韓昭大卿遺之一馬，遂乘以行。到府數日，因行香，未明跨鞍，衆軍聲諾，馬忽驚逸，獨由衙門疾馳，衆莫能及，逮曉方就鞚。八座兩手流血，急歸移疾。頃之，謫宜春，流落以死。公生於甲午而有馬禍，亦異矣。近時陳與義赴湖州，乘馬朝拜，輒驚逸退走；出門未幾，得宮祠以薨。陳亦午生。」按：出門謂出國門也。此等事自屬偶然，無所謂預兆，錄之以廣異聞耳。許幾，宋史三五三有傳。

五月，在湖州任，作虞美人詞跋語。

此跋本集未收，見胡箋邢子友會上虞美人詞注文所引大生法帖。跋中有「守吳興病起」之語，其後題年月云，紹興戊午五月二十四日。跋又云：「數年多病，意緒衰落」。可知本年求去，疾病確爲一因，非盡由於政治關係。吳興卽湖州。

七月，疾益侵，丐閒得請，差提舉臨安府洞霄宮；還青墩鎭僧舍。

入冬，疾大甚；十一月二十九日卒。訃聞，贈某官，令有司給葬事。

右合錄墓誌及胡譜原文。所贈官爵待考。墓誌僅云以某年月日葬某所，想卽葬於湖州。墓誌及下所引要錄、小紀、俱有卒月無卒日；僅胡譜云二十九日。張嵲祭文云：「中冬辛亥，罹此閔凶」。檢二十史朔閏表，是年十一月癸未朔，二十九日辛亥。此爲胡譜之確證。（祭文見後）要錄一二三：「紹興八年十一月，是月，資政殿學士，提舉臨安府洞霄宮陳與義薨於湖州。」中與小紀二十五同此。

胡箋本集卷三十後半，卽劉評本卷十三後半，共詩十首。（病骨起，微雨中賞月桂止），皆本年三月罷政至卒前不久在湖州作。

菩薩蠻本年夏作；南柯子、臨江仙夜登小閣、俱本年秋作。

考見陳簡齋詩集合校補箋無住詞各首。

正月十一日，張守罷參政。

要錄百十八：「紹興八年正月戊戌（十一日），左中大夫、參知政事張守，充資政殿大學士、特遷左通議大夫、知婺州；仍加恩。從優禮也。」宋史二一三宰輔表同，惟學士上無大字。

本年三月初七日（卽與義罷政前兩日），秦檜拜右相仍兼樞密使；十月二十一日，趙鼎罷相。（俱見宋史二十九高宗紀及二一三宰輔表。）檜之獨攬大權，排斥正人，蓋始於此。與義幸不及見也。

張嵲紫微集卷二十三有代參政乞宮觀奏劄四篇，雖未明題此參政之名，但據劄中敍事立言，可確知其爲與義本年請罷政時所上。嵲爲與義親戚，且爲文字交，已見前，與義請其代筆，固在情理之中。劄云：「早歲逢疾，中年更劇」，「早衰多病，食飲寡薄，外瘠中乾，日就羸薾」，於與義之健康情形，敍說甚悉。又云：「昨因請對便殿，親奉玉音，謂臣始終擢任，皆自聖明，初無一人，爲臣游說」，此一段卽墓誌所謂「公立朝無所附麗，前後官遷，一出於上」之所本；參以「五請乃許」之事實，足破要錄、小紀、「張浚所引」之說。凡此皆研究與義晚年事實之重要資料也。今附此四劄於後。

代參政乞宮觀第一劄：「臣以介特之跡，荷殊絕之恩，曾不十年，遂聯二府。初無一人之借助，皆由神聖之親除。故雖孤立之易危，終恃眷憐而知免。然，寵祿旣過，則災所由生；尸素已多，則釁乃易會。輒傾愚懇，仰冒威尊。伏念臣預聞政機，已踰歲律，曾無尺寸，仰稱恩私，宿夜深惟，頭鬚爲白。使在平强之日，尚不如人；況當衰病之年，何能有益。伏祈睿照，許上印章。方疆場之無虞，旣不嫌於避事；乘疵瑕之未露，庶得遂於乞身。若乃持祿無嫌，妨賢固位，不知戒懼，更歷歲時。苟人心增惡其滿盈，鬼神助與其兇惡。一罹咎悔，逆至顛擠。不徒昧人臣進退之機，顧不累聖君始終之遇？蓋臣今玆之請去，不獨專爲謀身。伏望聖慈，俯鑑懇誠，哀憐病悴，特賜除臣一在外宮觀差遣。臣無任祈天俟命激切屏營之至。」

第二劄：「臣蒙恩優隆，初無報塞，而遽稱疾乞去，圖欲自安。迹其事則固合誅矣；論其心則不無意焉。竊以謂，古人有功庸於國，當平定之日，猶或逃祿而不敢受，避寵而不久居。況臣以一介無庸，奉令承敎於多事之日。旣才能之素下，復疾病之日侵，任重丘山，效微毫髮，高位重祿，豈得久要。臣之懇祈，以此之故。迨上恩之未替，庶幾終賜於保全；若官謗之已加，深恐曲煩於善貸。伏望睿慈，矜憐悃愊，垂末光之照，察其肺肝，推從欲之仁，置之閒散。苟餘生之未泯，尚圖報之有時。臣無任祈天俟命激切屏營之至。」

第三劄：「封章繼上，鄙塞未伸，三瀆天威，懼干大戾。然以匹夫之不奪，冀淵聽之必回。臣請得以披陳：被遇之隆，義當圖報，而今玆請去，蓋有不能自已者。庶幾感動天意，終賜允俞。臣頃由一介，獲造闕庭，叨塵從班，與聞政事。超踰過甚，覆露洪多，顧臣惷愚，未知所稱。昨因請對便殿，親奉玉音，謂臣始終擢任，皆自聖明，初無一人，爲臣游說。聞命感激，不覺涕零；君施如斯，誓將死報。而臣早衰多病，食飲寡薄，外瘠中乾，日就羸薾。倘獲小加修養，庶他時尚任於使令；若乃强其不能，則不日遂鄰於顛仆。雖草菅之何惜，懼職任之或隳，一致人言，遂孤恩遇。是以陳情瀝懇，不避重誅，仰匄天心，俯從人欲。苟危敗之姿未先於朝露，則臨期之際不憚於殺身。臣無任祈天俟命震懼隕越之至。」

第四劄：「臣伏奉詔旨，訓諭丁寧，仰戴恩私，感極流涕。雖聖人優游，未賜於矜從；而螻蟻賤微，有不能但已。竊以臣被遇之盛，寵名之隆，與夫所以誓將報國之誠，及力不逮心之狀，數陳已竭，至於無辭，惟有至誠，冀動天聽。臣實以早歲逢疾，中年更劇。心志憒耗，無以贊帷幄之謀，氣血不強，無以著股肱之力。在平居尚能充位，若遇事必至顛隕；恐平生事國之本心，十年遭遇之渥澤，立朝一敗，掃地無餘。仰冀天慈，終全去就之槪，不使爲世觀笑；所以愛惜臣子，是爲國養恩。宣昭德音，風動在列，知聖主之哀憐如此，使爲臣者皆有奮心，則臣之就閒，未爲無補。冒犯嚴威，臣無任瞻天俟命屛營彷徨之至。」

墓誌云「凡五請而後許」，此僅四劄，另外一劄或爲張嵲代擬而未存稿，或與義自擬而本集未收，今無可考。傳世紫微集爲四庫館臣據永樂大典輯錄者，本非全帙也。

張　嵲(巨山)有祭文及挽詩。

紫微集三十六，又祭陳參政去非文：「惟紹興九年四月朔，二十日，表姪左奉議郞新差權發遣荆湖南路轉運判官張嵲，謹以清酌庶羞之奠，致祭於歿故參政大資陳公之靈：惟晋東渡，始披荆棘，衣冠踵來，異士亦出，王庾賀顧，同贊王室。我宋用人，亦雜南北。維南多士，櫛比周行；北客凋零，曉星相望。憧憧多士，競爽是期，豈繄國棟，而遽奪之。昔漢倚相，惟壹泊韓，韓蹤於外，盍不待年；顯顯惟公，異世而然。嗚呼哀哉！雒陽街居，冠蓋是集，公起故家，超世特立。甲科既射，遂以文鳴，詩章一出，紙貴都城，諸公游士，讓實推名。未幾遭亂，轉徙江湖，間關海嶠，來覲清都。旋躋掖垣，贊爲名命，號令宣明，文章雅正。天官宗伯，迭貳其司，銓材考禮，有譽無疵。作鎭來歸，黃闥是居，封還付外，兩誼庶乎。屬疾自言，外祠均佚，有命來朝，復居詞掖。人謂公屈，公則怡然，命出自中，北扉遂遷。一時詔令，溫純炳蔚，淮濆德音，父老歎息。天子曰俞，貳我政機，挺然孤立，無所附依。同不爲比，異不近名，王臣之節，物望所傾。扈蹕而東，乞身甫力，近藩是殿，復去以疾。神明雖壯，沉痾內攻，中冬辛亥，罹此閔凶。嗚呼哀哉！惟公之德，清愼靖端，色莊以和，不妄笑言。高識絕世，洞照今古，閎博精深，議論證據。文章雅麗，不蹈前躅，賈馬曹劉，是配是續。風神峻潔，況若塵外，不假矜莊，自然高邁。荐寵後進，不遺餘力，摘奇掇英，如自己出。羣士慕想，競曳其裾，主盟吾道，期繼歐蘇。忽焉及此，士皆楷模，失聲相弔，有淚沾濡。嗚呼哀哉！嵲、粵從早歲，謬忝公知，親惟外叔，義實師資，飲食教載，其施不貲(原誤作資)。厚德莫報，寧以我悲，臨穴長慟，何痛如之！嗚呼哀哉！伏惟尚饗。」按：題云「又祭」，想是前此另有一篇，紫微集係輯本，故失載。

紫微集卷六，陳參政挽詩三首：

今古雖同盡，存亡惕遽分。人誰助爲善，天不右斯文。莫遂三年築，空悲四尺墳。音塵竟何所？俯仰歎蒿焄。

脫屣達人代，振容卽路歧。名流祠洗馬，白旄痛元規。一代風流盡，千年翰墨垂。傷心墓前水，故作夜深悲。

徒知天可恃，豈謂病終侵。遽使儀刑意，翻成殄瘁心。開阡賢子力，卜遠外姻臨。墓木看初種，俄悲已茂林。

按：此三詩未署年月，觀墓木茂林之語，當在九年祭文之後。

夫人周氏，生卒年壽無考。 卒後十七年(紹興二十五年)，子洪以右通直郎爲太府寺主簿，又四年(紹興二十九年)遷尙書倉部員外郎。

見譜前所引要錄。洪其他事跡無考。

與義享年不永，故卒時平生友人、同學、同官、無論其年齡較與義長幼，多數健在。

**紹興十二年壬戌　卒後四年**

周　葵（立義）刻簡齋詩集十卷於吳興（湖州），葛勝仲爲序。

此爲簡齋詩最早刻本，惜已不傳。詳見簡齋詩集考第四項「吳興本」。

**光宗紹熙元年庚戌　卒後五十二年**

胡　穉（仲孺）箋注簡齋詩集脫稿，旋卽付刻。

胡箋本集有兩序，其一爲胡自序，署「紹熙改元臘月上澣」，其一爲樓鑰序，署「紹熙壬子（三年）正月」。可知箋注脫稿在紹熙元年，付刻在二年或三年。

# 附錄：墓誌銘及宋史本傳

## 陳公資政墓誌銘

張嵲 紫微集卷三十五

陳氏本居京兆，亡其世系所出，後遷眉之青神。至太常少卿贈太子太保諱希亮，始以進士起家，官仁祖時。位雖不大通顯，而受知仁祖，知名當世，號鉅人長者。太常生恂，爲奉議郎，贈太子太傅。太傅生口，爲朝請大夫，贈太子太師。皆世其業，蓄德不施，鍾慶於後。太師元配馬氏，贈蘄春郡夫人；次配張氏，贈博平郡夫人，退傅鄧國文懿公之孫也。

公諱與義，字去非，自其太王父歷官中朝，始又遷洛，故今爲洛人。公資卓偉，自爲兒童時，已能作文辭，致名譽，流輩斂衽，莫敢與抗矣。登政和三年上舍甲科，授文林郎、開德府教授。除辟雍錄；丁內艱。服除，爲太學博士，著作佐郎，司勳員外郎，擢符寶郎；謫監陳留酒。始，公爲學官，居館下，辭章一出，名動京師，諸貴要人爭客之。時爲宰相者橫甚，强欲知公，不且得禍，公爲其薦達，宰相敗，用是得罪。

既王室始騷，丁外艱，避地襄漢，轉徙湖湘間，踰嶺嶠。久之，召爲兵部員外郎，以紹興元年夏至行在所。爲起居郎，遷中書舍人，兼掌內制，天下以爲任職。拜吏部侍郎；以病劇辭，改禮部。復以徽猷閣直學士知湖州。召爲給事中，駁議詳雅。又以病告，爲顯謨閣直學士，提舉江州太平觀。被召，會宰相適不樂公者，復用爲中書舍人，服以朝，且以狀言，有詔不許。既謝，上諭曰：「朕嘗自以卿爲內相」。九月，駕幸平江；十一月，拜翰林學士、知制誥。明年正月，爲參知政事；三月，從幸建康；是歲，紹興七年也。明年春，扈蹕還臨安，以疾請去，凡五請而後許；以資政殿學士、特轉太中大夫，知湖州。陛辭，上勞問甚渥，且云：「姑遂雅志，行復用卿矣」。於是公疾益侵，遂請閒，提舉臨安府洞霄宮。是年冬，疾大甚，十一月某甲子，薨於烏墩之僧舍，年四十九。訃聞，贈某官，令有司給葬事；以某年月日，葬某所。

公清愼靖一，與人語惟恐傷之，遇有可否，必微示端倪，終不正言極議。然容狀儼恪，不妄笑言。世皆知其以文字擅聲當世，而其謀略議慮自過絕於人。參大政日淺，每師用道德以輔朝廷之闕失，張施措置，務於尊主威而振綱紀，調娛補察甚衆。平居與人接，謙下甚，然內剛不可犯。初，上流大將，項領已成，宰相不善是，欲去之而不果。會其來朝，見公，頗自矜大。公正色謂曰：「藉使無若輩，朝廷豈乏使耶」！將色沮，不復敢出一語。公立朝無所附麗，前後官遷，一出於上；上遇公甚厚，而公益畏愼。其爲吏部侍郎，實司左選；會有武弁與部吏私鬬，不樂公者，欲因是中之。事聞，他日公對，但具左選之在部者名數上之，終不自辨。喜薦達後輩，有一善，必極口稱借，或抑己善以獎之。其薦人於上，退未嘗語人，士以是慕嚮。惟上益知公忠順，故倚以大用，而公不幸早世，有識之士爲斯文惜焉。

公尤邃於詩，體物寓興，清邃超特，紆餘閎肆，高擧橫厲，上下陶謝韋柳之間。公之外王父，鄧公之季子也。自號存誠子，善行草書，高視一世，其書過淸，世俗莫知。公初規模其外家法，晚益變體，出新意，姿態橫出；片紙數字，得之者咸藏弆之。

公娶周氏，某官之女，某郡夫人。男曰洪，某官。

公之母與某同六世祖，視之爲叔祖姑。頃公寓居漢上，某從公游，質問詩文利病。其後仕學，公頗有力，不專爲親也。既葬公若干年，洪謂某曰：「先公之墓木長矣，而銘文未立，使德善功烈不白著於後，奈何！願以銘屬子。」予既辭謝不得，則爲取其世系行事而論次之，以爲之銘。其辭曰：

陳氏之先，蜀眉青神，本自秦徙，世系莫存。奉常起家，家始以大，官非甚達，顯融於代。歷官在東，更宅於洛，父子傅師，相繼有作。蓄德固本，以厚厥垂，是生哲人，爲世表儀。以文擅聲，以德致位，考其始終，無所恨愧。持身清慎，體不勝衣，摧折悍剛，不借色辭。薦士於朝，退不出口，一時慕想，士衆奔走。歷官聞政，惟上是擢，毗輔王猷，號令允鑠。來軫方遒，未晡而稅，云亡之傷，實深其類。位雖不窮，維德有耀，勒銘墓碑，來世是詔。

蔣國榜刻本簡齋詩集附錄此文，誤字甚多，今據湖北先正遺書本紫薇集校訂。「青神」、先正遺書及蔣刻俱作青城，按：青神縣名，屬眉州，青城山名，不在眉州境，兩本俱誤，今改定。「太傅生□」、兩本俱無□號，今補，說見年譜。

## 陳與義傳

宋史 卷四四五 文苑傳

陳與義，字去非，其先居京兆，自曾祖希亮始遷洛，故爲洛人。與義天資卓偉，爲兒時已能作文致名譽，流輩斂衽，莫敢與抗。登政和三年上舍甲科，授開德府教授。累遷太學博士，擢符寶郎，尋謫監陳留酒稅。及金人入汴，高宗南遷，遂避亂襄漢，轉湖湘，踰嶺嶠。久之，召爲兵部員外郎，紹興元年夏至行在。遷中書舍人，兼掌內制。拜吏部侍郎。尋以徽猷閣直學士知湖州。召爲給事中，駁議詳雅。又以顯謨閣直學士提舉江州太平觀。被召，會宰相有不樂與義者，復用爲中書舍人，直學士院。六年九月，高宗如平江；十一月，拜翰林學士，知制誥。七年正月參知政事。惟師用道德以輔朝廷，務尊主威而振綱紀。時丞相趙鼎言：人多謂中原有可圖之勢，宜便進兵，恐他時咎今日之失機。上曰：「今梓宮與太后、淵聖皆未還。若不與金議和，則無可還之理。」與義曰：「若和議成，豈不賢於用兵；萬一無成，則用兵必不免。」上曰：「然」。三月，從帝如建康。明年，扈蹕還臨安，以疾請，復以資政殿學士知湖州。陛辭，帝勞問甚渥。遂請閒，提舉臨安洞霄宮。十一月，卒，年四十九。

與義容狀儼恪，不妄言笑。平居雖謙以接物，然內剛不可犯。其薦士於朝，退未嘗以語人，士以是多之。尤長於詩，體物寓興，清邃紆餘，高舉橫厲，上下陶謝韋柳之間。嘗賦墨梅，徽宗嘉賞之，以是受知於上云。

（本書定稿期間曾獲國家科學會補助）